# Cyfansoddiadau buddugol
## Adran Lenyddol
## Eisteddfod yr Urdd
# 2020/2021

Golygwyd gan **Brennig Davies**
Darluniau gan **Efa Lois**

Cyhoeddwyd gan
Urdd Gobaith Cymru
ac argraffwyd gan Y Lolfa Cyf.

Cyhoeddir holl feirniadaethau cystadlaethau Adran Lenyddol Eisteddfod yr Urdd 2020/2021 ar wefan yr Urdd.
urdd.cymru/eisteddfod

# Cynnwys

# Gwleidyddiaeth

# Yr Amgylchedd a Byd Natur

# Bywyd a Marwolaeth

**Rhif 386: Rhyddiaith dan 25 oed: Ymateb creadigol i**
**un darn o waith celf gweledol gan artist o Gymru.**
Beirniad: Elinor Gwynn
Buddugol: *Y Cawr Mawr* (Lleucu Mair Bebb,
Aelwyd JMJ, Bangor Ogwen, Eryri).

# Cyflwyniad

Gall lot newid o fewn blwyddyn. Dwi'n sicr bod y syniad yma wedi croesi meddwl sawl person yn ddiweddar, ond fe groesodd 'yn feddwl i – mewn ffordd benodol iawn – pan gytunais i olygu'r gyfrol hon o fuddugwyr cystadlaethau llenyddiaeth Eisteddfod yr Urdd 2020. Enillais i'r Goron yn ddiweddar iawn, yn 2019, ac fe ymddangosodd un o'm straeon i mewn cyfrol o'r fath; fodd bynnag, mae 2019 yn teimlo fel oes yn ôl pan ystyriwn bob dim sydd wedi digwydd rhwng pryd 'ny a nawr. Mae pandemig y coronafeirws, a'r gyfres o gyfnodau clo a chyfyngiadau, yn golygu bod ein bywydau a'n cymdeithas wedi gorfod newid yn glou: prinder papur tŷ bach, TikTok, moroedd o anti-bac, mygydau, ysgolion a swyddfeydd ar gau, dim Steddfod arferol, nifer y meirwon yn codi'n dorcalonnus o gyflym, a dim cyfle i gofleidio teulu na ffrindiau.

 Ro'n i'n gwybod wrth gytuno i olygu'r gyfrol 'swn i'n cael cyfle i ddarllen a mwynhau straeon, cerddi, dramâu ac areithiau gan rai o lenorion ifanc mwya' talentog Cymru – pobl dwi'n falch iawn o gael eu galw'n gyfoedion. Ro'n i hefyd yn gwybod bod y darnau i gyd wedi cael eu cyfansoddi a'u cyflwyno cyn y cyfnod clo cyntaf, ond eu bod wedi gorfod aros dros flwyddyn i gael eu cyhoeddi. Faint o fwlch, tybiais, fuasai rhwng y darnau 'ma – lle does dim sôn o gwbl am goronafeirws – a realiti'r presennol, lle mai COVID-19 yw'r gair ar bob gwefus? Doedd dim angen i mi boeni. Er bod y darnau yma'n gapsiwl o gyfnod cyn-COVID, maen nhw'n delio â themâu oesol – cariad, colled, cenedl, ieuenctid, byd natur, a mwy – sydd, erbyn hyn, yn teimlo'n fwy perthnasol fyth. Braf, mewn ffordd, oedd cael gweld bod rhai pethau'n newid, ond bod pethau eraill yn siŵr o barhau, gan gynnwys creadigrwydd y Cymry ifanc mae'r Urdd (ac yn enwedig yr Eisteddfod) yn helpu i'w gynnal a'i ddathlu.

Wrth ystyried ym mha drefn i osod y darnau, dewisais eu trefnu yn ôl tair thema fras oedd yn ymddangos dro ar ôl tro. Yn gyntaf roedd gwleidyddiaeth: hyd yn oed cyn sesiynau briffio cyson y Llywodraeth, mae'n amlwg bod hwn yn destun oedd yn ysbrydoli (ac yn gwylltio) nifer o'r cystadleuwyr. Mae'r stori gyntaf yn y gyfrol, 'Bryn Awelon', yn gipolwg craff ar effeithiau Brexit ar un gymuned, tra bod straeon eraill yn mentro 'nôl ymhellach i'r gorffennol, gan ystyried streiciau'r glowyr a Natsïaeth. Ceir nifer o ddarnau, hefyd, sy'n ymwneud â Chymru a Chymreictod, gan gynnwys y gerdd 'Aros' gan 'Annibynnol', sy'n disgrifio 'Cytseiniaid Seisnig yn clecian/ cyn boddi alawon ein tir./ Ysbeilio cyfoeth ein bro,/ datod clymau ein cymuned,/ hawlio ein cartrefi am grocbris/ a'n gwanhau,/ ein gwahanu a'n concro'. Mae 'Pump' a 'Ffŵl Ebrill' hefyd yn trafod 'datod clymau ein cymuned' trwy dlodi a digartrefedd, gan ddangos yn bwerus y bobl gaiff eu heffeithio gan bolisïau.

Y thema nesaf oedd yr amgylchedd a byd natur, gan fod cynifer o'r llenorion wedi dewis dathlu'r byd o'u cwmpas, a galaru'r difrod a wnaed iddo. Neges syml a geir wrth ddarllen y gwaith 'ma, un a fynegwyd yn glir gan 'Eryr Aur': 'Deffrwch bawb, rwyf am i'r byd/ Fod yn enfys o flodau, yn syrcas o hud,/ Gyda chân yr adar yn fwrlwm o gyffro,/ Mae'r cloc yn tician, mae'n rhaid i'r byd DDEFFRO!'

Yn olaf, ac efallai'n fwy emosiynol fyth yng nghyd-destun coronafeirws, mae'r thema eang o fywyd a marwolaeth. Ceir nifer o ddarnau'n ymwneud â cholled, angau ac iechyd meddwl, ond maent i gyd yn eu trin mewn ffordd ddewr a gonest. Mae'r llinell o gerdd 'Denzil', 'Galaraf, ond gweithiaf gân', yn wir am nifer ohonynt, ac mae'n awgrym o'r harddwch a all dyfu o wreiddiau'r fath dristwch. Mewn blwyddyn a ddifethwyd i nifer gan golled, mae cerddi fel hyn yn ein hatgoffa i barhau i ganu.

Wrth i mi sgwennu'r geiriau hyn ym mis Mai 2021, gobeithiaf y bydd pethau wedi gwella i ni i gyd erbyn i chi eu darllen. Hyd yn oed os nad ydynt, gobeithiaf y gwnewch chi fwynhau pori trwy'r gyfrol hon. Mae'r gwaith anhygoel sydd ynddi'n profi y daw eto haul ar fryn, er gwaethaf y testunau tywyll. Gobeithiaf, yn bennaf, y bydd y gyfrol hon yn cynnig i chi'r un gobaith a chysur ag a gefais i wrth ei darllen.

**Brennig Davies** *Mai 2021*

# Gwleidyddiaeth

# 388
Y Goron

## 'Bryn Awelon'
## gan 'Barus janswyr fel Boris Johnson'

'enw fflat-pac, Ikea, sgleiniog-ddeniadol.'

Un wal wen fel wal clinig ydi'r stad;
rhes o dai rhy debyg...
... rhy wyn, cawn weld pwy a drig
yn uffern plaen y diffyg...

**Y ni o gymedrol nwyd
yw'r dynion a fetropolitaneiddiwyd.**

Fe'm trawodd erioed fel enw od. Anghydnaws. A hithau'n stad o
dai a'i chefn at y dre, roedd yn annhebygol o deimlo awel hallt y
Fenai yn sibrwd i lawr ei gwar. Yn ail, y mae hon y math o stad lle na
fentrai 'awelon newid' chwythu'r un blewyn o wair o'i le (gwair twt,
onglog, artiffisial o wyrdd).

Felly maddeuwch imi fod yr enw'n fy nharo fel enw od. Ni
allaf ond dod i'r casgliad mai enw-ffatri ydyw (dim ond i rywun
mewn ffatri yn Swindon fod yn ddigon cyfrwys i fwydo *Breeze
Hill* i geg y peiriant cyfieithu. Rhowch godiad cyflog i hwnnw,
neu honno, pwy bynnag ydynt). Ia, enw fflat-pac, Ikea, sgleiniog-
ddeniadol. Enw twt a chymesur sy'n ffitio'n ddel ar arwydd.
Ond yn enw ac iddo'r fantais o beidio â chorddi'r dyfroedd a
gwylltio'r *natives*.

A beth felly yw'r rysáit priodol ar gyfer consurio stad o'i math?
Mae'r cyfarwyddiadau mewn Swedeg, ond fe'u cyfieithaf er budd y
darllenwyr.

- Y mae'n rhaid wrth dri math gwahanol o dŷ i bob stad. Y mae'n rhaid i bob un math o dŷ hawlio enw-ffatri iddo ef ei hun hefyd.
- O fod wedi dewis tri math o dŷ o bamffled sgleiniog-ogla-*inkjet-toner* y pencadlys (ar y stad hon y mae *The Oxford*, *The Leamington* a *The Sandringham*), gellir eu copïo a'u gludo yn ôl eich mympwy, dim ond ichi beidio â gosod un o dai'r *Sandringham* yn rhy agos at wehilion mewn *Oxford* neu *Leamington*.
- Yna, daw'r rhan gyffrous (bydd y rhai rhagfarnllyd yn eich plith a fydd, yn anochel, yn troi eu trwynau ar y cyfryw stadau am eu bod yn amhersonol a digymeriad, eisiau gwrando ar y rhan hon). Fe berthyn i bob stad ei dwy nodwedd unigryw ei hun, sef y lliw pastel arbennig i ddrysau'r garejys (*Celadon Green* ym Mryn Awelon), a'r tyfiant sy'n fordor twt i'r ardd ffrynt (sydd yn amrywio rhwng yr *English Boxwood* a'r *Littleleaf Buxus*).
- Y tu hwnt i hynny, gellir disgwyl y cysondeb nodweddiadol hwnnw. Y brics coch siwdo-Edwardaidd, y gôt o blastar *K-Rend* a fydd, diolch i'r glaw, yn ddagrau masgara drosto ymhen rhai blynyddoedd, a tharmac sgleiniog yn sliwennu'n dwt rhwng y tai.

A dyna Fryn Awelon ichi. Stad o dai nad wyf yn deall sut y cafodd ei henwi. Stad o dai sydd, yn ei hanfod, yn barlysol o ddiflas.

### Y tŷ yn y cefn heb fwsh

Mae un bwlch yn torri ar gysondeb y lle. (Gwrthodaf ddefnyddio'r gair 'unffurfrwydd'. Mae i'r gair hwnnw ryw ragfarn negyddol.) Y fi ydi'r bwlch hwnnw. Fe'm hadeiladwyd reit yng nghefn y stad o dai fel tŷ arddangos. Sgrap o bapur y gallai teuluoedd ei ddefnyddio a dechrau sgriblo'r dyfodol yn sgetsys breision ar ei gefn cyn symud ymlaen i'r drafft terfynol. Deuai teulu arall yn ei dro, cyn y llanwyd y stad yn gyfrolau o straeon byrion newydd sbon. Cyffrous, ie. Ond fel pob sgrap arall o bapur fe'm hamddifadwyd innau o'm swyddogaeth.

Does gen i ddim enw. Does gen i ddim rhif chwaith. Pa iws rhoi rhif ar dŷ na fydd neb yn ei nodi fel cartref ar ffurflen gownsil neu basbort? Pa sens rhoi hunaniaeth i dŷ na fydd ond blwprint i dŷ arall, tŷ ac iddo wres canolog yn lle tân gwneud?

Yn y diwedd, pan werthwyd yr olaf o'r tai fe wnaed cynlluniau i'm troi'n dŷ iawn. I'm diberfeddu a gosod ynof y peipiau a'r gwifrau hynny sy'n angenrheidiol mewn tŷ go iawn. Cynlluniau papur sgrap oedd y rhain, wrth gwrs. Penderfynwyd mai annoeth fyddai bwrw ymlaen â nhw am ddau reswm. Mae'n anochel y byddai'r gwaith adeiladu wedi amharu ar drigolion eraill y stad. Nid yn unig y byddai'r sŵn yn niwsans, ond wedi i'r adeiladu ddod i ben fe sylwai'r trigolion mor fyddarol o dawel oedd y stad. Annaturiol o dawel. Ni charai'r cwmni ddechrau amlygu gwirioneddau annifyr felly mor gynnar yn hanes y datblygiad. Yn ail, golygai hyn y byddai'n rhaid rhoi i'r tŷ rif. A'r rhif hwnnw? 301.

Unionrwydd. Cymesuredd. Integriti. Trefn. Byddai'r egwyddorion sylfaenol hyn yr adeiladwyd y stad hon arnynt yn siwrwd dros nos o osod y rhif 301 ar ddrws tŷ.

Penderfynwyd fy ngadael felly. Rheibiwyd fy ngardd ffrynt a gosodwyd porfa wneud na fyddai'n rhaid ei thendio. Ysbeiliwyd fy llwyni. Ac yn olaf, gosodwyd ynof amserydd a fyddai'n cynnau'r golau rhwng hanner awr wedi pump fin nos a naw o'r gloch. Mewn deuddydd crëwyd rhith o dŷ nad oedd o'n bod dim ond yn ei ymwybyddiaeth ef ei hun.

### 'Bydd y sawl sydd am annerch y ffôl yn siŵr o ddenu torf'

Wrth i'r haul losgi'n boeth ni allaf waredu'r hen dybiaeth o'm pen y gwnâi Capel Pen-yr-allt Wetherspoons tan gamp. Mae'r bensaernïaeth yn siwtio i'r dim, ac afraid dweud fod y clientél i'w gael yn yr ardal. Deuai'r myfyrwyr rhyddfrydol, crwn-eu-sbectol, piws eu gwallt, Ewropeaidd eu hanian yno i warafun y pethau hynny sy'n bygwth eu ffordd o fyw. Brecsit, wrth gwrs. (Bydd y cwrw rhad, a fydd yn welw fel hen lun wedi melynu, yn peri iddynt anghofio fod perchennog y tsiaen y maent yn cyfrannu'n hael o bwrs gwlad ato yn un o awduron llawrydd y stori benodol honno.) Dônt i drafod y frwydr danllyd rhwng y proletariat a'r *bourgeoisie* melltigedig yn eu nofel osod ddiweddaraf, heb sylwi ar y locals wrth y bar sy'n piffian chwerthin arnynt drwy eu gwydrau chwarter llawn. Godrant ddiferion olaf eu cwrw Brecsit cyn hwylio allan i'r nos fraich ym mraich yn ubain 'Oooooh Jeremy Coooorbyn!' i stryd wag. (A bydd, mi fydd unrhyw synnwyr ar eironi'n farw gorn. Cyn farwed â'r achos sy'n ei fradychu ei hun yn yr hen bulpud a'r ffenestri lliw a'r powlenni casgliad sy'n dal y *sachets* meionês.)

Beth bynnag am yr Wetherspoons arfaethedig, byddai'n aros yn gapel am y tro. Oni bai am heddiw, oherwydd heddiw, fel cannoedd o gapeli a neuaddau ac ysgolion (ac un garafán yn Garthorpe) ar draws y wlad, mae'n ganolfan bleidleisio. Pe baech wedi sôn am refferendwm ar aelodaeth y Deyrnas Unedig o'r Undeb Ewropeaidd rai blynyddoedd yn ôl, byddai'n rheitiach pe baech wedi bod yn siarad iaith y brain â'r rhan fwyaf o bobl. Dyna flynyddoedd sgript y Drydedd Ffordd. Y blynyddoedd na allai neb ond teimlo fod gwleidyddiaeth Brydeinig fel gweithio'n araf drwy fwydlen Wetherspoons. Pob un diwrnod a'i bryd ei hun. Pob un yn edrych yn wahanol. Pob un ac iddo'i lysiau neu ei salad dethol. Y saws priodol. Ac ambell un â'i archeb o gylchoedd nionod. Ond o lwytho'r fforc a'i fwyta, canfu'r bwytäwr eu bod oll yn blasu yn union yr un fath.

Ac yn awr fe gaiff rhywun ei hun yn ysu am ragweladwyedd y blas, yn hiraethu am y sefydlogrwydd *bland*, ac yn chwennych diffyg integriti strwythurol y myshrwms a blas carbord y tsips. Oherwydd roedd y tirwedd gwleidyddol yn rhacs jibidêrs a'r byd yn graciau dan ein traed. Y mae'r clientél yn ysu am flasau newydd. Yn gwrthod derbyn mai 'fel hyn y mae hi ac fel hyn y mae hi i fod'.

### Awr beryg yw tri'r bore

Does dim o'i le ar sefydlogrwydd. Mae pobl yn ysu am gael ei wared o pan mae o'n gafael yn dynn am eu gyddfau nhw ac yn eu mygu nhw, ond o beidio â'i gael o, mae pethau'n mynd yn rhemp.

Ond mae hyd yn oed trigolion Bryn Awelon yn dechrau anniddigo. Yn rhwygo tudalennau'r llyfr ryseitiau ac yn poeri arno. Fe welwch ambell set batio yn ymddangos ar lain o wair. Yn ymyrryd ag unffurfrwydd-bocs-tabledi rhesymegol y strydoedd. Gadewir beics i dorheulo ar y dreifiau. Mae marigolds a chennin Pedr yn bacedi creision gwag wrth odre'r *English Boxwoods* ac mae garej Rhif 32 bellach yn *Moss Green*.

Fin nos, pan mae'r amserydd wedi hen ddiffodd y golau a phawb yn meddwl nad oes neb yn sbecian drwy'r cyrtans Argos rhad (a brynwyd ar fy nghyfer i guddio sgerbwd gwag y stafell fyw, ond a fyddai'n ddigon tryloyw i belydru golau egwan yr amserydd) – bryd hynny y mae'r torri rheolau go iawn yn dechrau. Pan mae silwét yn llithro'n llechwraidd o rif 293 i 294, heb y mymryn lleiaf o ystyriaeth am gyfundrefn dwt y llwybr cerdded na ffiniau solat y llain wellt.

### Hangofera

'Dwi fath â bechdan,' medda Shân a'r bagiau du'n llusgoi'i hwyneb am i lawr fel rhaffau tent. 'Mi ydw i'n llegach fath â dwn i'm be hefyd.'

Sgwrs nid anarferol ar gyfer bore dydd Gwener rhwng dau deithiwr yn rhannu lifft i'r gwaith. A hithau'n ddiwedd wythnos, roedd y diffyg brwdfrydedd hwn yn ddisgwyliedig. Ond roedd heddiw'n wahanol. Roedd cyd-ddealltwriaeth rhwng y ddau ohonom na fyddai'r syrthni, fel yr holl ddyddiau Gwener eraill, yn cael ei ddiosg efo'r Huwcyn cwsg erbyn amser cinio. Deallai'r ddau ohonom hefyd na fyddai'r grwgnach yn troi'n sgyrsiau am 'blaniau wicend' nac yn gyd-ddyheu am ryddid 5 o'r gloch.

Roedd y wlad i gyd fel pe bai'n hangofera. Hangofyr trwm na fyddai dwy niwroffen a mỳg o goffi du'n ei dwtsiad o. Hangofyr wedi'r noson wyllt y lluchiwyd rheolau a chyfrifoldebau a 'fory a 'fory wedyn mor ddi-hid â nicar les ar lawr stafell wely. Hangofyr wedi i hyfrdra'r penderfyniadau *shit* bylu'n ddim. Bore Brecsit. Y gair na olygai ddim rai misoedd yn ôl yn air bellach nad oes modd dychmygu'r byd hebddo fo. A'r dyddiad hwnnw a fydd wedi ei serio'n boeth ar ein cof ni am byth.

Aiff Shân yn ei blaen, '... gobeithio y bydd y bastad peth yn drychinab. Ma'r prics anghyfrifol yn haeddu pob dim sy'n mynd i gael ei daflu atyn nhw. Ac mi gân nhw fyw efo fo. Pob ffwc o bob dim.'

Gwn y bydd Brecsit wedi piso ar lot o dships y bore hwn. Gwn y bydd y gwâr yn rhegi a'r call yn ein plith yn colli rheswm. Gwn y bydd rhannu lifft i'r gwaith a chofio mynd â'r biniau ailgylchu i'r lôn er mwyn gwneud eu rhan dros yr amgylchedd a'r dyfodol yn teimlo fel gweithredoedd pitw, pathetig. Wedi cyrraedd y gwaith, bydd pob defod foreol yn gwneud y mymryn lleiaf o sens. Gwn y bydd y coffi'n chwerwach, a gwn fel ffaith na fydd llwyad o siwgwr yn ei gwneud hi heddiw. Serch hyn oll, mae y mateb Shân yn fy synnu.

### Sobri

Mae teimlad gwahanol ar stad Bryn Awelon heddiw. Mae'r trigolion prin hynny sydd wedi dod o'u tai cyn hanner awr wedi wyth yn cerdded i'w ceir fel pe baent yn rhydio drwy gachu. Mae'r ceir, wrth adael, yn cropian mynd fel pe na bai'r gyrchfan yn werth ei chyrraedd. Mae'r trigolion yn flerach. Y teis yn fwy cam. Mae golwg arbennig o wael ar y cysgod o ddynes sy'n ei llusgo hi ei hun o 293. Mae pawb yn hwyr i'r gwaith a'r ysgol ond does neb i weld yn poeni dim. Mae'r rhieni yn edrych ar eu plant yn dosturiol, ac mae'n rhaid i'r cathod fynd heb eu bwydo am nad yw'r mamau yn cofio gwneud.

Beth ddigwyddodd neithiwr, ni wn, ond mae gen i deimlad annifyr na fydd pethau'n iawn am yn hir eto.

### Yr hen a gred mai'r hen a ŵyr

'Mae'r bych yn treulio gormod o lawer o amser ar y sgrins 'ma!' Nid yw'r ymweliad dirybudd gan y fam-yng-nghyfraith ystrydebol o ffyslyd yn gwneud dim i leddfu cur-yn-pen Brecsit.

Gwrthodaf ymuno â'r frigâd Liwdeitaidd sy'n lladd ar dechnoleg fodern a'r cyfryngau cymdeithasol am y modd y maent wedi chwalu ein systemau cymdeithasol a'n gallu i gyfathrebu â'n gilydd. Does gen i ddim amynedd â'r hyn a ystyriaf yn beth arall nad ydyw'r genhedlaeth hŷn yn ei ddeall ac felly y mae'r peth hwnnw, o raid, yn beth i ffieiddio wrtho. Fel dynes ddu ar fŷs neu ddau ddyn wefus wrth wefus ar *Pobol y Cwm* ('does gen i ddim problem efo nhw, dim ond nad ydyn nhw'n ei neud o'n gyhoeddus', math o beth).

Ystyriaf ddweud hynny wrthi. Onid gadael i'w chenhedlaeth hi gael get-awê'n gwyntyllu camargraffiadau o'r fath heb eu herio sydd wedi arwain at y llanast gwleidyddol y mae'r wlad ynddo? Penderfynaf gau fy ngheg.

Mae'n gas gen i bregethwrs. Y smyg-foesol, ffugdduwiol rai sy'n gwbl argyhoeddedig fod yn rhaid cael barn solat, ddi-syfl ar bopeth, a bod y rhai a chanddynt safbwynt i'r gwrthwyneb wedi eu tynghedu i fyw gweddill eu bywyd yn gaeth i'w hanwybodaeth.

Bûm yn treulio'r nos Sadwrn gynt yng nghwmni un o'r rheini. Yn nhafarn y Castle and Ship gyda Brennan, gŵr Shân. Dyn gwyn arall oedd am chwalu'r batriarchaeth. Roedd Brennan yn foi digon annwyl. Digon yn ei ben a'i egwyddorion o yn y lle iawn. Ond y math o foi na fyddech chi'n cyfaddef wrtho eich bod, o dro i dro, yn siopa yn Primark. Byddech, o gyfaddef hynny, yn cyfaddef eich bod yn cyfrannu'n gwbl hunanol at raglenni ecsbloetio plant yn y Dwyrain Pell. Gwell ceisio osgoi derbyn parseli Amazon yn syth i'ch tŷ hefyd (rhowch gyfeiriad eich gwaith). Maent hwythau'n ddiawliaid-osgoi-trethi, ond yn fwy na hynny'n rhan o broblem gyfalafol ehangach sy'n sathru'r gweithiwr cyffredin (cyfieithu i'r Cyngor Sir mae o, a hynny ar gyflog anghyffredin o uchel).

Ar wahân i gyfieithu, mae'n treulio cyfran dda o'i ddiwrnod yn gwasanaethu'r cyhoedd fel 'addysgwr'. Ar ei gyfrif Twitter (ar ei ffôn Apple; dau gwmni rhyngwladol, cyfalafol arall, ond soniwn ni ddim am hynny), mae'n cywiro camargraffiadau, yn amlygu anghysonderau, ac yn herio rhagfarnau (yn dweud ein bod ni i gyd yn anghywir, ac egluro pam ein bod ni i gyd yn anghywir).

Mae Brennan yn gwarafun yn ddyddiol fod yn rhaid iddo fyw ar stad fel Bryn Awelon. Stad yr elît metropolitan, neoryddfrydol sy'n gaeth i'w breintiau eu hunain. Ond a'r farchnad dai fel ag y mae hi, nid oedd dewis ganddo. Mae prisiau tai yn bethau cythreulig o ddrud ar y tir uwch moesol.

### Gwrach

Pe bai hi'n byw mewn hen dŷ capel, neu dŷ teras neu fwthyn neu dŷ ffarm, yn hytrach nag yn 299 Bryn Awelon, nid oes gen i amheuaeth mai gwrach fyddai hi. Byddai gan blant y dref ei hofn hi drwy eu tinau ac allan a byddai wedi ei halltudio i fyw bywyd unig meudwy. Ond yn 299 Bryn Awelon y mae hi'n byw, ac nid yw gwrachod yn byw mewn stadau fel Bryn Awelon, felly dyna ddiwedd ar hynny.

Mae ar ei phererindod wythnosol i'r capel. (Tystiolaeth bellach, pe bai angen hynny, nad gwrach mohoni.) Mae lliwiau inji-roc ei sgarff mor anghydnaws. Dydyn nhw ddim yn gweddu iddi. Nac i Fryn Awelon. Mae'r lliwiau'n rhy liwgar. Yn bedwar lliw yn rhy liwgar, o leiaf, ac yn llawer, llawer rhy brysur.

Dydi'r sgarff, chwaith, ddim yn gweddu i heddiw. Ddim yn gweddu i drefn y Sul o wneud pethau o gwbl. Tydi'r tsieina festri y bydd hi'n tywallt y te'n rhubanau copr iddynt ddim yn betha sy'n dod mewn lliw. Tydyn nhw ddim yn betha sy'n dueddol o amrywio chwaith. Byddai ei sgarff yn llanast blêr golau ffair yng nghanol taclusrwydd unffurf y cwpanau tsieina.

Mae'r gôt yn fwy cydnaws â hi. Oes, mae iddi liw ond rhyw liw dim byd ydi o. Lliw setî hen nain (lliw garejys Bryn Awelon). Lliw fedrith guddio'i hun yn ddigon del. Roedd ei chôt hi'n gweddu'n fwy i'w llygaid hi. Y llygaid sydd fel dau lyn a chawodydd o law wedi eu chwipio eu hunain drostyn nhw gymaint nes eu bod nhw wedi colli eu lliw go iawn. Hi yn unig a ŵyr be oedd yn llechu dan wyneb oer y llygaid. Y pethau hynny a osodwyd dan haen o ddŵr flynyddoedd yn ôl. Roedd ambell swigen yn dianc nawr ac yn y man, yn bradychu'r ffaith ei bod, gwaetha'r modd, yn ddynol fel pawb arall, a'i bod, gwaetha'r modd, yn medru teimlo. A hynny i'r byw.

Fel ag y mae sgrifen yn treiddio'n wythïen ddu dew drwy'r inji-roc, yr oedd hon wedi ei thynghedu. Gallai ei harddu ei hun gymaint ag y dymunai. Ond ofer oedd gwadu y byddai, y tu ôl i liwiau ffair-inji-roc ei sgarff, wythïen ddu'n nadreddu ei hun drwyddi gydol ei hoes.

Mae'n gadael y stryd, ac yn cael ei llyncu gan stryd arall, heb i neb sylwi, a hynny am ddau reswm. Am fod strydoedd Bryn Awelon yn wacter gogoneddus o liw tywod, ac am iddi stwffio'r cywaith blêr yng nghrombil ei hanbag. Cyrhaeddodd fìn, a'i thynghedu hithau i golli ei lliw. Cofiodd am sŵn y ffair. Blasodd gandi-fflos a sws waharddedig merch ifanc. A gadawodd i'r glaw lifo drosti, a golchi lliwiau-gneud yr inji-roc i byllau oer bore Sul.

**'Bydd y sawl sydd am annerch y ffôl yn siŵr o ddenu torf.' (Ond nid torf mor fawr â'r gwrthwynebydd, ond eto'n dorf ddigon mawr i drechu'r gwrthwynebydd – peidiwch â gofyn, mae system etholiadol UDA yn gymhleth iawn...)**

Mae'n nos Fawrth, ac mae ceir yn eu llusgo eu hunain o'r swyddfeydd, y parciau busnes a'r ysgolion yn ôl am adra. Mae'r teiars yn gwneud sŵn hisian ar law sy'n lafoer gludiog ar darmac licrish Bryn Awelon. Fel *The Oxford, The Leamington* a *The*

*Sandringham*, tair amrywiaeth sydd yno ar y ceir hefyd. Fe'u ceir (ha ha!) mewn du, arian neu wyn. Mae, wrth gwrs, wahanol fridiau ar y ceir, ond o edrych arnynt drwy len lawog nos Fawrth ni fyddai neb ddim callach am hynny.

Mae sgyrsiau'r gweithle heddiw'n troi a throi yn fy mhen. Yr un oedd y sgyrsiau ym mhob gweithle arall yng Nghymru a thu hwnt. A fyddai America'n ethol Trump yn Arlywydd heddiw, ynteu ai siarad gwag oedd yr holl brosiect? Ai bygwth tynnu'n groes i dynnu sylw'r rheini a fu'n eu hanwybyddu gyhyd, neu ai dim ond fflyrtio â gwrthryfel oeddan nhw? Sws fechan, efallai, cyn brysio adra, yfed peint o ddŵr sobreiddiol, a llithro'n gynnes i sicrwydd gwely priodas?

**Gwylio'n dirion yr oedd addfwyn ddau**

Mae'n noswyl Nadolig ac maen nhw'n meddwl nad oes neb yn sbio arnyn nhw drwy gyrtans cilagored 294. Maen nhw'n meddwl fod pawb yn eu gwlâu am fod yr LEDs wedi eu diffodd. Ond fe'u gwelaf. Yn griddfan yn desbret bob yn ail â'u cusanu cath wyllt. Maen nhw'n dod hefo'i gilydd yng ngoleuadau'r goeden a honno'n wincio arnyn nhw rhwng pob hyrddiad o'u cyrff, fel tasa hi'n addo cadw'r gyfrinach fudr fel darn o aur rhwng ei changhennau.

Ac ar ôl i gyfnod y Nadolig fynd heibio, bydd yn eu taflu nhw. Y goleuadau. Yn meddwl fod cael gwared â phechodau noswyl Nadolig mor hawdd â rhoi'r rybish ar y palmant fore Llun. Yn meddwl y gallant guddio'r gyfrinach ym mherfeddion bag bin, a honno'n pefrio fel pelen coeden Dolig rhwng y napis a hen bapurau cyfrifoldeb.

*L'esprit de l'escalier*

Mae'n ddiwrnod urddo Trump yn swyddogol, ac fe'm hatgoffwyd o'r tro hwnnw yr aethant i ffrwgwd ag Americanwr ym Mhrag unwaith. Roedd y Vltava'n berwi'n frown a blin a ninnau'n sipian yn hamddenol ar beintiau hannar can ceiniog (wedi gwirioni'n lân, wrth gwrs). Roedd Prag dan farwor olaf y machlud yn anghyfrifol o dlws.

Serch hynny, roedd llond y bwrdd y tu ôl inni'n mynnu gadael i bawb wybod eu bod nhw yno. O glustfeinio (dwi'n giamstar ar hynny, am mai un o hoff ddiddordebau'r Cymro bach hwn yw tiwnio ei glust i rethreg wrth-Gymreig ar fŷs syrfis neu mewn Maccies), gallwn ddweud mai dau Sais ac Americanwr oedd wrth y bwrdd. Pam, tybed, y tynnir yn dragwyddol unigolion o'r gwledydd hyn ynghyd mewn cyd-ddealltwriaeth?

Roedd yr Americanwr, wrth gwrs, yn mynnu ei deud-hi fel y mae! Y cwpwl Tsieinïaidd wrth y bwrdd gyferbyn oedd yn ei chael hi, a hynny am resymau na wyddai neb ond yr Americanwr. (Waeth pa mor aml y tynnir sylw at ragrith llwyr rhethreg wrth-fewnfudo diadell Trump, mae'r eironi wastad yn fy llorio.)

Mae'r Americanwr yn codi'n uwch ei gloch bob munud. Ni allwn ond ei gymharu ag ewythr meddw mewn priodas. Dwy wefl fel dwy sliwen dew'n wlyb ar ei wyneb o'n gadael ôl poer a'i lond o wenwyn lle bynnag yr âi. Ei wyneb sleisan ham yn clasho'n llwyr ag awyr oren dinas Prag a jingoistiaeth yn diferu'n chwys cynnes oddi ar ei gorff blonegog o. Ni chyffyrddodd bysedd yr haul â'i wyneb erioed, a hynny am fod ganddo gap pig am ei ben – yn ymbarél i gadw pelydrau amlddiwylliannedd i ffwrdd, a'i sbectol haul yn troi'r byd i gyd i fod mewn un lliw.

**Y Fi Fawr**

Dihengais innau i biso'r cwrw rhad i grombil iwreinal. Ond o ddychwelyd, cefais fod Gwen mewn ymryson â'r Americanwr, ond nid oedd arlliw o gytgord cynghanedd na sŵn odl ar gyfyl yr ymryson hon. O glywed yr hyn a oedd ganddo i'w ddeud am Gymru (gwlad y tybiaf na wyddai ddim ond yr hyn sydd gan Wikipedia i'w gynnig amdani), dechreuodd fy ngwaed ferwi'n flin fel y Vltava. Fe'm trowyd gan hyder meddwyn yn bolitisian. Ond

ar ddiwedd pob noson mae ffoli'r meddwi'n troi... a throi a throi
nes bod rhywun yn wirion o chwil. Nes fod rhywun yn baglu'n
chiwthig dros glymau tafod uniaith a llinynnau'ch stumog chi'n
tynnu mor dynn nes eich bod chi isio chwydu hyder meddwdod i'r
Vltava a mynd adra.

Yn hwyrach y noson honno traddodais Ddarlith Flynyddol
gyntaf Cymdeithas Prague Square Hostel, a Gwen yn aelod brwd
o'r dorf denau. Testun y ddarlith oedd y twf mewn imperialaeth
Americanaidd. Yr oedd gennyf ddadleuon pynshi, dweud ergydiol,
a geirfa loyw. Serch hynny, rwy'n amau ei bod hi fymryn yn rhy
hwyr erbyn hynny.

### Yma o hyd

Yn y pedair blynedd a aeth heibio ers eich ymweliad diwethaf â
Bryn Awelon, mae sawl peth wedi newid. Dechreuodd y plastar
*K-Rend* grio dagrau masgara (fel y rhagdybiwyd gan sawl un). Fel y
plastar *K-Rend* bu wyneb arall yn stremps masgara hefyd. Y noson
honno rhoddwyd siwtces ar stepan ddrws 293, ac wedi hynny
roedd un car yn llai i anharddu'r dreif.

Collwyd un o arall o drigolion Bryn Awelon hefyd. Daethpwyd
o hyd i'r ddynes-nad-oedd-hi'n-wrach yn farw yn ei chegin.
Amcangyfrifwyd iddi fod yno am o leiaf pythefnos cyn i neb ddod
o hyd iddi.

Ond rhan o hanes Bryn Awelon yw'r pethau hyn. Maent
yn bethau sydd wedi digwydd, sydd yn digwydd, ac a fydd yn
digwydd ar stadau tai fel Bryn Awelon am byth. Bydd y misoedd
yn dal i fynd heibio, y plastar yn dal i grio, a'r garejys bron bob un
yn *Celadon Green*. Ond mae holl gyffredinedd uwdlyd Bryn Awelon
a channoedd o stadau tebyg ar draws y wlad ar fin cael ei ddryllio'n
raean man.

Mae gan y Prif Weinidog ddatganiad pwysig i'w wneud, a
hynny heno.

Mae'r holl beth yn teimlo'n od. O fod wedi arfer cael y newyddion diweddaraf yn neges ar ffôn, roedd ymgynnull o flaen y teledu'n teimlo fel gweithred ffals. Yn teimlo fel pe baent yn ail-greu golygfa o gyfnod y Rhyfel lle heidiai holl drigolion y tŷ o gylch y radio i glywed y diweddaraf.

Mae rhai yn rhagweld mai datgan ei fwriad i gynnal refferendwm brys i Gymru fydd y Prif Weinidog ymhen deng munud. Ni allaf ond credu mai lol yw hynny. Y mae, wedi'r cyfan, yn unoliaethwr, er iddo gael ei gyhuddo gan ei bobl ei hun o beidio â bod yn y popty unoliaethol yn ddigon hir, ac mai digon soeglyd oedd cytew y gacen benodol hon o'i thorri yn ei chanol.

Mae'r Prif Weinidog yn camu'n lliprynnaidd at y podiwm, ac yn dechrau ar ei ddatganiad yn y llais undonog, cysglyd sydd mor nodweddiadol ohono bellach. Mae'n sôn, wrth gwrs, am Brecsit. Am y dinistr y bydd yn ei achosi (na, tydi Brecsit *dal* heb ddigwydd). Aiff yn ei flaen i esbonio mai camgymeriad hurt ar foment wan oedd Brecsit, ac nad yw hi'n rhy hwyr i droi cefn ar y cyfan (dyma pryd y mae Shân, sydd wedi galw draw am swper yn ôl arfer nos Wener, yn rowlio ei llygaid). Mae'n egluro mai'r unig ffordd i gefnu ar Brecsit yw cefnu ar egwyddor graidd Brecsit, sef Prydeindod. Mae'r genedl gyfan yn rhoi anadl am i mewn ac yn gwasgu'n dynn yng nghlustogau'r soffa. Ac yn ei gilydd.

Bydd refferendwm, meddai. Un brys. A hynny ymhen chwech wythnos. Bydd yntau'n chwipio ei Aelodau Cynulliad ef ei hun i bleidleisio dros refferendwm, a bydd yr Aelodau Cynulliad cenedlaetholgar, wrth gwrs, yn eu cefnogi.

### Disgwyl

Mae trigolion Bryn Awelon yn disgwyl. Gwnaed y datganiad gan y Prif Weinidog bump wythnos yn ôl bellach. Golygai hynny mai wythnos yn unig oedd tan y cynhelid y refferendwm. Ond roedd popeth fel petai yr un fath. Gosodwyd ambell sticer ar gar, a blwtaciwyd ambell boster yn dwt yng nghornel ambell ffenest. Ond fel arall, roedd popeth yn union yr un fath.

Ond mae'r trigolion yn dal i ddisgwyl. Eisteddant yn eiddgar ar flaen eu soffas yn disgwyl i'r gloch ganu. Edrychant ymlaen at agor y drws, a chael datgan yn llawen eu bwriad i bleidleisio dros annibyniaeth wrth y sawl a wisgai rosét ac a gariai glipfwrdd. Edrychant ymlaen at gael derbyn cais yr ymgyrchydd i dynnu eu llun er mwyn rhoi neges jeneric ar y cyfryngau cymdeithasol yn sôn am 'ymateb da ar y stepan ddrws', ac at gael bod yn rhan o'r lluoedd sy'n 'dweud IE dros Gymru!' Ond ni ddaethai'r cyfryw ymgyrchwyr.

Mae trigolion Bryn Awelon yn flin. Yn flin, a hwythau wedi disgwyl am yr ymgyrchwyr, na ddaethant. Yn flin am iddynt bysgota eiliadau prin o'u bywydau prysur i osod sticer yn dalog ar gar ac i flw-tacio poster ar ffenest.

Ag wythnos i fynd, fe ânt i'w gwlâu, gan obeithio y cânt eu deffro drannoeth â chnoc ar y drws.

### Be ydi hi i fod?

Chwech wythnos yn ddiweddarach, ac rydym yn ymgynnull eto o gylch y teledu. Disgwylir i'r canlyniadau cyntaf ddod yn y munudau nesaf.

Bu trigolion Bryn Awelon yn disgwyl, ond fe'u siomwyd. Ni ddaethai'r ymgyrchwyr wedi'r cyfan. Ond eu colled nhw oedd hynny. Fe gafodd trigolion Bryn Awelon eu sgyrsiau, ac fe gytunwyd ar bethau. Nodiwyd yn gadarnhaol ar y rheini a ddaethai allan o dŷ ac arno boster blw-taciedig. Codwyd llaw ar geir a arddangosai'n falch y sticer coch.

Ac fe gâi'r trigolion balch longyfarch ei gilydd heno, wrth i'r canlyniad cyntaf ein cyrraedd. Mae'r etholaeth y mae Bryn Awelon yn rhan ohoni'n pleidleisio'n drwm dros annibyniaeth. Mae pawb yn taro llaw ar ysgwydd y llall, ac yn cofleidio.

## Aros Mae

Mae trigolion Bryn Awelon yn rhegi i'r nos. Mae'r canlyniadau'n siom, ond heb fod yn syndod i'r trigolion.

*'Ddaethon nhw ddim! Fuon ni'n disgwyl, ond ddaethon nhw ddim!'*

Drannoeth y refferendwm mae trigolion Bryn Awelon yn llithro'n ddiog yn ôl i'r hen ffordd ddibynadwy o wneud pethau. Rhaid strimio'r borfa sy'n dechrau hel bloneg ar hyd ar ei godreon. Teflir hen set batio sy'n pydru'n araf yn yr ardd ffrynt, ac nad oedd, mewn gwirionedd, erioed yn gweddu beth bynnag. Rhoir chwistrelliad o Flash i waredu'r marciau blw-tac.

Ac Aros Mae. Bryn Awelon a Chymru. A Phrydain, am y tro. Aros fel y maen nhw mae pethau i fod, mae'n rhaid.

# 372
Barddoniaeth dan 25 oed –
cerdd ddychan neu ddigri

## Cân brotest gan 'Miri'

Y fo yw'r esgid sy'n gwasgu,
Yn sathru ar syrthni y cof;
Hen ddresel a'i phlatiau'n disgleirio,
Hen fetel anhydrin y gof.

Hen ŵr y tymhorau ydwyt,
Hen Ragfyr a'i oerwynt blin
Yn stelcian mewn braint a gormodedd,
Mewn gloddest o hafau'r hin.

Offeren anghytsain y bobl,
Alawon disgordiau amhur.
Merwino y glust mewn eithafiaeth –
Daw'r bwystfil yn nes at y mur.

Cynddylan ei ddydd mewn Range Rover,
Aredig ei ffordd o mor hy',
A ffawd ei frenhiniaeth yn ddiogel,
Cans noddwyr ei fyd ydym ni.

# 397

Rhyddiaith Bl. 10 ac 11 i ddysgwyr

## 'Mae gen i farn' gan 'Robin Hood'

Gormod o bwysau, ansicrwydd am y dyfodol, dim amser rhydd: croeso i fywyd person ifanc – bywyd sydd, yn fy marn i, angen ei newid cyn gynted â phosibl.

Yn gyntaf, dychmygwch fod yn berson ifanc gyda nifer o arholiadau ac asesiadau, a chlywed yn feunyddiol, 'Dylet ti ddechrau adolygu nawr', a 'Byddi di angen rhoi dy waith cartref mewn yfory!' Beth ddigwyddodd i amser rhydd? Hoffwn i chwarae gemau neu dreulio amser gyda ffrindiau a'r teulu. Yn anffodus, fydd hyn ddim yn digwydd oherwydd gormod o waith. Ar hyn o bryd, mae deg darn o waith cartref gyda fi, a ddoe treuliais i'r diwrnod cyfan yn adolygu – roedd hi'n anodd dros ben! Dyma un enghraifft yn unig o'r straen mae pobl ifanc dano. Wrth gwrs, hoffai pawb lwyddo yn eu harholiadau; fodd bynnag, ydy hi werth oriau hir o bryder annirnadwy? Yn anffodus, mae wedi achosi cynnydd yn nifer yr achosion o broblemau iechyd meddwl oherwydd llwyth gwaith trwm a gormod o straen. Yn ôl gwefan Childline llynedd, cawson nhw 3,135 sesiwn gwnsela ar straen arholiadau, cynnydd o un ar ddeg y cant ar y flwyddyn flaenorol. Heb os nac oni bai, dw i'n credu gallai nifer yr arholiadau rydyn ni'n eu gwneud gael ei dorri i roi amser i bobl ifanc fwynhau a phrofi bywyd. Mae'n rhaid i ni ddod o hyd i ateb i bryder am arholiad!

Yn ail, baswn i'n dweud bod gormod o fywydau pobl yn cael eu harwain gan y cyfryngau cymdeithasol, ond yn arbennig pobl ifanc. Mae'n syfrdanol bod naw deg pump y cant o bobl ifanc ar gyfryngau cymdeithasol, ac yn ychwanegol, mae pedwar deg pump y cant o'r bobl hyn yn dweud eu bod nhw ar-lein 'bron yn gyson'. Mae llawer o bobl ifanc yn gaeth ac yn cael eu dylanwadu gan apiau cyfryngau cymdeithasol, yn enwedig Snapchat ac Instagram. Efallai fod y bobl hyn eisiau ymddangos yn 'cŵl' neu'n 'ffasiynol', er, ddylai hyn ddim bod yn wir. Yn aml, bydd hyn yn achosi i bobl ifanc deimlo allan o le achos mae arnom angen edrych a gweithredu mewn ffordd benodol i wneud yn siŵr fydd pobl ddim yn ein bwlio ni. Mae'r cyfryngau cymdeithasol yn dylanwadu ar yr ymddygiad negyddol hwn. Does yna ddim gwreiddioldeb; bydd pawb yn copïo modelau, enwogion a dylanwadwyr trwy'r amser. Rydw i'n teimlo ddylai pobl ifanc ddim bod dan y straen hwn, a dylen ni fod yn ni'n hunain, does dim ots beth mae pobl eraill yn feddwl.

Ansicrwydd. Mae'n ymddangos i mi fod ein dyfodol yn anhysbys. Yn ôl athrawon, rhieni ac ysgolion, dylen ni fod wedi cael ein dyfodol wedi'i gynllunio erbyn hyn. Fodd bynnag, fyddan nhw byth yn deall – mae'n amhosibl gwneud penderfyniadau mor bwysig mor gynnar ymlaen llaw. Dw i'n credu bod gormod o ddewisiadau i'w gwneud; gallai pob penderfyniad rydyn ni'n ei wneud effeithio ar ein dyfodol. A dweud y gwir, mae'n syml – gormod o bwysau, heb sôn am y ffaith bod yna ddigon o straen oherwydd bod TGAU a Safon Uwch gyda ni. Dw i'n meddwl dylen ni roi mwy o amser i archwilio a dysgu am lwybrau gwahanol a swyddi. Basai hyn yn gwneud inni deimlo'n fwy hyderus. Ar hyn o bryd, mae'r cyfan yn gawdel mawr ac mae'n ymddangos ein bod ni'n gweithio tuag at ddyfodol sydd heb ei ddarganfod. I fod yn onest, basai'n braf cael mwy o'r help a ddarperir i'r ysgolion. Bydd hyn yn sicrhau ein bod ni'n dilyn y trac cywir ac felly basai hyn yn ein paratoi ni at fywyd, er enghraifft ar gyfer coleg a phrifysgol.

I grynhoi, mae'r pryder ymysg pobl ifanc yn cynyddu'n gyflym oherwydd y llif parhaus o arholiadau, y beirniadu diddiwedd ar gyfryngau cymdeithasol a'r ansicrwydd am y dyfodol. Mae angen i ni gwtogi ar faint o bwysau sy'n cael eu rhoi ar bobl ifanc cyn daw'n broblem hyd yn oed yn fwy. Mae gen i farn – ond a oes rhywun yn gwrando?

# 376
## Rhyddiaith Bl. 5 a 6

## 'Ymson Willie Llewellyn' gan 'Enfys Amryliw'

### Tonypandy, 8 Tachwedd 1910

Mae hi'n noson oer tu allan heno ac mae'r gwynt yn sgrechian yn
ffyrnig yn y tywyllwch du. Rwy'n edrych ar yr hen gloc pren sydd
ar ben y cownter ac rwy'n sylwi ei bod hi bron yn saith. Mae Mollie
fach yn ei chrud yn cysgu'n drwm, diolch byth. Reit, rhaid i mi
dacluso'r siop yn barod ar gyfer fory ... O daria, rwy' i wedi gollwng
y gwin! Well i fi dacluso cyn i rywun lithro 'ma ... Estynnaf fy hen
fop o'r tu ôl i'r cownter a dechrau glanhau ... o, gobeithio fydd 'na
ddim trwbwl 'to heno 'ma ... Daeth Elizabeth Jones i mewn i'r siop
ddo' pan o'n i ar fin cau ac roedd hi'n llawn straeon am y coliers!
Yn ôl y sôn, fe dda'th heddlu o Abertawe, Caerdydd a Bryste i
Donypandy ddechre'r wythnos. "I be yn y byd ma' isie heddlu yma
yn Nhonypandy?" gofynnais iddi'n ddryslyd. Dwedodd hithau fod
pethau wedi troi'n gas! Yn ôl y si diweddara', fe wna'th miloedd ar
filoedd o ddynion orymdeithio drwy strydoedd y Rhondda cyn
dod i stop tu fas i bwll glo Morgannwg i drio diffodd y tân sy'n dal
i losgi yn y pwerdy. Dyna sy'n rhoi'r aer i gadw'r pyllau ar agor
i'r 'scabs', felly alla i weld pam ro'n nhw am ei ddiffodd. Wedyn
fe eglurodd fod y glowyr wedi cyrraedd pwll glo Morgannwg a'r
pwerdy erbyn y nos er mwyn ceisio mynd i mewn i ddinistrio'r lle.
Ma' nhw'n gallu bod yn reit flin – rwy' i wedi gweld hynny gyda'm
llygaid fy hun ac rwy' i wedi rhoi ychydig o bren dros fy ffenestri
heno, jest rhag ofn. Ond blin fydden i 'fyd taswn i 'di cael fy nhrin
fel nhw!

Odyn, ma' pethe 'di bod yn corddi ers dipyn nawr. Ma' sawl
ffrwydriad 'di bod yn y cwm 'ma a nifer fawr, rhai ohonyn

nhw'n gwsmeriaid a ffrindie i fi, wedi cael eu lladd yn barod ...
dyna'r ddamwain ym mhwll glo Cambrian bum mlynedd yn ôl
a'r un ym Mhenygraig llynedd – mae'n ddiddiwedd. Ma'r job yn
un mor beryglus ond ma' pethe 'di mynd o ddrwg i wa'th ers i'r
perchnogion barus 'ma gloi'r glowyr allan o bwll glo Elái bron
wythnos yn ôl nawr. Rhaid cyfaddef, rwy'n gweld fod bywyd yn
anodd i'r glowyr ar hyn o bryd ... Mae'r esgid yn gwasgu ac mae
bwyd ac arian yn brin. Mae llawer o'n ffrindie i'n gorfod mynd i'r
ceginau cawl i gael llawer o'u bwyd. Rwy'n teimlo'n flin drostyn
nhw, ydw wir. Dyw e ddim yn deg. Rwy'n ffodus. Rwy' i wedi cael
bywyd da! Chwarae dros Gymru yn erbyn yr All Blacks ... jiw jiw,
bum mlynedd 'nôl nawr! Teddy Morgan oedd yr unig un i sgorio
cais yn y gêm 'na ond ni, Cymru fach, enillodd! Ro'n ni fel tîm mor
falch! Ac yna'r gêm fawr yna rhwng Cymru a Lloegr! Mae'n anodd
credu nawr fy mod i wedi sgorio pedwar cais yn y gêm gyffrous
yna ym Mharc yr Arfau! Roedd y dorf yn wyllt a phawb yn
cymeradwyo wrth i mi redeg fel y gwynt lawr y cae! Ro'n ni i gyd
ar ben ein digon! Ers hynny, mae'n wir dweud fy mod i yn dipyn o
arwr yma yn Nhonypandy ac yng Nghymru! Dyddiau da ...

Ust! Beth yw'r sŵn ofnadwy yna? Rwy'n edrych trwy fwlch yn
y pren ar y ffenest, a thrwyddo rwy'n gweld torfeydd o ddynion yn
gorymdeithio tuag at y siopau! Ma' nhw'n edrych yn fygythiol, ydyn
wir! Rwy' ar bigau'r drain wrth iddyn nhw nesáu! Mi alla i glywed
Mollie druan yn crio, wedi cael ei deffro gan y sŵn, siŵr o fod. Well
i mi fynd ati hi ... "Dyna ni, Mollie fach." Rwy'n siglo ei chrud yn
araf ac mae'n cysgu'n braf eto. Dyna'r sŵn ofnadwy 'na eto, ac yn
nes y tro yma! Rhaid bod y glowyr wedi'u corddi heno. Mae'r sŵn yn
cryfhau eto! Rwy'n gallu clywed ffenestri yn malu! O na! O leia mae
fy siop i'n saff – diolch byth i mi roi'r pren 'na fyny. Gobeithio fydd
Mollie ddim yn deffro 'to. Dim ond 5 wythnos oed yw hi, druan â hi.
Na, mae hi'n iawn.

Af i lawr y grisiau pren yn dawel ac edrych eto drwy hollt yn
y pren ... O diar! Ma' nhw'n taflu cerrig yn flin at siopau ... Be ...
be ma' nhw'n neud nawr? Ma' nhw'n tynnu darnau mawr o bren

o ffenestri'r siopau i'w defnyddio fel arfau yn erbyn yr heddlu! O na, ma' nhw'n malu siop fy ffrind, Mr Thomas y groser! A nawr ... nawr ma' nhw'n agosáu at fy siop i! Dyma Annie yn ymddangos yn y drws. "Beth yw'r sŵn 'na?" Rwy'n ateb yn gyflym, "Paid ti â phoeni, Annie fach, der 'nôl i gefn y siop." Mae hi'n fy anwybyddu ac rwy'n dweud eto, "Cer, Annie!" Mae'n amlwg wedi cael braw ond mae'n gwrando y tro yma. Rwy'n edrych tu allan eto ac rwy'n gweld heddlu'n trio atal môr o ddynion rhag dinistrio mwy o siopau! Maen nhw'n ymddwyn yn dreisgar dros ben heno ac mae llawer o wthio a gweiddi. Rwy'n gallu clywed carnau ceffylau'n agosáu. Yr heddlu yn dod i dawelu'r dorf! Pam fod y dynion yma yn brifo ei gilydd fel hyn? Dydw i ddim yn deall.

Dyna fy ffrind Bert Walters, Stryd y Capel, yn y blaen ac mae e wedi cael ei anafu! Gobeithio bydd e'n iawn ... Mae'r heddlu nawr yn bwrw'r glowyr gyda'u batonau, ac mae'r glowyr yn codi eu dyrnau at yr heddlu! Alla i ddim credu'r olygfa! Rwy'n edrych yn bellach i fyny'r stryd lle rwy'n gallu gweld siop Hayden Jones ar y sgwâr ... mae'r siop wedi'i dinistrio'n llwyr! A dyna Parri'r Post allan ar y palmant yn ceisio helpu rhai o'r glowyr gyda'u clwyfau. Ddylwn i fynd allan i helpu? Na, rhaid i mi fod yn ofalus. Mae gen i ddau o blant bach i ofalu amdanyn nhw. O, gobeithio na fydd y glowyr yn tynnu'r pren o fy ffenestri i! Pryd fydd yr ymladd yma'n dod i ben? O na! Mae 'na ddillad, tybaco, poteli ... gwydr ... bwydydd o bob math ar hyd y stryd! Mae dynion yn dod mas o'r siopau gyda dillad crand ac esgidiau mewn bocsys ... a rhai hyd yn oed yn dod allan gyda thuniau bwyd! Ma' nhw'n dwyn o'r siopau. O, dyw hyn ddim yn iawn! Mae hyn yn warthus! Rwy'n gallu gweld heddlu'n trio gwahanu'r glowyr ond mae'r glowyr yn ymladd 'nôl yn ffyrnig. Mae hyn yn erchyll! Rwy'n edrych yn glou ar y cloc ac mae'n ddeg o'r gloch. Tair awr o ymladd ...

Mae pethau'n dechrau tawelu o'r diwedd ac mae'r glowyr yn dechrau symud a gwahanu. Am ryddhad – ond am lanast sydd yma yn Nhonypandy! Rwy'n edrych o gwmpas y stryd ac rwy'n gweld bod bron pob siop wedi chwalu! Jussets & Co, siop y groser, swyddfa post Mr Parri … druan â nhw. Rwy'n gweld siop gemwaith Barney Isaac o gornel fy llygaid ac rwy'n sylwi nad yw ei siop e wedi cael ei dinistrio. Rhyfedd. Rwy' mor falch fod fy siop i'n dal i fod mewn un darn. Rwy'n ddiolchgar dros ben wrth edrych ar y blerwch sydd tu allan. Yn araf bach, mae'r glowyr yn mynd i wahanol gyfeiriadau ac mae'r ymladd, o'r diwedd, yn dod i ben …

"Un moment s'il vous plaît"

# 381
Rhyddiaith Bl. 12 a 13

## 'Perthyn' gan 'Draenog'

Yn seiliedig ar hanes Suzanne Spaak

### Haf 1940

Teimlaf ddeigryn yn cwympo i lawr fy moch wrth i mi wylio
tanciau diddiwedd yr Almaenwyr yn gorymdeithio ar hyd y
Champs-Élysées. Rhytha miloedd o ddinasyddion ar y Natsïaid
yn gyrru'n fuddugoliaethus o gyfeiriad yr Arc de Triomphe, eu
cerbydau du a'u gynnau dychrynllyd yn disgleirio'n hyll o dan yr
haul tanbaid. Caeaf ddrysau'r balconi ac af i mewn. Cerddaf tuag
at yr ystafell ymolchi â chalon drom. Trechwyd y fyddin Ffrengig
wedi chwech wythnos o frwydro yn erbyn y gelyn a dwy filiwn o
ddynion wedi'u cymryd yn garcharorion. Gadawodd Llywodraeth
Ffrainc y brifddinas wythnos yn gynharach, gan adael miliynau o
Barisiaid dan reolaeth y Natsïaid.

Tynnaf fy ngŵn nos a chamaf o dan y gawod. Teimlaf y dŵr
oer yn araf droi'n llif cynnes ar fy nghroen. Rwy'n teimlo'n lân
ar y tu allan. Ond ni all cawod olchi i ffwrdd y budredd rwy'n ei
deimlo tu mewn. Golchaf fy nghroen gyda chadach garw a sebon
diarogl. Camaf allan o'r gawod a dechrau sychu. A'r orymdaith
wedi pasio, mae'r anhrefn brysur yn dychwelyd i'r palmentydd,
ond mae'n amhosibl peidio sylwi bod pennau'r mwyafrif wedi'u
plygu'n drymach nag arfer. Dros nos, daeth symbolau Natsïaidd
yn addurn atgas ar hyd strydoedd enwog y brifddinas ac fe welaf
fy nghyd-ddinasyddion yn syllu i'r llawr dan gysgod y Swastikas.
Caeaf fy llygaid a myfyrio am eiliad cyn cael fy neffroi gan sŵn
cnoc ar y drws.

"*Un moment, s'il vous plaît,*" gwaeddaf wrth geisio gwisgo fy ngŵn nos. Rwy'n amau taw'r Almaenwyr sydd yno, ac rwy'n paratoi ar gyfer y gwaethaf. Troediaf draw'n araf ar y llawr pren. Agoraf ddrws y fflat i weld golwg gyfarwydd. Yn y coridor saif dyn tal yn gwisgo siwt ffurfiol. Mae'n tynnu ei het ac yn dangos gwallt tywyll taclus. Tu ôl i'w sbectol gron disgleiria'i lygaid glas fel yr awyr ar fore o haf. Mae corneli ei geg yn llithro i fyny a gwelaf wên garedig.

"Suzanne," mae'n dweud, "sut wyt ti?" Mae'n pwyso ymlaen ac yn rhoi cusan i bob boch.

"Rhwystredig ond saff, o leiaf. A oes unrhyw wybodaeth gennyt?" gofynnaf iddo.

"Cyrhaeddodd dau o ysbïwyr Prydain ddoe. Cynigais lety iddynt ond ni fanteision nhw ar y cyfle er mwyn fy niogelu. Mae'n gwneud i mi deimlo'n euog peidio helpu."

"Rwy'n teimlo cywilydd i fod yn Ffrances. Rydym ni'n gadael i'r Natsïaid ein gorchfygu. Does neb yn brwydro, neb yn gwrthsefyll!" sgrechiaf mewn dicter.

"Paid gwneud gormod o sŵn, Suzanne!" sibryda Monsieur Laurent, yn ymbil arnaf i dawelu. "Mi fydd pawb ym Mharis yn dy glywed di, ferch."

"Sori, *monsieur.* Rwy'n teimlo'n ddiwerth. Cysylltais â fy nghefnder yn La Résistance ond dywedodd ei bod hi'n well i mi gario ymlaen â'm bywyd. Ond mae'n amhosibl! Galla i ddim eistedd a gwneud dim byd pan mae milwyr Almaenig yn gorymdeithio i lawr y Champs-Élysées!" Erbyn hyn rwy'n sgrechian eto. Teimlaf gynddaredd yn llosgi tu mewn fel tân ffyrnig.

"Rwy'n gwybod, Suzanne. Ond mi alli di helpu," meddai wrth fy nghofleidio.

"O ie? Wel sut, *monsieur*?" gofynnaf yn goeglyd. Mae'n camu i'r ochr gan ddatgelu dau blentyn. Mae eu llygaid yn treiddio fy enaid a'u hwynebau gwelw, tenau yn fy nychryn ychydig. Gwelaf ferch dal yn cydio yn ei brawd bach pitw, main. Mae ei gwallt yn ddu fel noson gymylog ac mae hi'n gwisgo ffrog mor wyn â marmor. Perlau o efydd sgleiniog llawn gofid ac ofn yw ei llygaid.

Mae ei gwefusau tenau'n gwgu arnaf. Gwallt du fel brân sydd gan y bachgen. Mae'n dal gafael yn ei chwaer yn dynn ac mae ei wefusau'n crynu ag ofn.

"Dyma Maya ac Avi Bergstein," medd Monsieur Laurent. "Llwyddon nhw i ddianc o drên ar y ffordd i wersyll-garchar Bergen-Belsen … Ni lwyddodd eu rhieni i ddianc."

Edrychaf ar wyneb y ferch, Maya. Mae hi'n dal i geisio gwgu arnaf er fy mod yn medru gweld dagrau yn y llygaid. Plygaf ar fy nglin ac ymestyn fy mreichiau allan. Cofleidiaf y bachgen, Avi, ond mae ei chwaer yn ei dynnu yn ôl. Gwelaf wên ddireidus yn dechrau ffurfio ar ei wyneb.

"Dyma'r plant y soniais amdanynt yn fy llythyr diwethaf. Maent yn ddau o filoedd o blant Iddewig sydd yn cuddio ym Mharis. Y cyfan sydd ganddyn nhw yw'r dillad maent yn eu gwisgo. Byddwn yn gwerthfawrogi'n enfawr petai modd iddynt aros yma gyda chi, Suzanne," meddai mewn llais tawel ond difrifol.

"Wrth gwrs, *monsieur*, beth bynnag sydd ei angen. Byddaf yn eu gwarchod fel petaen nhw'n blant i mi."

"Diolch, diolch o waelod calon i chi, Suzanne. Rwy'n sylweddoli'r hyn rwy'n ei ofyn ohonoch chi. Rwy'n gwerthfawrogi hyn gymaint," meddai Monsieur Laurent, yn dal llaw Maya. "Mae'n iawn, Maya. Mi fydd Suzanne yn eich gwarchod. Mae'n rhaid i ti ymddiried ynddi."

"Der ataf i, Maya," meddaf mewn llais tyner, caredig. Estynnaf fy llaw ati a theimlaf hithau'n gafael ynof, yn ysgafn i ddechrau ac yna'n dynnach. Mae ei llaw yn arw a chras. I lawr ei bochau mae dagrau'n llifo, felly rwy'n gafael yn dynn ynddi ac yn dweud wrthi fod popeth am fod yn iawn.

"*Au revoir, à bientôt*," meddai Monsieur Laurent wrth gerdded i ffwrdd.

"*Vive la France!*" gwaeddaf ar ei ôl.

"*Vive la France!*" atseinia'r plant, gyda'u dyrnau yn yr awyr. Cofleidiaf y ddau blentyn cyn eu harwain trwy'r drws i mewn i fy fflat.

Mae hi'n fis Hydref eto. Hydref coch ac aur gogoneddus. Mae'r coed derw ar hyd y Champs-Élysées yn disgleirio'n felyn ac efydd. Tu allan i'r ddinas mae'r caeau'n ymestyn fel carped o emwaith, yn emrallt a saffir prydferth. Ym mhobman rwy'n cerdded, mae lliw yn gweiddi ac yn canu o'm cwmpas. Mae hi'n dair blynedd ers i Maya ac Avi gyrraedd ac mae'r ddau'n ysu i gael mynd allan o'r fflat. Bob dydd maent yn eistedd ger y ffenestr yn gwylio prysurdeb Paris ac yn gwrando ar si strydoedd y brifddinas yn y nos. Wedi wythnosau o ymbil arnaf, fe gytunais i fynd â nhw am dro i'r Marché Bastille.

Gwisgaf gôt gynnes ddu a minlliw coch llachar. Prynais ffrog goch hardd ar gyfer Maya a chrys, tei a gwasgod smart i Avi. Plethais wallt Maya a rhoi beret iddi ac fe dorrais wallt Avi a'i dacluso iddo.

"Os oes unrhyw beth yn digwydd, rhaid i chwi ddweud wrthyf. Os oes angen i chi ddianc, ewch yn ôl i'r tŷ. Os na allwch fynd i'r tŷ, ewch i dŷ Monsieur Laurent, iawn?" Adroddaf yr araith rwyf wedi'i dweud wrthyn nhw fil o weithiau.

"Iawn, Suzanne," ateban nhw.

Mae fel petai ysbryd yr hydref wedi'i dywallt ar strydoedd Paris. Teimlaf heulwen ac awel oer, clywaf gân swynol yr adar. Dyma yw diwedd y flwyddyn a dechrau'r dydd. Mae'r gaeaf yn fraslun, y gwanwyn yn ddyfrlliw, darlun olew yw'r haf ond mae'r hydref yn fosaig gwefreiddiol o liwiau mawreddog. Croeswn y Seine sydd yn cysgu dan gysgodion ei phontydd. Sylla Maya ac Avi i fyny tuag at Dŵr Eiffel.

Edrychaf i fyny at y campwaith sydd yn edrych fel gwaith les perffaith wedi'i wneud o ddur. Pan ddaeth Hitler i gipio Ffrainc ni chipiodd y twr. Fe dorrwyd y ceblau ac fe arhosodd y lifft yn llonydd. "Gwnewch iddo gerdded os yw ef eisiau cyrraedd y brig," meddai'r Ffrancod. Fe roddwyd Swastika i hongian o'r twr ac fe ddaeth awel gref a'i chwythu i ffwrdd. Rhoddwyd ail faner ond dringwyd y ddynes haearn gan genedlaetholwyr dewr i hongian y Tricolore. Ceisiodd y Führer ei dymchwel ond yno mae hi'n dal i sefyll, ei gwên fetelaidd yn disgleirio.

Cerddwn drwy strydoedd marchnad Rue Cels. O'n cwmpas mae ffrwythau, llysiau, danteithion di-ri a chig ffres. Mae'r aroglau'n cymysgu ac yn llenwi fel hud a lledrith. Edmygaf yr afalau coch llachar a'r cigoedd amrywiol a'r arogl bara cryf. Ar amrantiad rwy'n troi ac yn gweld heddwas milwrol Almaenig yn siarad ag Avi. Gwelaf olwg ofidus arno. Cerddaf tuag ato'n araf.

"Alla i eich helpu, *monsieur*?" gofynnaf i'r Almaenwr yn dawel.

"*Deutsch!*" mae'n bloeddio.

"A oes problem, *Herr*?" gofynnaf, yn Almaeneg y tro yma.

"A yw'r plentyn yma yn eich gofal?"

"Ydy, dyma Avi fy mab," atebaf.

"Mab? Ond mae ei groen a'i wallt yn dywyllach," meddai'n sych.

"Eidalwr yw ei dad, *Herr*. Mae'n edrych yn un ffunud â'i dad," meddaf yn gelwyddog. Mae ei lygaid yn archwilio Avi ac mae ganddo wên amheus.

"Beth yw dy enw, ddynes?"

"Clara Ferraro," atebaf heb oedi. Celwydd pur.

"Bydd rhaid i mi wneud cofnod o hyn. Dewch i swyddfa'r Gestapo yn Rue de la Fontaine ben bore fory er mwyn cael eich cwestiynu. Beth oedd enw'r bachgen eto?" Wrth iddo estyn i'w boced am bapur ac ysgrifbin cydiaf ym mraich Avi. Rwy'n dechrau rhedeg.

"Maya!" gwaeddaf arni. Mae hi'n edmygu stondin liwgar – glas syfrdanol a choch tanbaid, melyn cyfoethog a phinc rhamantus. Mae'n dilyn fy nghamau i ac Avi drwy strydoedd cul Paris, heibio *patisseries* a chaffis, gydag arogl coffi cryf yn ein trwynau. Rwy'n dilyn cwrs palmentydd y ddinas ac yn rhedeg yn gynt na'r gwynt i gyfeiriad y fflat.

Cyrhaeddwn y drws ac rwy'n straffaglu i gael yr allweddi allan o waelod poced fy nghôt. O'r diwedd agoraf ddrws y fflat ac rwy'n brysio i fy ystafell wely. Rwy'n tynnu'r wardrob yn ôl er mwyn datgelu drws cudd.

"Rydych chi'n mynd i aros yn yr atig tan i fi alw arnoch chi. Deall? Peidiwch gadael yr ystafell a dod i lawr ataf i oherwydd gallai milwyr fod yr archwilio'r tŷ. Os nad ydw i wedi'ch galw mewn awr, maent wedi fy nghymryd. Ewch i dŷ Monsieur Laurent – mi fydd yn eich gwarchod yno. Arhoswch yn dawel. Rwy'n eich caru chi," meddaf wrthynt, gan eu cofleidio'n dynn. Cusanaf dalcennau'r ddau a'u hanfon i'r atig. Gwthiaf y cwpwrdd dillad yn ôl i'w leoliad blaenorol a pharatoi ar gyfer archwiliad yr Almaenwyr. Anadlaf yn ddwfn a thacluso fy ngwallt. Rwy'n aros.

Tair cnoc. Tair cnoc all newid fy mywyd am byth. Af i'r drws. Pan rwy'n ei agor mae pump o filwyr cryf a thal yn sefyll o 'mlaen fel tyrau cadarn. Mae golwg fygythiol yn eu llygaid a thôn oeraidd, cras i'w lleisiau. Maent yn fy nghwestiynu am rai munudau ac yn archwilio fy holl eiddo. Nid wyf yn canolbwyntio ar eu cwestiynau na'u honiadau; rwy'n rhy brysur yn poeni am y plant. Deffraf o niwl fy meddyliau pan welaf ddau o'r milwyr yn symud y cwpwrdd dillad.

Rwy'n gwybod yn awr fod y plant am gael eu darganfod. Teimlaf guriad fy nghalon yn fy mrest yn curo'n gynt nag erioed o'r blaen. Teimlaf yn annioddefol o sâl wrth ddychmygu beth fydd yn digwydd i Maya ac Avi. Maent yn fy ngalw i draw i'w harwain i fyny'r grisiau. Rwy'n ceisio meddwl am ffordd i rybuddio'r plant, ond rwy'n teimlo fel petawn wedi colli rheolaeth dros fy nghorff. Teimlaf eiriau'n ceisio gadael fy nhafod ond yn methu. Camaf yn araf i fyny'r grisiau pren. Gyda phob cam mae curiad fy nghalon yn cyflymu. Cyrhaeddaf yr atig.

Mae'n wag.

Ym mhen draw'r ystafell gwelaf fod y ffenestr ar agor. Er nad wyf yn berson crefyddol rwy'n diolch i Dduw am achub y plant. Trof at y milwyr. Maent yn fy arestio. Ond daw gwên i fy wyneb wrth i efynnau'r gelyn rwymo fy nwylo, oherwydd rwy'n gobeithio nawr y bydd Maya ac Avi yn saff.

Annwyl Monsieur Laurent,

Rwyf ar y trên. Cefais fenthyg darn o bapur a phen gan garcharor arall. Os ydych yn darllen y llythyr yma rydych wedi ei ddarganfod yng ngorsaf drenau Paris fel y trafodon ni. Maent yn ein symud o'r carchar ym Mharis i rywle yn yr Almaen. Nid ydym yn mynd i wersyll-garchar fel yr Iddewon druan ond mae carchardai'r Natsïaidd yn afiach. Er bod ofn arnaf teimlaf gysur wrth feddwl amdanoch chi a'r plant. Rwy'n eu colli yn arw. Efallai mai dyma fydd y llythyr olaf cyn i'r rhyfel ddod i ben. Yn ôl y sôn mae'r Cynghreiriaid ar fin cipio Ffrainc yn ôl! Rhaid i mi fod yn obeithiol oherwydd gobaith yw'r unig beth sy'n gryfach nag ofn. Rwyf wedi nodi enwau rhai plant Iddewig rwy'n ymwybodol ohonynt a'u lleoliadau ym Mharis – gobeithio y byddwch chi a'r Résistance yn medru eu hachub.

Yn gywir,
Suzanne Spaak

Gaius, Dinah ac Ezra Alon – Popincourt
Aaron a Baruch – Ménilmontant
Benjamin, Cain, Candace a Dishan – Passy
Carshena, Daniel ac Esli – Ménilmontant
Esther – Batignolles-Monceau
Felix, Eliada a Ginath – Reuilly
Ezram, Joshua a Kelal – Ménilmontant
Hamor, Noah ac Imla – Canal Saint-Martin
Immanuel – Popincourt
Jacob – Ménilmontant
Leah a Mara – Batignolles-Monceau
Matthias a Mica – Popincourt

Naomi – Butte Montmartre
Omar a Paulus – Passy
Reba a Rhesa – Canal Saint-Martin
Sapphira a Naomi – Ménilmontant
Zia – Popincourt

## EPILOG

Yn Hydref 1943 arestiwyd Suzanne Spaak gan y Gestapo ac
fe'i rhoddwyd yng ngharchar Fresnes. Er hyn, cyn iddi gael ei
charcharu, llwyddodd i roi rhestr o enwau plant Iddewig ym
Mharis a'u cyfeiriadau i gyfaill yn y Résistance, gan achub y plant.
Ar 12 Awst 1944 dienyddiwyd Suzanne Spaak, lai nag wythnos cyn
i'r Cynghreiriaid ryddhau Paris o afael y Natsïaid.

# 384
Rhyddiaith dan 19 oed (ar unrhyw ffurf)

## 'Ffiniau' gan 'Y Ferch o Gaerdydd'

*"L'homme est condamné à être libre ... parce qu'une fois jeté dans le monde, il est responsable de tout ce qu'il fait."*

Jean-Paul Sartre

Bu'r wal yno erioed. Ar un adeg, ni allai ddychmygu bywyd hebddi, heb ei chysgodion tywyll yn ymestyn dros y palmentydd llwydion, heb ei phresenoldeb oesol yn herio'r dref yn fygythiol, a heb ei hamlinell o oleuni artiffisial yn tarfu ar wawl naturiol y lloer a'r sêr. Dominyddai fywyd tref Mödlareuth, fel gweddill Dwyrain yr Almaen. Tair troedfedd ar ddeg o goncrit, sment ac artaith. Do, bu'r wal yno erioed ... ar un adeg.

Arferai weld ei chysgod yn crogi dros y dref o ffenestr ei ystafell wely fechan. Wedi iddo ddychwelyd adref o'r ysgol, gorweddai ar ei lawr noethlwm o bren caled i gwblhau ei waith cartref. Ar ôl iddo dorri chwys dros ei fathemateg, ac wedi gorffen ei waith ysgrifennu, arferai aros. Cofiai aros i'r haul ddiflannu, er mwyn i gysgodion y nos guddio ei bechod ym mherfeddion ei thywyllwch. Ond wrth i'r lleuad lechwraidd oleu'r gorwel pell a rhoi'r arwydd iddo ei bod hi'n ddiogel, swatiai yn llawn cyffro yng nghesail ei ffenestr bwdr, a'i chilagor i adael i awel fain Tachwedd ei oeri, cyn caniatáu i leisiau o synnwyr gwaharddedig Sartre, Hegel a Descartes gadw cwmni iddo, er gwaethaf swnian ei fam yn y cefndir.

"Dere i ffwrdd o'r ffenestr 'na – faint o weithiau sy'n rhaid i fi dy atgoffa di! Beth petaen nhw'n dy weld di'n darllen y sothach 'na? Rhyw ddydd fe dynni di'r Stasi'n gyfan am ein pennau ni!"

Yr un oedd cerydd ei fam bob nos, ond cofiai na fynnai newid

**45**

"Rhyw ddydd
fe dynni di'r
stasi'n gyfan
am ein
pennau ni"

ei ffordd. Er na wyddai beth a ddigwyddai pe câi ei ddal, gwyddai ddigon. Onid oedd ef eisoes wedi clywed am y bobl hynny a lyncwyd i grombil y tywyllwch mor ddirybudd, gan ddiflannu oddi ar wyneb y ddaear? Oedd, roedd yn ddigon i godi arswyd ar fachgen ifanc hawdd ei ddylanwadu. Yr un teimlad a gâi bob nos wrth sbecian drwy'r ffenestr, ei stumog yn corddi fel chwyrligwgan o deimlo'r bygythiad parhaol, ei phresenoldeb enbyd yn crogi drosto, yn dal ei thir yn herfeiddiol, nos ar ôl nos.

Do, bu'r wal yn rhan annatod o'i fywyd ar un adeg, a phob atgof wedi'i staenio ganddi mewn rhyw ffordd, boed hynny ar dudalen flaen y *Neues Deutschland* neu'n gysgod aneglur i'w gofleidio ar ddechrau'r ysgol gynradd; yn famol, anifeilaidd, bron. Roedd hi'n hollbresennol; ac er nad oedd hi weithiau yn y golwg, gwyddai ei bod yno, yn edrych drosto megis angel gwarcheidiol dros ysgwydd llofrudd – ei oruchwylio'n feirniadol, ond heb bŵer i wrthwynebu.

Fel crwtyn, doedd dim dianc rhagddi – er bod digon yn ceisio. Clywai sibrydion arswydus am bobl yn cael eu smyglo neu'n palu twneli, neu hyd yn oed yn ceisio hedfan drosti; ond methu a wnâi'r rhan fwyaf. Byddai rhai yn ceisio ei dringo hi, ac weithiau'n llwyddo i gyrraedd y Todesstreifen hyd yn oed, sef y darn o dir a wahanai'r wal fewnol ac allanol. Cofiai glywed am hanes dyn a geisiodd ddianc wrth nofio'r afon i'r Gorllewin, yn palu ei ffordd yn erbyn cerrynt yr afon, poen yr ymdrech yn gwneud i'w gyhyrau wingo wrth i ryddid agosáu â phob nofiad arteithiol. Cyrhaeddodd yn fuddugoliaethus, dim ond i gael un bwled i chwalu ei benglog yn ddarnau shrapnel esgyrnog, fel pob un arall. Troi gwely'r afon yn wely angau, ac afon Elbe yn afon o waed.

Arferai gerdded i'r ysgol bob dydd, yn dilyn ei hochr yn ling-di-long gan chwarae mig â hi, ei lliw llwyd yng nghornel ei lygad yn arwain y ffordd. Llusgai ei law fain dros arwynebedd y concrit llwyd, gan fyseddu ochrau miniog y brics, a'u cyfrif fesul un wrth iddo gerdded yn hamddenol, "309, 310, 311 ..." Cofiai syllu i fyny ati'n gegrwth, gan ryfeddu at ei huchder diderfyn, yr uchder oedd y tu hwnt i ddirnad a ffiniau dychymyg plentyn. Arferent gredu mai hi oedd y ffordd i'r nefoedd. Braidd y gallai weld ei therfyn heibio i'r weiren bigog. Dychmygai ei bod yn cyrraedd y cymylau, yn union fel yn stori Jac a'r Goeden Ffa, a chofiai feddwl, efallai, un diwrnod y medrai ei dringo i fyny fry i'r cymylau hefyd ac i ryddid ... ond gwyddai yn rhy dda beth ddigwyddodd y tro diwethaf i rywun geisio ei dringo i ryddid.

Cofiai gael ei ddihuno un noson gan felltithio aflafar. Ei hen gymydog, Hans, ar ei liniau wrth droed y wal yn ei bwrw'n ddidrugaredd â'i ddyrnau noeth nes peri i ffrydiau coch-ddu nadreddu ar hyd ei figyrnau crydcymalog. Roedd ei ddwylo'n ymbil ar Dduw i'w ryddhau. Cofiai glywed ei wylofain, yn udo, bron, fel anifail mewn poen yn aros am achubiaeth, ei brotest yn atsain ar draws y stryd, ei gri mor anobeithiol – *"Genug ist genug! Wir wollen raus!"* ("Digon yw digon! Ni moyn mas!") – cyn i glep bwled roi taw ar ei dwrw a'i adael yn fwndel llipa, disymud wrth ei throed. Ni feddyliodd erioed y byddai ef hefyd yn llafarganu yr un geiriau flynyddoedd yn ddiweddarach.

Syfrdanwyd ef droeon gan ei dycnwch; medrai wrthsefyll y gwynt a'r glaw, eira, llifogydd, gwres a thymhestloedd. Yn y gaeaf, byddai'n bwrw eira, ac os chwythai'r gwynt yn ddigon milain, creai luwchfeydd eira enfawr i lyncu pob arwydd o'i bodolaeth. Ond parhau i sefyll a wnâi. Cofiai aeaf 1982 a'i gyffro wrth ddeffro i weld ei fyd llwyd yn drwch o eira gwyn. Cofio rhuthro allan i gyfarfod ei ffrindiau Stefan a Klaus ger Siecbwynt Invalidenstrasse. Cofio adeiladu dyn eira, gan ddefnyddio'r mân gerrig o'r llawr fel llygaid, a rholio hen bamffled propaganda coch yr arferent eu dosbarthu drwy ddefnyddio rocedi ar draws y trefi, fel trwyn iddo. Ond funudau'n ddiweddarach, gwelodd y campwaith yn cael ei chwalu'n rhacs gan un o'r Stasi. Swyddog sbeitlyd, maleisus yn ei iwnifform werdd yn cicio'r cyfan i'r llawr gan chwerthin yn goeglyd iddo'i hun a'i fleiddgi danheddog.

Hyd yn oed wrth i grafangau milain storm ei hysgwyd â'i dwy law, neu pan chwipiai'r glaw hi, neu pan hyrddiai'r cesair i'w phledu mor ddidrugaredd, ni ildiai. Ond yn fwy na hyn, cofiodd iddi wrthsefyll y mwyaf dygn o'r holl elfennau – y Gwrthryfelwyr. Hyd yn oed ar adeg drychinebus y terfysg llynedd, ni lwyddon nhw i'w gorchfygu, na'i dymchwel, na'i chwalu.

Weithiau ar y ffordd i'r ysgol, cofiai sylwi ar ddarn o graffiti arni, ysgrifen flêr megis ôl cachu aderyn, wedi ei hysgythru'n ddiofal a brysiog. Ni ddeallai ar y pryd. Ond erbyn iddo ddychwelyd y prynhawn hwnnw, fel gwyrth, byddai'r ysgrifen wedi hen ddiflannu, yn union fel y bobl yng nghanol y nos, oni bai am un sgwaryn o lwyd oedd raddliw yn oleuach na llwydni naturiol y meini gwreiddiol. Pob arwydd o brotest wedi ei ddileu ohoni, ac o'n meddyliau ni hefyd, fel pe na bai wedi bodoli o gwbl, fel petai hi'n anghyffyrddadwy unwaith eto, heb arwydd o unrhyw wendid na phrotest na gwrthwynebiad. Dychwelodd paradwys y byd comiwnyddol i'n cofleidio. Ond gwyddai ef yn well.

Byddai'n breuddwydio amdani weithiau, ei hurddas yn amlwg bob tro, yn gwylio, yn syllu, yn sylwi. Dechreuai un freuddwyd yn yr un ffordd bob tro – diwrnod arferol ac yntau'n cerdded i'r ysgol, fel y gwnâi bob dydd. Yna dychwelyd adref i ddarganfod bod ei fam ar goll, fel petai'r ddaear wedi'i llyncu, dim arwydd ohoni a'r tŷ'n arswydus o wag. Rhedeg allan i'r stryd yn orffwyll, ei sgrechian yn atseinio hyd lymder anial ffiniau'r dref. Yna gweld Trabant gwyn yn gyrru i ffwrdd i'r tywyllwch du a'i hwyneb hi yn y ffenestr gefn yn sgrechian gweiddi arno'n ofer … cyn diflannu …

Arferai weld cysur ynddi wrth ei phasio bob dydd. Treuliai oriau yn edrych arni o garchar ei ystafell, yn crafu am unrhyw obaith o ryddid. Ond o'r diwedd, fe ddaeth y rhyddid hwnnw.

\* \* \* \* \* \* \*

Cofiai'r teimlad o gynnwrf yn yr awyr y bore hwnnw ym mis Tachwedd, fel petai pawb yn synhwyro beth oedd ar fin digwydd. Dechreuodd sïon ledaenu fod Schabowski yn mynd i ganiatáu i drigolion y Dwyrain groesi'r mur. Penderfynodd ymgasglu gyda'i ffrindiau wrth droed Gât Brandenburg wedi iddi nosi. Yn gwbl annisgwyl, roedd torfeydd enfawr o bobl wedi heidio yno hefyd. Cofiai'r bobl yn dringo ar ben y cerfluniau sanctaidd o Marx ac Engels, a dim sôn am y Stasi, yn union fel petai'r ddaear wedi eu llyncu, a'r baneri coch comiwnyddol yn goelcerth yn goleuo fagddu'r nos. Dechreuodd tyrfa anferth daranu fel côr, "*Wir sind das Volk! Wir wollen raus!*" ("Ni yw'r bobl! Ni moyn mas!") yn uwch ac yn uwch cyn dechrau bwrw ar y concrit llwyd â morthwylion, picelli, bwyelli, dyrnau, a dechreuodd briciau symud, dechreuodd y wal wegian; dechreuodd flasu rhyddid.

Yna, tair troedfedd ar ddeg o goncrit, sment ac artaith, yn chwilfriw.

\* \* \* \* \* \* \* \*

Â deigryn yn ei lygad syllodd am y tro olaf ar ffenestr ystafell wely cartref ei blentyndod cyn troi cefn ar Ddwyrain yr Almaen ac anelu am y Gorllewin, lle bu unwaith wal ... ar un adeg.

# 393
## Rhyddiaith Bl. 5 a 6 i ddysgwyr

### 'Fy hoff le' gan 'Minnie Mouse'

Fy hoff le yw Caerdydd achos yn gyntaf mae'r olygfa yn arbennig o dda, wedyn mae siopau o bob math, pobl garedig a bwyd blasus. Mae Caerdydd yn llawn lliw. Dwi ar bigau'r drain bob tro cyn mynd i Gaerdydd, ond ar y llaw arall mae fy nhad yn cael llond bola o siopa. Ta beth, does dim yn well gen i na diwrnod gyda fy nheulu yng Nghaerdydd. Byddaf yn cael diwrnod i'r brenin.

Gwelaf siopau, rhai bach a rhai enfawr. Teimlaf y dillad llyfn ar fy nwylo yn barod i brynu. Teimlaf yn hapus dros ben yn trio 'mlaen dillad arbennig (dwi'n dwlu ar ddillad).

Gwelaf yr olwyn fawr yn mynd lan yn yr awyr – Waw! Teimlaf yn sâl wrth i'r olwyn fawr droi rownd a rownd, trosodd a throsodd a throsodd. Reit ar dop yr olwyn fawr gwelaf bobl odani yn edrych fel morgrug.

Gwelaf y siop Starbucks enfawr a blasaf y *pink drink* a'r *crispy pop* siocled. Clywaf bobl yn siarad ac yn chwerthin. Gallaf weld rhai pobl yn neud gwaith a rhai pobl yn yfed.

Aroglaf y bomiau bath yn y siop Lush, rhai arogl ffrwyth ond rhai ych a fi. Rwyf wrth fy modd gyda'r sgrwb gwefus mefus a ceirios, a'r masg wyneb hefyd.

Gwelaf Stadiwm y Mileniwm yn fawr fel eliffant. Eisteddaf ar un o'r 75,500 sedd yn y stadiwm a gwelaf Gymru yn chwarae rygbi. Gallaf glywed pobl yn crochlefain achos bod Cymru'n cael cic gosb.

Clywaf bobl yn canu a chware offerynnau ar y stryd, mor swnllyd â seiren y car heddlu yn trio ffeindio person drwg. Gallaf weld person dwl yn y pellter mor ddoniol â chlown lliwgar yn y syrcas yn trio neud *hula hoop*.

Gwelaf Theatr Dewi Sant gyda 2,000 o seddi ac eisteddaf yn sedd 6b. Clywaf bobl yn sgrechian a chlapio ar ddiwedd sioe *Nutcracker* ac mae'r theatr dan ei sang.

Ar y traeth yn y bae clywaf y môr yn taro ar y cerrig anferth. Gwelaf y byrddau syrffio yn cael eu llusgo drwy'r tywod. Blasaf hufen iâ mintys a siocled yn fy ngheg. Gwelaf fy nhad yn gwenu o glust i glust. Aroglaf y barbeciw ar y traeth, arogl anhygoel fel bwyd mewn tŷ bwyta 5 seren.

Heb os nac oni bai, Caerdydd yw fy hoff le!

# 396

Rhyddiaith Bl. 8 a 9 i ddysgwyr

## 'Pan es i am dro' gan 'Y Gantores Fach'

**Dydd Mercher, 1 Ionawr 2020**
*Dyddiadur annwyl,*

Helô, Dewi Sant ydw i a dw i'n dod
o Gymru. Fy rhieni ydy Sant Non a
Sant. Cefais fy ngeni tua 500 OC ym
Mae Caerfai. Heddiw, meddyliais
am fynd i Gastell Coch sydd ger
Tongwynlais yn ne Cymru. Cafodd
y castell cyntaf ar y safle ei adeiladu
yn 1081 ac agorwyd Castell Coch
yn y 1870au. Yn fy marn i, mae
Castell Coch yn hanesyddol iawn
ac yn llawn teimlad hynafol. Es i i Gastell Coch oherwydd hoffwn
archwilio'r cyfrinachau rhwng y waliau llychlyd. Pan gyrhaeddais
i yno, roedd y coed yn siglo'n araf o ochr i ochr. Basen nhw'n
edrych yn anhygoel ym mhelydrau haul yr haf! Roedd y waliau'n
blaen ond roedd ganddyn nhw gysgod hyfryd o lwyd. Dydy Castell
Coch ddim cynddrwg ag y meddyliais! Y tu mewn i Gastell Coch,
roedd yr ystafelloedd yn frenhinol iawn. Roeddent mor frenhinol
ag y byddech chi'n ddisgwyl. Roedd rhai o'r gwrthrychau yn
edrych fel pe baent wedi'u gwneud allan o aur.

*Hwyl fawr am nawr!*
*Dewi Sant*

**Dydd Iau, 2 Ionawr 2020**
*Dyddiadur annwyl,*

Heddiw, dw i'n meddwl byddwn yn mynd am dro i Fae Caerdydd. Dw i'n ystyried bod y Bae yn rhagorol achos mae'r môr yn rhoi'r teimlad tawel i chi wrth iddo siglo'n ysgafn o ochr i ochr. I fod yn onest, mae'r môr yn las dwfn sy'n caniatáu i'r elyrch sefyll allan yn eu lliw gwyn sgleiniog. Dylen nhw chwarae rhai offerynnau er mwyn gosod y naws

ymhlith yr ymwelwyr, neu hyd yn oed y dinasyddion sy'n cerdded y strydoedd. Dw i'n teimlo'n llwglyd, felly dw i'n penderfynu mynd i fwyta yn Côte Brasserie a chael plât blasus o sbageti carbonara. Ar ôl i mi fwyta, roeddwn i eisiau mynd ar reid ar y cwch o Fae Caerdydd i'r ochr arall. I orffen fy nhaith gerdded roeddwn i eisiau tretio fy hun i hufen iâ gyda dau sgŵp sy'n cynnwys siocled a fanila. Am ddiwrnod!

*Hwyl fawr am nawr!*
*Dewi Sant*

**Dydd Gwener, 3 Ionawr 2020**
*Dyddiadur annwyl,*

Heddiw, deffrais am hanner awr
wedi naw. Mae'r tywydd yn heulog
a disglair iawn. Oherwydd y tywydd
mi wnes i wisgo a phenderfynu y
byddaf yn mynd am dro i'r Wyddfa.
Mae eira yma a dyma'r mynydd
uchaf, 1085 metr uwch lefel y môr.
Cynhyrchwyd y cerrig sy'n ffurfio
Eryri gan losgfynyddoedd yn y
cyfnod Ordofigaidd. Fel arfer, dw
i'n dwli ar gerdded ond heddiw roeddwn i'n teimlo'n flinedig iawn
felly es i ar y bws.

Pan gyrhaeddais yno sylweddolais fod yn rhaid i ni ddringo'r
mynydd a fyddai'n cymryd rhwng 5 a 7 awr, ond roedd yn dibynnu
pa lwybr a gymerwn. Ar ôl ychydig oriau hir o ddringo, dw i wedi
cyrraedd copa'r Wyddfa ac yn gallu gweld yr olygfa syfrdanol
o'r brig. Roedd y dŵr crisialog yn croesi'r Wyddfa yn edrych fel
petai'n bwll o'r cefnfor. Roedd popeth yn edrych mor hudolus.

*Hwyl fawr am nawr!*
*Dewi Sant*

**Dydd Sadwrn, 4 Ionawr 2020**
*Dyddiadur annwyl,*

Teimlwn fel mynd am dro i ymweld
â rhywbeth, felly ar ôl brecwast,
penderfynais y dylwn fynd i
ymweld â Chastell Caerdydd. Castell
canoloesol a phlasty Gothig yw
Castell Caerdydd. Gwnaed y castell
mwnt a beili gwreiddiol yn yr 11eg
ganrif. Pan gyrhaeddais i yno,
sylweddolais fod Castell Caerdydd
wrth ymyl y ganolfan siopa yng
Nghaerdydd. Yn debyg i Gastell Coch, roedd Castell Caerdydd yn
edrych yn ganoloesol iawn. Roedd y waliau plaen o'r tu allan yn
rhoi'r teimlad ichi eich bod wedi dychwelyd yn ôl mewn amser.
Roedd popeth yn wyrdd ac yn gwneud ichi deimlo bod yna ddaioni
bob dydd. Gallaf ddweud yn bendant fod Castell Caerdydd yn well
na Chastell Coch. Rwyf wedi cael diwrnod hyfryd yn ymweld â'r
castell Gothig hwn.

*Hwyl fawr am nawr!*
*Dewi Sant*

**Dydd Sul, 5 Ionawr 2020**
*Dyddiadur annwyl,*

Gan feddwl ychydig am chwaraeon,
penderfynais fynd i ymweld
â Stadiwm y Dywysogaeth.
Adeiladwyd y stadiwm ar ddechrau
Cwpan Rygbi'r Byd ym 1999. Mae'r
stadiwm yn eiddo i Stadiwm y
Mileniwm plc, is-gwmni i Undeb
Rygbi Cymru. Agorodd Stadiwm y
Mileniwm ym mis Mehefin 1999
a'r digwyddiad mawr cyntaf oedd

gêm rygbi'r undeb ryngwladol ar 26 Mehefin 1999, pan gurodd
Cymru Dde Affrica mewn gêm brawf 29-19 gyda thorf o 79,000.
Pan gyrhaeddais Stadiwm y Mileniwm, roeddwn i am gael
gwledd oherwydd bod gan Gymru gêm yn erbyn yr Eidal. Ar ôl i
mi gymryd fy nhocynnau, es i mewn i'r stadiwm a gweld carped
gwyrdd yn gorwedd o fy mlaen. Roedd popeth yn edrych mor
fywiog gyda seddi lliwgar mewn gwrthgyferbyniad hyfryd â'r
glaswellt. Ychydig funudau'n ddiweddarach, llenwyd y stadiwm
a dechreuodd y dorf floeddio, gan fod Cymru wedi sgorio. Ar
ddiwedd yr ornest roedd Cymru wedi ennill gyda chyfanswm sgôr
42-0. Roedd yn ddiwrnod gwych!

*Hwyl fawr am nawr!*
*Dewi Sant*

**Dydd Llun, 6 Ionawr 2020**
*Dyddiadur annwyl,*

Ar ôl deffro'r bore yma, dw i'n penderfynu fy mod i'n teimlo ychydig yn ddiwylliannol. Wrth feddwl am opsiynau rydw i wedi cyrraedd Canolfan Mileniwm Cymru. Wedi cyrraedd yno, dw i'n sylweddoli fy mod i wedi gweld y lle hwn pan es i am dro o amgylch Bae Caerdydd. Mae Canolfan Mileniwm Cymru yn ganolfan i'r celfyddydau

sydd wedi'i lleoli yn ardal Bae Caerdydd, Caerdydd, Cymru. Mae'r safle'n cynnwys cyfanswm arwynebedd o 4.7 erw. Mae Canolfan Mileniwm Cymru yn cynnwys un theatr fawr a dwy neuadd lai gyda siopau, bariau a bwytai. Mae'n gartref i'r gerddorfa genedlaethol a chwmnïau opera, dawns, theatr a llenyddiaeth – cyfanswm o wyth sefydliad preswyl celfyddydol. Mae gan y brif theatr, Theatr Donald Gordon, 1,897 o seddi. Pan es i y tu mewn, sylweddolais fod Canolfan Mileniwm Cymru hefyd yn cynnal Eisteddfod yr Urdd, sef y dathliad pwysicaf yng Nghymru. Y tu mewn yno, cefais y pleser o wylio plant anhygoel yn cael eu beirniadu am y gwaith caled yr oeddent wedi'i wneud wrth wneud cystadlaethau a'u cynnwys yn y gystadleuaeth fawr. Fe wnaeth i mi deimlo'n emosiynol iawn gweld pobl ifanc yn dathlu fy niwrnod.

*Hwyl fawr am nawr!*
*Dewi Sant*

**Dydd Mercher, 8 Ionawr 2020**
*Dyddiadur annwyl,*

Hoffwn ddweud, erbyn yr amser hwn roeddwn yn diflasu yn mynd i ymweld â chestyll, felly penderfynais yr hoffwn archwilio ychydig o natur Cymru. Mae llawer o bobl wedi dweud wrthyf fod parc diddorol y dylwn fynd i ymweld ag ef o'r enw Parc Bute. Cyn i mi adael i fynd i ymweld â'r natur rhyfeddol, mi wnes i gasglu rhywfaint o wybodaeth am Barc Bute. Mae Parc Bute yn barc mawr yn ninas Caerdydd, prifddinas Cymru. Mae'n cynnwys 130 erw o erddi wedi'u tirlunio a pharcdir a arferai fod yn dir Castell Caerdydd. Enwyd y parc ar ôl 3ydd Ardalydd Bute, yr oedd ei deulu'n berchen ar y castell. Pan ddarganfyddais fod Parc Bute yn gorchuddio tir Castell Caerdydd, roeddwn yn eithaf brwd. Wrth gerdded ar y llwybrau roedd adar lliwgar yn gwau'u ffordd trwy'r coed gwyrdd. Roedd popeth yn ymddangos mor hudolus, yn union fel yn yr hen ffilmiau. Roedd y llwybrau mor lân a gwyn nes iddyn nhw fy nallu. Ni allwn erioed fod wedi meddwl bod rhywbeth fel hyn ar y blaned hon.

*Hwyl fawr am nawr!*
*Dewi Sant*

**Dydd Iau, 9 Ionawr 2020**
*Dyddiadur annwyl,*

Penderfynais fynd i ymweld ag amgueddfa. Un o'r amgueddfeydd yr ymwelwyd â hi fwyaf yng Nghaerdydd yw Amgueddfa Hanes Genedlaethol Sain Ffagan. Mae Amgueddfa Hanes Genedlaethol Sain Ffagan yn amgueddfa awyr agored yng Nghaerdydd sy'n croniclo ffordd o fyw hanesyddol, diwylliant a phensaernïaeth  pobl Cymru. Mae'r amgueddfa'n rhan o rwydwaith ehangach Amgueddfa Genedlaethol Cymru. Trwy gydol y flwyddyn, daw Sain Ffagan yn fyw wrth i wyliau traddodiadol a digwyddiadau cerddoriaeth a dawns gael eu dathlu. Y peth cyntaf es i iddo yn yr amgueddfa oedd y coetir. Ar ôl i mi ei brofi, byddwn i'n dweud ei fod yn lle gwych i fwynhau'r awyr agored a dysgu am natur. Mae'r parcdir yn noddfa i adar, ystlumod ac anifeiliaid prin. Mae crefftau a gweithgareddau traddodiadol yn dod â Sain Ffagan yn fyw. Mewn gweithdai mae crefftwyr yn dal i arddangos eu sgiliau traddodiadol. Mae eu cynnyrch fel arfer ar werth. Cefais amser gwych wrth arsylwi ar draddodiadau Cymru.

*Hwyl fawr am nawr!*
*Dewi Sant*

**Dydd Gwener, 10 Ionawr 2020**
*Dyddiadur annwyl,*

Yn anffodus, rydym yn dod i
ddiwedd fy nhaith i ymweld â
lleoedd cofiadwy yng Nghaerdydd,
prifddinas Cymru. Ar fy niwrnod
olaf, penderfynais fynd i ymweld
â lle awyr agored o'r enw Gerddi
Sophia. Mae Gerddi Sophia yn barc
cyhoeddus mawr yn Riverside,
Caerdydd, Cymru, ar lan orllewinol
afon Taf. Mae gemau prawf criced

rhyngwladol a gemau criced sirol yn cael eu cynnal ar gae criced
Gerddi Sophia, cartref Clwb Criced Morgannwg. Mae'r parc
wedi'i leoli'n agos at ganol dinas Caerdydd ac mae'n gyfagos i
Barc Bute a Chaeau Pontcanna, sy'n rhan o 'ysgyfaint gwyrdd' y
ddinas. Treuliais i un awr yno, ac roeddwn i'n gallu gweld y coed
emrallt yn cofleidio'r stadiwm gyda balchder. Rwyf hefyd wedi
darganfod bod y gerddi wedi'u gosod allan yn ystod y 1850au,
gyda chriced yn cael ei chwarae ar y Maes Hamdden ers y 1860au.
Mae Morgannwg wedi chwarae criced sirol yng Ngerddi Sophia
ers 1967 ar ôl llwyfannu gemau ym mhrifddinas Cymru ym Mharc
yr Arfau, Caerdydd, drws nesaf i Stadiwm y Principality. Ar ôl
gweld Gerddi Sophia, cefais deimlad rhyfedd iawn gan fy mod yn
gwybod na fyddwn yn gallu gweld mwy o leoedd yng Nghaerdydd.
Mae'r antur fach hon wedi gwneud i mi ddarganfod harddwch
Cymru – a dyna beth yw gwlad brydferth. Gobeithiaf am lawer
mwy o anturiaethau yn y tardis amser gefais ei fenthyg gan
ddoctor caredig!

*Hwyl fawr!*
*Dewi Sant*

# 387

Rhyddiaith dan 25 oed - Araith: 'Pam?'

## 'Pam ei bod yn bwysig i ni siarad yr iaith Gymraeg a pha fudd sydd i'w gael?' gan 'Olion'

Y Wladfa ym Mhatagonia, Lloegr ac wrth gwrs, Cymru. Dyma rai o'r gwledydd lle caiff yr iaith Gymraeg ei defnyddio yn ddyddiol. Rwyf yma heddiw i drafod pwysigrwydd yr iaith Gymraeg yn y gymdeithas fodern a pham dylen ni gydweithio i'w chadw yn fyw.

Heblaw am lenyddiaeth Ladin a Groeg, llenyddiaeth Gymraeg yw'r hynaf yn Ewrop ac mae dros 1,500 o flynyddoedd o hanes y tu ôl iddi. Onid yw hynna'n ddigon o reswm i ymfalchïo yn y ffaith ein bod ni'n gallu siarad yr iaith anhygoel yma?

Mae dros 582,000 o siaradwyr Cymraeg yng Nghymru, gydag ychydig dros filiwn o bobl yn ei deall, sydd yn mynd yn erbyn barn llawer o bobl ei bod yn iaith sydd yn marw gan nad oes "NEB" yn ei siarad. Bwriad y Llywodraeth yw cael miliwn o siaradwyr erbyn 2050 ond sut mae hynny am ddigwydd os ydym ni, siaradwyr Cymraeg iaith gyntaf, am eistedd yn ôl a gwneud dim i annog eraill i'w dysgu? Ydych chi wir eisiau bod yn rhan o'r genhedlaeth sydd yn gyfrifol am farwolaeth yr iaith hynafol yma?

Mae gan y mwyafrif o bobl y byd (60-75%) y gallu i siarad o leiaf ddwy iaith yn rhugl, felly mae'n sgìl hollol naturiol. Nid wyf eisiau gweld fy mhlant yn y dyfodol yn cael eu cyfyngu i un iaith pan mae cymaint o ieithoedd ar gael. Peidiwch â meddwl nad yw hi'n bwysig dysgu mwy nag un iaith, gan fod pob un ohonom â'r gallu i fynd ymhellach a dysgu sawl iaith ychwanegol.

Cwestiwn sydd yn codi yn aml yw "oes yna fuddion iechyd i'w cael o fod yn ddwyieithog?", a'r ateb yw oes. Mae arbrofion seicolegol a gafodd eu cynnal yn 2003 yn profi bod siarad mwy nag un iaith yn golygu ein bod yn fwy tebygol o gael sgiliau gwybyddol gwell nag unigolyn uniaith. Oeddech chi'n gwybod bod gwyddonwyr wedi darganfod bod y sgìl yma yn lleihau'r risg o gael strôc, a'n bod yn dangos symptomau Alzheimer's 4 i 5 mlynedd ar ôl rhywun uniaith? Ydym ni wir yn fodlon cynyddu'r risgiau yma a cholli allan ar fudd seicolegol am ein bod yn erbyn defnyddio'r iaith o ddydd i ddydd? Mae yna lawer o bobl sydd yn breuddwydio am gael 5 mlynedd ychwanegol gyda'u teuluoedd, felly rydym ni yn lwcus iawn bod gennym ni'r fath gyfle.

Rydym ni i gyd wedi arfer gyda phobl yn ein cwestiynu ni neu'n chwerthin pan ydym ni'n siarad Cymraeg, ond pam ddylen ni adael i hyn ddigwydd? Pam mae pobl yn disgwyl i ni anghofio am bopeth yr ydym ni wedi arfer ag o dim ond am eu bod nhw'n ein beirniadu ni? Yn enwedig os yw hyn yn digwydd yng Nghymru. Ein gwlad ni yw hon ac rydym ni'n rhydd i siarad ein hiaith ein hunain, felly pam rydym yn gorfod poeni nad yw pobl estron yn ein deall ni?

Mae wedi bod yn frwydr hir a chaled i gael statws gyfartal i'r iaith Gymraeg, ac mae llawer o bobl yn anghofio ein bod ni bellach yn gyfartal ag ieithoedd megis Saesneg, Sbaeneg a Ffrangeg. Pam felly ydym ni'n parhau i orfod cefnogi'r ffaith ein bod ni'n siaradwyr Cymraeg? Mae'n rhaid gofyn y cwestiwn hefyd sut y gallen ni ddisgwyl i bobl ein cefnogi pan mae newyddiadurwyr a phapurau newydd megis y *Guardian* a newyddion Sky yn dweud nad oes pwrpas na budd mewn siarad yr iaith Gymraeg, a pham nad oes dim yn cael ei wneud i'w stopio? Fydden nhw byth wedi dweud y fath beth am ieithoedd megis Sbaeneg, felly pam dylai'r Gymraeg gael ei hisraddio yn erbyn ei chwaerieithoedd?

Mae siarad yr iaith yma yn gyfrifoldeb ar bob un Cymro a Chymraes ac unrhyw un arall sydd eisiau sicrhau bod un o ieithoedd hynaf Ewrop yn mynd o nerth i nerth, a ddim yn marw fel mae llawer o'r ieithoedd Celtaidd eraill, a Lladin, wedi ei wneud dros y canrifoedd. Felly rwy'n gobeithio fy mod i wedi eich perswadio pam mae'n bwysig ein bod ni i gyd yn gwneud yr ymdrech i siarad Cymraeg, ac wedi dangos pa bethau yr ydym ni'n gallu eu cael o'r sgìl yma.

Rydw i'n falch o fod yn Gymraes ac nid oes dim am fy rhwystro rhag siarad fy iaith. Mae rhaid i ni gael gwared o'r ofn yma a sefyll dros beth yr ydym ni'n ei garu. Os nad ydym ni yn gwneud hyn mi fydd yr iaith yn cael ei cholli, ac fel mae'r ymadrodd yn dweud, "Cenedl heb iaith, cenedl heb galon".

Diolch yn fawr am wrando.

# 370

Barddoniaeth dan 25 oed (telyneg)

## 'Aros' gan 'Annibynnol'

Hedyn.
Hawlio'r tir wnaeth Mam.
Gofal ei dwylo tyner
yn plannu dyfodol
a meithrin y tyfiant
yn dderwen ifanc, braff.

Canghennau'n lledu,
gwreiddiau'n sefydlu,
mes yn ffrwythloni
a mynnu hawlio ein daear ni.

Llafariaid llyfn ein tir
yn diasbedain drwy'r pentref
a chnocio ar ddrws y capel,
lle magwyd calon cymdeithas,
lle claddwyd cyndeidiau.

Gwên gyfarwydd yn gysur
ar bob cornel.
Geiriau o 'Su'mae' fel gwifrau ffôn
yn mynnu cyswllt cymuned,
a minnau'n byw
yn driw heb drallod.

Sudd y goeden yn gwarchod
gwaed y cenedlaethau,
yn amsugno'r mwynau
a fyn lifo drwy fy ngwythiennau.
Byw dan gysgod cysurus,
diogel ...

nes daw'r glaw bygythiol o bell,
yn ddrycin ddieithr
i rwygo'n cynefin yn wancus,
rhwygo a dryllio cymuned yn ddarnau mân
a'u chwythu'n gonffeti i bob cyfeiriad.

Cytseiniaid Seisnig yn clecian
cyn boddi alawon ein tir.
Ysbeilio cyfoeth ein bro,
datod clymau ein cymuned,
hawlio ein cartrefi am grocbris
a'n gwanhau,
ein gwahanu a'n concro.

# 388

## Y Goron

**'Llythyrau a gyfansoddwyd *c*.2080 – *c*.2160 mewn dinas a oroesodd ym Môr Morgannwg cyn ei boddi yn ail hanner yr ail ganrif ar hugain gan Dr Lina Ahmad-Griffiths'** gan 'Lina'

| | |
|---|---|
| **Dyddiad Cyhoeddi** | 10/04/2368 |
| **Cyhoeddwr** | Gwyddfa: Gwasg Ddigidol Prifysgol Eryri |
| **Mach Ddigideiddio** | Llyfrgell Filwrol Bozeman, Gweriniaeth Gogledd America |
| **Iaith** | Cymraeg Dogmatig |

Ychydig iawn a wyddys am y ddinas a fu'n goroesi ym Môr Morgannwg dros ddwy ganrif yn ôl, yn bennaf gan i'r rhan fwyaf o'r dystiolaeth ddigidol a gyfeiriai at fodoloaeth y gymdeithas drengi o dan y tonnau. Er hyn, mae amrywiaeth o gofnodion diriaethol yn ein harwain i'r casgliadau canlynol.

Erbyn oddeutu 2100, roedd y ddinas wedi'i hamgylchynu'n llwyr gan ddŵr, nid yn annhebyg i Venice, y ddinas chwedlonol a ddiflannodd tua hanner cyntaf yr unfed ganrif ar hugain. Y farn gyffredin yw mai gweddillion prifddinas yr Hen Gymru oedd hi, ond ni ellir dirnad hynny i sicrwydd gan fod cyn lleied o gofnodion archifol yn cadarnhau ei lleoliad. Dengys Cyfrifiad swyddogol olaf y ddinas fod 4.69% o'r boblogaeth yn preswylio mewn nendyrau a godwyd er mwyn osgoi llifogydd a'r llygredd mwyaf niweidiol. Ymgasglai'r rhan helaethaf o'r dinasyddion – a'r rheini'n ddigartref – mewn gwersyllfeydd o bebyll a sachau cysgu yng ngwaelodion y ddinas, un ai ar yr ychydig darmac a oedd uwch lefel y môr neu ar rwydwaith o lwybrau pren a oedd wedi'u taenu ar hyd wyneb y dŵr. O ganlyniad i'r cynnydd difrifol mewn digartrefedd, codwyd trethi preswylio ar leiniau penodol o dir, ac felly roedd rhif swyddogol i bob llain. Os nad oedd gan unigolyn fodd i dalu am y llain honno, roedd yn rhaid iddo ymadael â'r ddinas. Parai hyn anhawster i ffoaduriaid y ddinas a gyrhaeddodd heb ddulliau talu cymwys; ffoaduriaid a ddaethai'n bennaf o'r ardaloedd agosaf at y cyhydedd lle'r oedd gwres llethol wedi'i gwneud yn amhosib byw. Cesglir mai cyrchu Llundain Newydd yr oedd y rhain pan ddaethant o hyd i'r ddinas.

Yn dilyn datguddio dyddiadur dinesydd rhwng Tachwedd 2141 a Medi 2153, dysgwyd mai generaduron trydan wedi'u pweru gan rym y tonnau a ddefnyddiwyd gan mwyaf. Canfuwyd yn ogystal mai israddol iawn oedd yr iaith Gymraeg, boed yn gymdeithasol neu'n gyfreithiol. Rhoddwyd statws uwchraddol i Gymry di-Gymraeg y ddinas, yn ogystal â'r cyfle i breswylio yn ardaloedd mwyaf breintiedig y ddinas; ceir sawl erthygl yn cymharu'r driniaeth hon â'r drefn gymdeithasol a ddaeth yn sgil y Deddfau Uno yn yr unfed ganrif ar bymtheg.

Difrodwyd rhai papurau o'r cofnod isod gan drawsffurfio'r llawysgrifen nes ei bod yn annarllenadwy; gwna hyn y gwaith o drawsgrifio pob un ohonynt yn amhosib, ond er hynny dyma'r cofnod mwyaf cynhwysfawr o'r ddinas yn ein harchifau presennol ac o ganlyniad mae'r wybodaeth a ddaw ohonynt yn fewnwelediad gwerthfawr i fywoliaeth pobl yn y gwersyllfeydd. Yn y llythyrau hyn, cyfeirir at y gymuned o nendyrau fel 'Hefn', ond mae'n aneglur ai dyma'r enw swyddogol ai peidio. Yn yr un modd, gelwid y gwaelodion yn 'Dinas'. Eto, nid oes cadarnhad o enw swyddogol yr ardal hon. Ymddengys mai ar gyfer siopa yn unig y deuai trigolion Hefn i lawr at ganolfannau siopa Dinas, yn bennaf oherwydd y llygredd aer eithafol yn y gwaelodion. Gostyngwyd safonau byw Dinas yn sylweddol gan y llygredd hwn; roedd dinasyddion yn gorchuddio'r geg a'r trwyn yn barhaol er mwyn ceisio atal peryglon iechyd. Gall gronynnau â diamedr hyd at 10 µm (10 micro-medr) neu lai dreiddio waliau a phliwrâu'r ysgyfaint, a gall gronynnau â diamedr sy'n llai na 2.5 µm dreiddio i'r capilarïau gwaed a hyd yn oed groesi brych at y ffetws. Gellir amcangyfrif bod y crynodiad uchaf o ronynnau mân yn yr aer yn Dinas y tu hwnt i 1000 μg/m3; er mwyn cymharu, cyfrifwyd mai crynodiad y gronynnau mân yn yr aer yng Ngwyddfa heddiw yw 5.6 μg/m3.

Rheolwyd y ddinas gan fonopoli unbennol cwmni o'r enw 'Alco'; perchnogwyd a phreifateiddiwyd y gwasanaeth iechyd, y system fancio, y diwydiant adloniant, y cyfryngau a'r canolfannau cyflogaeth. Roedd cyflogaeth barhaol yn her yn sgil gorboblogi yn Dinas a datblygiadau gydag awtomeiddio cynnar, felly sefydlodd Alco rota cyflogaeth lle'r oedd yn rhaid i unigolyn gofrestru ar restr aros er mwyn cael ei dderbyn ar y rota. Mae'n debyg y byddai rhywun yn gweithio am bedwar mis, dyweder, cyn wynebu diweithdra am y pedwar mis canlynol wrth ddisgwyl ailgyflogaeth. Gan nad oedd gan y mwyafrif o'r dinasyddion yr adnoddau ariannol i brynu eu sgriniau eu hunain ar wahân i'r ffôn angenrheidiol (roedd yn amhosib prynu unrhyw beth heb gael yr ap 'AlBanking' wedi'i lawrlwytho ar y ffôn), gwasgarwyd cannoedd o sgriniau anferth gydag uchder o tua 10m a hyd o 20m ar adeiladau Dinas er mwyn hysbysebu'n barhaol ac arddangos ffilmiau propagandaidd yn achlysurol. Yng nghyfnod ysgrifennu'r llythyrau isod roedd holl gladdfeydd ysbwriel Dinas wedi'u llenwi, ac felly casglwyd yr holl wastraff a deunyddiau ailgylchu yn yr ardal a elwid yn 'Tips'.

Y gred yw mai yng 'Nghaernewydd' yr ysgrifennwyd y llythyrau, neu 'Caer' fel y cyfeirid ati gan rai o'i thrigolion – gwersyllfa lle roddwyd lloches i ddisgynyddion ymfudwyr o ardal Caernarfon yng Ngwynedd. Noder sylwadau Dr Rhys Winters ynglŷn â rhesymau'r ymfudo:

Y mae yn fwyfwy amlwg fod yn rhaid i lawer adael Gwynedd a Môn yn barhaol. Y mae gweddillion y diwydiant amaethyddol mewn cyflwr gofidus iawn a defnyddir yr ychydig gyllid a ddosberthir gan Swyddfa Gymreig San Steffan i leihau ac atal difrod llifogydd yn yr ardal fwyaf poblog; hynny yw, y brifddinas.

Canfyddir mai canolbwynt Caernewydd oedd coelcerth gymunedol a losgai'n barhaol er mwyn berwi dŵr y môr a'i wneud yn addas i yfed ac ymolchi. Er hyn, roedd llawer o ddinasyddion yn berwi dŵr môr ar dir eu lleiniau unigol yn ogystal. Gwyddys hefyd am fodolaeth chwyldroadwyr yng Nghaernewydd a osodasai fomiau cartref yng nghanolfannau rheoli'r ddinas o bryd i'w gilydd. 'PP', byrfodd am 'Plant Price', oedd enw'r mudiad hwn, ac mae'n debyg y cyfeiriwyd atynt fel terfysgwyr gan gyfryngau'r ddinas. Peidiodd terfysgaeth gan eithafwyr crefyddol yn llwyr yn y ddinas ar ôl i'r Diwygiad Anffyddaidd gychwyn yn 2086; anghyfreithlonwyd unrhyw addoli Cristnogol yn y gymuned, er i ddathliadau gŵyl y Nadolig barhau o ganlyniad i'r buddion masnachol.

Amlygwyd mai llythyrau gan fachgen ifanc at ei fam absennol yw'r ysgrifau a drawsgrifiwyd isod, ond gan nad oes cofnod archifol o fan darganfod y llythyrau nac unrhyw wybodaeth a awgryma eu bod wedi'u hanfon na'u derbyn, nid oes unrhyw wybodaeth bellach gennym am yr awdur.

***

*I ~~mam~~ Mam,*

*Sori dwi ~~hebdi heb ddim wedi~~ heb wedi sgwennu ~~ata~~ at chdi cyn hyn ~~achos mi ryda ni di bod yn brysur~~ ~~achos nath Jei ddeud~~ achos ~~ma Je~~ mae Jeimo'n meddwl fod o'n ~~sdiwpid~~ stiwpid a galw fi'n stiwpid am ~~isho~~ isio sgwennu at chdi achos does yna ddim un ffordd i'r llythyra ~~cal~~ cael at chdi achos ti dros y môr ~~rwla~~ rhwla lle dyda ni methu gweld a dwi ddim yn ~~gwbod~~ gwybod lle i ~~sendio gyru gyrru gyrry~~ sendio nhw i, ond dwi mynd i trio sendio nhw ~~anywey eniwei~~ eniwe achos mae nhw bob tro'n cyrraedd Siôn Corn so dwi mynd i trio achos os mae llythyr fi'n cyrraedd holl ffordd at Siôn Corn ella fydd o'n gallu mynd at ~~ychdi~~ y chdi hefyd. Gobeithio ti'n gael nhw, a gobeithio ti'n gallu ~~darllan~~ darllen ~~sgwenu~~ sgwennu fi! (sori os ti ddim.) Dwi'n gwybod fod ~~gandd~~*

gan fi ddim ~~handw~~ llawysgrifen ~~tidy neis~~ taclus ~~fatha~~ fel Tami yn dosbarth ond dwi'n sgwennu yn fwy taclus na Jei dal i fod so gobeithio ti'n gallu ~~dalld~~ dealld be dwi'n ~~deud~~ dweud. A hefyd mae o'n anodd ffeindio papur yn Tips sy ddim yn ~~lyb~~ wlyb ond ar ôl fi chwilio lot ddoe ~~neshi~~ nes i ffeindio ~~notebook~~ llyfr nodiada mawr oedd ~~im~~ dim ond chydig yn lyb ar un ~~cornal~~ cornel, a papur ddim di sticio at ei ~~gilidd giludd~~ gilidd gormod so fydda fi ddim angen chwilio am mwy o papur am hir dwi'n meddwl! A neith i gyd o'r papur aros yn sych os dwi'n rhoid fo mewn plastig. Nes i ~~tori~~ torri y plastig dwi'n ~~iwsho~~ defnyddio i cadw gwaith ysgol yn sych yn hanner a os dwi'n rhoid y llythyra a gwaith ysgol ar ben ~~eu ei~~ eu gilydd neith y ddau aros yn sych gobeithio, ~~even~~ hydynoed efo mond hanner y plastig rownd bob un. A os dwi'n rhoid nhw yn cefn tent yn bell o zip drws wneith llai o glaw a dŵr fynd ~~drosta~~ dros nhw wedyn. A hefyd so fod Jei ddim yn ffeindio nhw dwi mynd i cuddiad nhw o dan ~~pillow~~ clustog fi bob tro. (plis paid a deud hynna i Jei!)

~~Dwim ish Dwi misho~~ Dwi ddim isio gwneud chdi'n ~~bored~~ bôrd (sori os dwi yn!) ond dwi'n methu chdi bob un dydd a so os dwi'n ~~deutha~~ deud i chdi lot am be sy'n digwydd, hydynoed bob dim boring weithia, mae o'n teimlo fel ti yma yn ~~gneud~~ gwneud bob dim efo fi a efo Jeimo hefyd, ond ella mwy efo fi na Jei achos mae o'n meddwl fod sgwennu llythyra i chdi'n stiwpid.

So dwi'n dechra sgwennu i chdi heddiw achos ~~nathon nhw~~ naeth nhw ~~stopio~~ stopio dysgu cymraeg yn ysgol ~~wsnos wthnos~~ wythnos dwytha a mae Jei isio fi sgwennu weithia fel practisio cymraeg a dydi o ddim yn gwybod na llythyra i chdi dwi'n sgwennu so plis plis paid a ~~deud i deutha deud~~ deud i fo, iawn? Dwi ddim isio fo galw fi'n stiwpid eto a bod yn flin achos mae Jei yn flin bob tro dwi'n siarad amdan chdi ond dwi ddim yn gwybod pam fysa fo'n flin efo chdi achos mi wnaeth o ddweud i fi fod chdi wedi ~~gadal~~ gadael i HELPU ni a chwilio am rhwla gwell i ni fyw dros y môr lle mae yna mynyddoedd a gwair a adar yn fflio yn yr awyr a rhwla lle mae'r awyr yn lân so ryda ni ddim yn ~~goro~~ gorfod gwisgo masg pan da ni'n mynd tu allan.

A dwi isio deud i chdi fod dwi'n methu chdi lot lot a dwi'n trio bod yn ~~gru gruf~~ gry fel Jeimo ond dwi methu helpu weithia a dwi methu helpu crio ~~pin~~ chydig bach. (Sori! Gaddo dwi'n trio peidio!!) Dwi'n gwybod fod Jei yn methu chdi hefyd ond mi wneith o ddim ~~deud~~ dweud achos dydi o ddim yn licio siarad am chdi. Ella mae o'n flin efo chdi, a ella hynna pam mae o'n flin bob tro dwi'n siarad amdan chdi, mae hynna'n neud ~~sens sense~~ sens! A hynna pam neith o ddim siarad amdan chdi achos mae o'n flin efo chdi am ~~adal~~ adael heb deud i ni. Ond dwi ddim yn flin gaddo, achos dwi'n gwybod ti'n chwilio am adra newydd i ni fel y tŷ bach yn y mynyddoedd ma Jei yn son amdan fo cyn i ni gysgu weithia, efo gwair (!!) rownd ni bob man a awyr glas glas mae o fel fysa fi wedi lliwio fo fewn efo pensil lliw o ysgol, a dim golau o Dinas a dim mwg so ryda ni'n gallu gweld y sêr i gyd, BOB UN!! Mae Jei'n dweud lot fod os dwi'n gweithio'n galed yn ysgol a pasio ~~exams~~ arholiada a mynd i coleg yn Hefn fydda fi'n gallu cael job da. Mae o'n meddwl dwi digon clyfar i gwneud a deud fod dwi lot fwy clyfar na fo achos dwi dal yn cael ~~grade~~ marc gora y dosbarth yn Hanes! A os dwi'n cael job da fydda fi'n gallu prynu cwch i fi a Jei a ~~gawni~~ gawn ni ~~gadal~~ gadael Dinas a mynd ar y môr a ffeindio chdi a byw efo'n gilydd am BYTH a ~~fydda~~ fydd chdi byth yn ~~goro~~ gorfod gadael ni eto.

Ond (plis plis paid a deud i Jeimo!) dwi ddim isio cario ~~mlaen~~ ymlaen yn ysgol am hir achos dwi isio chwara ffwtbol yn Hefn fel Aeddan Philips, ti'n cofio coaches o Hefn yn dod lawr i sbio ar fo'n chwara tu allan i'r ysgol a rwan yda ni i gyd yn gallu gweld o'n chwara weithia dros y screens i gyd ar y ffordd i ysgol a yn ganol dre! Dwi'n chwara ffwtbol bob dydd amser cinio a ar ôl ysgol weithia hefyd a os fyswn i'n stopio mynd i ysgol fyswn i'n gallu practisio trwy'r dydd a bod digon da i coaches o Hefn fod isho fi ar teams nhw fatha Aeddan Philips! Dwi'n gwybod fysa chdi lot mwy ~~prou~~ balch os fyswn i'n enwog am chwara ffwtbol na pasio arholiada a cael job da. A dydi o ddim yn ~~fair~~ deg fod Jei wedi cael gadael ysgol i fynd ar ~~waiting list~~ rhestr ~~disgwyl~~ aros i gael job a dwi dal yn gorfod mynd bob dydd! Ond dwi'n gwybod ti isio fi aros yn ysgol rhag ofn fydda fi ddim digon da efo ffwtbol. Ond mi na i cario ymlaen i practisio efo Al a Ianto a pawb ar ôl ysgol a amser cinio a disgwyl am yr amser iawn i dweud wrth

Jeimo be dwi isio bod pan dwi'n tyfu fyny go iawn. Gobeithio fydd o ddim rhy flin pan dwi'n dweud iddo fo achos dwi isio fo fod yn hapus i fi, a hapus fod dwi isio cael lot lot o bres i ni yn chwara ffwtbol!

Caru chdi lot Mam, a plis ~~tyd~~ tyrd yn ~~no~~ ôl rhyw bryd os ti'n gallu achos dwi'n methu chdi, fwy na dwi'n gallu deud efo pensil neu beiro neu papur.

Caru chdi LOT,
Ati

***

Mam,

Dwi wedi ffeindio hen geiriadur chdi!! Roedd chdi wedi rhoi fo mewn hen plastic bara a stwffio fo rhwng dau planc o dan y tent, reit o dan lle dwi'n cysgu dwi'n meddwl! Mae Jei'n dweud i fi ~~cuddiad~~ cuddio fo bob tro ar ôl ~~iwsho~~ defnyddio fo rhag ofn i'r drones weld achos ryda ni ddim yn cael defnyddio geiriadur cymraeg rwan.

Caru chdi,
Ati

***

Mam,

Ti heb ~~meetio~~ cyfarfod Emyn o'r blaen na? Dwi meddwl wnei di licio hi. Mae hi ddim ond yn siarad os mae be mae hi isio dweud yn bwysig bwysig a dwi'n gwybod gymaint ti'n casau pan mae pobl yn siarad am stwff sydd ddim yn bwysig fel y pobl ar y screens yn siarad am y papur toilet gora. Chydig ar ôl chdi adael, naeth hi godi ~~tent~~ pabell drws nesa i un ni, rhif 368. ~~Nath Gwnae~~ Naetho ni ddim siarad lot yn y dechrau achos dydi Emyn ddim yn siarad lot ond dwi'n cofio meddwl

73

WAW (!) pan nesi weld hi tro cyntaf a Jeimo'n dweud i fi beidio ~~stario~~
syllu gymaint achos dwi'n meddwl mae Emyn ydi'r person mwyaf hen
dwi wedi gweld ERIOED (heblaw am rhai pobl sy'n dod lawr o Hefn
i siopa). achos mae hi wedi dweud i fi fod hi'n 51 oed!!! Dwi ddim yn
cofio cyfarfod neb mor hen â hynna yn Caernewydd oblaen, na Dinas
i gyd!! Mae gwallt hi'n llwyd a edrych fel y môr a rhai o gwallt hi'n lliw
gwyn gwyn hydynoed a dwi isio ~~twtsiad~~ cyffwrdd o ond dwi heb gofyn
os ga i wneud achos mae hynna'n ~~rude~~ digwilydd yndi. Mae croen hi'n
edrych fel fod o am ddisgyn ffwrdd a dwi isio cyffwrdd hwnna hefyd a
~~stick~~ gludo fo nôl ar gwyneb hi, ond dim ond so fod dwi'n gallu gludo fo
nôl ar gwynab hi ~~so~~ felly fod o ddim yn disgyn ffwrdd.

Pan nes i a Jei ddweud enwau ni i Emyn am tro cyntaf naeth hi
chwerthin am ben ni a o'n i ddim isio hi chwerthin am ben ni so nes
i ddweud fod chdi oedd wedi gwneud enwau ni fyny a wedyn nes i
ddweud fod enw hi'n swnio fel enw wedi gwneud i fyny hefyd so dylsa
hi ddim chwerthin am ben enwau ni. A wedyn naeth Emyn ddweud
fod hynna'n wahanol i hi achos hi nath DEWIS enw hi ei hun, nid
Mam hi. Achos oedd Emyn ddim yn ~~ddynas~~ dynes pan oedd hi'n hogan
bach so mae hi wedi cael dewis enw newydd sbon i hi ei hun. Ond dydi
hynna ddim yn feddwl fod hi'n cael chwerthin am ben enwau pobl
eraill na!

So wedyn nes i ofyn i Emyn "pam nesdi dewis Emyn fatha enw?" a
naeth hi ddweud fod enw caneuon Cristnogaeth ydi emyn a oedd Hen
Nain hi yn canu nhw i hi cyn i Emyn fynd i gwely pan oedd hi'n hogan
bach so nes i ofyn i Emyn canu un i fi a ~~nath~~ naeth hi ddweud "na" a
nes i ~~ddeud~~ dweud "pam?" a naeth hi ddweud "achos pan dwi canu
dwi swndio fatha ci yn trio siarad geiria."

O'n i ddim isio bod yn ffrindiau efo Emyn yn y dechrau achos oedd
hi ddim yn dweud ~~lot~~ llawer a mae hi'n siarad yn well efo'r ddaear
na mae hi efo pobl a dydi hogia eraill oed Jeimo ddim yn licio hi a o'n
i ddim isio hogia eraill feddwl fod dwi'n wahanol fel sut mae Emyn
yn wahanol ond wedyn un tro yn ~~Rha~~ Haf naeth Emyn dod at ~~tent~~
pabell ni a oedd hi'n crio a oedd yna llwch drost hi i gyd a nes i ofyn
"be sy" a naeth hi ddweud mwy na oedd hi wedi dweud o'r blaen

erioed a dweud fod oedd yna hogiau wedi taflu~~d~~ llwch yn gwyneb hi a
rwan dydi hi ~~methu~~ ddim yn gallu gweld a ddim yn gallu darllen llyfr
Hen Nain hi a mae hi bob tro'n darllen llyfr Hen Nain hi cyn mynd i
gysgu. Oedd ni ddim efo lot o dŵr glân ar ôl diwrnod yna achos oedd
o'n diwrnod poeth poeth so o'n i methu ~~get rid~~ gael gwared o'r llwch i
gyd so nes i fynd efo Emyn nôl i babell hi a darllen chydig o llyfr Hen
Nain hi ~~idda~~ i hi so fod hi'n gallu cysgu. Mae'r llyfr yr un ~~seiz~~ maint a
mae llaw fi a stori o'r enw Y Beibl ydi o a o'n i'n nerfys yn troi'r ~~pejans~~
tudalenna wrth fi darllen o achos fod y tudalenna i gyd yn tenau
tenau a efo sgwennu bach bach ond nes i ddim ~~ripio torri~~ rhwygo ddim
un tudalen! Nes i ddim ond darllen tua 5 tudalen dwi'n meddwl achos
oedd o'n anodd i darllen o ac oedd o'n boring i fi achos o'n i ddim yn
deall dim byd oedd yn digwydd, y geiriau i gyd yn cymraeg ond rili rili
hen a rhy posh. A gesha be, naeth Emyn dweud i fi wedyn mae llyfr
CRISTNOGION ydi Y Beibl! O'n i wedi bod yn darllen llyfr Cristnogion
i hi!! Naeth hynna dychryn fi chydig bach achos dwi ddim isio mynd
i ~~jail~~ carchar ond naeth Emyn dweud fod yna dal chydig o bobol sy'n
galw hunan yn Cristnogion yn Dinas a mae ~~police~~ heddlu yn gwybod
am dan nhw! Ond dydi heddlu ddim yn gwneud dim byd achos dydi
Cristnogion ddim yn brifo neb, achos mae nhw i gyd ddim ond yn
gweddio ben ei hunain yn ~~pabelli pabelloedd~~ pebyll nhw mae Emyn yn
dweud. Mae Emyn yn dweud bod hi ddim yn coelio yn storis Y Beibl ei
hun fel Crsitnogion ond mae hi'n licio darllen o achos oedd Hen Nain
hi'n darllan o i hi a mae hi'n licio cofio am Hen Nain achos hi oedd
yn ~~gwatsiad~~ sbio ar ôl Emyn cyn i hi farw a Emyn yn gorfod mynd i
cartref plant.

    Dwi ~~newu~~ newydd gofyn wrth Jeimo os ydi o'n gwybod pam nes di
wneud enwau gwneud i fyny i ni a dydi o ddim y gwybod. Dwi ddim
yn gwybod pam nes i byth gofyn wrth chdi pam. Wnei di dweud fi pan
yda ni'n ffeindio chdi? Wnei di ddweud i fi a Jei i ofyn i chdi? Achos dwi
isio gwybod!

Caru chdi,
Ati

Mam,

dyma pwy sy'n dosbarth efo fi rwan: Al, Ianto, Ela (dwi DDIM yn licio
hi ddim mwy, ~~gaddo~~ addo ADDO!), Melissa, Osh Price, Osian Gordon-
Way, Catrina, Owen, Dion White, Patrick, Olivia, Eloise, Shania,
Cadi, Lily-May, Tami, Elliot a Reece. Ffrindiau gorau fi rwan ydi Al,
Ianto a Osh Price achos ryda ni'n chwarae ~~ffwtbol~~ pêl-droed efo'n
gilydd amser chwarae a amser cinio. Ond Emyn ydi ffrind gora GORA
fi dwi'n meddwl!

Caru chdi,
Ati

***

I Mam,

Dwi wedi tyfu lot ers chdi adael! A mae Jei wedi tyfu hefyd (ond ddim
gymaint a fi!). A mae o wedi tyfu gwallt o at ysgwyddau fo a ddim yn
gadael i Nora Gwynn torri fo pan mae hi'n gofyn fel mae hi'n wneud
i gwallt fi. Dwi ddim yn gwybod pam achos pan mae o'n clymu ~~masg~~
mwgwd o tu ôl i pen fo mae'n siwr mae gwallt o'n mynd yn ~~stuck~~
sownd yn y ~~not~~ cwlwm a brifo.

Ond does yna ddim lot arall wedi newid. Yda ni dal yn byw yn ~~ten~~
pabell 367 a mae Sara-Siwan a Dad hi dal yn byw yn pabell 358. A dwi
meddwl mae Jei dal ~~efo crush yn ffansio licio~~ yn licio Sara-Siwan ond
rhaid i chdi ddim deud hynna wrth Jei byth iawn neu wneith o lladd
fi!!

Caru chdi a isio gweld chdi lot,
Ati

✳✳✳

*I Mam,*

Cyn mynd i gwely ddoe nes i gofyn wrth Jei i ddweud i fi y stori am y seren eto, pan naeth o weld y seren fyny yn yr awyr lot lot yn ôl, ti'n cofio? Wna i ddweud o i gyd eto i chdi fama, rhag ofn ti wedi anghofio.

O'n i dal yn hogyn bach yn cysgu yn pabell a chdi yn gwaith a oedd Jei wedi mynd i chwarae ~~ffwtbol~~ pêldroed wrth ymyl ysgol a wedyn naeth o glywed pobl yn dechrau gweiddi o Caer a oedd o'n meddwl fod heddlu'n chwilio pebyll pobl neu ~~rwbath~~ rhywbeth fel hynna a naeth rhywun pasio'r pêl i fo ond naeth o ~~jyst~~ dim byd, dim ond gadael o rowlio achos naeth o dechrau dilyn y gweiddi ond oedd o ddim yn gallu gweld golau glas heddlu na drones yn ~~unlla~~ unlle wrth i fo gerdded at pebyll, a wedyn naeth o gweld fod pawb yn sbio fyny a ~~pointio~~ pwyntio fyny a rhedeg rownd a slapio waliau pebyll pawb i ddweud i nhw a pawb yn rhedeg fewn i'w gilydd a oedd rhai pobl ~~mor siocd~~ efo gymaint o sioc fod oedd nhw wedi gadael pebyll heb mwgwd a wedyn naeth Jeimo sbio fyny hefyd a dilyn bysedd pawb oedd yn pwyntio a gweld fod yna twll yn y mwg a'r cymylau a seren bach yn dangos!! Ti'n cofio be mae Jei bob tro'n dweud pan mae o'n dweud y stori? Mae o'n dweud fod o'n edrych fel pan ti'n chwarae gêm ~~cuddiad~~ cuddio a pan chdi sy'n chwilio a ti'n gorfod gwisgo sgarff dros ~~llygad~~ llygaid chdi so fod chdi ddim yn gweld lle mae pawb yn mynd i guddio pan ti'n cyfri i 10 a mae yna twll bach bach yn y sgarff so ti'n gallu gweld chydig o golau'n dod trwy fo. Hynna mae o'n dweud oedd y seren yn edrych fel, ben ei hun bach yn yr awyr.

Ti'n gallu cofio be oedd y screens yn dweud diwrnod wedyn? Mae Jei yn dweud fod oedd nhw'n dweud fod PP wedi chwalu ~~ofice~~ ~~offis office~~ swyddfa mawr yn ganol dre oedd yn ~~controllio~~ rheoli lot o ffactris felly oedd yna llai o mwg yn yr awyr i guddio y sêr i gyd. A mae Jeimo'n meddwl fysa fo wedi gweld mwy o sêr os fysa yna ddim gymaint o golau yn Dinas. Dwi'n flin fod PP heb wedi disgwyl

**77**

*chydig o flynyddoedd tan o'n i digon hen i aros i fyny a gweld y seren,*
*ond dwi'n hapus fod Jeimo'n cofio a gallu dweud y stori i fi.*

*Caru chdi,*
*Ati*

***

*I Mam,*

*Dwi ddim isio bod (a dwi heb ddweud wrth neb), ond dwi'n ofn*
*weithiau cyn cysgu. Fydd calon fi'n mynd yn ~~ffast~~ gyflym a dwi ~~methu~~*
*ddim yn gallu stopio gweld lliwiau a gola'n symud a fflachio pan*
*dwi'n cau llygaid a dwi methu cysgu hydynoed pan dwi'n gwybod fod*
*dwi ANGEN cysgu achos dwi efo ysgol fory. Dwi'n ofn achos dwi'n*
*gwybod fod os mae Jeimo'n gadael hefyd fel chdi fydda fi ben fy hun*
*yn pabell ni. Dwi'n gwybod fydd Emyn dal drws nesa a Al a Ianto yn*
*ysgol ond dwi ddim yn teimlo yr un fath efo nhw fel dwi'n teimlo efo Jei*
*a dydi nhw ddim yn cofio bob dim am dan chdi ~~fatha~~ fel ma Jei'n cofio*
*(hydynoed os dydi o ddim isio siarad am dan be mae o'n cofio ~~quite~~*
*cweit eto). Mae o wedi dechra tagu lot eto a neithiwr oedd o'n gwneud*
*gymaint o twrw o'n i gorfod torri darnau bach o papur fi i rhoi yn*
*~~clystia~~ clustiau fi ond o'n i dal yn gallu clywad o'n tagu a methu cysgu*
*tan hir. A hefyd pan dwi'n rhoi papur yn clustiau fi fel hynna dwi ddim*
*yn gallu clywed y môr ~~lot~~ llawer a dwi ~~hebdi~~ heb wedi ~~arfa~~ arfer cysgu*
*fel hynna heb clywed sŵn y môr o dan ni.*
　　*Dwi'n ofn bod ar ben fy hun achos fydd bob dim a'r byd lot lot mwy*
*wedyn, a wedyn fydd fi ddim yn ~~nabod~~ adnabod neb sydd wedi gweld*
*seren fel mae Jeimo wedi. Dwi mor mor ~~jelys~~ genfigennus fod mae Jei*
*wedi gweld seren o'r blaen! Dwi isio gweld seren hefyd, dydi hynna*
*ddim yn deg na ydi!*

*Caru chdi a dal methu chdi lot,*
*Ati*

* * *

*I Mam,*

*Gesha be? Nes i ffeindio ci bach i ni heddiw! Oedd chdi byth yn gadael i ni cadw un ond ti ddim yma rwan so ryda ni'n cael! (sori)*

*O'n i'n chwilio yn Tips am bethau i fi gwerthu i cael pres a nes i weld o'n cuddio yn sownd tu ôl i hen ~~computer cyfrifaiad cyfirifi~~ cyfrifiadur rhywun achos dwi ddim yn gwybod sut ond oedd yna un o'r ~~llinins llinyn~~ gwifrau trydan wedi mynd yn sownd rownd coes fo, bechod ia! So nes i tynnu cyllall fi (hen ~~cyllall~~ cyllell chdi!) allan o poced (paid a poeni iawn, dwi'n cofio rhoi y darn ~~meta~~ metel fewn bob tro ar ôl defnyddio fo union fel oedd chdi'n wneud bob tro!) a defnyddio fo i torri y gwifrau i ffwrdd o coes y ci. Oedd o'n crynu fel y darnau papur yn Tip rownd y ni wrth i gwynt chwythu nhw, a wedi colli chydig o blew achos chwain mae Jei yn dweud so mae croen llwyd o'n dangos weithiau. Naeth o dangos dannedd brown o i fi pan nes i fynd at fo ond o'n i ddim yn ofn achos mae pen fo bron mor fach a mae dwrn fi so nes i cario fo'n hawdd nôl i pabell. Oedd Jei fel chdi am chydig pan nes i ddweud fod o'n i isio cadw fo, yn dweud fod ni methu talu gael bwyd i fo ond dwi'n gwybod fod Jei isio cael ci ers hir hefyd a o'n i'n gwybod fod oedd o'n trio peidio gwenu holl amser pan o'n i'n dweud i fo "plis plis gawni cadw fo" so yda ni'n cael cadw fo! Nes i fynd a fo nôl allan a tynnu sgidiau a sanau a neidio lawr off y llwybyr pren at y môr a wedyn nôl y ci lawr at fi i ~~llnau~~ molchi fo. Oedd o DDIM yn hapus! Dwi efo ~~scratches~~ crafu dros fi i gyd, dros dwylo fi a boch fi a tu ôl i clustiau fi! Ond mae o'n fwy glân rwan a oglau fel môr so ddim yn drewi cweit gymaint (ond dwi dal byth yn licio sbio ar gwyneb fo pan mae o'n anadlu efo ceg ar agor achos mae ceg o'n drewi'n fwy drwg na toilets!) a dwi'n gallu gweld rwan mae llwyd tywyll ydi blew fo, fel croen fo. Nes i ddweud wrth Jeimo fod dwi isio galw fo'n Seren fel y seren naeth Jei weld achos naeth Jei ddweud fod y seren yn sgleinio fel ~~silfer~~ arian ffôn newydd pan naeth o weld y seren a mae arian bron yn llwyd ond naeth Jei ddweud fod hynna'n enw rhy ddel i ci hyll fel*

**79**

fo. O'n i'n meddwl fod hynna'n gas i'r ci bechod ond naeth Jei ddweud fysa ni'n gallu galw fo'n ~~Huddugyl~~ huddygl achos mae blew o fel lliw huddygl o tân ar sosban dŵr pan yda ni wedi gorffen berwi dŵr môr a o'n i'n hapus efo hynna ond WEDYN naeth o gael y syniad gorau a dweud na Huddgi dylsa enw fo fod! Ti'n deall? Hudd-gi! Clyfar ia? Paid a dweud wrth Jeimo plis, ond dwi'n meddwl fod o'n dweud celwydd pan mae o'n dweud fod dwi'n fwy clyfar na fo achos fysa fi byth yn gallu meddwl am enw clyfar fel hynna.

Dwi methu disgwyl dangos Huddgi i Emyn pan mae hi ~~adra~~ adref o ganol dre. Dwi'n meddwl wneith hi syrthio mewn cariad efo fo achos mae hi'n syrthio mewn cariad efo anifeiliaid yn hawdd. Un tro naeth hi ~~ffeindio~~ darganfod Chwilan Tips a cadw fo mewn hen bocs halen ymyl clustog hi yn gwely! Fydd hi'n ~~gennif~~ genfigennus o ni dau efo Huddgi dwi'n meddwl.

A nes i anghofio dweud i chdi yn y llythyr dwythaf fod Emyn yn gallu gwrando ar y ddaear, oedd chdi'n gwybod hynna?! ~~Ma hi Fedra i ddim~~ Mae o'n anodd ~~expl~~ egluro, ~~espeshl espeshyl es~~ enwedig ar papur fel yma, ond mae hi'n dweud i fi fod yn dawel weithiau pan dwi efo hi weithiau yn helpu hi trwsio'r pren sy'n dal y ~~llwybyr~~ llwybr o dan pabell hi fyny neu rhywbeth fel hynna achos mae hi'n gallu clywad y ddaear yn crio, hynna ma hi'n dweud eniwe ond dwi'n gwybod fod o chydig bach yn ~~nuts crazy crasi~~ gwallgof. Ond mae hi'n dal bys hi fyny at mwgwd hi (bob tro yr un bys, yr un canol ar llaw dde hi achos gan hi ddim bys pwyntio a dwi isio gofyn sut naeth hi golli fo. Dwi'n meddwl naeth yna anghenfil môr buta fo i ffwrdd achos mae Emyn yn ofn nofio yn y môr.), so mae'n edrych fel mae hi'n codi un bys ar fi ond dwi heb ddweud hynna i hi. Wedyn dwi'n stopio'n llonydd a cau ceg a mae hi'n cau ~~llygad~~ llygaid a wedyn dwi'n cau llygaid achos dwi ddim isio cael gadael allan achos dwi'n meddwl weithiau fod yda ni'n mynd i rhywle arall pan yda ni'n cau llygaid a gadael corff ni tu ôl i ni fel mae ~~pobo~~ pobl yn wneud pan mae nhw'n marw a wedyn mae hi'n gafael yn ysgwyddau fi a gwneud fi neidio a bron disgyn ~~off~~ o'r llwybr pren a fewn i'r môr ond fysa fi byth achos fysa hi'n dal fi a wedyn dwi'n agor llygaid fi a mae hi'n gofyn os dwi'n gallu clywed. Wedyn wneith *hi rhedeg hyd y llwybrau pren a dwi'n dilyn hi nes yda ni'n cyrraedd y concrit wrth ochor ganol dre a mae hi'n plygu lawr a rhoi clust at y lôn, neu palmant neu ~~whatev be byn~~ beth bynnag a dweud i fi fod hi'n clywed y ddaear yn crio o dan y lôn neu palmant. A dwi'n gwneud yr un fath (a mae pobl yn sbio a chwerthin ond dim ots achos dwi isio gallu clywed beth mae Emyn yn clywed un diwrnod. Dwi isio gymaint! Gymaint, fysa yna ddim ots i fi os fysa Ianto a Al a pawb arall ~~o y~~ o'r dosbarth i gyd yn gweld) ond dwi heb clywed dim byd eto.*

*A heddiw naeth Emyn ddweud fod hi'n meddwl fod PAWB yn gallu clywed y ddaear go ~~wir~~ iawn achos mae o'n crio drwy'r nos a drwy'r dydd. So nes i ofyn "so pam sa neb arall yn grando fatha da ni" a naeth hi ddweud "achos ma nhw'n dewis peidio grando." A dwi ddim yn gwybod os dwi a Emyn yn well na pawb arall achos beth ydi'r ~~diff gwnhan~~ gwahaniaeth rhwng clywed geiriau a gwrando ar geiriau? Ella dwi'n meddwl mae gwrando ar geiriau ydi gwneud rhywbeth am y geiriau ti'n clywed. Mae Jeimo'n clywed y geiriau o'r screens pan yda ni'n cerdded i dre i nôl bwyd ond dydi o byth yn gwrando ar nhw. So os ydi fi a Emyn byth yn gwneud dim byd am y sibrwd a'r crio yda ni'n glywed, yda ni'n gwrando ar y ddaear go iawn? ~~So~~ Felly ella dyda ni ddim yn gwrando. Ella dim ond clywed y ddaear yda ni, yr un mor ddrwg a pawb arall. A os yda ni methu gwrando ar y pethau sydd o dan ni a rownd ni a uwch ben ni, sut fod o'n iawn i ni gael clustiau ar pennau ni? Dwi ddim yn deall!*

*Caru chdi lot lot,*
*Ati*

*** 

*I Mam,*

*Mae Jeimo wedi dechrau dweud ~~storis~~ storiau i fi bob nos am y tŷ yda ni'n mynd i fyw yn fo ar ôl i ni ffeindio chdi, pan dwi wedi pasio ~~exams~~ arholiadau a gael ~~job~~ swydd da.*

*Bob nos (pan ryda ni ddim wedi blino gormod a yda ni efo digon o pres y diwrnod yna i chargo lamp a ffôn i gael golau) mae Jei'n agor llyfr naeth o cael o llyfrgell ysgol, llyfr o'r enw Tirluniau'r Gogledd, 2010 i 2040, at tudalen 83 lle mae yna llun lliw mawr dros y tudalen ar y chwith i gyd. Llun o llyn ganol mynyddoedd ydi o, mewn dyffryn sydd ddim yn bodoli ddim mwy mae'r llyfr yn dweud, rhywle yn y gogledd lle oedd Hen Nain a Taid chdi'n dod o. Mae Jei a fi isio gweld mynyddoedd fel yn y llun a mae Jei yn dweud stori bob nos am ni dau yn gadael Dinas i chwilio am chdi, yn mynd ar cwch mawr gwyn efo ffenestri siâp cylch a enw mewn llawysgrifen ~~posh~~ crand fel mae nhw efo yn y dociau ganol dre a mynd ar hyd y môr tan yda ni wedi cyrraedd y lle nesaf lle mae'r llawr yn wyrdd efo gwair fel yn y llun a'r awyr heb ddim mwg, heb ddim cwmwl a yda ni'n gallu sefyll tu allan heb mwgwd a ddim angen lamp neu golau o ffôn i cerdded yn y nos achos does yna ddim mwg i cuddio golau'r sêr. Wedyn wneith o ddweud am ni'n ~~ffeindio~~ darganfod y dyffryn yn y llun a ~~buildio~~ adeiladu tŷ bach i ni a chdi (a Huddgi rwan) a bob nos mae o'n dweud stori gwahanol am beth fydd ni'n wneud bob dydd. Fel pysgota yn y llyn mawr a ~~cwcio~~ coginio pysgod efo tân neu cerdded nes ryda ni fyny mor uchel ar ben mynydd yda ni'n gallu cyffwrdd cwmwl gwyn neu heno naeth o ddweud fod ni'n nofio yn y llyn trwy'r dydd ~~tan~~ nes mae'r sêr i gyd allan a ryda ni'n gallu gweld golau bob seren yn nofio yn y dŵr efo ni. Heno nes i cyffwrdd y papur wrth i Jeimo dweud stori fo a cau llygaid achos mae'r papur yn ~~slipio~~ llithrig fel carreg efo dŵr dros fo a o'n i'n licio ~~imaginio~~ dychmygu fod yda ni'n ~~ista~~ eistedd wrth y llyn ar ben cerrig mawr gwlyb, a fi'n cyffwrdd y carreg o dan fi.*

*Caru chdi lot,*
*Ati*

***

*I Mam,*

*Nes i a Jeimo fynd i AlMart yn dre heddiw i gael bwyd a ~~seloptape~~*
*~~selotei~~ selotep ~~special abrennig~~ arbennig i tyllau yn wal pabell ni,*
*ddim selotep ~~fatha~~ fel sydd yna yn ysgol ond un fwy ~~stici~~ gludiog ti*
*ddim yn gallu gweld trwy fo. A wrth fi cerdded drws nesa i Jei nes i*
*gweld fod o'n ~~stario~~ syllu ar rhai o'r dynion o Hefn oedd yn cerdded*
*heibio ni hefo bagiau siopa mawr, rhai sydd efo gwallt melyn fel fo,*
*ond nid syllu fel pan mae o'n trio herian nhw fel mae o'n wneud efo*
*hogiau mawr yn ysgol weithiau neu efo fi pan dwi'n trio torri selotep*
*efo cyllell chdi yn lle defnyddio dannedd neu siswrn bach achos*
*mae o'n dweud fod defnyddio cyllell chdi'n rhy beryg. Mae o'n syllu*
*gwahanol i hynna dwi'n meddwl a dwi ddim yn gwybod sut i disgrifio*
*fo (sori) a nes i ofyn i fo "be ti'n neud pam ti'n sterio" a naeth o ddweud*
*fod o'n chwilio am Dad a dweud i fi "cau dy geg am hynna wan iawn"*
*so hynna nes i ond dwi ddim yn deall pam fod Jeimo yn sbio ar dynion*
*Hefn i chwilio am Dad achos fysa chdi byth BYTH wedi ffansio*
*rhywun o Hefn achos ti'n casau pobl Hefn mwy na neb dwi'n ~~abod~~*
*adnabod! Ond pan nes i ddweud hynna i Jei gynna naeth o ddweud*
*fod "ti'n rhy ifanc" a "ti'm yn dalld". Dwi ddim yn gallu disgwyl nes*
*dwi fwy hen fel Jeimo a chdi a Emyn. Dydi o ddim yn deg fod amser*
*yn mynd mor ~~slo~~ araf! Mae disgwyl i amser fynd pasio yn fwy ~~boring~~*
*diflas na ~~ista~~ eistedd ar y pren tu allan i pabell yn ~~gwatsiad gwitisad~~*
*disgwyl i y ~~ti~~ llanw mynd mewn a allan.*

    *Wedyn pan oedd fi a Jei yn ganol rhoi selotep arbennig ar tyllau*
*pabell oedd Jei yn syllu ar Huddgi a naeth o ddechrau chwerthin a nes*
*i ofyn "pam ti'n chwerthin?" a naeth Jeimo ddweud "achos ma'r ci'n*
*ffyni" a nes i ddweud "di o'm yn ffyni, ma'n weird" (addo dwi ddim*
*yn meddwl hynna go iawn a dwi ddim yn gwybod pam nes i ddweud*
*o! Yn ~~pen fi~~ fy mhen fi oedd dweud o'n wneud fi swnio fel Jei, yn fwy*
*hen a cryf ond oedd o'n swnio'n wahanol allan o fy ngheg fi.) a naeth*
*Jei ddweud "paid a bod yn mean" a nes i ddweud "ond nesdi ddeud fod*
*on ~~hull~~ hyll oblaen" a naeth Jei ddweud "ond ma galw fo'n weird yn*
*mwy mean achos ma bod yn hyll yn rwbath sy gallu newid os sa ni'n*

**83**

*rhoi shawyr iawn i fo ond di o methu newid pwy ydi o nadi bechod a*
*fatha personality fo, di o methu newid hynna na. So ma mwy neis bod*
*yn mean am petha tu allan na tu fewn i chdi achos ti methu newid pwy*
*ti yn tu fewn i chdi ond ti YN gallu newid pwy ti yn tu allan i chdi, ti'n*
*dalld?" Nes i nodio lawr at llawr wedyn so fod o'n i ddim yn gorfod sbio*
*ar llygaid Jei achos o'n i'n teimlo'n ddrwg fod o'n i wedi bod yn gas efo*
*Huddgi, a ~~clwydda~~ celwydd oedd o hefyd, celwydd oedd i gyd o beth nes*
*i ddweud a hynna'n gwneud o'n waeth! A dwi'n ~~rili~~ go wir go wir difaru*
*bod yn gas efo Huddgi rwan a galw fo'n weird achos bechod, dydi o*
*ddim yn gallu helpu pwy ydi o, hynna mae Jei yn ddweud.*

*Caru chdi a ~~methu~~ hiraethu am chdi gymaint mae o'n brifo tu fewn i fi,*
*Ati*

***

*I Mam,*

*Ryda ni bron heb ddim pres rwan a dwi'n poeni achos mae Jeimo'n*
*dweud fod bob dim yn iawn ond dwi'n ~~gallu deud~~ gwybod fod o'n poeni*
*wrth fi sbio yn llygaid fo weithiau, pan mae o'n sbio i bob man yn*
*gyflym yn trio chwilio am rhywbeth sydd ddim yma, hynna mae o'n*
*wneud pan mae o'n meddwl fod dwi ddim yn sbio ar fo.*
    *Mae Huddgi'n ffeindio bwyd i fo ei hun. Chwilod Tips a bwyd yn*
*Tips sydd rhy fudur a rhy hen i ni ~~futa~~ fwyta fo heb fynd yn chwil. Mae*
*y pres nes di adael i ni dal yn saff yn banc, ryda ni'n gallu gweld ar ap*
*AlBank ar ffôn ni, ond dim ond $17.28 sydd ar ôl heddiw sydd ddim*
*digon i prynu un paced o bara ~~millet milet~~ millet na ddim byd. A mae*
*ffôn ni wedi malu chydig rwan so dydi o ddim yn waterproof ddim*
*mwy felly mae Jei wedi rhoi o mewn plastig ti'n gallu gweld trwy a*
*ryda ni'n defnyddio fo trwy'r plastig. Ond mae'n anoddach defnyddio'r*
*touchscreen trwy'r plastig so mae o'n ~~cymyd cymeryd~~ cymryd hir hir*
*i agor ap AlBank a talu am pethau pan yda ni'n mynd i AlMart a ryda*
*ni'n gwneud y ciw yn araf yn AlMart bob tro wrth ni talu.*

*Nes i feddwl cyn mynd i gwely ddoe fod ar ôl i chdi adael fysa ni wedi gallu mynd i cartref plant lle mae rhai plant heb ddim Mam a Dad ar ôl yn mynd achos mae yna bwyd yna a lle cynnes i fynd i gysgu ond naeth Emyn tyfu fyny yn fan hynna am chydig ar ôl i Hen Nain hi farw a naeth hi ddweud fod mae plant yna i gyd yn mynd syth i Job Centre i gael ar rhestr aros unwaith mae nhw 12 oed a byth yn cael chwarae peldroed a trio pasio arholiadau Hefn.*

*Mae Jei ar rhestr aros i gael ~~job~~ gwaith rwan, naeth o gerdded holl ffordd i Job Centre chydig yn ôl i ~~signio seinio~~ arwyddo fyny ar y rota ond mae o'n cymryd wythnosau weithiau, ti'n cofio? Ond dwi'n meddwl mae o'n waeth rwan achos mae Emyn wedi bod ~~off~~ i ffwrdd y rota am 4 mis heb ddim job a mae hi weithiau'n mynd i ganol dre i gofyn am pres gan y pobl Hefn sy'n dod lawr i siopa. Mae hi'n dod yn ôl efo chydig bob tro, dim lot, ond chydig. Digon i gael bwyd mae hi'n dweud i ni, a mae Emyn yn dweud fod os fydd fi yn dod efo hi fydd nhw'n rhoi mwy o bres i fi achos dwi'n fwy ifanc! So dwi mynd i ofyn wrth Jei os dwi'n gallu mynd efo hi weithiau dwi'n meddwl. Ella fydd llygaid Jei ddim yn sbio rownd mor gymaint wedyn.*

*Caru chdi,*
*Ati*

***

*I Mam,*

*Nes i ddeffro ~~bora~~ bore yma a peth cyntaf nes i weld oedd y llyn efo gwair gwyrdd a mynyddoedd rownd fo lle mae fi a Jeimo a chdi yn mynd i fyw! Oedd o ddim yna go iawn, dim ond llun wrth ymyl matres fi achos naeth Jei tynnu'r llun o'r llyfr a rhoi o yna. (PLIS paid a deud i'r ysgol!)*

*Ond cyn mynd i ysgol (o'n i wedi gorfod brysio achos o'n i'n hwyr yn gael fy hun yn barod achos nes i ~~ista~~ eistedd yn syllu ar y llun am mor hir ar ôl deffro!) nes i nôl pensil yn gyflym a gwneud llun cyflym*

cyflym ar ben y llun o'r tŷ
yda ni'n mynd i fyw yn fo a
dwi wedi gyrru fo at chdi!
(Mae o tu ôl i'r llythyr yma
a yn y gwaelod wrth y llyn.
Dwi'n meddwl fod mae y
llun yn edrych chydig fel tŷ
o pobl ~~ers sdalwm~~ erstalwm,
~~exac~~ union fel mae Jei yn
~~describio~~ disgrifio fo bob
tro.) Gobeithio ti'n licio fo,
a cofio sbio ar fo pan ti'n
colli ni a fod o'n gwneud i
chdi cofio bob tro fod dwi a
Jeimo'n dod i ffeindio chdi!

Caru chdi,
Ati

***

Mam,

heddiw dwi isio bwyd lot a wedi blino gormod i fynd i ysgol a dwi isio
Jeimo dwyn bwyd (paid a deud i neb!!) ond dwi'n gwybod fysa fo byth
yn dwyn bwyd achos wedyn fydd o BYTH yn cael mynd ar rota gwaith
ond ~~atleast~~ oleiaf ti'n gael bwyd yn carchar a ddim yn gorfod cysgu
mewn pabell. Ond ti ddim yn gallu cael gwaith da wedyn na wyt felly
dwi ddim yn meddwl fod o werth o.
    Dwi'n meddwl wna i gofyn i Jeimo fory os ga i fynd efo Emyn i
ganol dre i gael pres gan pobl Hefn sy'n siopa.

Caru chdi,
Ati

***

*I Mam,*

*Dydi Jei ddim isio fi fynd efo Emyn i begio (hynna mae o'n galw gofyn am pres gan pobl Hefn), hydynoed pan nes i ddweud fod fysa fi'n cael mwy na Emyn achos dwi'n fwy ifanc na hi! Mae o'n dweud fydd o ar rota gwaith mewn chydig a gael job a pres a ryda ni'n gallu disgwyl ~~am~~ nes tan hynna ond nes i ddweud i fo "dwi'm yn meddwl da ni medru" achos o'n i wedi blino gormod i cerdded i ysgol eto heddiw achos dyda ni ddim efo digon i ~~futa~~ fwyta a dydi Jei ddim isio gofyn i Emyn na Sara-Siwan na Mam a Dad Al na neb am bwyd. Ond paid a poeni achos mae Jei yn dweud eto a eto fod fydd ni'n iawn a mae o am feddwl am rhywbeth wneith wneud bob dim yn iawn eto. Ond dwi chydig yn flin fod o ddim isio gofyn am help ~~gena~~ gan pobl eraill yn Caer neu pres gan pobl Hefn yn ganol dre. Dwi isio mynd i ganol dre efo Emyn tu ôl i cefn fo ond dwi ddim isio Jeimo fod yn flin efo fi a dwi dal yn trio bod yn gryf a dewr fel fo so dwi ddim yn mynd i begio na gofyn am bwyd fel hynna.*

*Ond gesha be, dwi wedi cael syniad, syniad ~~really~~ da iawn iawn!! Nes i ddeffro rhy gynnar heddiw a o'n i'n meddwl am dan y llun nes i yrru i chdi o tŷ bach fi a Jei yn y mynyddoedd am hir ar ôl deffro a naeth o wneud fi gofio am gwersi celf a chrefft yn ysgol! So nes i a Huddgi fynd yn ôl i Tips heddiw efo ~~sleeping bag~~ sach gysgu fi (nes i ddim dweud wrth Jeimo achos dwi'n gwybod fod o ddim yn licio pan dwi'n mynd i Tips ben fy hun achos mae o'n dweud fod yna ~~lot~~ llawer o bethau afiach yna) a nes i llenwi sach gysgu efo poteli a papur a gwifrau, petha fel hynna. Wedyn wnes i mynd yn ôl adref a eistedd tu allan i pabell (a naeth Huddgi eistedd drws nesaf i fi! Mae o'n ci da fel hynna.) a sbio trwy bob dim o'n i wedi ffeindio a ~~sortio~~ trefnu nhw allan wrth ymyl fi, rhwng fi a Huddgi so fod o'n i'n gallu gweld bob dim o'n i wedi cymryd. Wedyn, fel nes i neud i chdi ar Dydd Mercher y Mamau yn gwersi celf a chrefft blwyddyn dwythaf, nes i wneud blodau bach allan o'r papur nes i ffeindio, yn plygu papur drosodd a drosodd a defnyddio ~~cyllall~~ cyllell chdi i wneud siapiau petalau gwahanol.*

**87**

Wedyn nes i defnyddio cyllell chdi eto i ~~torri~~ dorri bob gwifrau trydan
mawr tew so fod nhw tua hanner mor hir a braich fi o llaw i ~~elbow~~ penelin
a torri gwifrau trydan bach bach tenau hefyd. Dwi ddim yn gwybod be
fysa ni'n gwneud heb gyllell chdi! Wedyn nes i defnyddio'r gwifrau tew
fel ~~gwulod gwaelod cwnffon stem~~ coesyn blodau a defnyddio'r gwifrau
tenau fel rhaff i glymu'r blodyn papur at y coes. Dydi nhw ddim yn edrych
yn ddel fel blodau go iawn mewn fideos a lluniau (Sori.) a dwi ddim yn
adnabod llawer o bobl sydd isio blodau papur gwlyb efo coesyn du neu
llwyd. Ond ti'n dweud hyn lot wyt, fod dydi bob dim ~~hull~~ hyll ddim yn
ddrwg a dydi bob dim del ddim yn dda! A naeth Jeimo ddweud chydig yn ôl
fod sut wyt ti tu fewn yn well na tu allan a ddim ots os ti'n edrych yn hyll.
So ella dydi'r blodau ddim yn ddrwg, hydynoed os ydi nhw ddim yn ddel.

So wedyn nes i weiddi ar Jeimo i ddeffro a dod allan o babell i fi
ddangos y blodau i fo a nes i ddweud i fo fod dwi am fynd i ganol dre
heddiw i gwerthu nhw, nid i begio achos dydi o ddim isio fi wneud hynna.
Gyntaf o'n i ofn fod o mynd i fod yn flin efo fi achos naeth o tynnu mwgwd
o i lawr a dydi o byth byth BYTH yn gwneud hynna tu allan na achos ti
ddim i fod i, mae o mond yn gwneud os mae o'n flin efo fi neu'n dweud
rhywbeth pwysig a isio fi deall bob un gair. So nes i tynnu y blodau i gyd
bob un at lle mae calon fi fel pan dwi'n cario Huddgi rhag ofn i Jeimo
tynnu nhw o dwylo fi a taflu nhw fewn i'r môr neu rhywbeth fel hynna,
a oedd o'n sbio ar nhw fel oedd o isio taflu nhw. Ond wedyn naeth o rhoi
mwgwd o nôl ar a dweud fod o'n syniad da (!!) a codi fi fyny a ~~smalio~~ cogio
~~lluchio~~ taflu fi fewn i'r môr fel oedd o'n gwneud pan oedd fi'n hogyn bach a
gwneud fi chwerthin lot, ti'n cofio? Ar ôl i fo rhoi fi nôl ar lawr o'n i'n gallu
dweud fod o'n gwenu tu nôl i mwgwd fo hefyd achos oedd croen rownd
llygaid fo wedi ~~wrinklo rinclo~~ crychu fel croen rownd llygaid Emyn! So
fory dwi ddim yn gallu disgwyl mynd efo Emyn i ganol dre i gael pres, a FI
gaeth y syniad, nid Jei! Ella mae o'n iawn, ella dwi YN fwy clyfar na fo!!

Caru chdi,
Ati

***

*Mam,*

*Nes i wneud prawf Maths yn ysgol heddiw. Oedd o'n anodd a dwi ddim
yn gwybod os nes i pasio achos oedd yna lot o ~~gwestinyn~~ gwestiynau
lle oedd ni'n gorfod ~~multip~~ lluosi rhifau mawr a dwi ddim yn licio lluosi
rhifau mawr. Ond paid a poeni achos dydi o ddim yn cyfri at arholiadau
coleg so dwi efo digon o amser i ~~practisho~~ ymarfer lluosi rhifau hir cyn
hynna! (a ella fydd yna coach peldroed o Hefn wedi gweld fi'n chwarae
peldroed cyn hynna a mynd a fi i Hefn i chwarae peldroed fel gwaith!)*

*Caru chdi,*
*Ati*

***

*I Mam,*

*Oedd Emyn yn iawn! Nes i werthu bob un blodyn heddiw heb law am
dim ond un bach a gael mwy na dau waith faint o bres naeth Emyn
gael!! Dwi'n meddwl mae o'n helpu lot fod mae 8 oed dwi a mae Emyn
yn dweud fod dwi'n edrych llai na 8 hefyd so mwyaf ifanc ti'n edrych,
mwyaf o bres mae pobl isio rhoi! Oedd Jeimo mor hapus pan nes i ddod
adra, naeth o gafael fi a cario fi fyny a cogio taflu fi fewn i'r môr eto (a
bron gwneud fi gollwng y pres i gyd achos oedd o'n gafael mor ~~galad~~
galed, ond nes i ddim achos nes i afael yndda fo'n dynn dynn!). A naeth
o wneud fi deimlo mor hapus achos Jei sydd hynach ond FI sydd wedi
gael pres i ni!!*

*Ond dwi'n teimlo'n ddrwg achos syniad Emyn oedd o i gyd a naeth hi
gael lot llai o pres na fi so tro nesaf dwi mynd i ofyn wrth hi os fedra ni
rhoi pres ni i gyd at ei gilydd a wedyn rhannu fo rhwng 3 so fod y 3 o ni
efo yr un faint o bres fel hynna dwi'n meddwl.*

*Caru chdi,*
*Ati*

***

*I Mam,*

*Dyda ni ddim yn poeni am bwyd a pres lot rwan achos dwi'n gael
chydig o bres i ni rwan a dydi o ddim yn lot a dim digon i gael cig a
llysiau ond digon i gael bara millet a reis. Ond dyda ni ddim efo digon
o pres i chargo lamp a da ni'n gorfod ~~safio~~ arbed charge ffôn a dim
ond sbio ar fo i sbio ar ap AlBank a AlJobs i Jeimo so dwi wedi bod yn
chwilio yn Tips am ~~canwyllau~~ canhwyllau hen (a nes i ffeindio un! ond
nes i ddim dweud i Jeimo achos mae o at ~~presant~~ anrheg penblwydd
fo felly ti'n gorfod GADDO peidio dweud i fo DIM BYD! So nes i ddim
ffeindio dim un cannwyll go iawn, iawn?) felly sori os dwi heb fod yn
~~sgwennu~~ ysgrifennu llawer am chydig achos mae Dinas yn mynd yn
rhy dywyll bron syth ar ôl i fi gael adref o ysgol a ganol dre yn gwerthu
blodau felly dwi'n gorfod ysgrifennu'n gyflym syth ar ôl dod adref.*

*A naeth Emyn gael llythyr gan Job Centre heddiw (!!) a o'n i wedi
gorfod mynd at hi i ddarllen o ~~off~~ ar ffôn hi achos dydi hi ddim yn
gallu darllen Saesneg yn dda fel fi a oedd y llythyr yn dweud fod hi
wedi gael nôl ar y rota a mae hi'n dechrau gweithio eto fory! Dwi'n
hapus i hi achos mae hi'n ~~enjoio~~ mwynhau gwaith hi chydig (mae hi'n
gallu reidio beic so mae hi'n cael mynd a parseli i siopau yn ganol dre)
ond dwi'n mynd i ~~methu~~ colli bod yn ganol dre efo hi'n gwerthu celf a
chrefft ben fy hun. Gobeithio wneith Jei gael job yn fuan hefyd so fod
dwi ddim gorfod rhedeg o ysgol i adref bob dydd a rhedeg i dre wedyn i
werthu pethau cyn i siopau gau a cyn i'r golau fynd a fydda fi'n gallu
~~sgwennu ysgif~~ ysgrifennu mwy o llythyrau i chdi hefyd.*

*Caru chdi,*
*Ati*

\*\*\*

*Mam!*

*Wnei di byth, byth gesho be! O'r diwedd mae Jei wedi cael job, mewn adeilad mawr mawr ar Wenalt Street! Mae o'n cael gwisgo dillad newydd a bob dim efo logo Alco dros nhw yn dangos i pawb fod o wedi cael gwaith da, a esgidiau a sanau newydd sydd heb ddim un twll. Naeth o adael i fi sbio ar y esgidiau am chydig a mae nhw mor newydd dwi ddim yn meddwl fod neb wedi gwisgo nhw o'r blaen BYTH! Mae nhw'n gwneud i fi feddwl am y dŵr yfed sydd yn y cyntedd yn ysbyty yn Hefn, ti'n cofio, glân a oer a meddal a dim byd wedi cyffwrdd o o'r blaen? Fel hynna mae nhw'n teimlo. Glân glân union fel tegan newydd, y gwaelod efo dim ~~scratch~~ crafu na llwch na cerrig bach na dim byd.*

*Fysa chdi'n hapus achos dydi o ddim wedi cael swydd mewn ffactri a ti bob tro'n poeni fod ni'n mynd i gael swydd yn ffactri achos fod o mor beryg a lot o bobl yn brifo ond ddim mewn ffactri mae o ond mewn adeilad mawr mawr ar Wenalt Street lle fydd o'n cario bocsys a parseli a rhoid nhw i pobl fel Emyn sy'n defnyddio beics nhw i fynd a bocsys a parseli at siopau yn dre lle mae nhw'n mynd fyny i pobl yn Hefn.*

*A hefyd achos hwn ydi tro cyntaf Jei ar y rota mae o'n cael 15% off AlHealth am 2 mis a 20% off screens am wythnos ond does gan ni ddim ~~teli~~ teledu na pad dal i fod a yda ni ddim yn adnabod neb sydd efo teledu neu pad so dyda ni ddim yn gallu ~~downloadio lawrllwytho~~ llawrlwytho ffilmiau ond dim ots am hynna achos dwi dal yn licio sbio ar y cerdyn 20% off achos mae o bron mor ~~shaini~~ sgeliniog a esgidiau newydd Jeimo.*

*Mae Jei'n dweud fod fydd ni'n gallu cael bwyd da ar ôl chydig ond achos o'r rota dim ond am chydig o misoedd fydd o efo job ond mae o'n dweud fod o'n mynd i ~~safio~~ arbed llawer o bres so pan fydd Jei ddim ar y rota ddim mwy fydd ni efo digon o bres i gael bwyd. Ond dwi dal yn mynd i fynd i dre i werthu celf a chrefft am wythnos neu ella dau achos mae Jei dim ond yn cael hanner gymaint o bres mae Emyn yn cael yn yr wythnosau cyntaf achos fod o yn 14 oed a hwn ydi gwaith cyntaf fo*

ond naeth o ddweud ar ôl chydig os mae o'n gweithio yn dda a yr un
mor galed a pawb arall (dwi'n gwybod wneith o!) geith o yr un faint o
bres a pawb arall ar ôl chydig so fydd bob dim yn iawn.

Dwi methu disgwyl cael cig eto, a teimlo bol fi'n chwyddo fyny pan
dwi'n llawn fel côt law fi'n chwythu fyny pan mae o llawn gwynt o tu
allan!

Caru chdi,
Ati

***

Mam!!

Naeth ni gael cyw iâr i fwyta heddiw!!! Naeth Jeimo brynu un ~~wing~~
adain yr un i fi a fo (a un bach i Huddgi!!!) a oedd nhw'n dod mewn
bag plastig ~~posh~~ crand, un o'r rhai sy'n pydru ben ei hun a wedi neud
allan o ~~seawid~~ gwymon dwi'n meddwl, so fydd ni methu golchi fo a
defnyddio fo'n hunain i gadw pethau'n sych sy'n gwneud fi chydig
bach yn flin achos mae'r bag yn ~~era~~ grand a efo zip yn agor a cau fo
a bob dim ond mae o'n well i'r ddaear mae Emyn yn dweud so fydd
y ddaear a Emyn yn hapusach a os mae o'n gwneud Emyn yn hapus
mi wna i trio peidio bod rhy flin. Oedd yna label yn dweud Buffalo
Wing Chicken ar fo a oedd o dal yn ~~gynna~~ gynnes pan naeth Jei rhoi o
i fi so o'n i'n gallu teimlo'r cyw iâr cynnes trwy'r plastig! Wedyn pan
nes i agor o naeth yna stêm dod allan fel fod o ar dân a'r ogla GORAU
dwi wedi oglau ers hir hir hir!!! Oedd yna lot o oglau crand dwi ddim
yn gallu rhoi geiriau i yn dod allan o'r bag, a mae Jei'n dweud fod lot
fwy na dim ond halen ar fo. A gesha be, dwi dal yn gallu oglau fo! Mae
oglau'r cyw iâr dal yn pabell a dros sach gysgu fi achos yn fama nes i
fwyta fo, yn araf achos o'n i isio blasu fo yn ceg fi am byth, mor araf
oedd o'n oer i gyd erbyn i fi gael at yr asgwrn! Ond naeth Jeimo fwyta
un fo i gyd mewn llai na deg ~~sec~~ eiliad dwi'n meddwl a wedyn gadael
pabell heb ddweud lle oedd o'n mynd. Ella oedd o ddim isio bod yn

*pabell ni efo oglau cyw iâr fi a un fo wedi gorffen yn barod. Ella oedd*
*o'n ~~genigfennus~~ genfigennus fod o'n i efo gymaint o fwyd ar ôl, a ~~regret~~*
*difaru bwyta un fo mor gyflym!*

*Pan naeth Emyn ddod i fewn wedyn i ddweud i fi am hunllef*
*gafodd hi neithiwr oedd wedi dychryn hi, naeth hi oglau'r cyw iâr yn*
*pabell a dweud i fi fod erstalwm adeg Hen Nain hi oedd pobl ddim*
*yn cael cig wedi tyfu yn labordy BYTH, ond oedd nhw'n bwyta cig o*
*anifeiliad GO IAWN oedd yn FYW! ~~Imajinia~~ Dychmyga, anifeiliad*
*oedd yn fyw a anadlu go iawn fel Huddgi!! Fyswn i byth byth BYTH yn*
*bwyta Huddgi.*

*Sori dwi heb ysgrifennu i chdi ers lot, gafodd ni lot o gwaith cartref*
*i wneud wythnos dwythaf, a llawer o fo'n Maths ~~so~~ felly dwi wedi*
*bod yn gweithio'n galed a achos ~~yda~~ ryda ni efo pres i chargo lamp*
*rwan dwi'n gallu gwneud gwaith cartref a ~~stydio~~ adolygu bob nos,*
*hyd yn oed pan mae'r awyr yn dywyll yn nos. So mi wna i drio cofio*
*ysgrifennu fwy ~~amal~~ aml.*

*Caru chdi a methu chdi lot lot LOT,*
*Ati*

***

*I Mam,*

*Dydi o ddim yn deg. Heddiw nes i fynd i dre eto efo Jeimo i siopau bwyd*
*a nes i sbio ar y pobl Hefn i gyd oedd yn cerdded heibio ni wedi dod*
*lawr i siopa a sylweddoli am y tro cyntaf dwi'n meddwl fod nhw i gyd*
*bob un o nhw efo ~~mwgwds mwgwdau~~ masgs crand, rhai efo llinyn sy'n*
*~~stretch~~ ymestyn i fynd tu ôl i clustiau chdi a hydynoed filter plastic yn*
*y ~~ffrynt~~ blaen so fod chdi'n gallu anadlu'n ddwfn ddwfn heb anadlu*
*llwch a mwg a awyr afiach i fewn, ddim darnau o hen jumper chdi fel*
*ryda ni'n defnyddio ~~i cyfro~~ dros trwyn a ceg. Mae rhai o masgs plant*
*Hefn yn lliwgar hefyd, heddiw nes i weld rhai coch efo filter melyn a*
*pinc a glas a un du efo filter gwyrdd tywyll. Un hynna, un du efo filter*

*gwyrdd tywyll fyswn i'n gael os fyswn i efo digon o bres i brynu fo!*
*Ond dydi o ddim yn deg achos ryda ni'n byw lawr yn Dinas bob dydd a*
*dim ond dod lawr i siopau mae pobl Hefn felly ryda ni angen masgs da*
*fel hynna mwy na mae pobol Hefn angen nhw achos mae'r awyr yn lân*
*fyny yn Hefn yndi. Dwi isio i Jei gael mwgwd da fel sydd gan pobl Hefn*
*hefyd achos ella neith o stopio fo tagu gymaint a hefyd wedyn fydda*
*fi'n gallu cysgu heb stwffio clustiau efo papur so ti'n meddwl os fyswn*
*i'n gofyn i un o'r pobl Hefn yn dre i swopio fysa nhw'n gwneud? Ella*
*os fyswn i'n rhoi chydig o celf a chrefft i nhw hefyd. Ond dwi'n rhy ofn*
*i gerdded fyny at nhw i siarad fel hynna, hydynoed i ofyn am pres fel*
*oedd Emyn yn wneud weithiau pan oedd hi* ~~off~~ *i ffwrdd o'r rota. Ella*
*un diwrnod fydda fi ddim rhy ofn a wna i ddisgwyl am rhywun, person*
*sy'n gwenu a edrych fel person neis a gofyn. Ond heddiw dwi rhy ofn*
*i wneud (sori), hydynoed i gofyn am mwgwd wneith wneud Jeimo yn*
*well. Ydi hynna'n ddrwg?*

*Caru chdi,*
*Ati*

***

*I Mam,*

*Ar ôl i Emyn ddod nôl o gwaith nes i helpu hi olchi dillad a wedyn aeth*
*ni i sbio ar y dŵr yn symud o dan y llwybrau pren wrth pebyll ni a nes*
*i feddwl bechod does yna ddim pysgod yn y môr yn fama ddim mwy fel*
*sydd yna mewn fideos o'r môr ar y pads yn ysgol, ddim hydynoed babis*
*pysgog bach bach a nes i ofyn wrth Emyn os oedd hi'n cofio sut oedd*
*o'n teimlo i fod yn fach? A naeth hi ddweud "yndw" a dweud fod pan*
*ti'n fach mae'r byd i gyd llawn cerrig efo rhywbeth* ~~special~~ *arbennig o*
*dan bob un. Ond rwan rownd Emyn mae'r cerrig i gyd wedi gael eu troi*
*drosodd gan pobl eraill fwy lwcus na hi a does yna ddim byd arbennig*
*o dan y cerrig rownd hi ddim mwy a naeth hi ddweud fod hi'n lwcus os*
*neith hi gael morgrug o dan carreg achos mae rhan fwyaf efo dim byd*

*o dan nhw. A mae'r un neu ddau carreg oedd efo pethau arbennig o*
*dan nhw yn bell i ffwrdd oddi wrth hi a pobl eraill efo coesau ffastach*
*fwy cyflym wedi dwyn y pethau arbennig cyn i hi gael chance cyfle i*
*gyffwrdd nhw. Ond wedyn naeth hi ddweud "ond ma plant yn majic*
*sdi, ma plant yn gallu newid cerrig fewn i aur! Newidia cerrig chdi i*
*aur, Ati, cyn i amser chdi gyd fynd heibio fatha sy di digwydd i fi, a*
*cerrig chdi gyd jyst yn gerrig wedyn."*

*Dwi ddim yn cweit deall beth oedd Emyn yn feddwl, ond wna i ofyn*
*i Jeimo mewn munud. Neu ella fory. Dwi wedi blino felly mi wna i ofyn*
*fory pan dwi'n cofio gwneud.*

*Caru chdi,*
*Ati*

\*\*\*

*Mam,*

*Naeth yna ~~lot lot~~ llawer llawer LLAWER digwydd heddiw a mae*
*dwylo fi dal yn crynu chydig. (so sori os ti ddim yn deall llawysgrifen fi*
*weithiau!)*

*Yn ganol gwers grammar o'n i'n ganol copio cwestiynau am*
*~~ajectives~~ adjectives o bwrdd du pan naeth y byd i gyd ysgwyd un waith*
*fel fysa y duw o Y Beibl Emyn (y dyn naeth wneud y byd mewn un*
*wythnos yn y llyfr, hynna mae Emyn yn dweud) wedi ~~pwsho~~ gwthio fo*
*mewn ~~mistake~~ camgymeriad. Nes i glywed pensil rhywun yn disgyn*
*ar y llawr a naeth yna hogan sgrechian. O'n i'n ofn hefyd, ond rhy ofn*
*i sgrechian am un eiliad achos o'n i'n meddwl fod to'r ysgol yn mynd i*
*ddisgyn ar ben ni a lladd ni i gyd fel naeth ddigwydd i to neuadd dros*
*gwyliau Dolig. Wedyn naeth Shania ddweud fod yna rhywbeth wedi*
*mynd ~~off~~ i ffwrdd yn y ffactri mawr ar Wenalt Street lle mae Dad hi'n*
*gweithio (oedd hi'n gwybod achos gaeth hi notification AlNews ar*
*ffôn hi. Mae Shania'n lwcus efo ffôn i hi ei hun achos mae Mam a Dad*
*hi'n gallu gweithio, a Dad hi bron byth off rota gwaith achos fod o'n*

gallu bosio pobl rownd yn gwaith fo.) a naeth hi ddechrau crio wedyn
a naeth Miss dweud i pawb i fod yn dawel a trio siarad yn neis efo
Shania a hynna pryd nes i gofio fod Jeimo'n gweithio ar Wenalt Street
hefyd (!!) a nes i ddechrau teimlo fel na fi oedd y byd a oedd y ~~expold
explod exploso~~ ffrwydrad wedi digwydd tu fewn i FI rhywle a wedi
ysgwyd bob dim yn FI, oedd o'n teimlad afiach afiach a o'n i methu
symud. A wedyn nes i anghofio am gwaith grammar a arholiadau
a rhedeg allan o dosbarth cyn i Miss gallu stopio fi a rhedeg lawr y
coridor a trwy drws a trwy'r coridor nesaf a wedyn es i allan trwy
drws tu blaen ysgol a o'n i wedi ysgwyd gymaint tu fewn i fi ia, nes i
anghofio rhoi mwgwd fi ar cyn i fi pasio giatiau'r ysgol! Nes i rhoi o
~~ar~~ ymlaen heb stopio rhedeg a nes i ddim stopio rhedeg tan o'n i wedi
cyrraedd lle mae Jeimo'n gweithio a oedd mwgwd fi yn wlyb achos
anadlu fi a o'n i methu gweld dim byd achos fod awyr mor llawn o
mwg!! Oedd o'n hydynoed FWY anodd anadlu yn fan hynna a'r awyr
yn llawn fwy o mwg na bob man arall yn Dinas erioed a o'n i'n gallu
clywed pobl yn crio a gweiddi a gweld pobl yn rhedeg heibio fi bob
eiliad a drones AlNews yn fflio heibio fi yn ffilmio bob dim a o'n i'n
gallu clywed tân yn gwneud twrw fel waliau pabell yn nos pan mae
yna gwynt mawr mawr ond o'n i ddim yn gallu gweld tân yn unlle
achos oedd yna llawer llawer llawer o mwg a o'n i methu gweld bron
iawn DIM BYD heibio fi fel o'n i'n sownd yn pabell ni ond fod y waliau
wedi gwneud allan o'r mwg! Oedd o'n ~~disgust~~ afiach a dwi ddim yn
cofio dechrau crio ond dwi'n meddwl o'n i yn (sori!) achos naeth yna
dynas yn gafael pad mawr crand gofyn i fi os o'n i'n iawn a o'n i am
ddweud "yndw" ond wedyn nes i glywed rhywun yn galw enw fi a o'n
i'n meddwl mae Jeimo oedd o a o'n i'n teimlo mor hapus o'n i'n teimlo'n
chwil ond Emyn oedd yna, yn rhedeg fyny at fi efo beic hi a wedyn
naeth y ddynes fynd at dynes arall oedd yn eistedd ar llawr efo gwaed
yn sgleinio ar llaw hi dwi'n meddwl. (neu ella dyn oedd ar llawr, dwi
ddim yn cofio achos nes i ddim sbio ar nhw am llawer o amser achos
o'n i'n ofn. Dwi'n meddwl mae gwaed fel hynna, coch a sgleinio fel
rhywbeth newydd, yn dychryn fi llawer. Sori, o'n i methu TRIO fod yn
gryf hydynoed i Jei achos fod o'n i mor ofn!) Dwi'n cofio gweld llawer o

parseli bach yn y bocs ar cefn beic Emyn a i peidio meddwl am Jei nes i
trio meddwl be oedd yn nhw achos oedd nhw mor fach a pam fod pobl
isio pethau bach bach fel hynna wedi cael ei ~~delifro~~ danfon at nhw os
fysa fo'n hawdd i nhw cario nhw adra o siop achos fod nhw mor fach
so wedyn o'n i ddim yn gorfod meddwl am Jei mo a byd yn chwalu tu
fewn i fi a naeth Emyn rhoi beic hi lawr a gafael yn dau ysgwydd fi a
wedyn nes i callio digon i ofyn wrth Emyn pam oedd hi yna a naeth
hi ddweud fod hi wedi teimlo'r byd yn ysgwyd hefyd a naeth hi bron
disgyn ffwrdd o beic hi a wedyn gweld ar ffôn hi a i gyd o'r screens fod
oedd yna llawer o ffrwydro wedi digwydd ar Wenalt Street a dod yma
achos fod oedd hi'n poeni am Jei hefyd, bechod mae hi mor neis. Ond
oedd o'n afiach a mae clustiau fi dal ddim yn iawn, fel mae yna chydig
o dŵr yn ~~stuck~~ sownd yn nhw ar ôl ymolchi achos naeth Emyn cario
ymlaen i siarad wedyn ond nes i ddim clywad be naeth hi ddweud yn
y dechrau achos oedd sŵn y tân yn clustiau fi a rhywun yn sgrechian
enw rhywun yn rhedag heibio ni a nes i ofyn wrth hi ddweud eto so
naeth hi ddweud eto a hyn naeth hi ddweud, naeth hi ddweud fod
oedd yna un o'r pobl oedd yn mynd rownd yn helpu pobl eraill efo
pads mawr crand wedi dweud i hi fod Jei wedi gorfod mynd i ~~hospital~~
~~spyty~~ ysbyty a fod nhw wedi gorfod rhoi fo mewn gwely a naeth hynna
dychryn fi gymaint, fyswn i wedi rhedeg syth i ysbyty os fysa Emyn
ddim yn gafael yn fi achos ti'n cofio wyt fod rhywbeth mawr mawr yn
~~rong~~ bod efo chdi os mae doctors yn rhoi chdi mewn gwely, a ddim ar
llawr fel pawb arall so naeth Emyn sbio ar fi am hir nes i fi ddechrau
anadlu'n ~~slof~~ fwy araf, yn anadlu yn gwyneb fi a o'n i'n gallu oglau
ceg hi (sori dwi ddim yn dweud hyn i fod yn gas, dim ond dweud y gwir
ond oedd ceg Emyn yn oglau chydig fel ceg Huddgi!), hydynoed efo
oglau tân a llwch yn bob man o'n i dal yn gallu oglau ceg hi! A wedyn
naeth Emyn ddweud fod hi am fenthyg beic hi i fi gael mynd i ysbyty
yn gyflym a nes i ddweud fod dwi heb reidio beic o'r blaen felly fydd fi
ddim yn gallu a oedd hi ddim yn gwybod beth i ddweud wedyn ond nes
i ddweud fod dwi am rhedeg yna fel nes i rhedeg i fama a nes i ddweud
i hi fynd at pabell ni i ~~watsiad~~ sbio ar ôl Huddgi. Nes i ddweud fod o'n
i ddim yn meddwl fod o wedi rhedeg i ffwrdd achos mae o'n gormod

*o pussy i wneud hynna (hynna ma Jeimo'n ddweud am fo weithiau),*
*ond mae'n siwr fod o'n crynu llawer a isio cwtsh a ella wedi pi-pi dros*
*matres a sach cysgu ni i gyd achos fod y ffrwydro wedi dychryn o (naeth*
*o pi-pi bechod ond oedd o ddim ots achos naeth ni molchi bob dim cyn*
*mynd i gysgu a benthyg blancedi gan Sara-Siwan a Emyn i gysgu efo*
*achos oedd bob dim yn wlyb ar ôl golchi). Wedyn nes i sbrintio o fan*
*hynna fel sbrintio ar ôl pêl i cicio fo cyn* ~~defence~~ *amddiffyn tîm arall*
*ond nes i ddim mynd yn bell iawn achos oedd yna gymaint o bobl wedi*
*cyrraedd Wenalt Street rwan, o'n i'n gorfod* ~~pwsh~~ *gwthio pobl i symud!*
*A fel hynna oedd lôn i ganol dre I GYD! Pawb yn rhedeg a gwthio a*
*gweiddi a sgrechian a neb yn gallu defnyddio beics hydynoed, NEB!*
*Oedd bob eiliad yn fwy gwaeth na'r un dwythaf achos o'n i jyst isio gael*
*at Jeimo mor gyflym a o'n i'n gallu, ond o'n i methu!! Nes i dechrau crio*
*eto (sori) ganol gwthio pobl achos o'n i wedi blino gymaint yn rhedeg a*
*gwthio ond o'n i ddim yn gallu stopio na achos o'n i angen gael at Jei.*

*Gesha be, nes i sbio fyny ar cloc yn gorneli y screens weithiau*
*ganol gwthio pobl a dwi'n meddwl naeth o* ~~gymeryd~~ *cymryd awr i fi*
*gyrraedd hanner y ffordd lawr stryd mawr i ysbyty! Awr! Ond oedd*
*o ddim ots achos dwi'n cofio clywed rhywun yn dweud enw fi wedyn*
*ac o'n i'n GWYBOD mae Jeimo oedd yna!! A naeth calon fi fynd mor*
*gyflym a dwi'n meddwl nes i troi fewn i White Star o'r ffilms White Star*
*Chronicles am chydig o eiliadau (ti'n cofio ni'n mynd at y screen mawr*
*wrth y maes parcio i gwylio y ffilms White Star Chronicles weithiau?*
*Mae yna un newydd yn dod allan diwedd mis yma a dwi ddim yn gallu*
*disgwyl! Enw'r un newydd ydi INTO THE BLACK a dwi wedi sbio ar y*
*trailer ar y screens tu allan i ysgol llawer a mae o'n edrych yn* ~~amazing!!~~
~~ang~~ *anhygoel!!!) achos nes i fynd yn gryf gryf a gwthio heibio pawb*
*gymaint, o'n i efo digon o le i fi rhedeg a nes i weiddi nôl ar Jeimo a*
*wedyn nes i rhedeg fewn i fo neu fo i fewn i fi a nes i gafael yn fo achos*
*dwi byth byth isio hynna digwydd eto achos hynna oedd un o'r* ~~bora~~ *bore*
*mwyaf gwaethaf bywyd fi a naeth Jei ddim gafael breichia fo rownd fi*
*yn y cychwyn ond o'n i ddim yn poeni am hynna achos dydi Jei ddim yn*
*licio gwneud pethau fel hynna o flaen pobl eraill llawer na ydi. A oedd*
*pobl yn gwthio fi ond oedd o ddim yn gwthio afiach ddim mwy achos o'n*

*i ISIO gael fy gwthio fewn i Jei a gael yn agosach at fo a byth byth gadal o fynd. Oedd oglau yn gwallt fo'n gwneud fi'n chwil (plis paid a dweud i fo hynna achos ti'n gwybod fod mae o'n licio gwallt fo llawer rwan!) achos y mwg tân dwi'n meddwl a oedd o efo dillad ysbyty hyll o'n i ddim yn licio sbio ar a o'n i'n gwybod fod o'n anadlu'n gyflym gyflym achos o'n i'n gallu teimlo mwgwd o'n symud yn gyflym ar fy mhen fi wrth i fo anadlu a wedyn naeth Jei gafael rownd fi nôl am chydig bach (!), mor galed nes i ~~ffltio~~ hedfan fyny fel White Star am chydig!! A wedyn naeth ni disgyn lawr i'r llawr a nes i gwlychu trowsus fi achos oedd y palmant yn wlyb efo glaw o'r bore a oedd pobl bron a cerdded dros ni a naeth un dyn cerdded ar llaw fi a mae bys bach fi dal yn goch rwan ond oedd o ddim ots achos oedd Jeimo yn saff efo fi a bob dim yn iawn a wedyn naeth Jei tynnu fi trwy'r pobl i gyd nes i ni gael at stryd bach lle oedd yna ddim gymaint o bobl a dwi'n cofio gweld ffilm o Wenalt Street yn ffrwydro ar y screen ar wal naeth y ni fynd heibio i a meddwl waw a o'n i'n gwenu ar cefn pen Jeimo'r holl amser oedd o'n tynnu fi achos o'n i mor hapus fod o'n iawn, o'n i mor mor hapus!! A dwi dal methu stopio gwenu rwan!! Mae Jei wedi mynd i'r môr i ymolchi achos dyda ni ddim efo digon o ddŵr glân wedi berwi i fo molchi a naeth Emyn a Sara-Siwan helpu fi i molchi pi-pi Huddgi o sachau cysgu a matres ni.*

    *Dwi ddim yn gwybod beth wneith digwydd efo gwaith Jeimo rwan achos fod adeilad gwaith fo ar Wenalt Street wedi malu. Dwi ddim isio gofyn i fo am hynna cweit eto achos dwi'n hapus rwan a os dwi'n gwneud i Jeimo poeni am gwaith fo fydd fi'n poeni hefyd a dwi ddim isio poeni rwan achos o'n i'n poeni lot lot gormod yn y bore! Ond OS dydi Jeimo ddim efo gwaith ddim mwy wna i gwerthu celf a chrefft eto a colli ysgol so fod ni'n gallu gael pres i gael digon o fwyd. Ond dim ots be fydd ni'n iawn so paid a poeni am ni! Mae fi a Jeimo'n gwybod beth ryda ni'n wneud a ryda ni'n mynd i fod yn iawn, dwi'n addo!!*

*Caru chdi lot lot LOT,*
*Ati*

***

*I Mam,*

~~Help, Mae hyn yn anodd a Dwi methu ddim yn gallu~~ Dwi ddim yn
deall. Dwi wedi trio ysgrifennu beth naeth digwydd bron deg gwaith
dwi'n meddwl ond dwi ddim yn deall. Ella fydd Emyn yn deall. Wna i
siarad efo hi am beth naeth digwydd fory.

Ond dwi ddim yn deall achos o'n i rhy hapus i siarad tan i fi gael
adref a o'n i'n meddwl fod Jeimo'n hapus hefyd ar ôl gael adref a gweld
Huddgi a ymolchi a bob dim ond naeth o ddim dweud dim byd ar ôl
dod yn ôl fewn i pabell a mynd syth i gwely a dwi ddim yn deall achos
dwi ddim yn meddwl fod Jeimo wedi brifo lot achos dwi dim ond yn
gallu gweld un ~~cut~~ briw ar croen fo ar cefn llaw, a chydig o cleisiau ar
gwyneb fo so nes i gofyn pam fod oedd o wedi cael bod mewn gwely
yn ysbyty os oedd gan fo dim ond un briw bach a pam naeth o adael
mor gyflym heb nôl dillad fo hydynoed. Ond naeth o dim ond codi
ysgwyddau a oedd llygaid fo'n neidio i rhywle bell bell i ffwrdd fel
fod meddwl o wedi mynd o dan y môr a naeth o ddim dweud dim byd
a wedyn nes i wneud chydig o gwaith cartref Maths ond o'n i ddim
yn gallu ~~concentraitio~~ canolbwyntio O GWBWL a naeth Jei deffro
wedyn a gesha be, naeth o rhoi mwgwd newydd sbon i fi!! Un union
fel gan pobl o Hefn, un du efo filter gwyrdd tywyll fel o'n i wedi gweld
hogiau o Hefn efo yn ganol dre a efo llinyn sy'n ymestyn i rhoi tu ôl i
clustiau chdi a filter mawr plastig yn y tu blaen felly ti'n gallu anadlu
awyr fwy glân! Naeth o ddweud fod o wedi cael o o ysbyty a fod nhw
wedi rhoi o i fo ond dwi ddim yn meddwl fod hynna'n wir achos mae
~~masgs~~ mygydau yn rhy ddrud i pobl rhoi nhw i ffwrdd fel hynna so
dwi'n meddwl (plis paid a deud wrth Jeimo na NEB fod dwi wedi
dweud hyn achos dwi ddim isio Jeimo fynd i carchar plis plis plis!) fod
o wedi dwyn o ella. Ond dydi hynna ddim yn gwneud synnwyr achos
fysa Jei byth byth BYTH yn gwneud hynna a riskio peidio mynd nôl
ar rota gwaith! Ond nes i ddim dweud dim byd achos o'n i ddim isio
gwneud Jeimo yn fwy blin achos oedd o chydig yn flin eniwe am ddim
rheswm a naeth o rhoi y mwgwd i fi a dweud fod o i fi a nes i ddweud
"na" a naeth o weiddi ar fi i wisgo fo a nes i ddweud na achos mae o

**100**

*angen mwgwd gwell mwy na fi achos nes i ddweud fod ella wneith o*
*stopio fo tagu lot a wedyn naeth o (sori) hitio fi efo y masg a'r filter*
*caled plastic yn tu blaen yn hitio ceg fi a o'n i ddim yn gwybod beth i*
*wneud a o'n i isio chdi lot lot a dwi mor flin fod chdi ddim yma achos*
*yda ni angen chdi go iawn Mam. O'n i angen chdi i gweiddi ar Jeimo a*
*dweud i fo ddim hitio fi achos mae o'n anghywir. A o'n i isio crio achos*
*oedd ceg fi'n brifo ond nes i ddim (dwi'n trio bod yn gryf dwi'n addo)*
*a naeth Jei ddim dweud dim byd a dim sbio ar fi a rhoi côt law o ~~ar~~*
*ymlaen yn gyflym a gafael yn mwgwd fo heb rhoi fo ymlaen a gadael*
*pabell heb sbio ar fi na dweud dim byd arall a dwi ddim yn gwybod*
*beth i wneud.*

*Dwi isio mynd i ddweud wrth Emyn ond unwaith wneith hi a*
*Sara-Siwan a pawb arall weld ceg fi'n gwaedu fydda nhw'n poeni*
*a gofyn "sut nesdi hynna" a ti'n gwybod dwi ddim yn gallu dweud*
*~~clwydd~~ celwyddau fel hynna ond dwi ddim yn gallu dweud y gwir*
*rwan hefyd felly wna i ddweud wrth Emyn fory ella.*

*Caru chdi Mam a dwi isio chdi yn ôl mwy na erioed o blaen rwan so*
*plis tyrd yn ôl,*
*Ati*

✳✳✳

*I Mam,*

*Nes i wneud o! Nes i ddweud wrth Emyn am Jeimo'n ~~hitio taro hitio~~*
*taro fi heddiw a naeth hi rhoi Iesu i fi am diwrnod cyfan i fo gael*
*~~sbio~~ edrych ar ôl fi! Iesu ydi tegan oen bach naeth Emyn wneud i hi*
*ei hun allan o plastig clir tenau wedi ~~scuish sqi~~ smasho at ei gilydd*
*nes mae o'n edrych bron yn wyn os ti bron yn cau llygaid chdi fel ti'n*
*trio peidio cysgu. A mae hi wedi defnyddio ~~waks wax~~ cwyr cannwyll*
*hen wedi toddi i ~~glynu~~ lynu pedwar match bach pren i fo fel coesau, a*
*darnau bach o plastig fwy tywyll fel llygaid i fo. Paid a byth dweud i*
*Emyn iawn ond o'n i isio chwerthin pan naeth hi ddangos Iesu i fi tro*

cyntaf achos oedd hi'n gwenu mor fawr oedd bob un o 6 dant hi'n dangos felly o'n i'n disgwyl gweld rhywbeth sy'n edrych fel y defaid yn y llyfrau a fideos yn yr ysgol! Ond oedd o'n atgoffa fi o'r anghenfil Piti-Pati yn y storiau oedd chdi'n gwneud i fyny i fi a Jeimo ers talwm so fod ni ddim yn ofn cerdded trw'r mwg ben ein hunan i'r ysgol. Ti'n cofio? Oedd Piti-Pati yn anghenfil wedi gwneud allan o mwg a oedd o'n fawr a trwm so oedd o'n cerdded yn araf araf ac yn stopio pobl rhag gweld yn glir a gwneud o'n anodd anadlu weithiau ond oedd o methu helpu hynna achos does yna neb yn y byd sy'n gallu newid beth mae nhw wedi gael eu wneud allan ohono fo pan mae nhw wedi cael ei geni? A oedd o dim ond isio bod yn ffrindiau efo ni, chydig fel Emyn pan naeth hi slapio drws tent ni i ddweud helo tro cyntaf. O'n i'n ofn hi i ddechrau achos fod hi ddim yn siarad fel pawb arall ac yn hen hen hen ond wedyn naeth ni sylweddoli fod ni'n cael breuddwydion tebyg a fod y ddau o ni'n gwrando ar y ddaear (Emyn yn gwrando go iawn a fi yn trio gwrando).

Eniwe, mae Iesu'n edrych chydig bach fel Piti-Pati achos dydi o ddim efo trwyn na ceg. Bechod dydi o ddim efo clustiau i glywed hydynoed!

Naeth Emyn ddweud i fi wedyn fod hi wedi galw fo'n Iesu achos gaeth hi breuddwyd o'r blaen fod yna ~~daf~~ ddafad wedi disgyn o Hefn, o un o'r caeau ~~fake smal~~ cogio mae hi wedi clywed am mae nhw efo yna ond oedd o dal yn fyw (!!), dim ~~scratch crafu~~ briw ar fo na ddim byd! A mae yna ddyn o'r enw Iesu yn llyfr Y Beibl sy'n gallu gwneud 'gwyrthia' mae hi'n ddweud a nes i ofyn be ydi gwyrthia a naeth hi ddweud gwneud pethau mae pobl ddim i fod i gallu gwneud ydi gwyrthia fel dod yn ôl yn fyw. A oedd Iesu yn breuddwyd Emyn ddim i fod i fod dal yn fyw pan naeth o disgyn o Hefn felly naeth hi alw fo'n Iesu achos oedd gwyrth wedi gwneud o peidio marw!

O'n i'n teimlo'n ddrwg yn cymryd Iesu am heddiw achos dwi'n gwybod fod Emyn yn cario fo efo hi i bob man ond dwi'n hapus rwan achos mae o'n gwneud i fi wenu cyn mynd i gysgu achos dydi Jei ddim isio dweud storiau i fi am y tŷ yda ni mynd i adeiladu yn y dyffryn ddim mwy a dwi ddim isio ~~ffru~~ ffraeo efo fo achos dwi ddim *isio fo fod yn flin a hitio fi eto. So dwi ddim yn deall a dwi ddim yn gwybod be i wneud.*

*Plis tyrd yn ôl achos mae Jeimo bob tro'n dweud y gwir i chdi,*
*Ati*

***

Mam,

Ar y ffordd i a yn ôl o ysgol heddiw oedd y screens ar y waliau i gyd efo fideos gan drones o'r ffrwydro ar Wenalt Street a llythrennau mawr mawr dros y fideos yn dweud mae PP naeth wneud y ffrwydro ond mae Jeimo a dad Sara-Siwan yn dweud fod AlNews yn dweud celwydd achos fysa PP byth byth BYTH yn gwneud ~~explo ffrwydrad~~ ffrwydriad yn rhywle lle mae pobl Dinas yn gweithio, dim ond yn Hefn neu llefydd lle mae nhw'n GWYBOD mae dim ond pobl Hefn fydd yna! ~~So~~ Felly mae Dad Sara'n dweud mae rhywbeth yn y ffactri naeth torri a ffrwydro ond dydi Alco ddim isio dweud fod nhw wedi gwneud rhywbeth yn anghywir felly mae nhw'n ~~blam~~ rhoi bai i gyd ar PP!

Dwi'n cofio Dad Sara-Siwan yn dweud fod oedd o a Mam Sara'n gweithio efo PP pan oedd Sara-Siwan yn hogan bach yn gwneud boms, cyn i Hefn gwybod am Mam Sara a rhoi hi yn carchar a crogi hi. Ond paid a poeni, wneith Jeimo a fi BYTH ~~joinio~~ ymuno efo nhw achos dwi'n gwybod gymaint oedd chdi ddim isio i ni wneud a ers i Mam Sara gael ei lladd ryda ni'n gwybod rwan mor beryg ydi bod efo nhw. Paid a poeni!

A gesha be, naeth Jei ddweud i fi heddiw fod achos fod yna ddim jobs eraill i fo gael am chydig, mae Jei a pawb arall oedd yn gweithio ar Wenalt Street wedi gorfod mynd i gwaelod y rhestr aros eto! Dydi o ddim yn deg achos nid bai fo ydi o fod ffrwydro wedi digwydd ar Wenalt Steet ond mae Jei wedi gael chydig o bres achos y ffrwydriad a o'n i meddwl fod hynna'n dda ond naeth Jei ddweud mae jyst talu am yr wythnos yna oedd o.

*Hefyd nes i gwisgo mwgwd newydd fi i ysgol heddiw a oedd pawb isio cael go efo fo amser chwarae ond o'n i ddim isio nhw wneud achos o'n i ofn colli fo, ond naeth neb colli fo trwy'r dydd so oedd bob dim yn iawn.*

*Caru chdi,*
*Ati*

***

*I Mam,*

*Dwi ddim yn gwybod beth i wneud a dwi plis plis isio chdi helpu fi wybod beth sy'n digwydd efo Jeimo achos mae o wedi dechrau gadael yn y nos a dweud fod o wedi cael gwaith yn y nos fel chdi a nes i gofyn i fo os ydi o efo yr un gwaith a chdi a naeth o ddweud "na" a gwrthod dweud i fi beth mae o'n wneud, union fel oedd chdi'n gwrthod dweud! Dydi hynna ddim yn deg!!*

*Ar ôl noson gyntaf i fo adael oedd yna bag mawr du yn pabell bore wedyn, bag o'n i heb wedi gweld o'r blaen erioed a efo llinyn yn cau y sip at ei gilidd a naeth o ddweud i fi beidio agor y sip dim ots be a dwi'n mynd i wrando ar fo achos dwi ddim isio fo hitio fi efo masg newydd fi eto felly dwi byth byth mynd i agor y sip a mae Jei hefo mwgwd newydd hefyd ond nid un crand fel yr un newydd dwi efo ond un wedi wneud allan o defnydd du a efo dau spot wedi paentio ar fo lle mae trwyn o fod, dau spot coch. Dwi'n meddwl dwi wedi gweld pobl eraill efo ~~masg~~ mygydau fel hynna yn cerdded rownd Caernewydd so dwi'n meddwl tro nesaf dwi'n gweld rhywun efo mwgwd union fel fo wna i ofyn beth ydi gwaith nhw os dwi ddim rhy ofn. (achos mae lot o'r pobl sy'n gwisgo mygydau fel hynna yn edrych yn flin bob tro! Ella mae nhw'n flin achos clwb bocsio ydi o fel y clwb mae Daf, brawd mawr Al yn mynd i weithiau. Fysa hynna yn neud ~~sense~~ synnwyr achos neithiwr naeth Jeimo ddod nôl efo cleisiau bach ar gwddw fo so ella oedd o'n cwffio efo rhywun efo dwylo bach bach?)*

Nes i ddweud i Jei fod fyswn i'n gadael ysgol i eistedd tu allan i siopau a gwerthu blodau a pethau eraill celf a chrefft eto ond naeth o dweud i fi'n dawel fod dwi ddim yn cael achos dwi gorfod aros yn ysgol. ~~Well gena fi~~ Dwi'n licio mwy pan mae Jeimo'n gweiddi achos pan mae o'n dawel mae o'n teimlo fel mae rhywun arall yn corff fo a nid Jeimo ydi o ddim mwy. Ond naeth o ddweud i fi'n dawel dawel fod dwi'n gorfod aros yn ysgol a gweithio'n galed a nes i ddim dweud dim byd arall achos dwi ddim isio fo fod yn fwy blin.

Hefyd nes i ddechrau gwneud presant penblwydd Jei heddiw! Nes i ddarganfod jar gwydr yn Tips heddiw, un heb wedi torri na cracio na ddim byd! Nes i golchi fo a torri darn o bapur o llyfr fi a gwneud twll bach yn canol y papur efo pensil wedyn lliwio'r gweddill o'r papur i fewn efo siarcol o tân berwi dŵr i wneud o edrych fel cymylau a awyr tywyll nos a wedyn lapio'r papur rownd y jar. Wedyn nes i rhoi y cannwyll nes i ffeindio o'r blaen yn fo. Gobeithio pan mae Jeimo yn rhoi y cannwyll ar dân fydd o'n edrych fel oedd yr awyr yn edrych y noson yna pan naeth o weld yr un seren yn yr awyr ~~lot~~ llawer llawer yn ôl.

Plis tyrd nôl Mam dwi'n colli chdi llawer.

Caru chdi,
Ati

***

I Mam,

Oedd gwyneb Jei ddim mor bell i ffwrdd fel fod o dan y môr heddiw so naeth o ddod efo fi i weld ffilm! O'n i mor hapus am hynna achos o'n i am fynd efo Al a Ianto a Osh ond o'n i isio mynd efo Jei mwy na nhw achos dydi o ddim yn gadael y pabell llawer yn y dydd a o'n i ddim isio gwneud o'n drist fod o'n gorfod gweld y ffilm ar ben ei hun. Fysa fo wedi gallu gofyn i Sara-Siwan neu'r hogiau mae o'n gweithio efo yn y

*nos ond dwi ddim yn meddwl fysa Sara'n licio'r ffilm a FI naeth o ofyn*
*i fynd efo fo gyntaf! Oedd White Star Chronicles: INTO THE BLACK*
*ar y screen tu allan i'r maes parcio mawr hen a i ni gallu gweld yn*
*well naeth Jei helpu fi dringo fyny i llawr top y maes parcio. Naeth ni*
*gorfod gadael yn gynnar i ni gael digon o amser i gael i'r top ond gyntaf*
*oedd ni'n gorfod cerdded ar hyd y llwybrau pren sy'n mynd at y maes*
*parcio yn araf araf achos does yna neb yn mynd i'r maes parcio ddim*
*mwy achos fod y 3 llawr cyntaf dan y môr a does yna bron dim un*
*person efo car na oes heblaw am heddlu a Alco a mae Jeimo'n dweud*
*fod y llwybrau pren wedi dechrau pydru achos does yna neb yn sbio*
*ar ôl nhw so mae nhw'n symud bob cam ti'n gymryd ar nhw. Naeth Jei*
*ddweud i fi tynnu esgidiau a clymu criau at ei gilidd a rhoi nhw rownd*
*gwddw so fod o'n i'n gallu dringo'n well efo traed (fatha traed mwnci*
*yn llyfrau hanes!) a peidio ~~slipio~~ llithro a naeth o ddweud i fi dringo'n*
*araf a meddwl cyn rhoi traed yn unlle a cadw breichiau yn syth a*
*naeth o adael i fi fynd gyntaf a fo yn dilyn a wedyn ar ôl i fi gael at y*
*top o'n i mor mor hapus achos oedd ni'n gallu gweld y ffilm yn well na*
*pawb arall! Ond ella ddim mor glir a pobol oedd wedi cael lle i sefyll o*
*flaen y rhaffau yn y ffrynt (naeth ni wylio pobl efo AlEntertain ar cefn*
*dillad nhw efo dillad fel dillad hen gwaith Jei yn rhoi rhaffau o flaen*
*y screen mawr cyn y ffilm ddechrau a mae Jeimo'n meddwl fod nhw'n*
*wneud hynna achos naeth un o hogiau blwyddyn Jei taflu carreg ar y*
*screen tro dwythaf a gwneud crack mawr yn y gwaelod.) achos y mwg*
*ond oedd o'n teimlo chydig fel oedd ni efo screen mawr i ni'n hunain fel*
*sy'n cael eu gwerthu i pobl yn Hefn yn siopau yn ganol dre!*

*Oedd yna ~~adverts hyb~~ hysbyseb AlEntertain bob 15 munud heddiw*
*(!!) ond oedd y ffilm yn ~~amazing~~ syfrdanol!! RHAID i fi weld o efo chdi*
*tro nesaf achos naeth White Star ffeindio'r Cave of Lost Light o dan y*
*môr a defnyddio'r Lost Light yn ffôn hi i lladd Black Hole! (ond DWI*
*ddim yn meddwl fod o wedi marw achos ar y screens dydd Iau dwythaf*
*nes i weld ~~interview~~ cyfweliad efo Amelia Cray sy'n actio White Star*
*ac oedd hi'n dweud fod yna dau ffilm arall a hefyd naeth ni ddim*
*GWELD Black Hole yn marw go iawn, dim mond gweld o'n disgyn*
*lawr lawr i'r môr a mae o'n rhy ~~powerful~~ pwerus i farw fel hynna*

*yndi!) Dwi'n gwybod fod mae White Star yn dda a Black Hole yn ddrwg ond well gan fi Black Hole achos mae gan Black Hole mwgwd ond ddim fel rhai ni a mae o'n ddu ond dydi o ddim fel ~~masg~~ mwgwd newydd fi. Mae o'n cuddio gwyneb o i gyd a efo tri twll llygaid (dau i llygaid a un yn dangos ~~tatw tato~~ tattoo cylch coch efo logo Alco yn y canol. Dydi o ddim efo tri llygaid!).*

*Eniwe, ti'n gweld? Ffilm ~~syrfdanol~~ syfrdanol! A oedd yr actor oedd yn actio Black Hole wedi dod o Dinas a nid Hefn (dwi ddim yn cofio enw fo rwan ond wna i ddweud i chdi pan dwi'n cofio)! O'n i ddim yn deall llawer o Saesneg yn y ffilm achos oedd pawb yn siarad yn gyflym ond oedd o dim ots achos cwffio oedd nhw'n wneud rhan fwyaf o'r ffilm a hynna ydi'r darnau gorau! So dwi'n meddwl dwi isio actio mewn ffimiau pan dwi wedi tyfu'n fwy rwan achos dydi o ddim yn edrych fel lot o training fel chwarae ~~ffwtbol~~ peldroed a mae o'n edrych yn llawer o ~~fun~~ hwyl gwisgo i fyny a ~~ffli~~ hedfan rownd a ~~safio~~ achub bywydau pawb. Ond paid a dweud wrth Jei achos dwi dal yn mynd i aros yn ysgol i pasio arholiadau rhag ofn does yna ddim ~~auditions~~ cyfweliad yn dod fyny tra dwi dal yn yr ysgol.*

*Ar ôl y ffilm orffen wedyn naeth yna pobl eraill efo dillad AlEntertain dod mewn car mawr oedd yn dweud White Star Chronicles: INTO THE BLACK ar nhw a rhoi pethau allan i werthu fel tro dwythaf, ti'n cofio? Posteri efo lluniau o'r ffilm a t shirts a pethau fel hynna a nes i ddweud wrth Jei "plis plis plis ga i t shirt" ond naeth o ddweud fod gan ni ddim digon o bres i ~~spendio~~ wario ar pethau stiwpid fel hynna (Stiwpid! Naeth o ddweud fod o'n stiwpid!!) ond nes i sbio lawr o top maes parcio a gweld fod Al a Ianto'n prynu t shirts a achos o'n i isio un gymaint a achos mae Jei mwy fel fo ei hun heddiw nes i ddweud "ond ma pawb arall yn ysgol mynd i fod efo un so fydda fi'n wahanol i pawb arall yn ysgol fory achos fydd pawb efo t shirt INTO THE BLACK a dio ddim yn deg!" Felly ar ôl ni ~~dringo~~ ddringo lawr naeth Jei fynd i prynu poster i fi achos dydi o ddim yn costio gymaint a t shirt. Ond wedyn ar ôl cyrraedd adref naeth Jeimo gadael yn syth heb ddweud dim byd dim ond "nôl mewn munud" ac o'n i'n poeni achos o'n i ddim yn gwybod lle aeth o ond wedyn naeth o ddod nôl efo t shirt*

*INTO THE BLACK i fi!! A naeth o rhoi o i fi heb ddweud dim byd felly*
*nes i ddim dweud dim byd yn ôl i fo a (plis plis plis paid a dweud wrth*
*NEB!!) dwi ddim yn meddwl naeth o brynu fo achos nes i weld fod ffôn*
*ni dal yn pabell pan oedd o wedi mynd felly oedd o ddim yn gallu talu*
*ond dim ots achos dwi efo t shirt rwan a dwi mor mor hapus achos*
*dwi'n mynd i wisgo fo bob dydd i ysgol wythnos yma! A dwi ddim yn*
*gallu disgwyl dweud wrth Emyn a Al a Ianto a Osh fod dwi isio bod*
*yn superhero a actio cwffio a bod yn enwog un diwrnod a am fod efo*
*gwyneb FI dros y screens mawr i gyd ar hyd Dinas a dros t shirts pawb*
*a dwi methu disgwyl!*

*Caru chdi lot,*
*Ati*

***

*I Mam,*

*Dwi mor hapus fod oedd Jeimo wedi cael t shirt ITB i fi achos oedd*
*bron iawn PAWB yn gwisgo un yn ysgol heddiw! A lot o'r genod wedi*
*gwisgo fyny fel White Star, efo dau ponytail (Neu bun? Dwi ddim yn*
*gwybod y gwahaniaeth rhwng nhw.) ar top pen nhw a wedi defnyddio*
*glud a glitter o drôr celf a chrefft i rhoi glitter yn gwallt nhw a uwch*
*ben llygaid nhw i trio edrych fel White Star ond naeth llawer o'r glitter*
*ddim gludo felly wedyn oedd llawer o'r genod efo glud ar ben llygaid a*
*gwallt nhw trwy'r dydd ond dim glitter so oedd nhw ddim yn edrych*
*yn debyg i White Star yn y ffilmiau.*

*Caru chdi,*
*Ati*

***

I Mam,

Roedd o'n oer oer neithiwr a nes i ddim cysgu nes i golau ddechrau
dod allan yn y bore! O'n i dal heb cysgu pan naeth Jeimo ddod adref
o gwaith! Mae lot o bobl wedi bod yn llosgi sbwriel i wneud tân
achos dwi'n gallu oglau fo, plastic a bwyd hen, dwi'n ~~hogla~~ oglau fo
hydynoed trwy'r mwgwd crand a hydynoed pan dwi'n gwisgo mwgwd
I FEWN yn y pabell! Naeth Jei tynnu dillad oedd tu allan yn sychu i
fewn i pabell achos oedd o ddim isio nhw gael oglau ych fel sbwriel yn
llosgi. A heno mae gwynt yn chwyrnu lot a mor galed, mae o'n gwneud
i waliau'r pabell symud fel mae llawer o bobl yn slapio nhw o'r tu
allan.

    Pethau fel hynna sy'n gwneud fi'n ~~jely ce~~ genfigennus o pobl Hefn
a gwneud i fi feddwl be ryda ni wedi wneud yn anghywir i gael byw yn
fama. Dwi'n gwybod fod yda ni ddim yn gallu siarad Saesneg yn dda
fel nhw a mae Saesneg yn well na cymraeg, hynna mae Miss a screens
yn dweud bob tro, ond nid bai NI ydi o fod ni wedi cael ein geni yn Caer
lle mae pawb yn siarad cymraeg bob tro! A hynna pwy ydw i rwan so
fyswn i ddim isio peidio gallu siarad cymraeg byth a fyswn i byth isio
peidio dod o Caernewydd. Caer sy wedi gwneud fi'n FI achos weithiau
(~~ecpesi esp~~ enwedig pan dwi'n trio gwrando ar y ddaear efo Emyn)
dwi'n meddwl dwi'n gallu teimlo fi fy hun yn y craciau yn y palmant
ar y ffordd i ganol dre a yn y llwch meddal ar silffoedd ~~ffenast~~ ffenest
ysgol a synau brecs beics ar y pren tu allan i pabell ni a oglau llwybrau
pren ar ôl i môr sblasho dros nhw eto a eto ar ôl blynyddoedd.

Caru chdi,
Ati

***

*I Mam,*

*Nes i a Emyn gwrando ar y ddaear eto heddiw (Emyn yn gwrando a fi'n TRIO gwrando fel bob tro) a naeth Emyn ddweud ~~wrth~~ i fi eto fod hi wedi clywed fod yna coed a caeau a blodau go iawn yn Hefn, rhai sydd wedi cael eu tyfu gan gwyddonwyr a mae hi'n dweud bod hi isio gweld nhw un diwrnod a nes i ddim dweud dim byd, dim ond cau ~~ceg fi'n dynn fy'n c~~ fy ngheg fi'n dynn dynn achos dwi isio dweud fod dwi a Jeimo'n mynd i ddarganfod gwair GO IAWN pan yda ni'n gadael i ffeindio chdi ond dwi ddim am ddweud i Emyn hynna achos dwi ddim isio brolio achos dwi'n cofio chdi'n dweud fod o'n gas i brolio gormod a dwi ddim isio brolio a gwneud hi'n genfigennus fod yda ni'n mynd i weld coed a caeau a blodau go iawn a fydd hi ddim.*

*Mae Jei yn cysgu llawer yn y dydd rwan pan mae yna golau allan a byth yn y nos achos hynna pryd mae gwaith a dwi'n gallu gweld sbotiau bach gwaed wedi sychu ar tu fewn i braich fo fel braich chdi cyn i chdi adael (ond ddim gymaint o sbotiau ar braich fo a oedd chdi efo ar braich chdi) ond dwi'n gwybod ti ddim yn gwybod fod dwi'n gwybod hynna tan rwan (ond ti'n gwybod rwan!) a o'n i isio gofyn i chdi sut nes di brifo braich chdi ond nes di adael cyn i fi cofio gofyn i chdi. A dwi isio gwbod, wyt ti dal efo sbotiau gwaed wedi sychu ar braich chdi? Ydi nhw'n brifo? Mae nhw'n edrych fel mae nhw'n brifo Jeimo achos mae o'n cosi nhw lot a gwneud i nhw waedu eto a eto.*

*Dwi isio gofyn i Jei hefyd ond dwi ddim yn gallu achos dwi ofn i fo fod yn flin efo fi achos dwi'n meddwl mae Jei yn dechrau dod nôl o dan y môr rwan a dydi o ddim yn edrych mor bell i ffwrdd drwy'r adeg heddiw a ddoe a dwi ddim isio ~~spoilio~~ sbwylio hynna a wneud o fynd dan y môr i gyd eto. Achos naeth Jeimo ddweud stori eto am y tŷ yn y dyffryn cyn i fi gysgu neithiwr! Naeth o ddweud fod ryda ni'n mynd i ffeindio llawer o goed sydd mor fawr a efo gymaint o ddail fydd ni ddim yn gallu gweld yr awyr glas glas rownd ni! A ryda ni'n mynd i gael chydig o brigau o'r coed a defnyddio nhw i wneud ~~fish ffi~~ gwialen pysgod a pysgota yn y llyn wrth y tŷ a cael pysgod i de am y tro cyntaf a nes i ddweud wrth Jeimo fod dwi'n gobeithio fod y pysgod ddim yn*

*blasu fel y môr fel pan ryda ni'n llyncu dŵr môr pan ryda ni'n mynd*
*i nofio a naeth Jei cytuno a dweud fod o'n gwybod fydd nhw ddim yn*
*blasu fel y môr achos pysgod o llyn fydd nhw felly fydd nhw'n blasu'n*
*lân a clir fel dŵr llyn.*

*Nes i gael breuddwyd neithiwr fod oedd fi a Jei wedi dringo fyny i*
*Hefn fel naeth ni ddringo fyny'r maes parcio a fod ni wedi darganfod*
*cae bach llawn gwair fel mae Emyn yn dweud sydd yna a gesha be,*
*oedd ni'n gallu gweld YR AWYR a oedd o'n las I GYD!! A naeth ni*
*orwedd yna tan i'r haul fynd lawr a wedyn naeth larwm ffôn ddeffro fi*
*i ysgol cyn i fi weld y sêr! Dwi erioed wedi bod mor drist fod breuddwyd*
*wedi gorffan, ddim hydynoed pan nes i ddeffro ar ôl breuddwydio fod*
*o'n i'n chwarae peldroed yn Hefn a nes i sgorio 3 gôl, ti'n cofio?*

*Caru chdi lot,*
*Ati*

✻✻✻

*Mam,*

*Dwi yn pabell Sara-Siwan efo Sara a Emyn a dwi gwbod dwi sgwennu*
*rhy ffast a ar glinia fi achos dwi methu ffeindio dim byd caled yn*
*tent Sara i sgwennu ar so sori os ti methu deall lot o hyn dwi sori.*
*Dwi'n trio ddim neud o rhy fler dwi'n addo ond mae o'n anodd chos*
*ma lot LOT di digwydd. Dwi mynd i trio ~~slofi~~ arafu i lawr i ~~sgwennu~~*
*ysgrifennu i chdi a dweud bob dim!*

*Nes i ofyn os oedd Sara efo papur a naeth hi ddweud fod gan hi*
*ddim ond naeth Emyn ddweud fod hi efo a rhoi llyfr bach Y Beibl i fi a*
*dweud fod dwi'n cael tynnu papur allan o'r dechrau yn hwnna achos*
*dydi Emyn ddim yn licio'r stori yn y dechrau a hynna pam mae yna*
*geiriau eraill tu ôl i rhai fi yn y llythyr yma a dwi'n trio gwthio pensil*
*digon caled i chdi weld heibio'r geiriau eraill ond ddim ~~rhu~~ rhy galed*
*achos mae'r papur yn fwy tenau na'r rhai dwi'n ffeindio yn Tips.*

*So heddiw nes i ddeffro'n bore a gweld yn ~~straight~~ syth fod Jei*

ddim wedi dod adref o gwaith yn nos a oedd y glaw mor uchel fysa fi
ddim yn gallu canolbwyntio digon i ysgrifennu llythyr i chdi a oedd
Huddgi'n crynu wedi dychryn i gyd (ond naeth o DDIM pi-pi!!) a o'n
i ddim yn deall lle oedd Jeimo a wedyn nes i weld fod mwgwd Jei dal
yma, yr un hen a'r un newydd du hefyd ar ôl i fi chwilio a darganfod fo
so felly nes i afael yn Huddgi yn dynn dynn a dechrau crio (sori) achos
fod o wedi mynd allan heb mwgwd a oedd hynna'n gwneud fi'n flin
achos naeth y ddau o ni addo i chdi fod ryda ni byth yn gadael y ~~pa~~
babell heb mwgwd ar a o'n i'n flin fod Jeimo wedi gwneud hynna ar ôl
addo i chdi gymaint! So nes i rhoi côt law ~~ar~~ ymlaen a mynd yn syth at
Emyn yn cario Huddgi achos o'n i ddim isio fo fod ar ben ei hun wedi
dychryn fel hynna neu fysa fo'n pi-pi dros bob man eto a nes i ddweud
wrth hi fod Jeimo wedi gadael heb mwgwd a dwi ddim yn gwybod
lle mae o a achos o'n i'n crio (Sori dwi'n trio trio trio bod yn gryf ond
weithiau mae bob dim yn y byd yn teimlo fel fod o'n gwasgu erbyn fi
a dwi methu helpu) naeth Emyn rhoi cwtsh i fi a Huddgi cyn i ddau
o ni fynd at pabell Sara-Siwan a Dad hi a dweud fod Jei ddim yma a
wedyn naeth nhw i gyd chwilio am fo, Sara-Siwan a Dad hi a ffrindiau
Dad Sara hefyd ond nes i a Emyn aros adref i ~~sbio~~ edrych ar ôl Huddgi
i ddweud wrth fo i beidio pi-pi yn pabell ni a o'n i'n rhoi cwtsh i
Huddgi'r holl amser a fi'n crynu union un fath a fo.

 Ar ôl chydig (ond oedd o ddim yn chydig, dwi'n meddwl oedd o'n
hir hir achos oedd o'n teimlo fel hir hir) naeth ni glywed lleisiau tu
allan i pabell a nes i rhoi Huddgi i lawr ar ben sach gysgu fi a agor
sip pabell a mynd allan mor gyflym nes i bron ~~tripio~~ baglu a disgyn
~~off~~ i ffwrdd o llwybr pren a fewn i'r môr ond nes i ddim a nes i dim
ond sefyll yn fan hynna tu allan i pabell am chydig a rhoi mwgwd ar
a gwylio achos oedd Sara-Siwan a Dad hi a dau o dynion eraill o'n
i wedi gweld o'r blaen ond ddim yn adnabod enwau nhw yn eistedd
ar y pren a am ~~second bach~~ eiliad bach o'n i ddim yn gwybod beth
oedd nhw'n wneud yn eistedd yn fan hynna (naeth Emyn ddweud
i fi wedyn yn chwerthin fod oedd hi wedi meddwl mae gweddio fel
~~Cristiong Cristongae~~ Cristnogaeth oedd nhw'n wneud!) ond wedyn,
hynna pryd nes i weld fod oedd Jei yn gorwedd ar y llawr rhwng nhw

ond o'n i ddim ond yn gallu gweld coesau a ~~sgid~~ esgidiau fo achos oedd
cefn Dad Sara yn cuddio y gweddill o fo a nes i gweiddi enw fo trwy y
glaw i gyd a hydynoed efo glaw mawr naeth Sara-Siwan glywed fi a
sbio fyny a oedd gwallt ~~twyll~~ tywyll hi wedi mynd hydynoed yn fwy
tywyll achos fod o mor wlyb a naeth hi godi fyny'n gyflym a gafael
rownd fi a cerdded efo fi'n gyflym gyflym heibio Jeimo a pawb arall
a oedd Sara-Siwan ddim yn gadael i fi weld Jei so nes i gweiddi ar
hi "beti neud" a naeth hi gweiddi tu ôl i ni ar Emyn i ddilyn ni hefyd
achos oedd Emyn wedi dod allan o'r pabell hefyd a nes i gweiddi eto a
achos dwi chydig bach yn llai na Sara nes i symud llawer a ~~slip~~ llithro
allan o breichiau Sara a sbio yn ôl ar Jeimo a o fan hynna o'n i'n gallu
gweld gwyneb fo a dwi ddim isio cofio sut oedd o'n edrych fel felly
fedra i ddim dweud wrth chdi (sori) ond trwy glaw yn dod lawr lawr
lawr nes i weld fod Dad Sara-Siwan yn rhoi rhywbeth trwy ceg Jei a
lawr gwddw fo i wneud o ~~fynd a dwi methu~~ chwydu a nes i ddechrau
gweiddi i nhw stopio achos oedd nhw'n brifo fo a o'n i ddim isio gadael
nhw wneud hynna i fo!! (Ond mae Sara-Siwan wedi dweud i fi wedyn
fod oedd Dad hi yn helpu Jei achos oedd o wedi llyncu pethau oedd o
ddim i fod i a naeth hi ddweud fod wneith Jei ddweud i fi pam naeth o
llyncu pethau oedd o ddim i fod i pan dwi chydig bach yn fwy hen sydd
ddim yn deg a dydi hydynoed Emyn ddim yn dweud i fi! Dydi o ddim
yn deg!! Wnei di ddweud wrth fi bob dim pan ryda ni'n darganfod chdi
plis? Mi wneith Jeimo ddweud i chdi a wedyn gei di ~~ex ecsplein~~ egluro i
fi iawn?) A wedyn naeth Sara gafael yn llaw fi'n galed galed a gwasgu
bysedd fi at ei gilidd tan i nhw brifo a tynnu fi efo hi a Emyn at pabell
hi a Dad hi a fama yda ni rwan a dwi'n crynu eto fel Huddgi a ddim yn
gallu ysgrifennu ar y llinellau ddim mwy (sori) a gobeithio fod Huddgi
heb wedi pi-pi dros bob man a pan wnaeth Sara gau sip pabell nes i
gweiddi ar hi a deud fod hi'n "bitch" fel naeth Al ddweud i Miss chydig
yn ôl pan naeth Miss ddim gadael i ni chwarae peldroed tu allan achos
y glaw a mwd a dwyn pêl fo am y diwrnod a naeth Emyn tynnu fi
lawr i eistedd lawr wedyn a wnaeth hi sbio syth fewn i llygaid fi a o'n
i ddim yn licio hynna achos mae Emyn yn gallu peidio blincio am hir
hir (dwi'n gwybod achos gaeth ni ~~com~~ cystadleuaeth ~~stario~~ syllu o'r

blaen a os oedd Emyn yn ennill oedd hi'n cael edrych ar ôl Huddgi am diwrnod cyfan a wnaeth hi guro fi 4 gwaith felly gafodd hi edrych ar ôl Huddgi am 4 diwrnod cyfan!) a naeth hi ddweud i fi peidio byth byth dweud y gair yna i Sara byth eto a nes i ddweud sori a naeth Emyn ddweud fod Sara-Siwan a Dad hi yn gwybod beth mae nhw'n gwneud a mae o'n helpu Jei a fydd o'n iawn achos mae Dad Sara a ffrindiau Dad Sara wedi helpu pobl eraill o'r blaen sydd wedi llyncu pethau dydi nhw ddim i fod i fel Jei so fydd o'n iawn, hynna naeth hi ddweud.

A gynna pan nes i ddechrau ysgrifennu naeth Sara ofyn "be ti'n sgwennu" a nes i ddweud fod dwi'n "sgwennu llythyr i Mam, paid a deud i Jei", llythyr i chdi a i gyd naeth Sara ddweud wedyn oedd enw fi a oedd o'n swnio fel oedd hi am ddweud rhywbeth arall ar ôl hynna ond naeth hi stopio a wedyn nes i sbio ar gwyneb hi i weld pam naeth hi stopio a oedd hi'n edrych yn drist dwi'n meddwl ond dydi hynna ddim yn gwneud synnwyr na ydi achos pam fysa Sara-Siwan yn drist achos dwi isio ysgrifennu llythyr i chdi? Dydi o ddim yn gwneud synnwyr! Achos mae Jei a fi yn mynd i adael i ffeindio chdi un diwrnod a dwi isio Sara wybod hynna achos dyda ni ddim yn mynd i adael chdi ben dy hun yn y byd mawr ar ochr arall y môr! S Felly does yna ddim byd i fod yn drist am wedyn achos fydd bob dim yn iawn yn diwedd. Hynna naeth Emyn ddweud wedyn, fod Jeimo mynd i fod yn iawn yn diwedd. Fydd bob dim yn iawn yn diwedd. Ond dwi ddim yn gwybod beth ydi diwedd a pryd mae o a lle mae o ond mae o'n swnio'n neis pan mae Emyn yn dweud o a mae o'n swnio fel fysa fo'n gallu bod yn agos os dwi isio fo fod ella. Felly cofia hynna iawn bob tro ti'n colli ni lot, fydd bob dim yn iawn yn diwedd.

Caru chdi,
Ati


***

*I Mam,*

*Dwi yn ôl yn y pabell efo Jeimo rwan. Sori os ti ddim yn gallu gweld llythrennau fi llawer achos dwi'n ysgrifennu yn ysgafn ysgafn so fod dwi ddim yn deffro Jei achos mae o'n cysgu. Naeth Dad Sara-Siwan ddweud fod o'n meddwl fod Jei yn mynd i fod yn iawn felly dwi ddim yn gorfod poeni (pob dim yn iawn yn diwedd, fel naeth Emyn ddweud!) a oedd Jeimo yn cysgu'n barod pan naeth Sara adael fi fynd nôl adref ond pan nes i ddechrau ysgrifennu rwan dau funud yn ôl, ar ôl i fi orffen y brawddeg ail nes i glywed Jei yn dweud "sori At" a nes i ddweud "sori am be?" achos ella dim bai fo ydi o fod o wedi llyncu rhywbeth oedd o ddim i fod i achos ella oedd o'n meddwl mae bara neu cyw iâr neis oedd o'n bwyta! Dwi ddim yn gwybod na ydw achos does yna neb yn dweud i fi be union naeth ddigwydd!! A wedyn naeth Jei ddweud "nid felma ma bob dim fod" a nes i ofyn "be ti feddwl?" ond naeth o ddim ateb hynna a nes i clywed anadlu fo'n mynd yn fwy araf felly dwi'n meddwl fod o'n cysgu eto rwan. Dwi erioed wedi gweld neb yn syrthio i gysgu fel hynna mor gyflym gyflym fel disgyn i ffwrdd o'r llwybr pren a fewn i'r môr! Ond ella siarad yn cwsg fo oedd o'n wneud. Oedd chdi'n siarad yn cwsg chdi, ti'n cofio? Ond ella ti ddim yn cofio achos oedd chdi'n cysgu a'r unig ~~peth~~ bethau yda ni'n cofio pan ryda ni'n cysgu ydi y breuddwydion ryda ni'n gael dwi'n meddwl. Felly dim ots am hynna.*

    *Caru chdi ~~lot~~ llawer a dwi'n meddwl dwi'n hapus fod chdi ddim yma heddiw (sori sori sori) achos fysa chdi wedi poeni gymaint am Jeimo ond mae bob dim yn iawn rwan achos diwedd di o, a dwi wedi gweithio fo allan! Diwedd ydi diwedd diwrnod heddiw. Mae pob dim yn iawn yn diwedd diwrnod heddiw,*

*Ati*

\*\*\*

Mam,

Ti'n ~~proud ba~~ falch o fi a Jeimo? O sut yda ni'n gallu byw heb chdi? Neu wyt ti wedi siomi, neu yn drist, neu embarrassed? Dwi isio gwybod, a sori os yda ni'n siomi chdi achos dwi'n meddwl ryda ni'n trio gora glas! (trio gora glas mae Emyn yn dweud pan mae hi'n helpu fi i wrando ar y ddaear efo hi.)

Caru chdi,
Ati

*\*\**

I Mam,

Dydi Jeimo ddim yn mynd allan ganol nos ddim mwy i wneud gwaith ond 3 diwrnod dwythaf mae o wedi bod yn mynd allan i Tips trwy'r dydd a dwi ddim yn gwybod beth mae o'n gwneud achos mae o'n cau dweud i fi ETO!! Dydi o byth byth yn deg efo fi a dwi isio chdi ddod nôl i ddweud wrth Jei i ddweud BOB DIM i fi!! Achos pan nes i ofyn wrth fo beth mae o'n gwneud naeth o ddweud mae mynd am dro mae o ond dwi ddim yn deall pam fysa Jei yn mynd am dro pan mae o'n stido bwrw mor galed mae dŵr yn dripio trwy côt law fi a gwlychu dillad fi i gyd cyn i fi gyrraedd pabell Emyn o pabell ni.
   So achos fod Jei ddim yma heddiw es i at Emyn ar ôl ysgol a nes i weiddi enw hi tu allan i drws pabell hi ond wnaeth hi ddim ateb am hir a o'n i'n meddwl mae methu clywad fi achos y glaw oedd hi felly nes i agor y sip fy hun a mynd fewn a hynna pryd nes i weld fod oedd hi'n eistedd ~~arben~~ ar ben matres hi'n crio fel oedd rhywun wedi dwyn Iesu a llosgi fo i gyd efo lighter nes i fo fod fel lliw blew Huddgi a nes i ofyn wrth hi "be sy" a wnaeth hi ddweud fod hi ddim yn gallu mynd allan heddiw na byth eto a nes i ofyn "pam?" a naeth hi ddweud achos fod AlHealth wedi gwneud tabledi Emyn yn fwy drud, y tabledi mae Emyn angen i fod yn dynas fel mae hi isio bod felly dydi hi ddim yn gallu

**116**

*prynu mor gymaint ddim mwy felly mae chydig o* ~~blew~~ *flew yn tyfu ar gwyneb hi rwan. Nes i ddweud wedyn "pam nesdi ddim deutha fi am hynna achos wedyn swn i di mynd allan i ganol dre i gwerthu celf a chrefft eto even yn glaw mawr tan i fi gal digon o pres i talu am tablets i chdi am byth" ond oedd hi dal yn crio ar ôl fi ddweud hynna i gyd a ysgwyd pen felly nes i rhoi cyllell bach chdi i hi gael siafio i gyd o'r blew i ffwrdd. (Sori sori sori ond o'n i'n* ~~goro~~ *gorfod! Dydi Emyn ddim yn gallu aros tu fewn am byth achos pwy sy'n mynd i siarad efo'r ddaear wedyn? Neb!! Neb, dim ond Emyn sy'n gallu! Ryda ni angen hi felly o'n i'n gorfod rhoi cyllell chdi i hi, iawn?) Gobeithio fydd chdi ddim yn meindio gormod am dan hynna! Ond pan dwi efo digon o bres i gael cwch i gael at chdi fydd fi efo digon o bres i brynu* ~~cylla~~ *cyllell newydd i chdi hefyd, a un i fi a Jeimo a Huddgi os mae o isio un.*

*Wedyn o'n i isio gwneud Emyn yn hapus a gwenu eto a gweld 6 dant hi so nes i ddweud i hi fod fysa Jeimo'n gwneud UNRHYW BETH i gallu tyfu barf mawr! Mae Jei'n dweud i fi fod o'n siafio bob wythnos ond dwi'n meddwl mae dweud celwyddau mae o achos dydi o byth yn drewi fel* ~~shaving~~ *hufen siafio fel mae Dad Sara-Siwan a fysa fo byth yn* ~~wastio gwarstaff~~ *gwastraffu pres ar hufen siafio os fysa fo'n gallu* ~~saf~~ *arbed pres a tyfu barf mawr hefyd yr un pryd! Naeth Emyn chwerthin ar ôl i fi ddweud hynna i gyd i hi a nes i chwerthin hefyd achos o'n i'n hapus fod dwi wedi gwneud Emyn yn hapus pan oedd hi mor drist bechod!*

*Caru chdi a methu chdi llawer llawer,*
*Ati*

***

*I Mam,*

*Nes i gael breuddwyd neithiwr fod oedd y byd wedi troi upside down (benyweired yn gymraeg, hynna mae Emyn yn ddweud) a ni i gyd yn Caer yn disgyn i ffwrdd o'r byd, yn pasio pawb yn Hefn yn sbio ar ni*

trwy ffenestri crand glân nhw ond ddim yn gwneud dim byd i helpu
ni. Oedd rhai yn agor ffenestri a sbio ar ni a pwyntio a chwerthin. A
naeth ni ddisgyn trwy'r mwg a trwy'r cymylau nes oedd ni ~~jyst~~ bron
a cyrraedd y sêr a hynna pryd nes i ddeffro cyn gweld y sêr ETO fel
breuddwyd ges i o'r blaen, ti'n cofio fi'n dweud i chdi? Oedd o'n ~~scary~~
frawychus! Ond fysa fi wedi licio gweld y sêr yn y diwedd.

Caru chdi,
Ati

***

Mam Mam Mam!!!

~~Dwi misho deutha chdi ddim yn gwbod sut Dwi ddim yn gwybod~~
~~sut i ddechrau Dwi ddim yn deall pam mae Jei Sori. Sori dwi'n goro~~
~~gorofod gorfod deutha chdi felma, PLIS paid a bod rhy flin~~ Dwi ddim
yn gwybod sut i ddechrau'r llythyr yma achos mae heddiw wedi bod
yn ddiwrnod ~~HUGE MASSIF~~ ANFERTH a mae rhoi pob dim naeth
digwydd un ar ôl y llall yn mynd i fod yn fwy anodd na gwneud gwaith
cartref lluosi efo rhifau mawr, ond wna i drio gorau glas, iawn? Sori
os dydi o ddim yn gwneud synnwyr, ond dwi'n trio. Dwi'n pabell ni yn
ysgrifennu rwan, ond dwi'n meddwl mae hwn ydi'r llythyr olaf un i fi
ysgrifennu yn pabell ni! A dwi ddim yn drist am hynna achos fydd bob
dim yn iawn yn diwedd a weithiau y peth gorau i wneud ydi symud
ymlaen achos dim ond yr un peth sy'n digwydd eto a eto os yda ni'n
aros yn yr un lle yn yr un bywyd yn symud mewn cylchoedd fel Huddgi
pan mae o'n bod yn wirion a dilyn ~~cwnffon~~ cynffon o rownd a rownd a
rownd.
     So, nes i ddeffro'n y bore ac o'n i'n gwybod yn syth heb agor llygaid
fod Jeimo ddim yma ETO (!!) a wedi gadael pabell cyn fi ddeffro ETO
achos mae Jeimo'n anadlu'n uchel pan mae o'n cysgu a dim ond anadlu
fi o'n i'n gallu ~~clwa~~ clywed felly nes i sbio trwy bob dim yn troi bagiau
plastig ni gyd benyweired a achos mae chydig o glaw wedi dod fewn

118

i pabell ni mae chydig o dillad ni'n wlyb rwan achos fod dwi wedi
gwneud bagiau plastic ni i gyd benyweired ond o'n i dal ddim yn
gallu ffeindio mwgwd hen Jeimo so hynna sut o'n i'n gwybod fod Jei
wedi cofio mwgwd o pan aeth o allan heddiw. Felly peth cyntaf nes i
feddwl oedd fod o wedi mynd i toilet neu ymolchi so nes i agor llygaid a
eistedd fyny a wedyn nes i weld fod sach gysgu fo wedi mynd a llawer o
dillad fo! A naeth Huddgi ddod at fi'n crynu i gyd bechod a llyfu dwylo
fi nes oedd nhw'n ~~stick gludo~~ gludiog a o'n i'n gorfod rhoi mwgwd
ymlaen a golchi dwylo yn y môr dan y llwybr tu allan cyn mynd nôl
fewn i'r babell a sbio eto a o'n i ddim yn gallu deall pam fod dillad fo
wedi mynd felly nes i sefyll yn drws pabell am hir efo Huddgi'n llyfu
dwylo fi eto nes i fi orfod rhoi mwgwd ~~ar~~ mlaen eto a mynd allan a
golchi nhw eto a dod nôl fewn i pabell eto a WEDYN nes i weld fod yna
papur ar llawr wrth y drws wedi plygu tan i fo fod yn llai na llaw fi efo
sgwennu dros fo. (A papur FI oedd o! Ond o'n i ddim yn flin adeg yna
achos o'n i'n teimlo gormod o waw a ddim yn deall.) Naeth Huddgi
ddechrau neidio fyny ar fi ond nes i gwthio fo i ffwrdd (dwi isio deud
sori wrth fo am hynna achos o'n i ddim yn feddwl o. O'n i rhy flin efo
Jeimo dwi'n meddwl a ddim yn gwybod lle oedd o a beth o'n i'n neud.
Dwi isio dweud sori wrth fo ond dwi ddim yn gallu achos dyda ni ddim
yn siarad yr un iaith! Fyswn i'n licio os fysa fo'n gallu deall fod dwi'n
dweud sori.). Felly nes i drio darllen y llawysgrifen ar y papur yn
gyflym ond o'n i'n gorfod darllen o'n araf achos dydi Jei ddim yn gallu
sillafu fel fi a mae llythrennau fo dros bob man, ddim yn dilyn ddim un
o'r llinellau a rhai llythrennau mawr yn ganol y rhai bach i gyd.

Ond yn y diwedd nes i orffen a beth oedd o wedi dweud oedd fod o
wedi gorfod gadael ar draws y môr (!!!) a ddim yn dweud pam, a dweud
i fi orffen ysgol a gweithio'n galed a edrych ar ôl Emyn a Huddgi a
wneith nhw edrych ar ôl fi a dweud fod yna chydig o pres dal yn ffôn ni
a fod y ffôn dal yn saff mewn bag plastig a fod o wedi stwffio fo rhwng
y pren reit o dan lle dwi'n cysgu fel lle oedd geiriadur chdi. Felly adeg
yna o'n i'n meddwl fod o wedi gadael achos fod o isio ffeindio chdi a
ddim yn gallu disgwyl nes i fi pasio arholiadau a gael swydd da a gael
ni i gyd efo'n gilydd eto am byth. A wedyn oedd o wedi gwneud llun

*o tŷ ni yn y dyffryn fel nes i yrru i chdi ond efo 3 o ni (fi, Jei a Huddgi
ond nid chdi!!) yn y llun hefyd a dwi wedi trio copio'r llun yn fama
(ond nes i gofio i wneud i chdi hefyd paid a poeni!!) ond dwi ddim yn
gallu tynnu lluniau mor dda a mae Jei yn gallu a mae Huddgi'n edrych
yn rhy ~~fatha fel~~ debyg i Piti-Pati yn y llun a dwi'n teimlo'n ddrwg am
hynna achos dydi Huddgi ddim yn edrych fel Piti-Pati, dwi'n addo!*

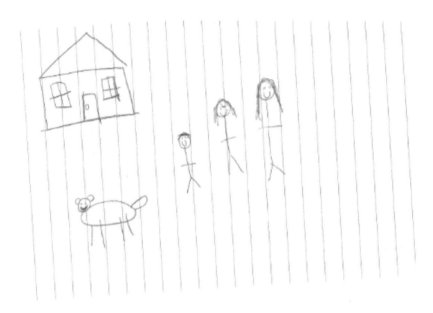

*Wedyn nes i rhoi y papur lawr a rhedeg allan o pabell ni, rhy gyflym
i Huddgi dilyn fi a rhy gyflym i fi gallu cario fo a rhedeg yn gyflym yr
un pryd, a nes i rhedeg heibio pabell Emyn a pasio Tân Mawr yn ganol
Caer a hyd y llwybrau pren sy'n mynd lawr at Docs lle ma yna cychod
bach yn cysgu, cychod Jos a Nora a Eleias Gwynn sy'n ~~fisho~~ pysgota
sbwriel yn y môr i ailgylchu a gwerthu celf a chrefft fel fi a nes i weld
Jeimo yn syth achos fo oedd yr unig ~~pe~~ berson yna a wnei di byth gesho
be, oedd o'n trio ~~pusho~~ gwthio CWCH fewn i'r mor!! Ond oedd o ddim
yn cwch fel rhai Jos a Nora a Eleias Gwynn ond cwch bach a fflat heb
ddim ochrau a wnaeth Jei ddweud wedyn fod o wedi gwneud o ei hun*

a hynna sut dwi'n gwybod mae adeiladu y cwch oedd Jei yn gwneud
pan oedd o'n gadael trwy'r dydd i fynd i Tips, adeiladu cwch oedd
o! (wnaeth o ddweud i fi wedyn hefyd mae rafft ydi o nid cwch sydd
chydig yn wahanol ond o'n i ddim yn gwybod hynna pan nes i weld o
tro cyntaf.)

Wedyn nes i gweiddi enw fo cyn i fi rhedeg at fo a wnaeth o troi
rownd a gollwng fynd o sach gysgu fo oedd o wedi llenwi efo bwyd
a dillad a cartons dŵr yfed a wnaeth o sbio ar fi a o'n i'n gallu gweld
gwyneb o i gyd achos oedd o wedi clymu gwallt fo nôl a oedd o'n
edrych fel fod o'n i newydd weiddi "ma Huddgi newydd siarad efo
fi" a nid gweiddi enw fo a o'n i'n flin flin achos fod o wedi gadael
heb fi a nes i gwthio fo bell i ffwrdd o'r rafft a gweddi "pam?" achos
o'n i isio gwybod pam fysa fo isio gadael i chwilio am chdi heb fi ond
naeth o ddim dweud dim byd, dim ond sefyll a wedyn cerdded nôl
wrth i fi gwthio fo nôl a nôl bellach o'r rafft. A wedyn o'n i ddim yn
gallu meddwl am dim byd arall i ddweud hefyd a am chydig oedd
ni'n syllu ar ein gilydd am hir hir cyn i meddwl fi ddechrau dod nôl i
fi eto a nes i gofio beth o'n i isio siarad am o'r cychwyn wedyn, nes i
ddweud fod o ddim yn deg fod o isio gadael fi a Emyn a Huddgi ben ein
~~hunan~~ hunain a Sara-Siwan hefyd ar ôl hi helpu ni llawer ond naeth o
ddweud fod dwi'n ddigon mawr i edrych ar ôl Emyn a Huddgi a wneith
Emyn a Huddgi a Sara edrych ar ôl fi a wedyn nes i gweiddi eto "ond
pam tisho gadal hebddyfi? Pam!" a gwthio fo eto a gwnaeth o eistedd
lawr ar tin fo ar y Docs a dwi dal heb wedi gofyn wrth fo os ydi tin fo'n
brifo ar ôl disgyn lawr yn gyflym fel hynna achos mae Docs yn conrit
caled nid pren fel ~~rest~~ gweddill o Caer a dwi'n gwybod dylsa fi fod heb
wedi gwthio fo llawer (sori). A wedyn hynna pryd wnaeth o ddweud
~~dwi methu dwi methu sgweenu hyn sori mam dwi methu sg~~ nath o
ddeud fod ar ôl y ffactri explodio nath pobol yn sbyty deutha fo fod
rhaid i fo trio gadal Dinas a symud i fyw i rwla efo awyr heb mwg lle
ti'n gallu gweld y sêr achos os mae o'n aros fama ella neith o ddim bod
yn fyw am hir achos ma'r mwg i gyd yn Dinas yn lladd ~~lungs lyngs~~ fo.
(ond naeth o ddim dweud hynna i gyd efo'i gilydd fel hynna achos dydi
Jei byth yn dweud gymaint a hynna o geiriau efo'i gilydd ddim mwy.)

Wedyn nes i ddweud "ond pam nesdi ddim gofyn i fi gadal efo chdi achos ti'n gwbo dwi'n mynd i dod efo chdi mots be." a hynna pryd nes i dechrau crio (sori, nes i ddim hydynoed trio stopio achos o'n i ddim isio coelio beth oedd Jeimo'n dweud i fi.) so o'n i wedi gorfod stopio llawer ganol dweud hynna i gyd hefyd. A naeth Jeimo ddweud "chos ti'n clefar a gena chdi chance i pasho exams a gal bywyd da i chdi a Huddgi yn Hefn. Hynna pam." A hynna pam oedd o isio gadael heb fi a nes i ddechrau deall wedyn ella hynna pam oedd o efo gwely pan aeth o i ysbyty ar ôl y ffrwydro. (A dwi ofn ofn ofn. Sori.)

Nes i ddweud hynna i Jeimo wedyn, nes i ddweud i fo fod dwi'n ofn achos dwi ddim isio bod ar ben fy hun a dwi ddim isio fo adael a dwi ddim isio fo marw a gadael fi ben fy hun heb fo a chdi dim ond Huddgi ond dwi ddim isio bod ar ben fy hun felly beth yda ni i fod i wneud rwan? Wedyn nes i ddweud eto fod o ddim yn cael gadael achos dydi o ddim yn deg fod o'n gadael fi ar ben fy hun a nes i ddweud fod os mae o'n aros fod fysa fi'n edrych ar ôl fo a gweithio a mynd ar rota jobs pan dwi'n 12 a gwerthu celf a chrefft yn ganol dre i talu ysbyty i wneud o'n well a edrych ar ôl o union fel mae Jei wedi edrych ar ôl fi ers i chdi adael. A nes i ddweud "a wedyn pan dwidi pasho exams a gal job da a loto pres nai ffindio y hospital gora gora gora yn Hefn a talu amdan fo i gyd so fy chdi'n well a fy bob dim yn ok a wedyn nai prynu cwch mawr posh a wedyn gawni gadal Dinas i ffindio Mam. Achos dwi rili rili RILI ddim isho chdi adal." Dwi'n addo dwi'n trio eto a eto i fod yn gryf bob dydd ond dwi methu cuddio y pethau go iawn dwi'n teimlo tu fewn i fi bob tro. Achos dwi ddim fel Jei a dwi chydig yn ofn i adael Dinas achos dyda ni ddim efo syniad beth sydd yna tu ôl i'r môr a lle ti wedi mynd ond ryda ni yn mynd i ffeindio chdi dwi'n addo! A dwi'n gwybod fod yna RHYWBETH yna tu ôl i'r môr a rhywbeth arall yn y byd yn ~~witsiad~~ disgwyl am fi a Jeimo a Huddgi. Dwi'n gwybod fel pan ti'n deffro yn y bore ar ~~weekend wicen~~ penwythnos a gweld golau bore trwy llygaid wedi cau ond ti ddim isio agor llygaid chdi eto achos ti wedi blino gormod a isio trio cysgu mwy. Ella dydi hynna ddim yn gwneud synnwyr i chdi ond hynna sut DWI'N gwybod. A dwi'n gallu teimlo fo, ella y mynyddoedd yn llun Jeimo fydd o, ella chdi fydd o,

*ella ffordd i wneud Jei yn well fydd o. Ond mae rhywbeth yna dwi'n*
*gwybod, so dim ots faint dwi'n caru Emyn a peldroed efo Al a Ianto a*
*White Star Chronicles a gwersi celf a chrefft a Hanes a nofio yn y môr*
*yn Haf pan mae'r haul yn llosgi achos dwi meddwl ryda ni'n gorfod*
*mynd, i troi cerrig ni fewn i aur fel oedd Emyn yn dweud i fi wneud.*
   *Ond dwi isio mynd efo Jeimo so fod ni'n gallu edrych ar ôl ein gilydd*
*~~so dwi goro dwi meddwl fedrai ddim~~ so gesha be?? Dwi'n mynd efo*
*Jeimo ar y môr!! Ryda ni'n mynd i ffeindio chdi a darganfod rhywle efo*
*awyr mawr a glân lle mae Jeimo'n gallu anadlu heb bod yn sâl. Wna i*
*ysgrifennu mwy wedyn achos dwi'n gorfod gadael eiliad yma cyn i Jei*
*newid meddwl a gadael heb fi felly ella sgwennu mwy wedyn os ma Jei*
*di pacio papur a pensil chos dwi'n gadal rhai fi i Emyn*

*Ati*

***

*I Mam,*

*Oedd Jei heb wedi pacio papur ond naeth Emyn rhoi llyfr Hen Nain hi i*
*fi (ffeind ia!) felly dwi'n ysgrifennu ar hynna eto, hynna pam mae yna*
*geiriau eraill tu ôl i geiriau fi fel o'r blaen, ti'n cofio? Dwi wedi torri o*
*leiaf deg tudalen efo'r pensil yn barod achos dwi ~~rhy~~ wedi ~~exitio exc~~*
*cyffroi gormod i ysgrifennu'n ysgafn a mae llaw fi'n brifo'n sgwennu*
*eto ac eto ond gobeithio wna i ddim torri'r un yma! (plis papur paid a*
*torri tro yma!!)*
   *Dwi'n meddwl rhaid i fi ddweud i chdi beth naeth ddigwydd cyn*
*dweud i chdi lle ryda ni achos wnei di BYTH ~~goelio credu~~ gredu lle*
*yda ni! Wel ella wnei di gredu achos ella gwnes di ddod ffordd yma dy*
*hun pan wnes di adael a ti wedi gweld hyn i gyd yn barod ella! Ond*
*beth wnaeth ddigwydd ydi nes i cario sach gysgu fi llawn dillad a*
*oedd dillad yn fwy trwm na dylsa nhw fod achos fod oedd nhw'n wlyb*
*wedi bod ar llawr gwlyb pabell ni a wnaeth Huddgi ddilyn fi'n ci da a*
*wnaeth ni fynd nôl lawr at Docs at Jeimo a nes i helpu fo gwthio'r rafft*

*fewn i'r dŵr efo Huddgi a sachau cysgu ni a Huddgi am ben y rafft.*

*A wedyn naeth Emyn ddod at ni, neu ella oedd hi yna holl amser yn sbio ella, dwi ddim yn cofio achos naeth bob dim ddigwydd mor ~~cyf~~ sydyn heddiw, a wnaeth hi dynnu rhywbeth allan o poced gwasgod hi (Iesu'r oen!!) a rhoi o i FI!!!*

*Dim ond ~~tri tair~~ tri coes sydd gan Iesu rwan ond mae o dal yn gwneud fi wenu pan dwi'n sbio ar fo achos wnaeth Emyn weithio'n galed i wneud o a dal rhoi o ffwrdd i fi a Jeimo a wneith o wneud i fi feddwl am Emyn am byth a hi'n gwrando ar y ddaear a deffro fi i ddweud am breuddwydion hi. Wna i golli siarad efo hi achos dydi Jei byth isio siarad am pethau fel hynna yn y byd rwan ond wnawn ni weld chdi ~~soon~~ fuan Mam a wna i ddweud BOB DIM wrth chdi a ella pobl eraill hefyd os ti wedi ffeindio rhai! Ond wna i golli Emyn, wna i golli hi llawer. Gobeithio fydd hi ddim rhy unig heb fi a Jeimo a Huddgi a Iesu.*

*Ar ôl i Emyn rhoi Iesu i fi nes i ddweud fod dwi ddim yn gallu cymryd o ond naeth hi ddweud fod dwi'n gorfod cymryd o, yn ysgwyd pen hi mor galed o ochr i ochr o'n i'n meddwl fysa fo'n disgyn i ffwrdd. Neu fysa fo'n troi reit rownd a fysa hi'n troi fewn i aderyn tylluan fel wnaeth ni weld yn y fideo am adar yn dosbarth Hanes o'r blaen. A wedyn gesha be, naeth hi rhoi llyfr Hen Nain hi i ni hefyd! Yr un o'r enw Y Beibl nes i ddweud i chdi am fo o'r blaen, yr un o'n i'n darllen i Emyn pan oedd hi ddim yn gallu gweld am chydig ar ôl i'r hogiau mawr rhoi llwch yn ei llygaid hi. A wedyn nes i rhoi cwtsh mawr mawr MAWR i hi a dweud fod dwi byth am anghofio hi a hi byth anghofio fi a wnaeth hi rhoi cwtsh mawr i Huddgi a nes i meddwl ella rhoi Huddgi i hi i gadw cwmni i hi ond dwi'n caru Huddgi gormod Mam a dwi'n gwybod fysa chdi'n dweud fod o'n hunanol i wneud achos dwi efo Jei a Emyn ben ei hun bach yn Dinas rwan ond fi naeth ffeindio Huddgi a ni sydd bia fo felly o'n i ddim isio dweud ta ta i fo. A wedyn naeth hyd yn oed Jeimo rhoi cwtsh cyflym i hi, a dweud diolch am bob dim mae hi wedi wneud i fi a nes i weld fod Jei yn fwy tal na Emyn rwan!*

*Ond beth dwi'n gorfod gwneud rwan ydi dweud i chdi lle ryda ni! Ar ôl i ni ~~gwth~~ wthio'r rafft i ffwrdd o concrit Docs, nes i cario ymlaen*

**124**

i sbio ar Emyn a ~~wavio~~ chwifio llaw ar hi nes i hi fynd ar goll yn y mwg
(fel Piti-Pati yn bwyta hi!) a hynna pryd o'n i ddim yn gallu gweld
hi ddim mwy a o'n i'n brifo tu fewn i fi yn ~~methu~~ hiraethu am hi ond
wedyn oedd bob dim yn dawel heb law am y dŵr yn gwneud twrw fel
fod o'n bwyta ochrau'r rafft fel fysa fo'n trio bwyta NI, a o'n i ddim yn
gallu gweld dim byd heb law am y rafft a Huddgi a Jeimo a fi. A wedyn,
pan o'n i jyst yn dechrau diflasu a am chwilio am ffordd i ysgrifennu
at chdi, naeth y môr i gyd agor yn araf i fyny lled y pen (hynna oedd
Emyn yn dweud pan oedd hi'n agor drws pabell hi yn llydan llydan yn
Haf)!!

Dwi wedi gweld fideos o'r ~~herizen horizon~~ gorwel o'r blaen do, a'r
môr mawr hefyd. Ond mae gweld o efo llygaid chdi dy hun yn wahanol
iawn iawn achos mae o fel boddi a hedfan yr un pryd mewn twnnel
sydd heb ddim to a os ti'n ~~strete~~ ymestyn braich chdi allan mae o'n
edrych fel ti'n gallu cyffwrdd llinell y gorwel ond ti ddim go iawn a
mae o fel fysa ysgyfaint chdi'n gallu agor a agor a agor am byth a'r
byd I GYD yn gallu disgyn yn nhw a fysa nhw dal ddim yn llawn. Ti'n
gweld? Dwi ddim yn gallu egluro fo! Dydi hynna ddim yn gwneud dim
synnwyr na ydi? Ond ella dwi ddim angen egluro. Ella ti wedi gweld o
i gyd yn barod a ti'n gwybod union UNION be dwi'n trio ddweud!

A wedyn, pan o'n i'n cofio gwneud (achos oedd o i gyd mor WAW
nes i anghofio anadlu am chydig), nes i anadlu. Anadlu trwy trwyn
mor ddwfn naeth bol fi chwyddo fel fyswn i'n disgwyl babi. A gesha
be, wnaeth Jei ddechrau CHWERTHIN, marw chwerthin! Nes i droi
at fo a gweld fod o'n sbio tu ôl i ni, lle oedd o'n ~~gwatsiad~~ sbio ar y mwg
yn diflannu tu ôl i ni wrth i ni symud yn bellach i ffwrdd, a wnaeth o
sefyll i fyny, a nes i weiddi ar fo achos naeth y rafft bron tipio drosodd
ond doedd o ddim ~~yn cerio~~ ots i fo achos naeth o ddim gwrando ar fi
a naeth o ddim ~~ista~~ eistedd i lawr. Wedyn wnaeth o dynnu mwgwd o
i ffwrdd dros pen fo a nes i weiddi "beti neud?" ond wedyn cofio fod
y mwg TU OL I NI rwan a oedd hynna dim ond yn gallu meddwl un
peth, fod mae'r awyr rownd ni rwan yn LAN!! Ac yn saff!! A ryda ni
ddim angen gwisgo mygydau rwan!! Nes i wylio Jei yn taflu mwgwd
fo i fewn i'r mwg, a wnaeth ni wylio fo'n disgyn yn gwneud rowlipowli

benyweired lawr trwy'r mwg a at y dŵr fel aderyn wedi marw yn
disgyn lawr. Dwi'n gwybod dwi heb wedi gweld aderyn yn hedfan
o'r blaen heb law am fideos yn ysgol, ond dwi'n dychmygu mae fel
mwgwd Jei yn ~~fflio~~ hedfan fysa aderyn yn edrych fel os fysa fo'n marw
achos fysa adenydd fo'n hedfan rownd fel hynna ella. Wedyn naeth
Jeimo troi rownd at fi a nes i weld gwyneb o yn yr haul mawr am y
tro cyntaf ERIOED a oedd chydig o blew gwallt fo wedi disgyn dros
gwyneb fo a oedd o'n gwenu fel oedd ysgyfaint fo'n ~~massive~~ mawr
mawr a llenwi'r byd i gyd hefyd fel un fi, a wnaeth o ddweud i fi dynnu
mwgwd fi hefyd achos o'n i ddim wedi sylweddoli fod o'n i dal yn
gwisgo fo!

So hynna nes i. Nes i dynnu fo i ffwrdd a plygu dros ~~ochor~~ ochr y
rafft (dim sefyll fel Jeimo achos o'n i ddim isio disgyn i fewn i'r môr a
dwi dal ddim yn gallu nofio mewn môr dwfn ond nes i ddim gofyn i
Jei ddal fi na ddim byd achos dwi ddim isio fo feddwl fod dwi'n ofn) a
gollwng mwgwd fi yn y môr yn araf, i weld os wneith o ~~floatio~~ arnofio
neu ddim. Wedyn nes i wylio y tonnau'n cario fo a arnofio fo yn ôl at
y mwg a mwgwd Jei a Dinas a Emyn a pawb a bob dim nes oedd ni
ddim yn gallu gweld o ddim mwy. A o'n i chydig yn drist achos mwgwd
fi oedd o a fi oedd bia fo a naeth Jeimo gael o i fi. Ond dydi o ddim
ots achos dyda ni ddim angen nhw ddim mwy a gobeithio gobeithio
gobeithio fydd ni ddim angen gwisgo nhw byth eto. Gobeithio mae'r
byd I GYD yn edrych fel yma, fel boddi a hedfan yr un pryd.

Caru chdi a dwi ddim yn gallu disgwyl gweld chdi eto,
Ati

\*\*\*

Mam. Mam gesha be. Da ni di cyrraedd y sêr!!!!

Fel yma sut nes i sylweddoli, a FI naeth sylweddoli gyntaf nid Jeimo!!
O'n i'n gorffen ysgrifennu y llythyr dwythaf i chdi efo golau o jar
cannwyll penblwydd Jei (yr un nes i wneud allan o jar a papur efo twll

*i un seren ar fo, ti'n cofio fi'n dweud?) a nid lamp na ffôn achos ryda ni isio arbed charge lamp a ffôn a wedyn naeth yna gwynt mawr chwythu dros ni a gwneud i'r cannwyll fynd allan a nes i ddechrau poeni am chydig achos o'n i ganol ysgrifennu brawddeg felly nes i afael yn y jar cannwyll yn rhy gyflym achos o'n i'n poeni am y golau a nes i wthio fo drosodd a wnaeth o rowlio fewn i'r môr (!!) felly nes i gropian (achos dwi dal rhy ofn i sefyll a rhedeg rhag ofn i fi ddisgyn off i ffwrdd o'r rafft a fewn i'r môr) at ochr y rafft a trio nôl o o'r dŵr ond doedd breichiau fi ddim digon hir ond oedd hynna ddim ots achos yn syth pan nes i sbio lawr ar y jar yn y môr nes i weld fod y môr yn dywyll a llawn dotiau bach bach gwyn so nes i rhoi llaw fi fewn i'r môr i weld os fyswn i'n gallu gafal yn un or dotiau a gweld beth ydi nhw ond o'n i ddim yn gallu gafael yn nhw a hynna sut o'n i'n gwybod mae nid i fewn yn y môr oedd y dotiau bach, ond uwch ben ni a ADLEWYRCHIAD oedd nhw! Felly nes i sbio i fyny, a hynna pryd nes i weld y SER!!! A oedd nhw union fel oedd Jei wedi disgrifio, fel sbio trwy sgarff cuddio ond efo miliyna o tyllau bach nid mond un, a sgarff sy'n gwarchod llygaid chdi o haul sydd mor agos at fi a mae llaw fi rwan. Miliynau a miliynau a miliynau o sêr, mwy o sêr na pobl yn Dinas a Hefn i gyd efo'i gilydd!! Nid jyst un fel naeth Jei weld o'r blaen, ond BOB UN!! Oedd nhw rownd ni bob man fel fod nhw'n trio cwtsio'r môr a cwtsio ni reit yn ganol y môr hefyd. Felly wedyn nes i cropian at Jei a Huddgi achos oedd nhw'n cysgu efo'i gilydd a deffro'r ddau o nhw a nes i ddweud wrth Jei "sbia fyny" a wnaeth o ddweud "be pam" a sbio fyny a oedd gwyneb o'n edrych fel sut o'n i'n teimlo (sut dwi dal yn teimlo!) a naeth ni aros fel hynna am hir hir wedyn yn sbio fyny ar y sêr nes i llygaid fi ddechrau llosgi achos y golau i gyd a dwi dal yn gweld bob un o golau'r sêr pan dwi'n cau llygaid fi!! (A dydi Jeimo heb wedi sylweddoli fod y jar cannwyll wedi mynd ar goll felly plis plis paid a dweud wrth fo fod dwi wedi colli fo, iawn?)*

*Ond mae'r sêr i gyd wedi mynd rwan a mae'r haul allan eto. A gesha be, dwi'n gallu gweld mynyddoedd yn bell i ffwrdd (ond agosach na oedd nhw o'r blaen a mae nhw'n dod yn agosach bob munud!) fel y mynyddoedd yn y llun nes i yrru i chdi efo'r llun o'r tŷ ryda ni'n mynd i adeiladu!!*

*Ond wnaeth Jeimo ddweud fod o'n meddwl mae cymylau mwg ydi nhw fel yn Dinas a nid mynyddoedd. Paid a dweud i fo, ond dwi'n meddwl mae o'n anghywir. Dwi'n gwybod fod o'n fwy hen na fi, ond dwi'n gwybod mae fi sy'n iawn achos dwi'n gwybod fod nhw'n gorfod bod yn mynyddoedd union fel y mynyddoedd yn y llun o'r dyffryn a'r llyn achos fydd bob dim yn iawn yn diwedd a dwi'n gallu TEIMLO fo dwi'n meddwl. (Dwi'n gwybod fysa Huddgi'n cytuno efo fi os fysa fo'n gallu siarad, a Iesu hefyd. A Emyn. Fysa Emyn ~~deffo~~ BENDANT yn cytuno efo fi!)*

*Gobeithio wnawn ni weld ein gilydd mewn chydig Mam!!! Dwi methu disgwyl dweud bob dim i chdi eto a bob dim o'n i ddim yn gallu rhoi fewn i'r llythyrau!!*

*Caru chdi lot lot LOT a am BYTH,*
*Ati.*

# 373
## Y Gadair

### 'Ennill Tir' gan 'Pump'

Mae traean o blant Cymru yn byw mewn tlodi. Roedd Llywodraeth Cymru wedi addo dod â thlodi plant i ben erbyn 2020.

**Ysgol**

Daw'r hogyn tlawd drwy wawdio a rhegi
Slei yr hogiau eto,
A'i wyneb trist, fel pob tro,
Mewn ciw heddiw, yn cuddio.

Wrth hawlio'i ginio'n gynnil, daw ar hast,
Noda'i rif mewn pensil;
A baich diarian y bil
Ar 'sgwyddau brysiog, eiddil.

Mae arlwy prin amser cinio yn wledd
I'w chladdu tra gall-o,
Gan wybod bod y bwydo
Rhy fain yn ei gartref o.

Llenwa'r newyn ei wyneb, a'i ruddiau
Sy'n brudd, ddiymateb.
Hon, o hyd, yw'r ystrydeb –
Ond ei deall ni all neb.

## Senedd

Dyn balch ei diwn yn y bae.

Rhengoedd o deis cyfryngau
Yn ystyried ei stori.

Daw a rhoi ei lith di-ri,
Cyn troi i wirio'i wariant.

'Rwy'n bles fod arian i blant nawr ar lefel na welwyd o'r blaen.'
A'r ddihareb lwyd – 'Er hyn, ein campau yw'r rhain. Rhaid i
Lywodraeth Prydain...'

Annelwig arbenigwr
Yn cymylu, duo'r dŵr.

Â'i rantio mawr mewn print mân,
Haws stwffio criw San Steffan
Yn slei, na gweld ei feiau.

Byrdwn hwn yw cyfiawnhau
Pob anfodd a dioddef
Yn y wlad dan ei law ef;
Yr ymlâdd 'normaleiddiwyd
Drwy'r dwsinau banciau bwyd.

Mae ei grechwen, a'i enaid,
A'i lw yn eiddo i'w blaid,
Wrth fwmian eu sloganau,
Chwydu'r gwir a'r gwir yn gau.

## Heol y Santes Fair, Caerdydd

Daw'r strae i'r stryd
Arw'i gweryd –
Stryd fawr, llawr llaid,
Oerni, beirniaid.

Ceisio cysur,
Rhai'n swrth, rhai'n sur.

Cês gwag, bocs gwyn,
Ofer gofyn.

Yfwyr hefyd
Yn hel o hyd
I bitïo
Hen griw y gro.

Dyn swil dan sêr.

Spice o biser
Islaw'r awyr,
A'i sawr yn sur.

Ennyd mud. Mae'n
Hel meddyliau
Fel trên heno.

Am fyd – pam fo?

## Tafarn ym Mhontcanna

Mae'r Prosecco'n llifo'n lli
O'r botel. Er ei bod-hi'n
Nos Fercher, mae'r lle'n berwi,
Yn drwch o gyfoeth di-ri.

Mae'r byrddau'n hoglau o'u hôl,
O weniaith dosbarth canol.
Peth o'u golwg yw'r llwgu
Yn syrcas y ddinas ddu
A loria'r bobol eirwon
Brin hanner awr lawr y lôn.

## Dewis

Mae'n ddiwedd mis, a daw'r dewis duaf,
O fwydo'i hunan neu fwydo'i hynaf.
Rhyw wawd-chwarae wna'r gaeaf, fel bob tro,
'Leni'n ei llorio fel hunlle araf.

Mae'n adeg 'Dolig, ac mae'n ei phigo
Na ŵyr ei hogiau beth yw anrhegion.
Mae byd y pethau drudion yn gwasgu,
A'i hwyliau'n chwalu yn un â'i chalon.

Â'i rhent hi'n hwyr, yn tynhau ei heriau,
Er ymwroli, cau'n daer mae'r waliau.
Wrth i'w hegni hi brinhau mae'i chyfri
Mor wag eleni, mae ar ei gliniau...

# 411

## Y Fedal Ddrama

**'Boddi'** gan 'Ffŵl Ebrill'

### GOLYGFA 1

**Mae'r ddrama hon wedi'i hysbrydoli gan gyfweliadau â'r gymuned ddigartref.**

*Ar ddechrau pob perfformiad bydd Nat a Ryan yn eistedd tu allan i'r theatr. Byddant yn cuddio o dan hoodies, felly fydd ddim posib i neb eu hadnabod. Pan fydd y gynulleidfa i gyd wedi cyrraedd ac yn barod i fynd i mewn i'r theatr i eistedd, bydd Ryan a Nat yn cerdded drwy ganol y gynulleidfa i mewn i'r theatr. Wedyn ar eu holau bydd y gynulleidfa yn cael dod i mewn.*

*Ar lwyfan broseniwm mae Ifan yn eistedd ar ganol y llawr gyda blanced amdano ac ychydig o fwyd o'i gwmpas. Mae cyrff eraill o'i gwmpas yn farw neu yn cysgu. Maent yn amlwg yn bobl ddigartref.*

*Eistedda Ifan gan syllu'n ddwfn tuag at y gynulleidfa, yn amlwg yn ddryslyd. Dechreua un o'r cyrff symud. Dyn o'r enw Ryan, 46 mlwydd oed, sy'n codi. Gwisga hen grys armi a chôt fawr. Edrycha o gwmpas cyn troi ei sylw at Ifan sydd yn dal i syllu ar y gynulleidfa, ond nawr yn amlwg ychydig yn fwy anghyfforddus.*

*Cerdda Ryan ato gan ei archwilio. Mae'n codi bag Ifan gan fynd drwyddo a thynnu paced o ffags allan. Mae'n rhoi'r bag i lawr a mynd at ei frechdan gan gymryd brathiad ohoni. Edrycha Ifan arno ond mae'n rhy ofnus i wneud unrhyw beth.*

| Ifan: | (*yn ymddangos y ddryslyd a digalon. Dan ei wynt:*) Shit. |
|---|---|
| Ryan: | Be ti'n da 'ma? |
| Ifan: | Lle ydw i? |
| Ryan: | Be 'di enw chdi? |
| Ifan: | Ifan. Be 'di un... |
| Ryan: | ... a be ti'n da 'ma? |
| Ifan: | Dwi'm'n gwbod, dwisho deud bo fi ar goll. |

*Aiff Ryan yn ôl at ei bethau.*

| Ryan: | (*gan edrych at y gynulleidfa*) Wiyrd yndi. |
|---|---|
| Ifan: | Yndi, yndi mae o. |

*Saib.*

|  | Be 'di enw chdi? |
|---|---|
| Ryan: | Pwy sy'n gofyn? |

*Distawrwydd.*

*Mae Ryan yn amlwg yn chwilio am rywbeth ac yn methu ei ffeindio. Ymosoda Ryan ar Ifan gan chwilio drwy ei bocedi a'i fag eto cyn rhoi'r gorau iddi ac edrych i'r gynulleidfa, mynd 'nôl at ei bethau ac eistedd i lawr. Mae'n dechrau crio cyn stopio'n sydyn. Nid yw'n saff iawn ar ei draed.*

| Ryan: | Bastads. |
|---|---|
| Ifan: | Be sy? |
| Ryan: | (*wrtho'i hun*) Y bastads zombies ffwc. |
| Ifan: | Zombies? |

*Dim ateb.*

|  | Pam... pam? Hyn yn wiyrd. |
|---|---|
| Ryan: | (*yn codi'i ben at Ifan*) Pam? Chdi sy'n wiyrd. A fi. Chdi a fi 'di'r wiyrdos. |

*Saib.*

| Ifan: | Be ti 'di golli? A... a be ti'n feddwl 'fo zombies? |
|---|---|

| Ryan: | Ti rili ddim yn dallt, nag w't. Ti'n newydd i'r lle 'ma. Newydd sbon, yn dw't? |
|---|---|

*Saib wrth i Ryan feddwl am air.*

| | Anarchy, boi. Complete anarchy. |
|---|---|
| Ifan: | (*yn ddryslyd a ddim yn gwbod yn iawn lle mae o*) Anarchy? |
| Ryan: | Nuts, boi, ffocin war zone, lad. A paid â disgwl ryw words of wisdom ar sut i 'get by' coz does 'na ddim. |
| Ifan: | Na? |
| Ryan: | Na, dim byd, ti'n ffycd, lad. |
| Ifan: | Ok. |

*Saib. Ryan yn newid ei feddwl.*

| Ryan: | Jest paid â trystio neb, iawn. |
|---|---|
| Ifan: | (*yn edrych o'i gwmpas*) Ok, lle... lle... |
| Ryan: | That's all. Jest paid â trystio neb ac... ac... cysgu lle ti'm'n fod i gysgu a cadw ffwr o'r ffocin zombies, zombies bastads ffwc. A fi. Cadw ffwr. Be ti'n da yma? |
| Ifan: | Lle 'di fama? |
| Ryan: | Naa, fyny fama. (*yn pwyntio'i ben*) Mae pawb sy 'ma efo ryw fath o broblam, pawb 'fo cleisia yn eu penna sy'n ffwcio nhw fyny. |

*Saib.*

| | Ffocin zombies. (*edrycha drwy ei bocedi eto*) |
|---|---|
| Ifan: | Be ti'n sôn am zombies? |
| Ryan: | Zombies a werewolfs a vampires a shit go iawn. (*saib bach*) Pen fi jest yn un clais mawr, sti. Internal bleeding. Gwerth 15 years ohono fo. Jest bangs a booms. Ma nw'n cleisio. Brifo 'fyd. 15 years. |
| Ifan: | Army? |

*Saib. Ryan yn edrych tua'r llawr gan ysgwyd ei ben a mymblo.*

| | |
|---|---|
| Ifan: | Sud dwi'n gadal y lle 'ma? |
| Ryan: | (*ddim yn ateb cwestiwn Ifan*) Dwi'n gwbod petha, sti. Petha dwi 'di gweld, cont. (*yn ysgwyd i ben a mymblo*) Nuts, lad, nuts. |

*Saib.*

| | |
|---|---|
| Ifan: | (*ofn gofyn eto*) Sud dwi'n gadal y lle 'ma? |
| Ryan: | Oooo na, does 'na'm gadael. |
| Ifan: | No chance? (*i'r gynulleidfa*) 'Dyn nhw'n gallu clwad ni? |
| Ryan: | Clwad... ond ddim yn gwrando, ia. |
| Ifan: | Pam bo nw'm yn gwrando? |
| Ryan: | Oherwydd bo 'na ddim byd gwerth 'i glwad, dim byd gwerth sylwi arno fo. Ma nw'n gwbod lle maen nhw, bod nhw ar wahân. Do's dim helpu ni. 'Dan ni'n straen, ti'n gweld. Niwsans. |
| Ifan: | Dwi dal ddim yn dallt. Dio'm'n neud dim synnwyr. Bo nw'n ista yn fanna jyst yn sbio, yn gwbod yn iawn bo ni'n fama yn... yn... |
| Ryan: | Yn be? |
| Ifan: | Dwi'm'n gwbod ond dwi'n gwbod bod o 'im yn iawn, jest wiyrd, yndi. Dio'm'n iawn, na? Ti'n dallt fi? |
| Ryan: | Ti'n gwbod pryd ma pobol yn deutha chdi i beidio cyfarfod 'heroes' chdi? |
| Ifan: | (*yn ddryslyd*) Be? |
| Ryan: | Wel... wyt ti 'di clwad y stori am y tri boi yn y desert? |
| Ifan: | Be? Anialwch 'lly? |
| Ryan: | Ia, desert, ti'n gwbod. Ganol nunlla 'lly. |
| Ifan: | Ia. |

*Saib. Ryan yn llyncu ei boer, sy'n boenus.*

| | |
|---|---|
| Ifan: | Ia? |
| Ryan: | Ia be? |

Ifan:      Ia, be 'di'r stori?

Ryan:      Shit, dwi 'di cal blanc.

Ifan:      O' chdi'n deud wbath am anialwch. Desert 'lly, ganol nunlla?

Ryan:      O'n?

Ifan:      O' chdi legit yn cofio dau eiliad yn ôl.

Ryan:      Sori, ma 'di mynd.

Ifan:      Am y tri boi yn yr anialwch?

Ryan:      O shit ia, sori, tri boi yn yr anialwch. Iawn ymmm. Paid brysio fi neu 'na i gal o'n rong.

Ifan:      Y stori?

Ryan:      Ia, y stori, shut up. Ok... iawn, so ti'n gwbod bod 'na levels, wyt? Ti'n gwbod upper class a working class a beth bynnag.

Ifan:      A fama?

Ryan:      Ia, wedyn gen ti fama. Bottom class. Wel ni 'di'r boi sy'n cerddad drwy'r anialwch. Maen nhw (*mae'n cyfeirio at y gynulleidfa*) ar geffyl yn teithio drwy'r anialwch.

Ifan:      Ceffyl? Mewn anialwch?

Ryan:      Sori sori sori, camal 'ta. So mae gen ti berson ar gamal. Shit naci, sori, gynta ma gen ti berson sy'n cerddad drwy'r anialwch ac yn y pellter ma'n gweld boi ar y camal. Ma'n jealous ac yn gweiddi arna fo ond 'di'r boi ar y camal ddim yn gwrando. Mae o rhy bell o'i flaen o. Ac wedyn mae gen ti foi mewn car sy'n anwybyddu y boi ar y camal. Fo 'di'r upper class.

Ifan:      Dyna pam never meet your heroes?

Ryan:      Aye... ia, oherwydd 'nan nhw'm gwrando ar be sydd odanyn nhw, 'im rili.

*Saib.*

**137**

| | |
|---|---|
| Ifan: | Lle dwi? |
| Ryan: | Ti'm'n gwbod? |
| Ifan: | Na. |
| Ryan: | (*yn edrych o'i gwmpas*) Wel, y ffor 'swn i'n disgrifio fo bysat ti'n rock bottom, ti'n boddi yn is ac yn is bob diwrnod a ti'n styc. (*saib hir*) Ti'n homeless, yn byw ar y stryd... ti adra. |
| Ifan: | Ffyc... shit... ffyc mi... ti'n meddwl... |
| Ryan: | Dwi'n meddwl dim, mêt. Ond, ond, ond, os 'swn i'n goro meddwl, os 'swn i'n goro meddwl am eiliad 'swn i'n meddwl bo chdi 'di disgyn ffwr o'r camal a ma nhw 'di gadal chdi... wrth redag ar ôl y car, ond ella bo fi'n rong, so paid â gwrando, ok. Actually delete. (*yn fygythiol*) |
| Ifan: | Delete? Delete be? |
| Ryan: | Be dwi newydd ddeud wrtha chdi. |

*Mae Ryan yn gafael yn Ifan.*

| | |
|---|---|
| | Deletia fo wan. |
| Ifan: | Ffyc shit iawn, 'na i neud wan, ffyc. |

*Mae Ifan yn cau ei lygaid yn dynn cyn eu hagor eto.*

| | |
|---|---|
| | Done, deleted. |
| Ryan: | (*gan ollwng Ifan*) Good. |

*Saib hir, wrth iddynt setlo.*

| | |
|---|---|
| Ifan: | No chance o fynd yn ôl? |
| Ryan: | 'Nôl? |
| Ifan: | Ia 'nôl, (*saib*) 'nôl i fanna a cal sbario bod yn fama... dwi'm'n licio fama. (*saib*) Dwi'm'n licio'r ffor ma nw jest yn pasio a peidio gwrando. (*saib*) Ma'n teimlo'n hollol... 'Dyn nw'm'n gweld ni, na 'dyn. Be 'di'r chance bo fi im'n fod yma a mai camgymeriad oedd o? (*saib* |

*byr*) Oherwydd dwi'n iawn, ti'n gwbod? Dwi'm yn meddwl bod gen i gleisia. (*Ifan yn meddwl am beth mae o newydd ei ddweud – dydi o ddim yn deall beth yw cleisiau*) Be ti'n feddwl efo cleisia? Ond... o'n i'n meddwl bo fi gwbod... gwbod i beidio cyrraedd fama, o'dd genna i frodyr a chwiorydd yn deutha fi i beidio. I beidio landio yn fama, mai life ambition fi ddylsa fod i beidio landio yn fama a nesh i drio, ffyc nesh i drio shit ffyc.

| | |
|---|---|
| Ryan: | Na. |
| Ifan: | Na be? |
| Ryan: | Does dim posib mynd yn ôl i fanna. Noo ffocing way, long gone. |
| Ifan: | Pam? |
| Ryan: | Dwi'n nabod y boi 'ma, zombie. |
| Ifan: | Zombie? |
| Ryan: | Zombie, druggie 'lly, yn hollol gaeth i'w ddrygs. Dyna be 'dan ni'n galw pobol felly. Eniwe, y boi 'ma, ddim yn byw ar dir y byw, efo MS ac yn 'i 50s a mae o wedi neud crack bob diwrnod ers y last five years, a ma'n deutha fi, 'dwi'n gone', ''di marw', yr unig beth sy ganddo fo ar ôl ydi'r pum munud 'na lle ma'n cymryd bowl o crack. That's all he's got left. Treulio'i ddyddia yn hyslo ac yn begio, drw dydd er mwyn yr un hit 'na ar ddiwadd y dydd... ac wedyn ma'n dechra eto. Ti'n gweld? That's it. Boom... gone. Do's dim mynd 'nôl idda fo a ddim mynd i chdi chwaith. Mond mynd yn ddyfnach. That's all he's got left, jest pum munud o fywyd pob diwrnod. |
| Ifan: | Shit. |
| Ryan: | 'Dan ni i gyd yn yr un un twll. Yn boddi a jest about ffocin bodoli... ha! (*Ryan yn licio honna*) |
| Ifan: | Pam neith o'm jest lladd ei hun? |

| | |
|---|---|
| Ryan: | Ti be? Ti dechra swnio fatha nhw. |
| Ifan: | Ma'n wir ddo. |
| Ryan: | Be? |
| Ifan: | Pam neith o'm jest lladd ei hun? Dyna 'swn i'n neud. Fuck this shit. Pam bysa neb yn byw yn y ffocin twll yma? Yr uffern 'ma? Dwi'm'n fod 'ma, ti'n dallt? Dwi fod yn fanna yn sbio arna chdi, yn pasio, boi pasio dwi, ti'n dallt? O'n i'n iawn, o'dd genna i 12 brawd a 7 chwaer, ffy ffyc's sêcs. |
| Ryan: | Ti'n gwbod faint o... (*yn pwyntio at ei ben yn flin ac yn emosiynol*) i neud hynna... (*yn ysgwyd ei ben*) Sgen ti'm syniad. |

*Saib.*

| | |
|---|---|
| Ifan: | Na. |
| Ryan: | Wel shut up 'ta, ti'n sownd yn fama, mêt, that's it. |

*Saib.*

| | |
|---|---|
| | Ti erioed 'di lladd rhywun 'fo dy ddwylo o blaen? |
| Ifan: | Naddo. |
| Ryan: | Na fi chwaith. |

*Saib.*

| | |
|---|---|
| Ifan: | Pam bo ch... |
| Ryan: | Ond dwi wedi efo gwn. Bang. Poof. That's it. Ma'n ddigon. |

*Mae'n gwneud stumiau fel petai'n cael ei saethu.*

| | |
|---|---|
| | mieeeeeeeeew, and poof. Gone. Dead. Ma bobol yn shit, sti. |
| Ifan: | Nhw? (*yn pwyntio at y gynulleidfa*) |
| Ryan: | Ma nhw'n hollol shit. |
| Ifan: | Pam? |

| Ryan: | Wel... actually, lwcus 'di nhw, ia lwcus, ond 'di nhw'm yn sylweddoli hynna, a dyna sy'n neud nhw'n shit. |
| Ifan: | Ti'm'n cal deud hynna. |
| Ryan: | Pam? |
| Ifan: | Coz ar un point o'n bywyda oddan ni'n dau yn ista yn fanna yn sbio a ddim yn sylwi ac yn clwad a ddim yn gwrando. |
| Ryan: | Ac oeddan ni'n dau yn ffocin shit, shit, shit, shit. |
| Ifan: | Dwi'm'n shit, dwi ar goll ac ti'n pisho fi off so jest... jest shut up a stopia alw ni'n shit. |
| Ryan: | Ma nhw yn meddwl bo nw'n pwy ydyn nhw coz bod nhw'n strong independent people sy'n meddwl bo nw'n cal eu geni ar clean slate. Dio'm yn wir. Hollol rong. Mistêc dio. Os bysan nhw yn white Americans yn byw yn Texas yn yr 1850s 'san nw'n racists. Ti'n dallt fi? |
| Ifan: | Dwi'n meddwl... |
| Ryan: | Ma nw'n meddwl y basan nhw byth yn gallu bod yn Natzi, even os bysan nhw wedi'w magu mewn tŷ llond Natzis yn Germany yn 1940. Ma nw'n meddwl yn rong, ti'n gwbod... Free will? Pfft. |
| Ifan: | Os bysan nhw yn chdi. |
| Ryan: | Os bysan nhw yn fi bysan nhw hefyd yn gleisia byw. Internal bleeding ac yn ista yn fama, yn boddi. Ffyc. Ma'n wir, sti. Ma nw'n meddwl 'san nhw'n dal yn troi allan yn wyn os bysan nhw'n ffocin ddu, neu y basan nhw'n ddu efo rhieni gwyn. Ma'n stiwpid. Os ma nw'n ddu ti am fod yn ddu. Os 'di rhieni chdi'n thick ac ti mewn cymuned llond pobol thick ac ysgol thick a ffrindia thick, ti probs am fod yn ffocin thick. Ond y rei sy 'di cychwyn yn fama, neu yn y gwulod, 'di cal y cychwyn anodda un a 'di landio'n fanna... |

|        | ti'n gwbod... (*mae Ryan yn clapio'i ddwylo mewn cymeradwyaeth*) nhw... nhw 'di'r... (*yn methu cael y geiriau*) |
|--------|---|
| Ifan:  | Shit. |
| *Saib.* | |
|        | 'Dyn nw'n neud wbath ond sbio? |
| Ryan:  | Rhei ohonyn nhw. |
| Ifan:  | Be ma nw'n neud? |
| Ryan:  | Neith rei gal teimlad o euogrwydd weithia. |
| Ifan:  | Euogrwydd? |
| Ryan:  | Euogrwydd. Guilt. Weithia pryd mae o'n siwtio nhw. Weithia neith 'na un neu ddau roid newid niwsans o'u pocedi i chdi ond wedyn gen ti y rhai sy'n wir poeni amdana chdi yn prynu bwyd i chdi. 'Nan nhw'm rhoid pres i chdi coz ma nw'n poeni bo chdi mynd i wario fo ar y crack, ti'n gweld. |
| Ifan:  | Neud sens. |
| Ryan:  | Paid. Ma'n bullshit. |
| Ifan:  | Wel dwi'n dallt. 'Dyn nw'm isho pres nhw fynd at ddrygs, nag oes. |
| Ryan:  | Wel pam ddim? |
| Ifan:  | Wel gan bo nw'n poeni amdana chdi 'de, dyna pam. |
| Ryan:  | 'San nw'n poeni amdana chdi 'san nw'n prynu'r stwff 'u hunan a roid o i chdi. |
| Ifan:  | Pam? |
| Ryan:  | Coz bod diwrnod o fod yn numb yn lot gwell na diwrnod o fod yn oer a llwgu. Cal gwarad o amsar fysa'r peth gora 'sa chdi'n gallu neud i bobol fel ni. Ma amsar yn mynd ddeg gwaith slofach yn y twll 'ma. |
| *Saib.* | |
|        | W't ti'n deallt pam bo chdi yma? |

| | |
|---|---|
| Ifan: | Ai hynny 'dan ni'n drio'i neud? |
| Ryan: | Dylsa bo chdi'n gwbod, dylsa chdi ddallt. |
| Ifan: | Pam bo chdi yma 'ta? |
| Ryan: | Lot. |
| Ifan: | Lot? |
| Ryan: | Gormod. |
| Ifan: | Ti'n gwbod yn iawn felly? |
| Ryan: | Titha hefyd. |
| Ifan: | Ma siŵr bo fi jest, dwi'n... |
| Ryan: | Shit, yndi. |
| Ifan: | Ofn? Yndi. |
| Ryan: | Ma'n shit. |

*Saib.*

| | |
|---|---|
| Ifan: | Oedd gen i chwaer... oedd 'i'n fwy o fam i fi actually. Stacey. Dwi'm 'di gweld hi ers... ers... (*yn trio meddwl pryd oedd y tro dwytha iddo'i gweld hi*) ers hir... iawn. Shit. Genna i lun ohoni yn rwla. (*estynna lun o'i fag a'i ddangos i Ryan*) Wyt ti'n ei nabod hi? |
| Ryan: | (*edrycha Ryan ar y llun am amser hir*) Nachdw, sori. |
| Ifan: | Shit... (*saib*) Y stori oedd bod hi'n fama yn rwla. A does 'na neb 'di clwad dim. (*saib; dyw Ryan ddim yn ateb*) Dylswn i ffindio hi. Dyna be dylswn i neud, dylswn i ffindio hi a dod â hi o 'ma. (*does dal dim ateb gan Ryan*) |

*Saib.*

| | |
|---|---|
| | Army felly? |
| Ryan: | Ma'n fwy na jyst Army, ma'r rhyfal jest yn wbath sydd 'di cadw'r graith ar agor. O'dd o jest rheswm i mi gal byw bob dydd. (*mae'n dechrau mynd yn annifyr*) Bang, poof. (*saib*) Farwodd o, reit yn fanna, farwodd o reit yn fanna. |

**143**

*Mae Ryan yn codi ac yn amlwg yn dechrau gwylltio.*

Fedrwn i'm neud 'im byd, mond gadal fo yna yn marw, aaa shit ffyc... Stop. Paid, tyd yma, shit, plis tyd yma, plis jest llusga dy hun yma. (*mae'n gweiddi tua'r llawr*)

*Edrycha Ryan i fyny fel petai bom am lanio. Edrycha ar Ifan cyn rhedeg ato gan ei lusgo i'r ochr i baratoi am yr bom dychmygol.*

*Mae'r bom yn glanio. Edrycha Ifan yn ddryslyd cyn i Ryan redeg, a'r corff dychmygol ar y llawr yn crio ac yn eu cofleidio.*

Ryan:     Sori, dwi mor sori, fedrwn i'm neud dim, sori, dwi'n rili sori.

Ifan:     Mêt, ti'n iawn?

Ryan:     (*dim yn ateb*) Dwi'n sori, dwi'n lyfio chdi. Ti'n clwad? Dwi'n ffocin caru chdi. Ti'n clwad?

*Sylweddola Ryan beth mae o newydd ei ddweud. Mae'n codi'n gyflym, ac yn amlwg yn flin, mae'n rhedeg at ei bethau a dechrau eu taflu at ble roedd y corff yn gorwedd cyn rhedeg at y gynulleidfa a bygwth eu taflu atyn nhw.*

Go on 'ta? (*wrth y gynulleidfa*) Eh? Be dach chi am neud?

*Mae'n rhedeg at ei bethau cyn estyn bowl o crack gan ei danio.*

Ifan:     Be ti'n neud?

Ryan:     Dos o 'ma.

Ifan:     Lle 'na i fynd? I ffindio Stacey, lle dylswn i fynd?

*Mae Ryan yn cymryd y crack.*

Ifan:     Plis, jest wbath, plis, lle dylswn i fynd, plis? Lle dylswn i gychwyn chwilio? Ffyc plis. Ffyc shit.

*Mae Ryan yn colli ymwybyddiaeth. Mae Ifan yn mynd at Ryan ac yn trio'i ysgwyd ond tydi o ddim yn deffro. Mae'n gweld cyfle i geisio dwyn o fag Ryan. Mae'n agor ceg y bag a mynd i mewn iddo cyn i rywun dorri ar ei draws.*

Nat:  'Swn i'n chdi 'swn i'm yn neud hynna.

*Dychryna Ifan wrth i ferch ymddangos o sach gysgu yn gwisgo dillad y byddai rhywun yn eu gwisgo ar noson allan. Mae'r dillad yn fudur iawn ac mae ei dwylo hefyd yn hynod fudur.*

Ifan:  Helô.

*Mae Nat yn estyn smôc a'i danio. Mae hi'n amlwg yn ryff iawn. Mae'n rhoi siaced fflyffi fawr amdani, sydd hefyd yn fudur. Edrycha ar Ifan gan wenu.*

Nat:  Be ti'n neud?

Ifan:  Yn fama?

Nat:  Yn y bag 'na?

Ifan:  Ymm... wel, dwi jyst ddim...

Nat:  'Swn i'n chdi 'swn i ddim...

Ifan:  Do'n i 'im'n mynd i...

Nat:  Fi 'di Nat.

Ifan:  Nat?

Nat:  Nat, Natalie. Natalie ydw i. Nat. A ti ydi?

Ifan:  Ymm...

Nat:  Ifan.

Ifan:  Ia.

Nat:  Nesh i glwad chi'n siarad, ti'n gweld. Pam bo chdi'n mynd i'w fag o?

Ifan:  Gwranda, dwi'm fod yma...

Nat:  Wyt.

Ifan:  Be?

Nat:  Mewn ffor wiyrd. Wyt, ti fod yma.

Ifan:  Pam?

Nat:  Ti union lle ti fod. Dwi'n meddwl beth bynnag. 'Dan ni i gyd yn.

Ifan:          Dwi ddim isho bod yma.

Nat:           Ti'n... ti'n ddel. Sexy. Ella rhy sexy. *(mae'n chwerthin)*

*Cerdda Nat i'r cefn gan estyn cadair blygu a blanced ac eistedd yn wynebu'r gynulleidfa, a rhoi'r blanced dros ei choesau. Mae Ifan jest yn gwylio wrth iddi danio smôc arall.*

Nat:           Ma 'na gadar arall yn y cefn 'na os tisho, sti.

*Edrycha Ifan tua'r cefn a mynd i nôl cadair arall, ei gosod yn y tu blaen a'i phwyntio i edrych ar Nat.*

Nat:           Stedda.

*Eistedda Ifan gan edrych ar Nat, sy'n edrych i fyw llygaid y gynulleidfa.*

Ifan:          Ok.

*Coda Nat yn gyflym, nôl cwpan ac eistedd ar ei thin ar du blaen y llwyfan.*

Nat:           *(wrth y gynulleidfa)* Spare some change please, loves? Anything? My boyfriend fucked me over, you see. *(estynna'i llaw allan eto)* No? Nothing? That's fine, love, have a nice day. *(dan ei gwynt)* Gont.

Ifan:          Dyna sut bo chdi yma?

*Mae Nat yn edrych ar Ifan fel petai o'n ddwl, gafael yn ei chwpan a chodi i eistedd yn ôl yn ei chadair.*

*Saib.*

Nat:           Pam bo chdi'n sbio arna fi fela? 'Im yn licio sbio arnan nhw ti? Dwi'n licio sbio. Licio sbio a meddwl. Meddwl am be ma nhw'n feddwl. Meddwl am be ma nhw'n feddwl ohona fi.

Ifan:          Be maen nhw'n feddwl?

Nat:           'Mae hi rhy ddel i fod yn homeless, i fyw yn y twll yma. 'Sa'i'n golchi bysa'i'n iawn', 'shaggable'. 'Bysa hi'm yn gallu ffindio dyn i edrych ar ôl hi', dyna be ma nhw'n feddwl.

| | |
|---|---|
| Ifan: | Dwi'n meddwl bod lot ohonyn nhw yn poeni. Dwi'm'n gwbod os mai poeni 'di'r gair iawn ond dwi'n meddwl ma nw'n teimlo wbath. (*Nat ddim yn cymryd sylw*) |

*Saib.*

| | |
|---|---|
| Nat: | Be ti'n da 'ma? |
| Ifan: | Dwi'm'n gwbod... dwi'm'n dallt... o'na wastad ddarn yndda fi yn deud mai fama 'di'r lle tisho osgoi, Ifan, paid â cyrraedd fama, Ifan. A... ro'n i'n gwrando ar y llais 'ma'n deud hyn i fi a dwi rhywsut... rhywsut dal... |
| Nat: | Dal 'di landio yma? |
| Ifan: | Ia. Wyt ti'n gwbod neu deallt pam bo chdi yma? Mae jest mor frustrating gwbod... |
| Nat: | ... gwbod mai fama bysa chdi... worst case scenario? |
| Ifan: | Ia... (*yn methu rhoi ei deimladau mewn geiriau*) Lle esh i'n rong? |
| Nat: | Shit. (*gosodiad*) |
| Ifan: | Jest matar o fynd o 'ma wan, ia. |
| Nat: | Yndi. |
| Ifan: | Dio'm fod fel'ma... o'n i'n iawn, ti'n gwbod. Ffyc. Jest dio'm'n... iawn. |

*Saib.*

| | |
|---|---|
| | Lle esh i'n rong? (*cwestiwn rhethregol*) |
| Nat: | (*yn gwenu*) Be 'di plan of action chdi 'ta? |
| Ifan: | I adal y dymp 'ma? |
| Nat: | Ia. Ma gofyn ti gal un. Plan 'lly. |
| Ifan: | Ffyc, dwi'm'n gwbod. Be 'sa chdi'n neud 'sa chdi'n fi? |
| Nat: | Sgen ti deulu? Brodyr a chwiorydd? |
| Ifan: | Oes. |
| Nat: | Wel mae hynna'n ddechra da. |

| Ifan: | Ond maen nhw i gyd un ai'n carchar, 'di marw neu… neu yn y twll 'ma… neu bo nhw dal adra… ond dwi'm'n cal mynd adra… dwi rhy hen. |
|---|---|
| Nat: | Ok, sbia ar y positifs ddo, ti dal yn eitha taclus, yn dw't? Sy'n beth da oherwydd neith Wetherspoons dal adal chdi mewn a ballu, ti'n gwbod. Petha bach fela yn neud gwahaniaeth. Sgen ti ffôn? |
| Ifan: | Na. |
| Nat: | Shit. Pres? Wbath? |
| Ifan: | Na. |
| Nat: | Shit, ymmm… |
| Ifan: | Oes 'na rywun byth yn gadael y lle? |
| Nat: | Oes, rhei. 'Im lot ond rhei. Ond rhaid ti ddallt, yr hira ti yma y mwya tebygol wyt ti o suddo yn ddyfnach ac yn ddyfnach pob diwrnod, a mae chances chdi o nofio i' top yn fwy annhebygol bob dydd, so ma isho chdi adal wan os ti'n gallu. |
| Ifan: | Sud ddo? |
| Nat: | Dwmbo. |

*Saib, Nat yn meddwl.*

| | Ti'n meddwl mai bai fi ydi o? |
|---|---|
| Ifan: | Bai chdi 'di be? |
| Nat: | Bo fi'n fama. |
| Ifan: | Dwi'm'n dallt. |
| Nat: | Ti'n meddwl mai bai fi ydi o bo fi'n fama? Ti'n meddwl mai fi gath fy hun yma? |
| Ifan: | Dwi'm'n gwbod. Dwi'm'n nabod chdi so sud fyswn i yn gallu deud, dwi'm'n gwbod pwy wyt ti. |
| Nat: | Ond, o first impressions be 'sa chdi'n feddwl? Bai fi dio? Ydw i'n hogan fach troubled, ti'n meddwl? Hogan fach ddrwg? |

| Ifan: | Dwi... dwi ddim yn gwbod, sori. |
|---|---|
| Nat: | Wel tisho clwad cyfrinach, cyfrinach am be maen nhw yn ei feddwl am y fi?... A chdi probs... Maen nhw yn meddwl mai bai ni dio, sti. Paid cymryd fi'n rong ond ma nw'n meddwl... bod ni wedi cael ein rhoid ar y llwybyr cywir... ond bod ni 'di penderfynu jympio off... Serious wan. |

*Saib.*

|  | Ella bo chdi yn rhy ddel, sti, rhy sexy. |
|---|---|
| Ifan: | Be ma hynna'n feddwl? |
| Nat: | Ti erioed 'di dwyn? |
| Ifan: | Dwyn be? |
| Nat: | Wbath. |
| Ifan: | Ma siŵr bo fi 'di dwyn sweets ne wbath o blaen. |
| Nat: | 'Sat ti'n gallu dwyn wbath... gwell? (*yn gwenu*) Win win situation – os ti'n cal get away ti 'fo cash a ti'n cal neu' whatever wedyn, neu... neu ti'n cal dy ddal... a mynd i jêl... a ti'n cal bwyd bob diwrnod... |
| Ifan: | Jêl? |
| Nat: | Dyna 'di'r gwirionadd yn fama, Ifs. |
| Ifan: | Ti'n gwbod bo chdi'n ffycd pryd ma jêl yn well opsiwn, dwyt. |

*Saib.*

| Nat: | Ti'n meddwl bo fi'n sexy, Ifan? |
|---|---|
| Ifan: | Ymm... |
| Nat: | Wyt ti'n meddwl os byswn i yn cal shower, om bach o makeup, dillad newydd... ti'n meddwl byswn i'n sexy? |
| Ifan: | Ymm... wel... |
| Nat: | 'Sa chdi'n shagio fi, Ifan? |
| Ifan: | Dwi'm'n... |

**149**

| | |
|---|---|
| Nat: | 'San nhw yn, sti, (*wrth y gynulleidfa*) yn bysach? Os fyswn i'n lân, yn bysach? |
| Ifan: | 'Di nhw'n gwrando? |
| Nat: | Nachdyn. |

*Saib.*

| | |
|---|---|
| | Be ti am neud 'ta? What's the plan? |
| Ifan: | (*ochenaid*) Trio ffindio chwaer fi ella, Stacey. Dwi'm 'di gweld hi ers oes ond oedd 'na stori ella bod hi yma. |
| Nat: | Sgen ti lun? |
| Ifan: | Oes... |

*Mae'n rhoi'r llun i Nat. Cymer Nat olwg hir ar y llun.*

| | |
|---|---|
| | Wyt ti'n nabod hi? |
| Nat: | (*yn rhoi'r llun yn ôl i Ifan*) Nachdw, sori... ond... ond medra i helpu chdi ffindio'i. Dwisho helpu chdi, Ifan. Neu ti angan help a ella fedra i helpu chdi. |
| Ifan: | (*yn ddistaw*) Diolch. |
| Nat: | Fedra i helpu chdi mewn dwy ffor wahanol. |
| Ifan: | Dwyt ti 'im angan help? Faint... ym... faint oed ti? |
| Nat: | Dio'm ots faint oed dwi... dwi 'di bod yma 'igon hir. |
| Ifan: | Sud medri di helpu? |
| Nat: | Cyn mi ddechra, dwisho chdi addo rhoid y ffafr 'nôl, ok, Ifan? |
| Ifan: | Wrth gwrs, wbath. |
| Nat: | Dio'm ots be ydi o... ond ti'n goro helpu, ok? |

*Mae Ifan yn nodio.*

| | |
|---|---|
| Nat: | Ers faint ti 'di bod yma? |
| Ifan: | Dwi'm'n siŵr, mae o i gyd yn blyri braidd. (*yn trio meddwl pa mor hir mae wedi bod yna*) Dwi'm'n gwbod, fedra i'm deutha chdi. |

*Saib.*

Nat:        Yr oerfal 'di hynna. Ta waeth, ti'n ffresh. Os bysa chdi ddim yn ffresh bysa chdi 'di deud dy fod di yma erioed neu ei fod o'n teimlo felly. Ond ma hynna'n meddwl fedra i helpu chdi. Dwi'm rili yn cofio bywyd ffwr o'r stryd ar hyn o bryd. Dwi 'di treulio lot o ddyddia ar y strydoedd 'ma a dwi'n gwbod sud mae gweithio nhw. Gwbod lle i fynd a lle i beidio mynd. Y gaeaf. Y gaeaf 'di gwaetha. Y gaeaf 'di gwaetha o bell ffor. Ma 'na bobol yn marw yn y twll 'ma, ok? Yn llythrennol yn rhewi. Ti'n dallt?

Ifan:      Dwi'n dallt.

Nat:        So pryd ma'n dod i'r gaeaf ti angan plan, a dyma un ffor fedra i helpu chdi. O ddydd i ddydd fedra i ddeutha chdi be i neud a sud i prepio am y gaeaf, ok?

Ifan:      Ok.

Nat:        Ac yr ail ffor fedra i helpu chdi ydi trio ffindio chwaer chdi. Fedra i'm gaddo dim ond 'na i drio.

Ifan:      Diolch... dwi'n gwerthfawrogi.

Nat:        Raid chdi ddeallt bod petha yn waeth yma, ok? Ar ddiwadd y dydd 'dan ni dal yn human beings jyst fel nhw, ond yn fama ma petha yn ddeg gwaith gwaeth, bob dim yn ddeg gwaith gwaeth. Mae'r lle 'ma'n lawless, anything goes, dio ffwc ots gan rhan fwya o'r bobol sy'n byw 'ma os 'dyn nhw'n marw neu beidio. Mae bob dim jest ddeg gwaith gwaeth.

*Mae'n meddwl am enghraifft.*

        Y werewolfs, mêt, ma nw'n ffiadd, hollol ffocin ffiadd. Ma nw'n ffycd fyny fama (*yn pwyntio at ei phen*) ac maen nhw'n confused ac yn flin ac yn ofn ac yn brifo ac yn oer ac yn llwgu ac yn horny ac yn rhynnu a weithia 'nan nhw jyst ffocin malu chdi. Malu chdi yn ddidrugaredd. Jyst ffwcio chdi fyny fel bod nhw yn cael y rhyddhad 'ma. (*saib*) Dyna pam bo ni ddim yn cysgu yn ystod y nos. Oherwydd adag yna 'nan nhw atacio chdi... pryd ti'n cysgu ne pryd ti off dy ben. Cysga yn ystod y dydd, ok? Y werewolfs, ok?

Ifan:     Be ti'n neud yn ystod y nos 'ta?

Nat:      Begio? Neu jyst cerddad rili. Os ti'm'n teimlo'n saff jyst cerdda.

Ifan:     I lle?

Nat:      Rwla, jyst cerdda.

*Saib.*

Ifan:     Sud nest ti landio 'ma? Be ddigwyddodd i chdi i fod yma?

Nat:      Lot, Ifs... lot. Ond dwi'n iawn, dwi'n iawn, dwi'n meddwl. Dwi'n iawn.

Ifan:     Dwi angan gadal. Fedra i'm aros yma, honestly, fedra i ddim, dwi'm yn ddigon... ffyc...

*Saib.*

Nat:      Be udodd Ryan wrtha chdi?

Ifan:     Ryan?

*Mae Nat yn pwyntio at Ryan sydd fel zombie ar y llawr.*

Nat:      Udodd o wbath allan o'r norm wrtha chdi? Nath o egluro y bobol sy 'ma i chdi? Y werewolfs a ballu?

Ifan:     Naddo.

Nat:      Nath o'm deud 'im byd am z...

Ifan:     Zombies, zombies. Siaradodd o lot am zombies. Nath o drio esbonio ond...

Nat:      Wbath arall?

Ifan:     Na, jest zombies.

Nat:      'Im byd am wrachod?

Ifan:       Gwrachod?

Nat:        Witches.

Ifan:       Naddo.

Nat:        Na, ddylet ti ddim, dwi'm'n meddwl, ond ddoi di i
            wbod...

Ifan:       Vampires... vampires hefyd.

Nat:        Good, ma'n good bo chdi'n gwbod.

Ifan:       Ydi o'n un o'r werewolfs 'ma? Oedd o'n gweiddi ac yn
            sgrechian, nath o jest colli arni, colli arni yn llwyr.

Nat:        Ma'n digwydd...

Ifan:       Be am y gwrachod 'ta?

*Mae Nat yn anwybyddu'r cwestiwn.*

Nat:        Wyt ti'n trystio fi?

Ifan:       Dwi'n meddwl.

Nat:        Ifan, rhaid i chdi drystio fi, ok? Dwi yma i chdi a
            dwisho helpu ond rhaid i chdi drystio fi a rhaid i chdi
            fod yn barod i helpu fi'n ôl.

Ifan:       Ok.

Nat:        (*yn gweiddi*) Ifan! Rhaid i chdi drystio fi.

Ifan:       Ok.

Nat:        Good, gawn ni symud ymlaen felly.

Ifan:       Ok, be tisho fi neud?

*Mae'n gwthio Ifan i lawr i'w gadair.*

Nat:        Am om bach dwisho chdi jest gwrando, yn astud, a
            dwisho chdi atab fy nghwestiyna i. Deall?

Ifan:       Dwi'n dallt.

Nat:        Yn iawn?

Ifan:       Deallt yn iawn a... a dwi'n trystio chdi.

*Aiff Nat yn ôl am eiliad at ei phethau gydag Ifan yn dal i siarad.*

Ac os oes 'na ffor fedra i helpu chdi, dwi'n barod i neud... 'na i wbath.

*Dyw Nat ddim yn ateb wrth iddi fynd drwy'r bagiau yn y cefn.*

Dwi'n trio cofio yn ôl i sut ddois i yma. Genna i'r teimlad 'ma o bo fi methu neud dim byd... jyst dim rheolaeth dros fy mywyd fy hun. Ia. Dyna fo. Jest y teimlad o lwyr afreolaeth, ti'n gwbod? Dwi jest yn teimlo fel nid y fi sy tu 'nôl i'r llyw. Bod rhywun arall 'di dreifio fi i'r lle 'ma. Ti'n deallt fi, Nat?

*Dim ateb gan Nat. Mae hi ar ei gliniau yn llonydd, yn edrych i mewn i fag du. Edrycha Ifan yn ddwfn i mewn i'r gynulleidfa yn ofnus.*

Dwi'n dechra poeni, Nat. Dwi'n rili dechra poeni. Be os dwi'n styc yma? Ydw i am fynd o 'ma, Nat? Dwi'n ffycd. (*yn pwyntio at ei ben*)

Saib.

Sud bo chdi 'di gallu byw 'ma mor hir, Nat?

*O'r diwedd mae Nat yn ymddangos o'r cefn gyda smôc yn un llaw a ffrog yn y llaw arall, un fudur, binc a chymharol fawr. Eistedda Nat ar y gadair blygu gan wynebu Ifan, sydd yn dal i edrych yn ei flaen.*

W't ti erioed... erioed 'di cysidro... fatha...

Nat:     ... mae'r dinasoedd 'ma'n gwllwn, Ifan. Yn lîcio yn slo bach ers blynyddoedd, yn gollwng o'r top drw'r canol ac i'r gwaelod. Gwllwn dŵr budur, ac wrth idda fo lifo lawr, lawr walia'r buildings, lawr, i'r canol, mae llif y budredd yn pigo cleifion i fyny, ti'n gweld. Wedi ein llusgo ni i gyd lawr. Rhai yn is na'r lleill. Ond fama. Fama 'di'r diwadd... a ni 'di'r rhei sy'n boddi yn budredd y dŵr yn y gwaelod.

Saib.

Ma gen i ffrind. Ma'i'n blydi amazing. Merch galeta welist ti erioed. Huge 'fyd. Big girl. Hi sydd yn edrych ar ôl fi, ti'n gwbod. Hi helpodd fi, ti'n gweld, dal yn helpu fi actually bob dydd. O'dd ganddi gariad. Hi oedd y bòs, hi oedd yn gwisgo'r trowsus, ti'n gwbod. Doedd hi'n cymryd dim shit gin neb ac o'n i... dwi'n rili sbio fyny iddi, ti'n gwbod. Dwi'n gwbod bod o'n wbath rhyfadd i ddeud. Bo fi'n sbio fyny i rywun sy'n byw yn fama. Ond ma'n wir. O'dd 'i'n dominetio'r twll 'ma. 'Sa neb yn meddwl twtshad hi.

Ifan:      Pwy ydi?

Nat:       Tisho smôc?

Ifan:      Na.

*Mae Nat yn tanio smôc.*

Nat:       Rhaid chdi drystio fi. Mae'n bwysig bo chdi'n gwrando wan, Ifan, ok? Atab fi plis.

Ifan:      Yndw, dwi'n gwrando, caria 'mlaen... dwi'n gwrando.

Nat:       Ti'n gwbod be, Ifs, dwi actually yn meddwl neith hyn helpu chdi, ti'n gwbod. Gen ti broblema fyny fanna ac ma'n eitha amlwg. So ella neith o actually helpu chdi, sti. Ond gad i mi gario 'mlaen.

*Mae Nat yn mynd i'r cefn ac yn dod yn ôl gyda bag colur ac ambell i ffrog arall. Mae'r ffrogiau wedi llosgi ychydig bach. Cerdda at Ifan a dal y ffrog i fyny wrth ei ochr gan geisio dewis pa un ydi'r orau.*

Ifan:      Be ti'n neud?

Nat:       Dwi'n gwbod bod hyn yn rhyfadd, ond nest ti ddeud bo chdi'n trystio fi, yn do?

Ifan:      Do.

Nat:       So plis jest gad fi gal hyn, ok? Jest gad fi neud hyn...

*Ymlacia Ifan i mewn i'w sedd ychydig gan dderbyn beth mae Nat yn ei wneud.*

Nat:       ... i fi gal helpu chdi, Ifs, rhaid i ti helpu fi, ok?

*Eistedda Nat ar lin Ifan gyda bag colur a dechrau gorchuddio ei wyneb yn araf ac yn ofalus gyda cholur. Mae'n daclus iawn.*

> Ma'n siom bo chi'n methu gwisgo makeup. Bysach chi gymaint delach. Un o best things fi i neud efo'n ffrind ydi mynd rownd zombies oedd yn ffycd yn rhoid makeup arnan nhw. 'Sa chdi'n gweld nhw'n cerddad o gwmpas wedyn efo eyeliner a lipstic a bysan nhw jest yn edrych yn waeth ac yn waeth bob diwrnod. Ti'n gwrando?

Ifan:   Yndw.

Nat:   Good, ti'n edrych yn ddel. Rili del. Ti actually yn edrych fatha hi om bach.

Ifan:   Be oedd enw dy ffrind di?

*Saib.*

Nat:   Ti'n gwbod bod chdi ar dir y marw pryd ma lloches carchar yn gysur! Ti'n dallt hynna? Mae'r dŵr o'r top yn rhedag drw walia y carchar hefyd, sti, reit lawr i fama.

*Saib.*

> Dwi'n cofio ni'n mynd rownd yn hollol ffycd yn teimlo'n hollol ffocin ruthless. Not a care in the world a poeni am ffyc ôl – un o'r positifs. Dim anxiety. Teimlo dim byd rili, dyna sut tisho bod. Numb. Udodd Ryan hynna wrtha chdi? Numbness. Dyna un o'r petha 'dan ni yn fama yn gallu cytuno ar, ti'n gweld? 'Dan ni i gyd isho bod yn numb! Iawn, coda plis.

*Mae Ifan yn codi.*

> Dyna ni ddel.

*Mae hi'n dechrau tynnu ei ddillad.*

> Diolch am neud hyn, Ifan.

Ifan:   Be oedd enw dy ffrind di?

**156**

Nat: (*ddim yn ateb y cwestiwn; yn estyn smôc iddo, spice*) Smocia hwn, Ifs.

Ifan: Be dio?

Nat: Jyst mymryn o spice efo baco, neith o neud chdi deimlo'n well.

Ifan: A' i ddim yn gaeth idda fo?

Nat: Gnei, ella, ond fedri di ddim byw yma hebdda fo so...

Ifan: Ffyc.

Nat: Ymddiriad, Ifs.

Ifan: Ok.

*Smocia Ifan ychydig o'r smôc. Saib.*

Nat: Ti'n atgoffa fi ohoni. Mae bod yn ferch yn y lle 'ma yn gallu bod yn anodd ar adega. Ma dod mewn i'r lle 'ma fel merch yn gneud bob dim gymaint gwaeth. Jest efo'r teimlad 'ma o ddim pŵar ond ma hyn yn neis, i fod ar yr ochor arall am unwaith a fi sy efo'r pŵar.

*Mae Nat yn gafael yn y ddwy ffrog eto ac yn eu dal wrth ymyl Ifan, sydd erbyn hyn yn ei drôns.*

Ti'n lwcus bod hi'n ferch mor fawr, yn dwyt? Hon oedd ei ffrog ora hi.

*Mae Nat yn rhoi'r ffrog binc dros ben Ifan. Mae ychydig yn dynn a dyw'r zip yn y cefn ddim yn cau.*

Lyfli. Diolch, Ifan.

*Mae hi'n eistedd cyn smocio joint arall.*

Ti erioed 'di bod yn ferch, Ifan?

Ifan: Be ti'n...?

Nat: Wyt ti erioed 'di bod yn ferch, Ifan? Ateba! Wyt ti erioed 'di bod yn ferch?

Ifan: (*yn mymblo*) Naddo.

Nat:        Wel diolcha. Ti'n cofio fi'n deutha chdi fod bob dim yn
            wahanol yn y twll yma, fod geiria yn meddwl petha
            gwahanol yma?

Ifan:       (*yn mymblo*) Dwi'n cofio.

Nat:        Wel mae bod yn ferch yn fama yn ddeg gwaith
            gwaeth, ok? Ma'n gallu bod reit shit yn fanna (*yn
            pwyntio at y gynulleidfa*) ar adega hefyd ond yn fama...
            fama... lle ma pobol, sori dynion, lle ma dynion...
            dynion... yn teimlo         fel bod unrhyw gyfraith
            neu human decency 'im yn bodoli? Wedyn ma'n troi
            yn ddeg gwaith gwaeth, a does gen ti ddim syniad,
            nag oes?

*Dyw Ifan ddim yn ateb.*

*Mae Nat yn mynd i'r cefn ac yn estyn hen MP3 player gydag
earphones. Symuda yn agos at Ifan gan roi un o'r earphones yn ei glust
ef ac un yn ei chlust hi. Mae'r gân 'Thinking Out Loud' gan Ed Sheeran
yn dod ymlaen. Gafaela yng nghefn pen Ifan a'i roi ar ei hysgwydd
hi wrth iddynt symud yn ôl ac ymlaen. Mae'r ddau yn siglo yn ôl ac
ymlaen am tua munud cyn i Nat symud yn ôl ac edrych i lygaid Ifan.
Mae'r spice wedi llonyddu Ifan rŵan.*

Nat:        Hyd yn oed Stacey, y ferch gryfa dwi'n nabod.

Ifan:       Stacey? Be ti'n feddwl?

Nat:        Bydda hi yn siarad amdana chdi yn amal.

*Saib.*

            Mae'n bwysig dy fod di'n gwrando wan, iawn, Ifan?
            Ella hyn fydd y peth ola nei di erioed wrando ar, ok?
            Felly ma'n bwysig.

*Mae Ifan yn ddryslyd.*

            Ysgwyda dy ben os ti'n gwrando!

*Ysgydwa Ifan ei ben.*

            Good. 'Dan ni ar yr un un page.

*Yn araf bach mae'r ddau yn dechrau dawnsio.*

Y gwirionadd ydi, Ifan, 'dan ni'n styc yn fama. Mae yna ystol i fynd o 'ma… ond am ryw reswm ma'i gwaelod hi wedi'w dorri ffwrdd. So 'dan ni'n styc ac yn dal i suddo. Paid cymryd fi'n rong, ar un point o'n i'n meddwl bo fi'n hapus – hapus o dan fraich Stacey. Pryd o'n i efo'i do'n i'm yn teimlo fel merch, ti'n gwbod? Na, dwyt ti ddim, nag w't? Wel yn fama does dim gwerth, ti'n gwbod, teimlo'n hopeless… ddim yn gallu gwarchod chdi dy hun.

*Mae Nat yn dechrau mynd yn emosiynol.*

O't ti isho cymryd y cyffur 'na, ti isho nocio dy hun allan am amball i awr ond ti methu oherwydd bo chdi'n poeni, poeni bo chdi mynd i ddeffro efo rhywun yn ffwcio chdi. Ffwcio chdi a chditha'n cysgu. Mae o fatha cal dy stabio drosodd a drosodd ond ti'm'n marw. Er bo chdi isho marw ti ddim, a 'di'r creithia 'na ddim yn cau a ti methu cau nhw a ti jest yn teimlo mor vulnerable, constantly.

*Mae Nat yn sbinio Ifan yn y ddawns; nid yw'n mynd yn esmwyth iawn.*

Wedyn daeth Stacey mewn i 'mywyd i. O'n i'n teimlo fatha bo fi 'di cal fy achub. Welish i ferch am unwaith oedd yn gryfach na hanner y dynion sy 'ma. O'dd pobol yn ofn hi, ti'n gwbod. Ond wedyn un noson o'dd 'i ben ei hun, yn ei thent. Erbyn hyn o'dd 'i 'di mynd yn reit dependant ar y crack. O'dd 'i'n iawn, ti'n gwbod, ond o'dd 'i jyst yn… disgyn mewn i'r twll 'ma… o'dd 'i chroen hi'n… o'dd o'n… ac o'dd 'i'n colli pwysa ac yn amlwg… o'dd 'i yn amlwg wedi cymryd troead am y gwaetha. O'n i'n dechra colli nabod arni… o'dd 'i'n treulio rhan fwya o'i dyddia yn y tent yn ffycd. Paralytic, a nath o jyst neud fi sylwi bod ni i gyd yn

ffycd, 'dan ni i gyd yn boddi, 'dan ni i gyd yn... 'dan
ni i gyd... nathon nhw ffwcio'i, Ifan... mewn broad
daylight... tra oddan nhw jyst yn pasio yn gadal o
ddigwydd... oeddan nhw yn gwbod yn iawn be o'dd yn
mynd 'mlaen... nathon... nhw jyst gadal o ddigwydd
oherwydd bod nhw'n gwbod lle ma nhw. Nathon nhw
i'w lladd hi, Ifs... (*mae hi eisiau dweud rhywbeth ond
mae hi'n methu*)

Saib.

... 'im pawb sy'n cal eu llusgo lawr drwy'r cracia, ond
ma'u baw nhw i gyd yn gorffan a casglu yn fama, yn
drewi.

*Yn sydyn mae Nat yn gwthio corff Ifan yn erbyn y wal. Disgynna Ifan
i'r llawr.*

Ti'm isho bod 'ma...

*Mae'n ei lusgo i ganol y llwyfan.*

... gad mi achub chdi, Ifan. Gad fi rhoid chdi allan o dy
boen. Dwi'n gwbod mai dyma bysa Stacey isho. Gei di
fynd ati hi, ok? Dyma 'swn i isho. Ma'i'n haws marw
fel'ma.

*Neidia Nat ar ei ben gan ddechrau ei grogi; mae'n ei grogi am amser
hir. Mae Ifan bron â llewygu. Mae'n dechrau ei grogi am amser hir
iawn eto, cyn ei ollwng. Wedyn mae'n mynd yn ôl ar y llawr cyn
dechrau ei grogi am y trydydd tro ond y tro yma o'r cefn, gyda'i
breichiau o amgylch ei wddw yn llwyr. Mae'n dechrau llewygu wrth i'r
golau ddiffodd.*

### GOLYGFA 2

*Daw'r golau yn ôl ymlaen ac mae Ifan mewn pelen ar y llawr, yn dal
yn ei ffrog sydd wedi rhwygo a'i golur wedi ei smyjo dros ei wyneb.
Mae'n amlwg yn drist, yn oer ac yn llwgu. Yn araf deg mae'n codi ei*

*ben i fyny gan edrych o'i gwmpas mewn penbleth. Sylwa ar beth mae'n ei wisgo ac ar y colur ar ei wyneb; sylwa ar y gynulleidfa.*

Ifan:        (*yn ddistaw iawn*) Oes ganddoch chi… (*yn tagu*) … plis, oes ganddoch chdi… spare some change please?

*Nid yw'n siarad yn ddigon uchel i neb ei glywed. Coda a mynd i nôl ei sach gysgu a mynd i eistedd i'r ochr gan wynebu ymlaen, i ffwrdd oddi wrth y gynulleidfa. Am gyfnod mae'n cwffio yn erbyn ei deimladau gan sibrwd wrtho'i hun a cheisio peidio crio. Mae'n dod ato'i hun ac yn dechrau ceisio siarad â'r gynulleidfa unwaith eto.*

Ifan:        Plis… (*yn tagu*) Plis… llwgu… dwi'n llwgu, (*ychydig yn uwch*) plis, sgin rywun geiniog neu ddwy i mi, plis… Spare some change please, love, starving. No? Ok, that's fine. Thanks, love, have a nice day.

*Mae'n codi wrth edrych at aelod arall o'r gynulleidfa. Mae'n amlwg yn ceisio osgoi'r dynion.*

Ifan:        Plis, be dach chi ddim yn ei ddallt… dwi'n llwgu ac yn oer ac yn ofn ac yn confused ac mewn poen a dach chi ddim… plis, jest helpwch fi… plis, jest helpwch fi… be sy 'na ddim i'w ddallt?

*Mae Ifan yn codi yn araf gan ddal i bledio â'r gynulleidfa cyn i ddyn gyda thatŵs ar ei wddw gerdded ar y llwyfan a'i ddychryn i'r llawr. Defnyddia'i ddwylo i'w lusgo'i hun yn ôl i loches y wal. Mae'n ceisio ymddwyn fel petai o ddim yn ofnus ond mae'n eithaf amlwg.*

Ifan:        Sganddoch chi geiniog neu ddwy plis?

*Nid yw'r dyn yn ateb.*

        Have you got some money please? I'm starving.

*Mae'r dyn yn estyn cadair, gan eistedd ac wynebu Ifan.*

        Plis, dwi'n…

Steve:      Dyna chdi.

*Estynna o'i fag frechdan a'i chynnig hi i Ifan, ond nid yw'n codi. Mae'n gadael i Ifan ei nôl hi. Ofna Ifan fynd yn nes, ond mae'n gwneud gan estyn am y frechdan yn araf cyn ei chipio hi. Yna'n sydyn iawn mae'n neidio'n ôl am y wal, ac yn araf wrth edrych ar Steve mae'n dechrau bwyta'i frechdan.*

Ifan:        (*yn ddistaw iawn*) Diolch.

Steve:       Ma'n iawn, paid poeni am y peth.

*Saib, wrth i Ifan fwyta'i frechdan.*

            Wyt ti'n iawn? Wyt ti wedi brifo?

*Ifan dal ddim yn ateb.*

            Does ddim isho chdi fod ofn fi, sti…

Ifan:        Be ti'n da 'ma?

Steve:       Dwi'n byw yma.

Ifan:        Ti'm yn edrych fatha dy fod di. Ti'n edrych yn rhy… rhy…

Steve:       Dwi 'nôl a 'mlaen, ti'n gweld.

Ifan:        'Di hynna 'im'n bosib…

Steve:       Ma'n bosib, os… os ti'n…

Ifan:        Dwi'm isho siarad 'im mwy. Diolch am y bwyd.

Steve:       Pam? Sori, dwi 'di anghofio dy enw di, neu ti heb ddeud o actually. Steve. Pwy ti?

*Dim ateb gan Ifan.*

           Gad fi gesho. Gwenno? Neu Rhian. Actually dwi byth yn iawn so 'na i'm gesho ddim mwy. Wyt ti'n gynnes? Ti'n edrych yn oer. Tisho 'nghôt i? Dwi'n fwy na hapus.

Ifan:        Plis, dwi jest isho bod ben fy hun ar hyn o bryd, felly nei di plis…

Steve:       Dwi'm'n meddwl ei bod hi'n saff i ti fod ar ben dy hun yn fama. 'Swn i'n teimlo'n ddrwg gadael chdi a bod wbath yn digwydd, so dwi'm'n gadael dan bo fi'n gwbod bo chdi'n saff.

*Dim ateb.*

|        | Os dio'n neud i chdi deimlo'n well 'na i ista yn ôl yn fama? Ok? |
| Ifan:  | Dwi'n gwbod bo chdi'n deud clwydda, dwi'n gwbod i beidio trystio chdi. |
| Steve: | Sy'm angan i ti drystio fi, jest gad i fi aros yn fama dan fy mod i'n gwbod dy fod di'n saff. |
| Ifan:  | Oes posib bod yn saff yn y twll 'ma? |
| Steve: | Ti 'di bod yn siarad efo'r bobol rong. Ma nhw 'di chwalu dy ben di, dy fwydo di 'fo clwydda. Dwi'n gaddo fod y lle 'ma ddim mor ddrwg â be ti'n neud o allan i fod. Iawn, ella wan bod o'n teimlo'n shit ond fedri di... fedri di... Mae o fel byw mewn dimensiwn arall lle ti wirioneddol yn gallu bod yn... yn rhydd. |
| Ifan:  | (*yn ddistaw, gan edrych ar y gynulleidfa*) Ti'n deud clwydda. |
| Steve: | Dwi ddim, ond 'na i'm ffraeo efo chdi. |
| Ifan:  | Dwi 'di bod yma'n ddigon hir wan i weld sud ma petha'n gweithio. Dwi'n gesho mai chdi 'di'r... be ti'n neud 'ma? |
| Steve: | Paid â gwrando ar be ma pobol erill 'di bod yn ddeutha chdi. Dio'm'n wir. Fedra i helpu chdi. I fyw. |

*Mae Steve yn codi ac yn cerdded at Ifan, sydd yn tynhau ei hun yn belen wrth iddo ddod yn agosach.*

| Steve: | Dwi'n nabod y lle 'ma'n dda wan, well na neb actually. Dwi'n nabod y bobol a dwi'n gwbod y rhai i gadw i ffwrdd ohonyn nhw. |
| Ifan:  | Plis, jest gad fi fod. |
| Steve: | Dy adal di? Yn fama? Yn boddi? Na, dwi'm'n meddwl. Genna i syniad go lew o be sy wedi digwydd i chdi... ti'n atgoffa... |

| Ifan: | Ti'm'n nabod fi. |
|---|---|
| Steve: | Na, dwi'n gwbod be nath Nat i chdi. Dwi 'di weld o yn digwydd o blaen. |
| Ifan: | Nest ti weld o'n digwydd? |
| Steve: | Na, nesh i jest gweld chdi'n dechra siarad 'fo'i a wan dwi'n gweld chdi fel'ma. Gad mi helpu chdi. |
| Ifan: | Does dim help i'w gal, rhaid chdi jyst gadal fi fod. |
| Steve: | Oes, mae'n rhaid ti jest rhoid mymryn o ffydd yndda i, ok? Dwi ddim fel y gweddill. C'mon, sbia arna fi. Ydw i yn edrych fatha gweddill y bobol wyt ti'n weld yma? |
| Ifan: | Nag w't. |
| Steve: | Wel 'na fo. Wan plis, deutha i be 'di enw chdi? |
| Ifan: | If... |
| Steve: | Ti actually yn atgoffa fi o rywun o'n i'n arfar nabod. |
| Ifan: | Be... |
| Steve: | Am ddynas, diawch o ddynas. |
| Ifan: | Be oedd... |
| Steve: | Tyff, ti'n gwbod, rili ffocin tyff. |
| Ifan: | Plis jyst deud. |
| Steve: | Bydda hi'n cerddad o gwmpas lle 'ma fel ryw woriar, sgwydda 'nôl, tits allan. |
| Ifan: | Plis. |
| Steve: | Ond diwadd dydd jyst dynas o'dd hi ac... ac di merchaid ddim rili... ti'n dallt fi... ddim rili... |
| Ifan: | (*yn uchel*) Be oedd enw hi? |
| Steve: | Stacey... ma'i'n atgoffa fi o chdi... |
| Ifan: | O' chdi'n nabod hi? |
| Steve: | Ga i alw chdi'n Stacey... 'sa hynna'n neis i fi. 'Na i alw chdi'n Stacey... ok? |

*Saib, mae'r mŵd yn newid.*

Ifan:      Sud bo chdi mor lân?

Steve:     Dwi'm'n cuddiad 'im byd. Ti'n meindio os dwi'n ista?

*Mae Ifan yn nodio'i ben i gadarnhau ei fod yn cael eistedd. Eistedda Steve gan wynebu Ifan, sy'n dal i edrych i ffwrdd.*

Ifan:      Pam 'ta? Pam ti yma?

Steve:     Bywoliaeth.

Ifan:      Bywoliaeth? Yn y twll yma?

Steve:     Ia. Ma'n ddigon simpl.

Ifan:      Ti'n byw yma? Cysgu yma?

Steve:     Na, dwi'n mynd yn ôl i foncw i neud hynny.

Ifan:      Sut?

Steve:     Dwi'm isho cuddiad 'im byd rhyngddon ni, so dwi am fod yn straight efo chdi. Fi sy'n gwerthu, ti'n gweld.

Ifan:      Gwerthu? Chdi sy'n mynd rownd yn gwerthu i'r bobol 'ma?

Steve:     Ia.

*Mae Ifan yn codi gyda'i gefn at y wal.*

Ifan:      Chdi nath werthu y stwff yna i Nat... a... Ryan...

Steve:     Ia, a deud y gwir, dyna pam fy mod i isho dy helpu di gymaint, oherwydd bo fi'n teimlo'n ddrwg. O'n i rili ddim yn gwbod y basa hi yn gneud hynna i chdi. Dwi'n sori, dwi rili yn, a dyna pam bo fi isho helpu.

Ifan:      Diolch i chdi nesh i... os fyswn i'm ar y stwff 'na 'swn i wedi bod...

Steve:     Na, ddim diolch i fi. Bai chdi oedd hynny, doedd o ddim byd i neud i efo fi. (*yn dechrau mynd yn ymosodol*) Chdi benderfynodd smocio fo, ddim y fi.

Ifan:      (*yn sgrechian*) Dos ffwrdd ohona fi. Paid â ffocin dod yn agos.

Steve:     (*yn cwlio i lawr*) Ti'm'n dallt, ti'm'n nabod y lle 'ma.

Fedri di ddim mynd rownd yn rhoid false accusations oherwydd fel'na ma bobol yn cal 'u brifo, cal 'u rapio, a 'swn i'm yn meiddio neud... neud...

Ifan: Ond tisho ffwcio fi, oes?

Steve: Paid bod yn wirion.

Ifan: Ond chdi, y chdi sy'n boddi'r bobol 'ma, yn eu llusgo nhw'n ddyfnach...

Steve: Na, ti'n rong.

Ifan: Nachdw... nachdw, chdi, chdi sy'n llusgo nhw'n ddyfnach bob diwrnod o allu gadael yr hofal o le 'ma, chdi 'di'r diafol, y vampire sy...

*Mae Steve yn mynd at Ifan gan afael yn ei wddw a'i ddal yn erbyn y wal.*

Steve: Ti'n agos iawn at gael ffocin cweir so 'swn i'n chdi 'swn i'n cau 'ngheg. Ti'n ddwl, hollol ddwl, a dwyt ti ddim yn gwbod be ti'n ddeud. Ma'r ddau arall wedi pydru dy feddwl di. Rhaid i chdi ddysgu gwrando.

*Mae'n gollwng Ifan o'r diwedd gan adael iddo ddisgyn i'r llawr.*

Ffyc, shit, do'n i'm isho gorfod gneud hynna. Ti rhy debyg i nhw. Dwyt ti ddim yn deallt, nag w't? Union fel... yn ddwl a ddim yn nabod y lle 'ma. Wyt ti'n deallt pa mor ddwl wyt ti?

*Aiff Steve at Ifan, plygu i lawr a rhedeg ei law ar hyd ei wyneb.*

Ti'n... ti'n styning, sti... ti rili yn, ond mae'n amsar wan i chdi ddechra dallt.

*Aiff Steve yn ôl i eistedd.*

Ifan: Rhaid i chdi helpu fi, helpu fi adael. Fedra i'm byw yma 'im mwy.

Steve: Sgen ti nunlla i fynd, 'nghariad i, neu bysat ti ddim yma. Dyma fo wan, yli. Rhaid ti ddysgu neud y gora o be sy gen ti. Ok?

| | |
|---|---|
| Ifan: | (*yn ddistaw*) Sud wyt... |
| Steve: | Be? Sori, dwi'm'n clwad chdi. |
| Ifan: | Sud wyt ti'n gallu cyfiawnhau... |
| Steve: | Mae o'n hawdd, 'y nghariad i, ma'n hollol hawdd. Does dim isho fi gyfiawnhau fy hun o gwbwl. Maen nhw yn meddwl bod angan i mi gyfiawnhau fy hun ond does dim angan i fi neud. Dwi'n neud cymwynas! Dwyt ti'm'n dallt hynny? |
| Ifan: | Cymwynas? |
| Steve: | Ar fy marw, mae pawb yn fy ngweld i rownd fama fel ryw fath o dduw. Ddim lot o bobol sy'n fodlon dod yma, sti. Dod yma a glychu eu traed yn eich budredd. |
| Ifan: | Does dim angan chdi yma, 'di nhw'm isho chdi. |
| Steve: | Yndi, maen nhw. Gwranda, maen nhw am fod yma, drygs neu beidio. Ella fod drygs wedi gyrru nhw yma ond uda i un peth i ti... tydi peidio yn fama, peidio, mae o fatha, fatha diabetic ddim isho insulin. Ti'n dallt fi? Fedri di ddim byw hebdda fo heb fynd hollol o dy go. Ma nhw'n fanna yn meddwl bod o'n wbath mae'r bobol 'isho' ond gwirionadd y peth ydy... mae o'n wbath maen nhw angan, i 'oroesi'. Fedran nhw ddim byw hebdda fo, ti'n dallt? |
| Ifan: | Sganddan nhw'm gobaith... wedyn... ar ôl dechra sganddan nhw'm gobaith. |
| Steve: | Sganddan nhw 'im gobaith eniwe. Rhaid ti goelio fi pryd dwi'n deud bo fi yma i'w hachub nhw. Ar fy marw, does gen i ddim bwriad arall ond helpu. A dwisho helpu chdi hefyd. Ok? |
| Ifan: | Na, ddim ok, dwi ddim isho help chdi. Dwi'n gwbod pwy wyt ti a dwi'n gwbod i gadw i ffwrdd. |
| Steve: | Sgen ti nunlla i fynd. Sbia arna fi! Sbia arna fi? Dwyt ti ddim yn mynd i gael gwell. Dylsa bo chdi'n begio fi |

|       | aros ond ti rhy thick i sylweddoli hynna, yn dw't? |
|-------|---|
| Ifan: | Fedra, fedra i... |
| Steve: | Fedri di neud ffyc ôl tra ti'n fama, tra ti'n sobor. Dwyt ti ddim isho bod yn sobor, dwi'n gaddo hynna i chdi. |
| Ifan: | M... med... |
| Steve: | Na fedri. Ta waeth. Dwi'n siŵr o ddod ar dy draws di eto. Fyddi di'n dod yn ôl yn begian. Dwi'n gweld pobol fel chdi a dwi'n gwbod bo chdi mynd i orfod gal o. Dwi jest yn poeni am pryd ti mynd i ddod ar draws gwir ffocin predators. O' chdi'n meddwl fod be nath Nat i chdi yn ddrwg, merch fach ifanc. Jest gwitsia dan chdi weld be neith y monsters go iawn i chdi. Y gwir bredators nath ffwcio hi fyny. Y rhei sy'n cerddad o gwmpas y lle 'ma 'fo problema go iawn... ffycd yn y pen... PTSD o'r rhyfal neu o gal eu abiwsio fel plant... a ma nw'n cerddad rownd y lle 'ma'n brifo ac 'im yn gwbod be i neud er mwyn leddfu'r boen... sydd jyst yn mynd i benderfynu colbio rhywun... rhoid ffwc o gweir i chdi... oherwydd bo nw isho rhyddhau yr holl boen sy tu mewn 'ddan nhw. Gwitsia dan bo chdi'n dod ar draws un ohonan nhw. |

*Mae Steve yn gwylio am ychydig. Dyw Ifan yn dweud dim, wedyn mae'n dechrau symud i ffwrdd. Saib. Mae Ifan yn meddwl.*

|       |   |
|-------|---|
| Ifan: | Sgenna i'm pres, sgenna i'm byd, so 'sa'm point. Dwi 'di trio gofyn ond dwi'm 'di cal 'im byd eto, so sori, os fyswn i isho 'swn i'n methu talu am 'im byd eniwe. |
| Steve: | Ti'm yn gwrando ar be dwi'n ddeud, nag w't? Pam bo chdi ddim yn gwrando? |
| Ifan: | Dwi'n sori. |
| Steve: | Dwi'n casáu genod bach sydd ddim yn gwrando. |
| Ifan: | Dwi'n sori, dwi'n... |
| Steve: | Ti'n cofio fi'n deud bo fi'n teimlo'n ddrwg? Nag w't? |

|         | 'Ta do' chdi'm'n gwrando? |
|---------|---------------------------|

Ifan:    O'n i'n gwrando, sori, o'n i jyst yn, jyst…

Steve:   Stiwpid, o' chdi'n stiwpid. Hunanol.

Ifan:    Plis paid bod yn flin efo fi… dwi'n gaddo wan 'na i wrando.

Steve:   Dwi'n falch. Ond ti'n dallt wan bo fi'n mynd i orfod ailadrodd bob dim dwi 'di ddeud yn barod.

Ifan:    Sori.

Steve:   Tyd yma ac ista o 'mlaen i.

*Mae Ifan yn symud yn araf ac yn eistedd o'i flaen. Gafaela Steve yn ei ddwylo.*

Steve:   Gad i ni ddechra eto.

Ifan:    Ok.

Steve:   Sgen ti'm ceiniog, na?

Ifan:    Na.

Steve:   A dwyt ti ddim yn nabod neb arall sgan geiniog i'w henw?

Ifan:    Na, neb… sori.

Steve:   Na, does ddim isho bod yn sori, dwi ddim isho dy bres di. Beth bynnag, fel udish i, os bysa chdi'n gwrando dwi yma i helpu. Cofio fi'n deud hynna?

Ifan:    Yndw, oherwydd chdi roth y drygs i Nat?

Steve:   Ond chdi smociodd o 'de? 'Ta ti'm'n cofio hynny?

Ifan:    (*yn ddistaw*) Udodd hi 'swn i'n gallu trystio hi.

Steve:   Oedd hynna yn hollol stiwpid, doedd? Sbia arna chdi wan, sbia be nath hi i chdi. Ey… wel ella… ella fod o'n blessing oherwydd ti'n… ti'n edrych yn beautiful, amazing.

Ifan:    Be tisho 'ta? Coz dwi isho, dwi angan o.

Steve:   Be?

| Ifan: | Dwi angan o. 'Im byd rhy galad, jyst wbath sy'n ddigon... |
|---|---|
| Steve: | Wbath sy'n ddigon i nymio chdi, ia? |
| Ifan: | Ia plis, jyst wbath... plis. |
| Steve: | Wrth gwrs. I chdi? Wbath... Ond sgen ti'm pres, nag oes. |
| Ifan: | Dwi'n gwbod, ond udist ti bo chdi am sortio wbath efo fi? |
| Steve: | Yndw, a dwi'n mynd i. |

*Saib.*

| Ifan: | Be dio? |
|---|---|
| Steve: | Ti'n gwbod be dio. |
| Ifan: | Yndw? |
| Steve: | Wyt. |
| Ifan: | Shit. |
| Steve: | Ma'n iawn... fyddi di'n iawn, 'na i edrych ar ôl chdi, ok... 'na i ddim neud 'run peth â nath Nat i chdi, ok? Waw. Jyst waw, ti'n edrych yn mor, mor amazing, ti rili yn. (*mae'n rhedeg ei law drwy ei wallt*) |
| Ifan: | Dwi'm... |
| Steve: | C'mon wan, fyddi di'n iawn. |
| Ifan: | Plis. |
| Steve: | Sgen ti'm dewis, dwi'm'n meddwl. |
| Ifan: | Fedra i ddim. |
| Steve: | Sbia o gwmpas chdi, ti'n styc, so gad i mi helpu chdi, ok? Gwranda, ro i hwn i chdi cyn i ni ddechra, ok, i helpu chdi lacio. Ok? Ti'm'n gweld bo fi'n poeni amdana chdi? Dwi'm yma i frifo chdi, dwi yma i helpu, ok? So jest cymera hwn a fydd o'n iawn, ok? |

*Mae Ifan yn cymryd tabled fach a'i llyncu.*

Steve:       Iawn, tyd efo fi.

*Mae'r ddau yn cerdded i gefn y llwyfan ac i mewn i dent, gan gau'r zip ar eu holau.*

*Mae'r golau yn diffodd i sŵn digwyddiadau'r dent.*

## GOLYGFA 3

*Cychwynna golygfa 3 gyda thri chorff ar y llwyfan, sef Nat, Ryan ac Ifan.*

*Mae Ifan yn y cefn yn fflat ar ei fol yn dal i wisgo ffrog Nat. Nid yw'r gynulleidfa yn siŵr iawn ydi o'n dal yn fyw neu beidio. Tydi o ddim yn symud.*

*Eistedda Nat a Ryan gyda'u cefnau ar bob pen i'r wal. Cyfra Ryan ei geiniogau gan eu gosod o'i flaen a chyfri drwyddynt. Nid yw'n dda yn cyfri, felly mae wastad yn gorfod mynd yn ôl i'r dechrau. Gorffenna gyfri.*

Ryan:        £3.20.

*Mae'n rhoi'r arian yn ei boced cyn estyn i mewn i boced arall a thynnu paced o smôcs ohoni. Mae'n agor top y paced smôcs a'i wagio o'i flaen. Mae llond y paced o stympiau smôcs sydd heb gael eu gorffen. Mae'n dechrau eu cyfri cyn i Nat ddweud rhywbeth wrth sgrolio drwy ei ffôn. Mae'r ffôn yn mynd yn farw ac mae'n torri ar draws cyfri Ryan.*

Nat:         Bastad.

*Dechreua Ryan gyfri eto ond y tro yma mae'n creu dau beil ar wahân, a'u cyfri wrth ddidoli.*

Nat:         Ga i un, Ryan? Dwi 'di rhedag allan.

Ryan:        (*yn edrych arni'n ddrwgdybus*) Ti'n siŵr bo chdi heb gymryd un neithiwr?

Nat:         Do'n i'm yma neithiwr eniwe so 'swn i'm 'di gallu.

**171**

Ryan:     Lle est ti?

Nat:      Wmbo, jest rownd ia. Oedd 'na lot o bobol allan ond
          naethon nhw ddim styrbio llawar arna i. Aru un grŵp
          o hogia ddechra gweiddi arna fi ond oeddan nhw'n
          rhy pissed i neud 'im byd.

Ryan:     Oedd 'i'n oer, yn doedd? Gaeaf yn agosáu.

Nat:      Yndi. Nest ti aros yma? Est ti'm i gerddad?

Ryan:     Na, ond nesh i'm cysgu. A' i i gysgu yn munud, ma
          siŵr. Ar ôl i'r haul ddod fyny'n iawn.

Nat:      A finna. No chance am smôc, na?

*Mae Ryan yn mynd at ei stympiau. Mae'n rhedeg ei fysedd drwyddynt
wrth drio ffeindio'r seis cywir i Nat. Tydi o ddim eisiau rhoi un o'r rhai
cyfan iddi ond eto, ddim un rhy fach. Coda Nat gan gerdded ato.*

Nat:      Neith yr un yna. Dwi'n licio'r lipstic ar hwnna. Ella
          ddaw o off ar lips fi. Ha! (*yn chwilio drwy ei phocedi am
          dân*) Sgen ti dan?

Ryan:     Genna i fatshys ond ma nhw'n damp.

Nat:      Ffyc.

Ryan:     Gad mi sbio yn bag Ifan.

*Aiff i mewn i fag Ifan ac yng ngwaelod y bag daw o hyd i leitar.*

Ryan:     'Ma ni.

*Erbyn hyn mae Nat wedi eistedd eto, felly mae'n cropian ar ei phedwar
at Ryan gyda'r smôc yn ei cheg. Mae'n cyrraedd, tania Ryan y smôc, ac
wedyn mae'n cropian yn ôl i'w chornel.*

Ryan:     Welist ti rywun yn cysgu neithiwr?

Nat:      Do.

Ryan:     Gymrist ti wbath?

Nat:      Na.

Ryan:     Pam?

Nat:      Wmbo.

*Saib.*

Ryan:     Dio dal yn fyw? (*yn edrych ar Ifan sy'n dal yn llonydd yng nghefn y llwyfan*)

Nat:      Dwmbo, dio'm byd i neud 'fo fi.

*Coda Ryan gan fynd draw at gorff Ifan.*

Nat:      Shit actually.

Ryan:     Be?

*Coda Nat.*

Nat:      Gad mi dynnu'r ffrog off gynta.

Ryan:     Eh?

Nat:      Y ffrog, fi bia'i.

Ryan:     Pam bod o'n gwisgo dy ffrog di?

Nat:      Wel 'im un fi ond un ffrind fi. Beth bynnag, dwisho fo 'nôl. Ti'n meindio helpu fi? Dwi'm'n meddwl 'swn i'n gallu tynnu fo off fy hun.

Ryan:     Ok.

Nat:      Jest helpa fi dynnu fo off plis.

*Plyga'r ddau i lawr gan ddechrau tynnu'r ffrog oddi ar Ifan. Mae ei gorff yn llipa. Llwydda'r ddau i dynnu'r ffrog oddi arno. Saif Ryan uwchben Ifan am eiliad tra bod Nat yn mynd yn ôl i eistedd gan roi'r ffrog yn ôl yn ei bag. Aiff Ryan yn ôl i eistedd.*

*Gorwedda Ifan ar y llawr yn ei fŵts, trôns gwyn budur gyda mymryn o waed ar ei ben ôl, a llond wyneb o golur.*

Ryan:     Ti'n meddwl bod o dal yn fyw?

Nat:      Dwmbo.

Ryan:     Dylsan ni daflu dŵr drosta fo ne wbath?... Ti'n gwbod sud ma tsiecio pyls rhywun?

Nat:      Nope.

Ryan:     Oes gen ti ddŵr 'ta?

| | |
|---|---|
| Nat: | Oes. |
| Ryan: | Tyd â fo yma 'ta. |
| Nat: | Na, callia. |
| Ryan: | Pam? |
| Nat: | Dwi'm'n wastio dŵr arna fo. |
| Ryan: | 'Igon teg. So 'dan ni jest yn gadal o? |
| Nat: | Pwy 'dan ni, y creep? |

*Saib.*

| | |
|---|---|
| Ryan: | Mae o 'di bod yn gwaedu, o'i din. |
| Nat: | Nesh i sylwi. |
| Ryan: | Pam, ti'n meddwl? |

*Saib.*

| | |
|---|---|
| | Chdi nath. |
| Nat: | Be, y gwaed? |
| Ryan: | Ia. |
| Nat: | Be ti'n drio'i ddeud? |

*Edrycha Nat ar Ryan yn flin.*

| | |
|---|---|
| Ryan: | Pam bod o'n gwisgo dy ffrog di 'ta? |
| Nat: | Nesh i ddeutha chdi, Ryan, mai nid ffrog fi ydi o ond un ffrind fi. |
| Ryan: | So pam bod o'n gwisgo ffrog ffrind chdi, 'ta, a lle ma ffrind chdi? |
| Nat: | Os fysa chdi ddim mor fowr, Ryan, 'swn i'n ffocin... ffocin... |

*Saib. Gwisga Nat ei chôt.*

| | |
|---|---|
| Ryan: | Ma'i'n oer, yndi? |
| Nat: | Yndi. Ma'i'n oer. |
| Ryan: | Ma'n rhaid fod o'n oer. |

*Dim ateb gan Nat. Saib.*

|        | Dwi ddim yn oer. |
| Nat: | Da iawn, Ryan, dwi'n falch. |
| Ryan: | Diawch o gôt dda 'di hon, sti. Gesh i hi yn y navy. |
| Nat: | Pam bo ti'n siarad? |
| Ryan: | Jest yn deud bod y gôt 'ma yn un dda. |
| Nat: | Wel dio ffwc otsh gen i, ok? So ffoc off, nei di! Ti'n mynd ar ffocin tits fi. Dallt? |

*Mae Ifan yn dechrau symud ar y llawr.*

| Ryan: | Ma'n symud. |
| Nat: | Be? |
| Ryan: | Fo, Ifan ia? Ma'n symud, deffro. |

*Mae Nat yn edrych ar Ifan yn dechrau symud, gan geisio ymddwyn fel petai o ddim yn ei phoeni.*

| Nat: | So! Dio'm'n poeni fi. |

*Mae Ifan yn codi ei ben. Yn gynta mae'n edrych at Ryan a Nat, gan edrych wedyn ar y gynulleidfa.*

| Ifan: | (*sŵn griddfan poenus*) yyyyyyyyyyy… |

*Mae ei ben yn disgyn eto ac mae'n llonydd. Edrycha Nat a Ryan ar ei gilydd.*

*Saib.*

*Coda Ifan yn araf, ar ei din yn gyntaf cyn codi ar ei draed, troi ei gefn at y gynulleidfa ac edrych ar Nat a Ryan. Ceisia gamu ymlaen ond mae'n sigledig iawn. Coda Ryan yn sydyn gan estyn un o'r cadeiriau. Saib. Eistedda Ifan gan edrych tua'r gynulleidfa.*

| Ifan: | Ma'i'n oer 'ma. |

*Edrycha dros ei ysgwydd i weld beth sydd yno. Gwêl flanced, felly mae'n codi yn araf ac yn brasgamu at y blanced gan gicio'r pethau eraill o'r ffordd, codi'r blanced a mynd yn ôl i eistedd ar y gadair.*

| Ryan: | Ma honna'n damp. |

Ifan:        Tydi bob dim yn y twll 'ma'n damp?

*Dim ateb.*

             Ai bag fi 'di hwnna? (*pwyntia at fag du wrth ymyl Ryan*)

Ryan:        Ia.

*Coda Ifan eto gan fynd at ei fag. Mae ychydig yn fwy cadarn ar ei draed y tro yma. Coda'r bag cyn ei wagio i gyd ar y llawr. Does dim llawer o ddim byd yn disgyn o'r bag heblaw am gyllell reit amlwg a phâr o drôns du. Edrycha ar Ryan gydag ychydig o gyhuddiad yn ei lygaid ond heb ddweud dim, cyn eistedd.*

Ifan:        Sgen ti smôc? Plis?

Ryan:        Oes.

*Mae Ryan yn mynd i'w boced ac yn tynnu ohoni un o'r tri ffag cyfan sydd ganddo ar ôl a'i roi i Ifan. Mae Nat jest yn edrych. Mae Ifan yn rhoi'r ffag yn ei geg.*

Ifan:        Sgen ti dân?

*Mae Ryan yn mynd i'w boced eto gan estyn leitar Ifan o'i boced a'i roi iddo. Edrycha Ifan ar y leitar gan sylwi mai ei leitar o ydi o. Tydi o'n dweud dim. Mae'r gyllell yn dal ar y llawr.*

Ifan:        Diolch.

*Gwyra Ifan drosodd gan edrych ar y gyllell sydd o flaen Ryan.*

Ifan:        O'dd genna i lun o Stacey yn fy mag. Ti efo fo?

Ryan:        Ymm, yndw.

*Aiff Ryan drwy ei bocedi gan ffeindio llun o Stacey a'i roi i Ifan. Mae Ryan yn amlwg yn euog.*

Ifan:        Diolch.

*Saib.*

             Dwi'n dallt pam bo fi yma wan.

*Mae Ryan a Nat yn edrych ar ei gilydd mewn syndod.*

Ifan:        (*yn mymblo*) Dwi'n cofio. Dwi'n dallt. Fel udist ti.

Dwi'n cofio wan. Dwi'n dallt pam bo fi yma wan.
Ddoth o i fi. (*yn gliriach*) Mwya sydyn allan o nunlla.
Dwi rili yn dallt wan.

*Edrycha Ifan ar lun Stacey.*

Ryan:       Good. Ma hynna'n beth da.

Ifan:       Yndi?

Ryan:       Yndi, ma'n beth da. Bo chdi'n dallt. Wyt ti'n dallt?

Ifan:       Dwi'm'n siŵr. Ma'n beth rhyfadd, yndi. Er bo fi'n
            dallt... dio'm'n meddwl bod o'n brifo dim llai, na bo
            fi'n teimlo'n well. Dwi'm'n gwbod os dylswn i fod yn
            hapus neu beidio. (*saib; mae'n edrych i fyny am eiliad*)
            Ffyc, dwi'n oer.

*Coda Ryan gan daflu pâr o drowsus at Ifan.*

Ryan:       Cymera hein.

Ifan:       Diolch.

*Dechreua Ryan dynnu pob dim allan o bocedi ei gôt a'u rhoi yn ofalus
yn ei fag. Wedyn mae'n tynnu'r gôt a'i rhoi i Ifan.*

            Diolch.

Ryan:       Genna i gôt arall, ti'n gweld.

*Mae Ryan yn rhoi'r gôt arall amdano. Mae Ifan yn rhoi'r llun o Stacey
yn ei boced.*

Ifan:       Pryd o'n i'n wyth mlwydd oed o'n i'n byw 'fo Mam.
            Lle reit ryff. Do'n i'm'n gwbod pwy oedd Dad, so oedd
            Mam yn gweithio dau job ac yn neud be oedd hi'n
            gallu i fagu fi. Oedd o'n gallu bod yn wbath reit anodd
            ar adega, yn llwgu ac yn oer ond oedd ni'n iawn. Dwi'n
            cofio bod hi'n caru fi ac y rheswm bod hi'n gweithio
            gymaint oedd i edrych ar ôl fi. Wedyn nath Mam
            gyfarfod y boi 'ma. Boi reit fowr. Do'n i'm yn gwbod
            ar y pryd ond oedd o'n dîlio drygs. Nath Mam cwitio
            jobs hi a nathon ni symud i mewn i tŷ y boi 'ma. Nath

hi ddechra talu rhent dan bod hi'n methu talu dim
mwy a wedyn oeddan ni yn totally dependent ar y boi
'ma. Y dîlar 'ma. Ar ôl cwpwl o flynyddoedd nath Mam
droi i drygs a booze i drio delio efo cal 'i churo... o'dd
o'n uffern ar y ddaear iddi. Bydda'r ddau yn gadal fi
ben fy hun drw nos weithia ac yn dod adra yn pissed.
Yn ffraeo ac yn contio'i gilydd... a dwi jyst yn cofio bo
fi'n llwgu... ac yn oer. Un noson... nath hi jest ddim dod
'nôl i'r tŷ. Na y boi chwaith. Dwi'n eitha cofio hynny.
Cofio bod yn tŷ y boi 'ma ben fy hun yn gwitiad i Mam
ddod adra, ond ddoth hi byth. Nesh i ffindio hyn
allan pan nath y merchaid yn social security adal fi
ddarllan fy ffeil.

Ryan:     Ma mam fi 'di marw. Dwn i'm am Dad.

*Mae'r ddau yn edrych ar Nat gan ddisgwyl ateb ganddi.*

Nat:      (*wrth Ifan*) Be ddigwyddodd i chdi wedyn?

Ifan:     Esh i i foster care pryd o'n i'n ddeg. Byw mewn tŷ efo'r
          cwpwl hen 'ma a deuddag o blant erill. O'dd o'n iawn.
          O'dd y cwpwl obviously yn neud o am y pres ond oedd
          o'n iawn, ti'n gwbod. Oeddan ni mewn ysgol fowr felly
          o' chdi'n gallu sort of cuddiad...

Nat:      Dwi 'di clwad y stori 'ma o'r blaen. Be tisho, mêt? Be
          tisho? Wrth ddeud hyn wrthan ni? Ti'n meddwl bo ni
          heb 'i chlwad hi o'r blaen?

*Mae Nat yn codi gan fynd i gefn y llwyfan lle mae'r tywyllwch.*

Ryan:     Caria 'mlaen, Ifan.

Ifan:     Pam?

Ryan:     Jest caria ymlaen. Dwi'n meddwl... dwi jest yn
          meddwl bo... jest caria ymlaen.

*Saib.*

Ifan:     O'dd y lle cynta yn iawn. O'n i ond yna am flwyddyn
          dan i ni orfod symud.

Ryan:      Pam?

Ifan:      Dim pres, dwi'n meddwl. Aru nhw apparently – dyma
           oedd y plant hŷn yn ddeud – stopio'r funding yn yr
           ardal, felly oddan ni'n gorfod mynd. Newid tŷ. Felly
           ffindio tŷ arall wedyn efo mwy o blant, newid ysgol.
           Doedd gen i no chance o gal fy ydoptio gan bod neb
           isho ydoptio teenagers. O'dd y plant yn ddrwg ac o'n i
           hefyd. O'dd o un ai yn bully neu be bullied yn ysgol ac
           oedd rhan fwya ohonan ni yn cal ein bwlio heblaw am
           y rhei mawr ohonan ni oedd ddim yn cymryd dim shit
           ac yn mynd â... cyllyll i'r ysgol a ballu. (saib) A wedyn
           cal 'yn ecsbelio a gorfod mynd i ysgol arall lle o'dd yr
           un peth yn digwydd.

Ryan:      Bullied o' chdi?

Ifan:      Ia.

Ryan:      Bully o'n i. Ma 'na very small margins rhwng bully a
           bullied.

Ifan:      Oes?

Ryan:      Oes.

Ifan:      Un peth sy'n corddi fi mwy na dim byd ydi'r ffaith bo
           fi'n weld o'n dod. O'n i'n gry, ti'n gwbod, oherwydd
           dwi 'di gweld ffrindia yn gadal y foster care yn
           ddeunaw ac un ai yn marw, troi'n addicts neu landio'n
           fama.

Ryan:      Ma'n wiyrd, yndi. Pryd ti'n 'i weld o'n dod a ti'n gwbod
           be ti fod i neud ond dwyt ti'm yn gallu. Er bo chdi'n
           gwbod bod y peth 'ma yn gallu achub dy fywyd di, ella
           y peth mwya simpl dio, ond dwyt ti dal ddim yn gallu.

Ifan:      Na, dwyt ti ddim, ma'n haws neud y peth hawdd, yndi.
           O'n i'n ffocin ddall. Dwi 'di bod mewn daze lle o'n i'n
           meddwl bod o 'im byd i neud 'fo fi, sti. O'n i'n meddwl
           bo fi'n free agent. Bod gen i reolaeth dros bywyd fi fy
           hun... ond ffocin sgenna i ddim.

Ryan:       (*yn sibrwd*) Na.

Ifan:       Wedyn nesh i gyfarfod Stacey... o'n i'n unig blentyn so
            nesh i erioed gael chwaer na brawd. Ond gesh i pryd
            nesh i gyfarfod Stacey. Jest y bad ass 'ma. Oddan ni'n
            ffrindia gora... o'dd 'i'n edrych ar ôl fi ac yn caru fi fel
            brawd go iawn ac o'n i yn caru hi fel chwaer go iawn.
            Nath hi ddysgu gymaint i fi am sud i edrych ar ôl fy
            hun a bydda hi ddim yn gadal i neb gyffwrdd bysa'
            arna fi tra o'n i'n byw yn 'run tŷ â hi. O'n i mond yn
            nabod hi am flwyddyn dan iddi gal ei chicio allan o'r
            tŷ pryd o'dd 'i'n rhy hen. A welish i hi byth wedyn.
            Nathon ni blania y bysan ni'n cyfarfod ar ôl i fi droi yn
            rhy hen ac y bysan ni'n symud i mewn 'fo'n gilydd yn
            rhwla a cario 'mlaen i actio fel brawd a chwaer. Nesh
            i addo i hi y byswn i ddim yn gneud hyn i fi fy hun,
            landio'n fama.

Ryan:       Ma'n brafiach suddo lawr i'r gwulod na cicio dy goesa
            a dy freichia.

Ifan:       Dan bo chdi'n boddi.

Ryan:       Ma'n anoddach pryd ti'n dew efo problema hefyd,
            dwi'n meddwl.

*Saib.*

Ifan:       O'n i'n meddwl y byswn i 'di cario 'mlaen i gicio, sti.

Ryan:       Dio'm mor simpl â hynny, Ifan.

Ifan:       Ffyc, o'n i'n 'i weld o'n dod hefyd, be ffwc, mêt, be
            ffwc, o'n i'n weld o yn dod.

Ryan:       'Dan ni i gyd yn. 'Dan ni i gyd mewn rhyw fath o
            fashîn, rhyw fath o fonstar sy'n llyncu ni fyny ac yn
            poeri ni mewn i'r twll 'ma. Rhaid i chdi ddallt hynny,
            ok?

Ifan:       Ond o'n i'n 'i weld o'n dod, Ryan. Bwystfil 'ma yn
            rhedag... yn carlamu amdana fi a fethish i symud

**180**

o'i ffor o, pryd oeddan nhw i gyd yn gallu. (*wrth y gynulleidfa*)

Ryan: Do'dd o ddim yn rhedag amdanan nhw, nag oedd.

Ifan: Nathon nhw lwyddo i jympio o'i ffor o... ond nesh i fethu a dwi'n sori a dwi'n gallu clwad nhw'n deud, dwi'n gallu clwad nhw'n meddwl, yn gofyn pam. Pam nest ti'm cymryd cyfrifoldab dros bywyd dy hun, Ifan... eh? Ifan? Eh? Pam? Pam nest ti'm neud y penderfyniadau? Pam nest ti'm rhedeg i'r cyfeiriad arall? Pam bo fi yn gorfod ista yn fama pryd dach chi'n cerddad i gwaith bob dydd, yn neud chi deimlo'n ddrwg am fyta'ch cinio, am fod yn gynnas gyda nos? Pam nesh i'm neud yr un un penderfyniadau â chi – a dwi'n ffocin sori. Nesh i drio a dwi'n gadal chi lawr. Dwi a ella Stacey a chdi, Ryan, a Nat 'di gadal nhw gyd lawr. Ffyc mi, mond os y bysa fo mor hawdd, yn de?

Ryan: Ti'n bod yn stiwpid, Ifan, hollol ffocin stiwpid.

Ifan: Ond fela dwi'n teimlo. Fela dwi'n teimlo y ma nhw'n teimlo.

Ryan: Ella fela y ma nhw'n teimlo ond ma'n stiwpid dy fod di'n teimlo felly. Ti 'di gal o'n rong, Ifan, y ffocin system sydd 'di ffeilio ni, ddim chdi.

*Coda Ifan o'i gadair yn gyflym gan afael yn y gyllell a'i rhoi hi mor agos i'w wddw â phosib, wrth gamu yn ôl ac edrych ar Ryan.*

*Saib.*

Ryan: Nei di ddim.

Ifan: Gnaf.

Ryan: Fedri di ddim.

Ifan: Pam... ffocin pam?

Ryan: Ne fyswn i wedi hen neud.

Ifan: 'Dan ni'n ddau berson gwahanol. Dwi'n ffycd. Dwi 'di

suddo mor ddwfn... os byswn i'n dechra nofio yn ôl am y top wan byswn i 'di hen farw cyn cyrradd y top. Does 'na ddim ffor yn ôl i fi, ok... 'sa'm point i fi ista yn fama yn pydru. Let's call it quits, ia? Waeth mi ffocin neud ddim.

Ryan:     Gna ta.

Ifan:     Be?

Ryan:     Gwon. Sticia fo mewn. Gwon.

*Mae Ryan yn codi.*

Ifan:     Gna di.

*Mae'n dangos y gyllell i Ryan.*

Ifan:     Plis? Gna di. Fedra i ddim.

Ryan:     Dwi... dwi...

Ifan:     C'mon, nest ti ddeud bo chdi 'di bod yn yr Army, yn do? 'Di lladd pobol efo dwylo chdi dy hun. Be 'di un arall i dy list di?

Ryan:     Naddo.

Ifan:     Naddo be?

Ryan:     Nesh i ddeud bo fi heb ladd neb 'fo bare hands fi, nesh i ddeud bo fi heb.

Ifan:     Wel hwn ydi dy gyfla di, felly plis jest ffocin gna.

*Rhed Ifan at Ryan gan roi'r gyllell yn ei ddwylo.*

Ifan:     Os bysa chdi yn coelio yn be ti'n feddwl bysa chdi'n gneud hyn. 'Sa chdi'n sticio'r gyllall mewn i fi dro ar ôl tro. Ti'n gwbod byswn i yn gneud ond dwi rhy ffocin ofn... plis ffocin gna, plis, dwi'n erfyn arna chdi, plis. Gnaaa, plisss. AAAAAAA!

*Gafaela Ifan yn y gyllell dros ddwylo mawr Ryan gan weiddi.*

Jest ffocin gnaaa.

*Wrth ddechrau gweiddi ei hun, mae Ryan yn gafael am gefn gwddw Ifan gan ei drywanu yn ei fol dair gwaith.*

*Mae'n dal i weiddi, ac wrth i Ifan ddisgyn yn ôl am y wal yn gafael yn ei fol gwaedlyd, mae Ryan yn troi'r gyllell rownd a'i rhoi wrth ei wddw yn barod i ladd ei hun.*

*Mae o'n methu gwneud, gan daflu'r gyllell i'r llawr a dechrau crio wrth iddo, yn genfigennus, weld Ifan yn marw.*

**DIWEDD**

# 380
Rhyddiaith Bl. 10 ac 11

## 'Gwrthdaro' gan 'Yr Uncorn Chwithig'

"A oes heddwch?" bloeddiodd Eirion Madoc, y prif weinidog, gan ddal y cleddyf miniog tuag at y dorf yn fygythiol. Doedd e ddim yn gwestiwn synhwyrol. Wrth gwrs nad oedd heddwch! Bob dydd, byddai plant yn marw'n ddianghenraid o newyn, pobl yn byw mewn tai mor afiach nes eu bod nhw'n debycach i dwlc moch, oedolion yn llafurio nes bod eu dwylo wedi'u staenio gan waed, heb gael unrhyw beth yn ôl am eu haberth. Ac wrth gwrs, roedd mater ein sefyllfa ni, y bobl – dim hawl i ddweud ein barn, nac anghytuno gydag unrhyw beth mae'r awdurdod yn ei ddweud.

Dyna sut ddechreuodd y llanast yn y lle cyntaf, medden nhw. Pobl yn mynnu eu bod nhw'n gwybod orau, yn cogio eu bod nhw'n fwy pwysig nag ydyn nhw, yn creu problemau a chorddi'r dyfroedd er mwyn cael sylw. Tasech chi'n gofyn i fi, Eirion Madoc ddylai gael ei gyhuddo o wneud y pethau hynny. Eirion a gweddill y llywodraeth. Na, yn bendant doedd dim heddwch. Efallai, tasai pethau'n wahanol, faswn i wedi dweud rhywbeth, ond cadwais i'n dawel, nes ateb "heddwch" gyda gweddill y dorf ufudd.

"Dwi'n cofio," sibrydodd Nain yn dawel, ei llais crawclyd yn boddi o dan fwrlwm y dorf, "y seremoni heddwch cyn y rhyfel." Hoffai Nain siarad am y gorffennol, ac roeddwn i a Becca yn hoff o wrando. "Nid fel hyn oedd hi pan oeddwn i'n fach," meddai Nain. "Rhywbeth i'w ddathlu oedd y seremoni. Dathlu'r llenor ifanc gorau yng Nghymru yng ngŵyl yr Eisteddfod." Roedd y gair yn rholio ar hyd tafod Nain yn hawdd, fel petai e'n rhan o'i geirfa ddyddiol, er ei bod hi'n ddieithr i minnau a Becca. Esboniodd Nain mai cystadleuaeth oedd yr Eisteddfod, oedd yn agored i ieuenctid ledled Cymru. Plant yn canu, dawnsio a chreu llyfrau er mwyn cystadlu er mwyn cyrraedd y llwyfan ac ennill y wobr gyntaf. Byddai'r tri gorau yn cael eu darlledu ar y teledu i bawb yn y wlad gael gweld. Mi fysai hynny'n newid neis, cael gweld plant bach yn canu nerth eu calonnau. Yr unig beth sydd ar y teledu'r dyddiau yma yw'r newyddion diweddaraf am gynlluniau'r llywodraeth. "Wrth gwrs, cafodd yr Eisteddfod ei gwahardd pan gyflwynwyd Polisi Heddwch 2056, gan ei bod hi'n rhy gystadleuol ac yn annog casineb at eraill. Am wirion. Dwi erioed 'di clywed shwt beth yn fy myw, y blydi llywodraeth 'na ..."

"Mami, plis paid," ymbiliodd Mam ar Nain, ei llygaid brown yn orffwyll. "Ti'n gwybod yn iawn be wnân nhw os ydyn nhw'n dy glywed di'n siarad fel yna. Ti'n gwybod yn iawn be wnân nhw os wyt ti'n anghytuno!" Doedd Nain ddim yn edrych yn rhy bryderus. A dweud y gwir, roedd hi bron yn gwenu. Yna lledaenodd y wên yn chwerthiniad distaw, direidus.

"Twt lol!" atebodd Nain. "Dere mla'n, Alwen. Pam fysai Eirion Madoc a gweddill y ffyliaid yma eisiau fy nghymryd i, menyw yn ei hwythdegau?" Ceisiodd Mam ei stopio unwaith eto, ond roedd y freichled a oedd yn caethiwo sgerbwd ei garddwrn wedi dechrau fflachio'n goch. Cydiodd Mam yn nwylo Nain, tra fy mod i'n hebrwng Becca o'r sefyllfa, dagrau yn bygwth dianc o'm llygaid. Mi allwn i weld bod pobl wedi sylwi ar Nain, a oedd bellach wedi syrthio ar ei gliniau ac yn gwingo mewn poen wrth i foltedd angheuol gael ei saethu trwy'r freichled.

Roedd yr Eisteddfod yn un o gasgliad enfawr o bethau a gafodd eu gwahardd gan y llywodraeth ar ôl y rhyfel. Gwaharddwyd unrhyw beth oedd, yn eu barn nhw, yn annog gwrthdaro a thrais. Credai'r llywodraeth taw'r prif rai i'w beio am achosi'r rhyfel oedd trigolion y wlad – y bobl arferol – yn mynnu cael eu ffordd yn gwrthryfela yn erbyn yr awdurdod. Yn bwydo celwydd i'w plant a'r cyfryngau. Dwi 'di gweld y fideos ohonyn nhw, y rhai fu'n mentro brwydro yn erbyn y llywodraeth, yn gweiddi'n uchel, "Safwch dros ein planed, achubwch ein dyfodol!" Gwrthododd y llywodraeth wrando, gan ddweud mai newyddion ffug oedd y cyfan, tric gwirion wedi ei ddyfeisio gan y bobl er mwyn cythruddo'r llywodraeth. Ond roedd pob haf yn fwy twym na'r un diwethaf, a doedd hynny ddim yn jôc o gwbl. Ac eto, roedd pobl bwerus y wlad yn parhau i hedfan ar draws y byd mewn awyrennau preifat, yn parhau i losgi tanwydd anadnewyddadwy oedd yn rhyddhau nwyon $CO_2$ i'r atmosffer, yn parhau i anwybyddu'r broblem. Trodd protest ddiniwed yn ffyrnig, trodd posteri llachar yn arfau marwol. Trawsffurfiwyd pobl heddychlon yn rhyfelwyr.

Ymhlith rhyfelwyr y 2040au roedd Nain. Plentyn yn ei harddegau oedd hi ar y pryd, er hynny mynnodd ddal ei thir ac ymladd. Dwi ddim i fod i wybod hyn. Dim o hanes y rhyfel – mae'r llywodraeth yn benderfynol o ddileu'r cyfnod yma o hanes, anwybyddu'r gwaed ar ei dwylo. Mae'n ymddangos i finnau taw dyna beth mae'r llywodraeth wedi'i wneud ers talwm – anwybyddu ei gwir broblemau, ceisio rhoi'r bai ar bobl y wlad a gwneud iddynt dalu'r pris am godi eu lleisiau. Dyna be wnaethon nhw yn 2055, pan orffennodd y rhyfel. Gorfodwyd y protestwyr i ildio ar ôl i ysbïwr ddarganfod arfau niwclear; wedi'r cyfan, be 'di'r pwynt ymladd dros fyd sydd, heb amheuaeth, yn mynd i farw?

Cyflwynwyd y Polisi Heddwch yng ngaeaf 2056. Cynnwys y polisi oedd gwahardd unrhyw beth oedd yn annog neu'n awgrymu gwrthdaro, trais neu gasineb. Nid gweithred o heddwch oedd hon, gan fod cleddyf Eirion Madoc yn dangos nad oedd yr un rheolau'n bodoli iddyn nhw. Yn amlwg, gwaharddwyd yr arfau yn gyntaf, ac roedd hynny'n ddigon rhesymol. Ond doedd dim esgus dros beth ddaeth nesaf. Pob tro roedden nhw'n eich clywed chi'n gwneud sylw yn eu herbyn, byddai foltedd angheuol yn cael ei ryddhau o'r breichledi i'ch corff gan achosi poen annioddefol. I ategu hyn, os oedd y llywodraeth yn clywed deg sylw amheus, byddai'r foltedd oedd yn cael ei ryddhau ar y degfed tro mor bwerus nes ei fod e'n eich lladd chi o fewn munudau.

Edrychais 'nôl at Nain, y crychau ar ei hwyneb nawr yn wlyb gan ddagrau, ei cheg binc wedi rhoi'r gorau i sgrechian, ei chorff yn gorffwys yn llipa ym mreichiau Mam. Dyna'r nawfed tro i hynny ddigwydd i Nain. Helpais Mam i lusgo corff gwan Nain yr holl ffordd adref a'i osod ar y soffa. Eisteddodd Mam ar y stôl wrth ei hymyl ac eisteddais innau wrth ymyl Becca ar lawr. Fel y disgwylid, newyddion gwleidyddol yn unig oedd ar y teledu.

"Yn ddiweddar," cyhoeddodd y dyn ar y teledu, "mae nifer y sylwadau amharchus yn erbyn y llywodraeth wedi cynyddu 11% er llynedd, ac o ganlyniad, mae'r prif weinidog, Eirion Madoc, wedi gwneud y penderfyniad gweithredol o leihau eich dognau bwyd. O hyn ymlaen bydd pob teulu yn derbyn hanner torth o fara yn unig am yr wythnos gyfan."

Diffoddodd Mam y teledu ac ochneidio'n ddwfn. Bob hyn a hyn, pan nad oedd pethau'n mynd o'u plaid, byddai'r llywodraeth yn tynnu ambell fraint oddi wrth y bobl. Ambell flwyddyn yn ôl, creon nhw'r rheol fod rhaid i bob teulu dderbyn pecyn bwyd oddi wrth y llywodraeth, a dyna'r unig fwyd fyddai hawl gyda nhw i'w fwyta am yr wythnos honno. Eu ffordd nhw o sicrhau fod popeth yn 'deg'. Torth o fara, dau giwb bychan o gaws, cig pwdr ac ambell lysieuyn os oeddech chi'n lwcus. Dyna mae'r pecynnau wedi ei gynnwys ers i mi gofio. Dyw hi ddim yn iawn, ond rhywsut rydym ni wedi ymdopi ... hyd yn hyn.

"Sut dwi fod i fwydo pedwar o bobl gyda hwnna?" llefodd Mam. "Yn enwedig ti, Glesni." Trodd Mam i fy wynebu i. "A Becca, mae'r ddwy ohonoch chi dal i dyfu!" Safodd Becca er mwyn cofleidio Mam. Doedd hi heb dyfu braidd dim ers ei bod hi'n chwe blwydd oed, ac mae hi bellach yn wyth. "Er mwyn Duw," roedd Mam yn parhau i frygowthan, "'sdim yn union brinder bwyd gyda'r llywodraeth, ma' bol Eirion Madoc yn dangos hynny, a ..." Stopiodd siarad. Roedd y freichled yn fflachio – rhybudd cyntaf. "Ond," ychwanegodd yn gyflym, "'sdim syndod bod angen cymaint o fwyd arnyn nhw, gan eu bod nhw'n gwneud jobyn reit dda o redeg y wlad. Ac i fod yn onest fe ddylwn i fod yn ddiolchgar fy mod i, gweinydd di-werth, yn derbyn unrhyw fwyd oddi wrthyn nhw o gwbl." O fewn eiliadau roedd y freichled wedi rhoi'r gorau i fflachio. Ochneidiodd Mam unwaith eto.

"Wel, dwi jyst ddim yn deall," cwynodd Becca, "sut y'n ni i fod i greu brechdanau, gyda cyn lleied o fara. Mae hi'n gwbl annheg os dach chi'n gofyn i mi." Yn wahanol i fi, Mam a Nain, roedd Becca yn rhydd i ddweud unrhyw beth a ddymunai, am bum mlynedd arall, o leiaf. Ei garddwrn yn rhoi'r hawl i siarad yn rhydd – hawl ddylai fod gan bawb.

Wrth i'r wythnosau fynd heibio, gwaethygodd y sefyllfa. Un ciwb o gaws erbyn hyn. Aeth Becca mor denau nes bod ei ffrog lwyd yn debycach i sach. Doedd Nain heb adael y tŷ ers iddi gael ei folteddu, ei chorff hynafol yn grebachlyd a choesfain, fel brigyn bregus. Doedd hi ddim hyd yn oed yn ddigon iach i fynychu'r seremoni heddwch – dim bod ots ganddi, roedd gas ganddi'r seremoni heddwch. Er gwaethaf yr enw camarweiniol, doedd y seremoni ddim yn heddychlon o gwbl. Pwrpas y seremoni fisol, yn ôl y sôn, oedd pwysleisio pŵer y llywodraeth, i'n hatgoffa ni taw nhw sydd mewn rheolaeth. Ffugio bod yn arwyr, esgus taw ni yw'r gelynion, mai bai'r protestwyr oedd y rhyfel. Dwi'n meddwl taw pobl fel Nain yw'r gwir arwyr, y rhai wnaeth geisio newid y byd er gwell – maen nhw lawer mwy arwrol nag unrhyw aelod o griw Eirion Madoc. Mi faswn i'n hoffi dweud hyn wrth Nain, ond rydw i'n ormod o gachgi i ddioddef y canlyniad.

Y cig sydd wedi mynd nawr. Ambell waith, pan oeddwn i'n oedran Becca, fe ddwedes i y byddai'n well gen i lwgu na llyncu striped arall o'r cig ddaeth oddi wrth y llywodraeth. Cofiaf flas y braster seimllyd yn suro yn fy ngheg. Roedd hynny'n ddigon i godi cyfog o'm bol. Er hynny, nawr byswn i'n rhoi'r byd i fwyta un striped frasterog, neu o leiaf i gael ychydig o gig i Becca. Sgerbwd o chwaer yw hi'r dyddiau yma. Dwi ddim yn gweld sut mae Eirion Madoc yn gallu byw yn ei groen gan wybod bod plant bach fel Becca yn dioddef, gan wybod mai ei fai e yw'r cyfan. Tasa Nain yn ifanc mi fysa hi wedi trefnu ymgyrch neu fynd ar streic. Dyna'r math o gymeriad yw Nain. Tân yn ei bol sy'n gwrthod cael ei ddiffodd. Ond mae hyd yn oed menywod mor benderfynol a chyndyn â Nain yn teimlo'n ddiymadferth pan ydynt yn hen.

Efallai mai dyna pam y galwodd amdana i'r bore Sadwrn hwnnw.

"Glesni, dere â gwydraid o ddŵr i dy hen nain, wnei di?" gwaeddodd o'i stafell wely – wel, y stafell wely. Dim ond un oedd gyda ni – fi, Becca, Mam a Nain yn rhannu. Rhedais y tap a gwylio wrth i'r hylif ddiferu. Dim ond Nain oedd yn yr ystafell wely. Caewyd y llenni, felly dim ond golau pŵl un gannwyll druenus oedd yn fy ngalluogi i weld wyneb petrusgar Nain. Estynnodd ei chrafanc o law a chyffwrdd fy moch. Edrychais i fyw ei llygaid saffir. Roedd y llygaid yna wedi gweld pethau allwn i fyth eu dychmygu. Roedd ei llygaid hefyd wedi gweld pobl yn dod at ei gilydd i frwydro dros eu hawliau, dros y blaned, dros ei gilydd.

"Glesni," meddai ei llais, yn ddim mwy na sibrydiad. "Glesni, ife jyst ni sydd yn y tŷ?"

Nodiais fy mhen. "Mae Mam a Becca wedi mynd i gasglu'r pecyn bwyd," atebais.

"Ocê, rhaid i mi ddangos rhywbeth i ti." Cydiodd mewn parsel wrth ymyl y gwely a'i osod yn fy nwylo i.

Agorais y papur brown oedd yn cuddio'r cynnwys. Y peth cyntaf a welais oedd llun tair o ferched yn eu harddegau yn dal arwyddion wedi eu peintio â llaw. Er ei bod hi'n edrych ychydig yn hŷn bellach, doedd ei llygaid glas heb newid dim, ac roedd hi'n hawdd adnabod Nain fel un o'r merched. Doedd y golau yn y llun ddim yn hollol naturiol, ond fe ddwedodd Nain ei bod hi wedi ei addasu pan oedd hi'n fach er mwyn ei bostio ar Instagram. Wn i ddim beth yw'r Instagram neu pam roedd Nain ifanc yn awyddus i bostio'r llun iddyn nhw, ond dwedodd hi nad oedd hynny'n bwysig, a doedd gennym ni ddim llawer o amser. Ar yr arwyddion yn y llun roedd y geiriau "SAFIWCH EIN PLANED", "ACHUBWCH Y CRWBANOD" a "STOPIWCH GYNHESU BYD-EANG".

"Wyt ti'n gwybod pryd oedd hyn?" gofynnodd Nain.

"Dechrau'r brotest," sibrydais. Roeddwn i bron yn rhy ofnus i ateb. Roeddwn i 'di clywed straeon am bobl gafodd eu folteddu am siarad gormod am y rhyfel. Wn i ddim pam; ddylen ni byth anghofio'r bobl wnaeth aberthu eu bywydau am fyd gwell, neu o leiaf i geisio creu byd gwell. Dwi'n gweld e'n anodd derbyn bod gymaint o brotestwyr wedi marw am ddim rheswm, marw dros y byd gwyrdroëdig a chreulon yma, yn llawn rheolau a dynion creulon sy'n hawlio arglwyddiaeth dros bawb.

Yn amlwg roedd Nain yn teimlo'r un fath.

"Brysia!" meddai hi, ei llais crawclyd bellach yn sibrydiad ysgafn. Ymunais gyda hi o dan y flanced garpiog. Estynnodd ei llaw grynedig i mewn i'r papur brown a thynnu allan ddarn o gardfwrdd rhacsiog. Bodiodd y corneli plygiedig cyn ei osod yn y fy nwylo i.

"Paid â throi hi drosodd nes wyt ti allan o'r stafell," gorchmynnodd mewn llais fel llygoden. "Drycha, Glesni, dwi 'di bod yn dal fy nhafod am 70 mlynedd erbyn hyn. Dydy'r sefyllfa yma ddim yn deg, dydy'r ffaith dy fod ti'n gallu gweld asennau Becca trwy ei chroen ddim yn deg."

"Nain, plis peidiwch siarad fel 'na, chi'n gwybod yn iawn be wnân nhw," sibrydais, "ac rydych chi wedi defnyddio 9 o'ch 10 cyfle," dwedais, gan gyfeirio at ei breichled.

"Glesni fach, tydi bywyd ddim gwerth ei fyw os nad oes hyd yn oed yr hawl i roi barn gyda chi, yr hawl i wneud penderfyniadau drosoch eich hun. Hoffwn i newid pethau, ond dwi'n rhy hen erbyn hyn – baich i'r teulu, gwastraff bwyd. Ond rwyt ti, Glesni, yn ifanc, yn gallu gwneud gwahaniaeth. Newidia bethau, plis!"

Syllais arni, ei geiriau yn canu yn fy nghlustiau. Roedd hi'n gwallgofi, yn mynd yn hen ... doedd merch fel fi ddim yn gallu newid y byd, cael gwared ar arweinydd ac unben milain fel Eirion Madoc.

"Brysia, Glesni! Cer mas o fan hyn. A chaea'r drws tu ôl i ti." Doeddwn i ddim am adael. Mi allwn i fod wedi aros – roeddwn i'n llawer mwy cryf na Nain, ond roedd rhywbeth yn ei llygaid lliw môr yn dweud wrthyf taw dyna oedd y peth iawn i'w wneud. Wn i ddim pam oedd hyn yn teimlo'n wahanol. Roeddwn i wedi cerdded i mewn ac allan o'r ystafell wely droeon, ac eto roedd hyn yn teimlo'n wahanol, yn fwy terfynol.

Caeais y drws.

"Rwyt ti'n gryfach nag wyt ti'n feddwl, Glesni," meddai Nain o'r ochr arall i'r drws. "Rwy'n dy garu di."

"Caru chi 'fyd, Nain," dwedais, gan wthio fy ngwefusau yn erbyn twll y clo.

Cerddais yn ofalus i lawr y grisiau, gyda llif o ofidiau yn fy moddi. Gwnes i baned i Mam a minnau. Codais y cwpan i'm ceg – roedd y te'n gryfach nag o'r blaen gan fy mod i wedi defnyddio un bag rhwng dwy baned, nid tair. Wnes i ddim un i Nain, do'n i ddim yn meddwl y byddai ei hangen.

Yn sydyn clywais sgrech o'r ystafell wely.

"Damia'r llywodraeth! Ie, pob un ohonoch. Yn enwedig ti, Eirion! O, dwi'n gweld, rhybudd cyntaf. Ydach chi'n disgwyl i mi dawelu? Yffach na! Dwi 'di dal fy nhafod am bron i saith deg o flynyddoedd!" Roedd llais llygoden Nain wedi chwyddo i fod yn herfeiddiol.

Sylweddolais ar unwaith beth roedd hi'n ceisio'i wneud. Mi ddylwn i fod wedi helpu, ond gwyddwn yn iawn fod dim modd stopio Nain pan oedd hi yn y cyflwr yma. Rhuthrais i fyny'r grisiau, ond roedd drws yr ystafell wely wedi cau. Doedd Nain heb roi'r gorau i weiddi.

"Fyddi di ddim yn ennill, Eirion. Rhyw ddydd, mi fydd yna heddwch ... heddwch go iawn. Ti yw'r rheswm pam mae plant bach yn llwgu! Ond mi fydd yna newid. Bydd y bobl yn gwrthryfela, yn dy drechu di. Rhyw ddydd bydd arwr yn dod i'n helpu ni i gyd i ddianc o'r uffern rwyt ti'n ei galw'n wareiddiad. Ie, penderfyniad, nerth a charedigrwydd fydd yn safio ein planed, nid arian ac awdurdod. Nid ti fydd yn ennill," bloeddiodd yn fuddugoliaethus. Dychmygais ei hwyneb coch yr ochr arall i'r drws, a'r dagrau yn llifo i lawr ei bochau crychlyd. Yna roedd saib.

Sgrech, wrth i foltedd marwol lenwi corff bregus Nain. Ac yn yr union eiliad yna, roeddwn i'n teimlo'r un tân yn fy mol ag a deimlodd Nain. Lladdwyd fy nain, ac eto, i'r llywodraeth mae'n siŵr mai dim ond rhif oedd hi, un arall i'w ychwanegu at gyfrifiad lladd y dydd. Un o'r miloedd fu farw am leisio'u barn. Ac eto fe'm cryfhawyd gan ei haberth.

Chafodd Nain ddim angladd. Doedd hi ddim yn ddigon pwysig, dyna ddywedodd y llywodraeth wrth Mam.

"'Sdim synnwyr mewn dathlu bywyd rhywun fel 'na," meddai cynrychiolydd Eirion Madoc. "Dydy pobl sy'n gwrthryfela yn erbyn y llywodraeth ddim yn haeddu cael eu cofio. Mae'n tarfu ar yr heddwch."

Ond wnes i ddim anghofio Nain. Wna i byth anghofio.

Wythnos yn ddiweddarach mentrais i fyny'r grisiau er mwyn tacluso eiddo Nain. A dyna pryd welais i e, y darn o gardfwrdd, wyneb i waered. Yn amlwg, roeddwn i wedi ei ollwng ar ôl clywed sgrech Nain wythnos ynghynt. Teimlai'r hen gardfwrdd fel rhisgl yn fy nwylo. Yn araf troais y cardfwrdd â'i wyneb i fyny. Arno yn blwmp ac yn blaen roedd y geiriau: ACHUBWCH EIN PLANED. Poster protestio Nain – roedd hi wedi ei gadw am yr holl flynyddoedd yma, cadw un pelydryn bach o obaith. Teimlais yn bendant mai dyna pam y rhoddwyd yr arwydd i mi, er mwyn cynnig fflach o obaith i mi. Achos wrth weld y cardfwrdd crychiog yn fy nwylo, roeddwn i'n sicr y byddai pethau'n newid, ac efallai mai fi fyddai'n eu newid nhw.

"A oes heddwch?" bloeddiodd Eirion Madoc, y prif weinidog, gan ddal y cleddyf miniog tuag at y dorf yn fygythiol. Doedd e ddim yn gwestiwn synhwyrol. Wrth gwrs nad oedd heddwch! Bob dydd, byddai plant yn marw'n ddianghenraid o newyn, pobl yn byw mewn tai mor afiach nes eu bod nhw'n debycach i dwlc moch, oedolion yn llafurio nes bod eu dwylo wedi'u staenio gan waed, heb gael unrhyw beth yn ôl am eu haberth. Ac wrth gwrs, roedd mater ein sefyllfa ni, y bobl – dim hawl i ddweud ein barn, nac anghytuno gydag unrhyw beth mae'r awdurdod yn ei ddweud.

Dyna sut ddechreuodd y llanast yn y lle cyntaf, medden nhw. Pobl yn mynnu eu bod nhw'n gwybod orau, yn cogio eu bod nhw'n fwy pwysig nag ydyn nhw, yn creu problemau a chorddi'r dyfroedd er mwyn cael sylw. Tasech chi'n gofyn i fi, Eirion Madoc ddylai gael ei gyhuddo o wneud y pethau hynny. Eirion a gweddill y llywodraeth. Na, yn bendant doedd dim heddwch. Ac am y tro cyntaf, ni atebais gyda gweddill y dorf, ond sibrwd yn dawel fach o dan fy anadl, "Nag oes."

# Yr Amgylchedd a Byd Natur

# 360

Barddoniaeth Bl. 3 a 4

## 'Dail' gan 'Gareth Bale'

Wyt ti yn hoffi cân y fan hufen iâ?
Wel, os ydych, dewch draw i fwynhau yn y parc
Lle mae'r frân yn sgrechian,
Y siglen yn sgwician a'r mamau yn mwydro.

Sŵn gweiddi, sŵn cwyno,
Sŵn crio, sŵn chwerthin,
Sŵn gwichian giât, sŵn trên yn taranu,
Sŵn siarad, sŵn traed yn bwrw'r llawr.

Ond dydych chi ddim yn gallu clywed
Pêl yn crio o gael ei chicio,
Sŵn gôl-geidwad yn crynu,
Sŵn porfa yn protestio.

A dydych chi ddim yn clywed
Sŵn amser yn troi,
Y dail yn crynu, yn cwtsio a rhydu,
Na sŵn dail yn cwympo.

# 365
## Barddoniaeth Bl. 10 ac 11

### 'Twyll' gan 'Lili Wen Fach'

Y tywydd a ddaw'n ddewin
Â'i heulwen cynnar, cyfrin
I efelychu Mehefin;
A phrifio a wna'r egin.

Haul y mis bach â'i wen braf
Yn denu o'r pridd flodau peraf
Y gwanwyn, am y cyntaf
I gyhoeddi diwedd gaeaf.

O'r pridd, daw ei hwyneb eiddil;
Wyneb tlws, yn plygu gwegil
Lluniaidd, a lliwiau cynnil
Yn wrid ar ei gruddiau swil.

Ond yn rhy glou daw'r rhew glas
I wywo'i bochau irlas
A'r tir yn ddiffaith o'i chwmpas;
Cyfrwys yw'r consuriwr cas.

# 374
Rhyddiaith Bl. 2 ac iau

## 'Yn yr Eira' gan 'Y Ladi Wen'

Un tro roedd ffermwr hapus o'r enw Harry yn byw mewn bwthyn bach yng nghanol y goedwig fawr. Roedd Harry yn hoffi gwisgo het felyn fel caws ar ei ben ac oferôls du fel esgidiau Siôn Corn. Roedd Harry yn hoffi tyfu bwyd yn yr ardd tu fas i'r bwythyn. Roedd yn tyfu moron, tatws, pys, letys, mefus a gellyg. Roedd y gaeaf wedi dod ac roedd yn bwrw eira yn drwm, drwm iawn. Well i fi fynd allan i'r ardd i gasglu bwyd cyn i'r eira guddio popeth, meddyliodd Harry.

Roedd teulu o wiwerod yn byw yn y goedwig ger bwthyn Harry. Roedd Mami wiwer, Dadi wiwer a thri o blant o'r enw Hanna, Lowri a Morgan. Roedden nhw'n byw hapus mewn twll yn y goeden ar waelod gardd Harry.

"Rydyn ni'n llwgu!" gwaeddodd y plant.

"Does dim mes ar ôl gyda ni, blant," meddai Mami a Dadi.

Aeth y teulu i chwilio am fwyd ond roedd eira trwchus dros bob man. Neidiodd y gwiwerod o goeden i goeden, fel arwyr y goedwig. Yn sydyn, cafodd Morgan a Hanna a'r gwiwerod bach syniad arbennig. "Beth am fynd 'nôl i ardd Harry a dwyn y llysiau sy'n tyfu yno?" Dechreuodd y teulu eu ffordd 'nôl drwy'r eira. Chwaraeodd y plant 'tag' yn yr eira gwyn.

Gwelodd y gwiwerod Harry yn casglu'r bwyd ac yn rhoi'r bwyd yn y fasged. Roedd Harry yn oer iawn yn yr eira, felly aeth i mewn i'r tŷ i gael het, sgarff a menig cynnes. Gadawodd Harry y fasged ar y grisiau tu fas y tŷ. Sleifiodd y gwiwerod yn dawel bach draw at y fasged. "Shhhhhttt!" meddai Morgan, y wiwer leiaf. Neidiodd Hanna y wiwer fach i mewn i'r fasged i ddwyn y moron. Cuddiodd y gwiwerod eraill tu ôl i'r planhigion. Cyn bo hir daeth Harry mas tu fas. Cododd y fasged i fyny.

"Bw!!!!" Neidiodd Hanna y wiwer i fyny allan o'r fasged.

"AAAHHH!" sgrechiodd Harry a gollwng y fasged i'r llawr.

Rhedodd y gwiwerod eraill i helpu Hanna.

"Beth sydd yn mynd ymlaen yma?"

"O Harry bach, 'sdim bwyd gyda ni, mae eira dros bob man."

Roedd Harry yn garedig iawn. Gofynnodd Harry i'r gwiwerod ddod i mewn i'r tŷ i gael swper gyda fe. "Mae digon o fwyd i bawb," dywedodd Harry. Cafodd pawb barti da gyda'i gilydd. "Hoffech chi fyw gyda fi nes bod y gaeaf wedi gorffen?" gofynnodd Harry.

"IE! IE! HIP, HP, HWRÊ!" gwaeddodd y gwiwerod. Roedd pawb wedi byw yn hapus yn y tŷ tan y gwanwyn.

A dyna ddiwedd y stori.

# 395

Rhyddiaith Bl. 7 i ddysgwyr

## 'Y Trip' gan 'Pog'

"22, 23, 24 ... ocê, mae ganddom ni bawb," gwaeddodd Mrs Smith ar y gyrrwr bws. Yna, dechreuodd trip Blwyddyn 5 o Ysgol Bryn Mawr. Trip arbennig oedd y trip yma. Trip i lan y môr. Darllenodd Mrs Smith mewn llyfr bod 'na gacen gyda chynhwysion arbennig. Mae o'n gallu troi person i fewn i bysgodyn! Pysgodyn bach tropical, ond doedd Sam ddim yn siŵr. Roedd ganddo bili palas yn ei stumog. Sut gall cacen droi person i fewn i bysgod? Dyna beth oedd yn mynd trwy feddwl Sam. Wedyn, cyrhaeddon nhw'r traeth. Dydd hyfryd oedd e. Roedd yr haul allan, a doedd 'na ddim cwmwl yn yr awyr las. Llosgodd traed Sam pan stepiodd o ar y traeth tywod aur hyfryd. Diwrnod bendigedig.

Roedd gan Sam wallt brown blêr a thrwchus. Hefyd roedd ganddo lygaid brown. Roedd Sam yn reit fyr. Dim ond seis 2 mewn esgidiau oedd o!

"Reit, pawb o gwmpas fi!" gwaeddodd Mrs Smith. Roedd pawb mor gyffrous. Pawb heblaw Sam oedd yn teimlo'n waeth rŵan.

"Aled Hughes, tyrd yma neu fyddi di ddim yn cymryd rhan!" gwaeddodd Mrs Smith. Roedd Aled yn gwneud boms yn y tywod. Doedd Aled ddim yn gallu clywed hi.

"Aled!" Roedd o wedi clywed hi tro yma. O wel, pasiodd Mrs Smith y cacennau rownd. Roedden nhw yn oren, a roedd ganddyn nhw ddarnau bach o dwn-i'm-be ynddyn nhw.

"Reit pawb, cyn i ni gychwyn ein trip o dan y môr, oes gan rywun gwestiwn?" gofynnodd Mrs Smith.

"Oes," dywedodd Sam. "Sut ydyn ni yn mynd i droi yn ôl yn berson ar ôl i ni orffen?"

"Cwestiwn da," atebodd Mrs Smith. "Ewch ar y tywod a rolio drosodd 3 gwaith."

O na, meddyliodd Sam. Roedd Sam yn berson swil a nerfus iawn fel arfer. Roedd plant Blwyddyn 6 yn pigo arno achos roedd o'n poeni cymaint. Roedd Sam a'i ben yn ei blu. Bwytodd pawb ddarn o'r gacen. Shwoo Shwoo. Roedd pawb yn bysgod – heblaw am Sam. Roedd Sam yn crynu fel deilen.

"Tyrd yn dy flaen," dywedodd Aled, "neu fydda i'n bwyta fo." Llyncodd Sam a bwytodd y gacen.

Cyn gadael yr ysgol, eglurodd Mrs Smith eu bod nhw yn gorfod dilyn hi. Roedden nhw am weld pysgod eraill yn y môr. Dechreuodd Mrs Smith nofio, a dilynodd pawb. Roedd yr olygfa yn hyfryd. Roedd y lliwiau yn fendigedig. Gwelodd Sam bysgod pinc, glas, gwyrdd, oren a phob math o liwiau. Roedd Sam wedi dechrau poeni llai. Roedd o dal wedi synnu at y ffaith fod o wedi gweithio. Sylwodd Sam ei fod o'n reit dda am fod yn bysgodyn. Roedd o'n meddwl am beth oedd Aled yn gwneud. O'i nabod o, roedd hi'n debygol ei fod wedi prynu hufen iâ.

O na. Ble mae pawb? Roedd Sam yn meddwl am Aled, ac roedd o wedi anghofio dilyn Mrs Smith, o na, o na, o na. Roedd o'n trio gofyn i bysgod eraill os welon nhw ddosbarth o pysgod, ond na, doedd o ddim yn gallu siarad!

Roedd gan Sam broblem. O na. Roedd wedi mynd yn sownd mewn bag plastig. Os basa fo'n gallu sgrechian basa fo'n gwneud. Ar ôl beth oedd yn teimlo fel awr o wiglo, roedd o allan o'r bag. Sylwodd Sam bod 'na dipyn o plastig yn y môr. Heblaw am y plastig, roedd yr olygfa yn arbennig. Roedd 'na gymaint o liwiau. Doedd Sam ddim yn lliwgar iawn, roedd o'n llwyd a du.

Roedd Sam wedi bod yn chwilio am 20 munud nawr, ond dim lwc. Roedd Sam yn teimlo fel rhoi'r ffidil yn y to. Roedd o'n teimlo ei fod o'n cael ei ddilyn. Ydych chi erioed wedi cael y teimlad yna? Wel, trodd Sam a gwelodd o rywbeth sydd wedi gwneud i'w galon stopio. Roedd o mor fawr. Doedd Sam byth wedi gweld rhywbeth mor fawr. Roedd o'n wynebu siarc anferth. Roedden nhw'n edrych lygad yn llygad. Nofiodd Sam i ffwrdd yn gyflym, ond roedd y siarc ar ei ôl o. Rywsut, roedd Sam yn ddigon cyflym i gyrraedd carreg i guddio odani. Arhosodd Sam yno am ryw 5 munud. Roedd y siarc wedi mynd! Parhaodd Sam gyda'i dasg o ffeindio ei ffrindiau. Roedd o'n lwcus ei fod o ddim wedi cael ei fwyta yn barod.

Erbyn hyn roedd Sam wedi rhoi'r ffidil yn y to. Roedd Sam yn mynd i'r traeth ac roedd o'n gobeithio bod pawb yno. Wel, roedd Sam mewn lwc. Roedd pawb yna yn aros amdano fo.

Roedd o'n amser i droi yn ôl yn bobl. Roedden nhw wedi nofio allan o'r môr, a rolio drosodd 3 gwaith. O na, dydy o ddim wedi gweithio. Roedd pawb yn trio mynd yn ôl i'r môr. O na, roedd pawb yn styc fel pysgod am byth! Pawb heblaw Aled.

# 359
## Barddoniaeth Bl. 2 ac iau

### 'Amser Chwarae' gan 'Ffarmwr'

Rwy'n aros yn y dosbarth,
Yn disgwyl i'r wers orffen,
Dwi wir yn methu aros –
Amser chwarae dw i angen!

A phan mae'r gloch yn canu,
Fe redaf mas ar wib,
Mae silwair yn fy nisgwyl,
Gobeithio nad yw hi'n wlyb!

Dwi'n tano lan y tractor,
A thorri'r porfa'n glou,
Wedyn ei rhoi mewn rhesi,
Sdim amser i gael hoe.

Mae'r *harvester* yn barod,
A'r treilyr nawr yn carto.
Pawb fflat owt, 'nôl a 'mlaen
I'r pit awn unwaith eto.

Cyn hir byddwn wedi gorffen,
A'r silwair dan y sleid,
A phan mae'r gloch yn canu
Mae popeth wedi'i wneud.

# 375

Rhyddiaith Bl. 3 a 4

## **'Ar Garped Hud'** gan 'Dwmplan Malwoden'

Rhwygodd Urien y papur lapio lliwgar oddi ar yr anrheg arall o'i flaen. Roedd e'n dwlu pan fyddai ei ben-blwydd yn dod a phawb yng ngwlad hud a lledrith yn rhoi anrhegion arbennig iddo a'i faldodi. Roedd Mam yn paratoi jeli arbennig iddo a chacen enfawr, a Dad yn mynd allan i chwarae gydag ef am oriau wedi iddo gael ei de parti. Roedd o eisoes wedi cael llwyth o anrhegion hyfryd ac roedd e'n edrych ymlaen at gael chwarae â nhw i gyd. Ond roedd un parsel arbennig ar ôl. Yr anrheg orau, yn ei farn e. Anrheg Mam a Dad. Roedden nhw wastad yn gwybod beth i'w gael iddo fe. Roedd Urien wedi cyffroi drwyddo wrth iddo edrych ar y parsel, gan geisio dyfalu beth oedd yn cuddio tu ôl i'r papur lapio. Tynnodd y papur ar led ac yno yn disgleirio dan haul y prynhawn roedd carped lliwgar. Waw, roedd holl liwiau'r enfys yng ngwead y carped yma!

"Diolch, Mam. Diolch, Dad! Bydd hwn yn edrych yn grêt ar lawr fy stabl." Roedd Urien yn methu â chuddio'r siom yn ei lais. Roedd Mam a Dad wastad wedi cael anrhegion anhygoel, anrhegion na fyddai gan neb arall, na fyddai neb arall yn meddwl amdanynt. Ond eleni roedden nhw wedi prynu carped, ac er ei fod yn lliwgar ac yn disgleirio, doedd e'n ddim byd sbesial.

Gallai Mam weld yn syth bod Urien wedi ei siomi a heb ddeall sut oedd yr anrheg yn gweithio go iawn. Rhoddodd ei gŵr winc chwareus iddi a dechrau cellwair ymhellach, ond roedd mam Urien yn methu dioddef gweld calon ei mab yn torri fel hyn, a hithau'n ben-blwydd arno.

"Urien," gofynnodd, "wyt ti wedi deall beth yw'r anrheg? Nid unrhyw garped mohono ond carped hud. Fydd hwn ddim ar lawr unrhyw stabl, cred ti fi. Dyma rodd arbennig wrthym ni – carped hud i ti fynd ar anturiaethau lu o gwmpas y byd hud a lledrith a thu hwnt!"

"Waw!" Roedd llygaid Urien fel soseri yn ei ben. "Bydda i'n gallu mynd i weld gwahanol fydoedd a beth sy'n digwydd ynddyn nhw, yn lle bod yn gaeth yma drwy'r amser!"

"Gelli siŵr, ond bydd rhaid i ti roi gwybod i ni ble wyt ti'n mynd. A bydd rhaid ti fod adre erbyn amser penodol bob tro. Deall?"

"Wrth gwrs! Sut mae e'n gweithio?" meddai Urien, yn ysu am ddechrau ar ei antur fawr.

Chwarddodd ei dad yn uchel. "Mae digon amser i ti ddysgu sut i'w ddefnyddio. Fe ewn ni allan nes ymlaen, ond am y tro dere 'ma i drio'r gacen flasus 'ma."

Yn hwyrach y diwrnod hwnnw aeth Urien a'i dad allan i'r caeau iddo ddysgu sut i hedfan y carped hud. Erbyn diwedd y prynhawn – a sawl anffawd fach – roedd Urien wedi dod i ddeall sut i reoli'r carped hud, ac roedd yn gallu hedfan dros bant a bryn ac i bob cornel o'r wlad hud a lledrith.

Rhai wythnosau wedi ei ben-blwydd roedd Urien yn teimlo'n barod i fynd â'i anturiaethau gam ymhellach. Roedd wedi bod yn darllen llyfr am fyd arall, byd â phlanedau amrywiol, ac roedd un wedi dal ei sylw yn fwy na'r lleill i gyd. Lle o'r enw 'Y Ddaear'. Roedd wedi darllen am y blaned hon am hir ac wedi dysgu pob math o ffeithiau am y math o le oedd e. Roedd gan y Ddaear dir a môr, tymhorau a thywydd, ac roedd Urien yn gyffrous gan fod yna rywbeth a elwir yn 'bobl' yn byw yno.

Y bore Sadwrn canlynol roedd Urien wedi codi efo'r haul . Roedd Mam wedi paratoi pecyn o frechdanau iddo fynd gyda fe. Agorodd y carped hud a chamu arno. A dyna ni. Bant â fe. Hedfanodd drwy sawl ffurfafen cyn dod o hyd i'r un gywir. Aeth heibio sawl planed o bob maint, pob lliw a llun. Hedfanodd yn agosach at y blaned las a gwyrdd a gweld y tir a'r môr islaw. Roedd Urien wrth ei fodd â'r holl fynyddoedd uchel, y caeau gwyrdd, y nentydd, y llynnoedd a'r moroedd. Roedd e'n rhyfeddu ar y dinasoedd, y pentrefi a'r tir gwledig. Arafodd ychydig i drio gweld cymaint â phosib. Daliwyd ei sylw gan fferm enfawr a phenderfynodd mai dyma'i gyfle i fynd i lawr i gael edrych yn fwy manwl.

Waw, meddyliodd, roedd y lle 'ma yn anhygoel. Roedd tudalennau ei lyfr yn dod yn fyw o flaen ei lygaid, a phob math o anifeiliaid arbennig yn byw yn y warchodfa hyfryd. Roedd cynrychiolaeth o bob math o anifail yma, o bob rhan o'r byd. Ond, er eu bod nhw'n hapus, roedd rhywbeth amdanynt oedd yn adrodd hanes o dristwch.

Glaniodd Urien y carped hud wrth giatiau'r warchodfa a dechrau cerdded o gwmpas yr amgaeadau amrywiol.

Roedd y lle cyntaf y daeth iddo yn edrych yn wag, er bod tipyn o deganau a chrwyn bananas wedi'u gwasgaru dros bob man. Edrychodd Urien yn ofalus yn y corneli tywyll ac o dan bob tegan rhag ofn iddo golli rhyw greadur bach. Roedd e bron â rhoi'r gorau i edrych pan welodd ddau lygad bach tywyll yn ei wylio'n ofalus o'r tu ôl i'r dail.

"Helô, Urien ydw i. Dwi wedi dod o wlad hud a lledrith ar fy ngharped hud. Dwi ddim am wneud niwed i ti, rwy'n addo. Dwi'n meddwl bod gennych chi wlad brydferth ofnadwy a dwi isie dysgu mwy!"

"Hy! Prydferth wedest ti? 'Sdim byd yn brydferth am y bobl sy'n byw 'ma, y bobl sy'n cam-drin anifeiliaid." Daeth mwnci bach yn araf o'r tu ôl i'r dail, ei lygaid dwfn yn llawn dagrau wrth iddo siarad. Roedd y boen yn amlwg yn ei lais ac roedd creithiau bychain ar ei gôt i gyd.

"Moc y mwnci ydw i. Rwy'n dod o gyfandir Asia. Roedd dynion cas yn fy nefnyddio i hel cnau coco ar eu rhan. Yn eu tro roedd y cnau yn cael eu gwerthu i archfarchnadoedd neu'n cael eu hanfon i ffatrïoedd a'u troi yn nwyddau cnau coco megis llaeth. Mae'r ddynoliaeth yn pregethu'n feunyddiol eu bod yn gwneud yr hyn allan nhw i edrych ar ôl EU BYD NHW. Hy, mae'n jôc. Eu hymgyrch ddiweddaraf yw figaniaeth, a beth maen nhw'n yfed yn lle llaeth?

Llaeth cnau coco, ac o ble daw hwnnw? Yn gwmws!"

"O, mae'n flin calon gennyf fi, Moc. Doeddwn i ddim yn deall fod y fath beth yn digwydd i anifeiliaid y byd," meddai Urien, a'i galon yn torri dros ei ffrind newydd.

"Cer di o gwmpas y lle 'ma. Pawb â'u stori yw hi fan hyn. Pawb wedi cael eu siomi gan ddynoliaeth. Y bobl sydd i fod gofalu amdanom wedi ein siomi a'r byd yn talu'r pris. Ry'n ni i gyd yn talu'r pris."

Sgwrsiodd Urien am hir gyda'i ffrind, ac wrth iddyn nhw siarad fe rannon nhw ambell jôc a chael hwyl yng nghwmni ei gilydd. Cofiodd Urien yn sydyn fod Mam a Dad wedi mynnu bod rhaid iddo fod adre erbyn te y prynhawn hwnnw. Roedd awr gyfan wedi mynd arno yn siarad gyda Moc. Roed rhaid iddo symud ymlaen os oedd am ddysgu mwy am y Ddaear a'i hanifeiliaid. Diolchodd i Moc am ei amser a symud i'r safle nesaf.

Gallai weld anifail enfawr yn yr amgaead nesaf. Roedd yn ceisio cuddio ond methiant fu ei ymgais oherwydd ei gorff mawr.

"Helô, Urien ydw i. Rwy'n uncorn ac wedi dod yr holl ffordd o wlad hud a lledrith i gyfarfod â chi."

Roedd hi'n amlwg o edrych ar y creadur hawddgar o'i flaen bod yr eliffant wedi cael ei gam-drin yn ofnadwy.

"Dwi ddim yn gwneud sioeau dim mwy. Rwy' wedi ymddeol. Bydd rhaid i chi fynd i rywle arall," meddai'r eliffant yn drist.

"O na. Dwi ddim isie sioe. Dod draw am sgwrs wnes i. Pwy wyt ti?" meddai Urien.

"Eli ydw i. Eli'r Eliffant. Mae'n flin 'da fi. Mae wedi dod yn rhywbeth dwi'n ei ddisgwyl bob tro dwi'n cwrdd â rhywun newydd. Pobl isie *selfies*, isie fy ngolchi, isie rhoi mwythau i fy nhrwnc, isie i mi eu diddanu drwy beintio neu chwarae pêl-droed. A beth oeddwn i'n cael? Cael fy rhoi mewn cyffion. Fy ngorfodi i sefyll ar loriau concrit. Cael fy anfon allan at dorfeydd enfawr yn sgrechian a thynnu fi 'nôl a 'mlaen."

"O'r mawredd, mae hyn yn ofnadwy. Mae'r byd hwn yn edrych mor ddelfrydol. Ond mae'n amlwg fod tipyn o bethau ddim fel maen nhw'n ymddangos, a dweden i fod gan bobl rôl eithaf mawr i'w chwarae yn yr holl beth, a bod angen iddyn nhw gymryd cyfrifoldeb dros eu byd."

Cariodd Urien ymlaen o gwmpas y warchodfa yn cwrdd ag anifeiliaid amrywiol oedd wedi dioddef pob math o erchyllterau oherwydd dynol ryw, neu oherwydd y ffordd roedd dyn yn trin y byd. Aeth Urien yn ei flaen i gwrdd ag arth wen a phengwiniaid oedd wedi colli eu cartrefi oherwydd bod eu cartrefi'n dadleth, coala a changarŵ oedd wedi cael eu hachub pan losgwyd eu cartrefi yn Awstralia, a nifer o bysgod a chreaduriaid y môr oedd yn byw mewn tanc arbennig oherwydd y plastig dieflig oedd yn lladd y moroedd.

Ar ôl diwrnod cyfan yn siarad a rhannu straeon â'r holl anifeiliaid, sylweddolodd Urien ei bod hi'n bryd iddo droi am adre. Roedd wedi addo i Mam y byddai 'nôl erbyn te, a chan ei fod wedi addo dod 'nôl i weld ei ffrindiau newydd eto roedd rhaid iddo ddangos ei fod yn gallu cadw addewid, fel bod Mam yn gadael iddo ddod. Ffarweliodd â'i ffrindiau newydd a hedfan adref ar ei garped hud. Roedd Mam a Dad yn aros amdano, yn awyddus i glywed holl hanes ei antur fawr.

# 379
## Rhyddiaith Bl. 9

### 'Cyfrinach' gan 'Treorllan'

Cyfrinach. Beth ydi cyfrinach? Rhywbeth i'w gadw i chi eich hun, rhywbeth nad ydych eisiau i neb wybod amdano. Wel mae gen i gyfrinach i'w rhannu, cyfrinach go iawn!

Rydw i yn byw mewn tŷ ar ddibyn mawr sy'n edrych i lawr i'r môr. Rydw i wrth fy modd yn edrych allan i'r môr. Mae rhywbeth amdano sy'n fy nhynnu yno, rhyw fath o bŵer neu hud. Rydw i yn rhedeg yn syth i Borth Neigwl ar ôl yr ysgol bob dydd ac weithiau os ydi hi'n braf rydw i'n mynd i nofio. Dwi wrth fy modd yn mynd yn ddwfn i'r dŵr, yn teimlo'r môr yn oeri wrth i mi fynd yn bellach a blasu'r heli yn fy ngheg. Mae'r môr yn dawel rhan amlaf, yn heddychlon, ond weithiau mae fel petai'n flin, a'r tonnau yn rhuthro i'r lan fel cewri, gan daflu'r holl sbwriel mae wedi ei lyncu yn ôl i'r lan, fel petai'n flin gyda ni, bobl. Dwi wedi sylweddoli bod y môr yn dechrau bwyta ein tir – mae'r ffens oedd ar ben pellaf ein gardd bellach yn hongian oddi ar y dibyn.

Bocs. Dyna ydi fy nghyfrinach, bocs a ddarganfyddais yn y môr pan oeddwn yn nofio. Roedd y perlau a'r cregyn harddaf a welais erioed yn ei amgylchynu a phan agorais o clywais y llais perta erioed. Llais merch, ond nid oeddwn wedi clywed yr iaith o'r blaen, er fy mod wedi trafaelio i lawer ban byd gyda fy nhad. Nid oeddwn am ddweud wrth fy nhad oherwydd hon oedd fy nghyfrinach gyntaf wedi'r cwbl.

Roedd hi'n agosáu at y gaeaf ac roedd hi'n oeri. Er hyn roeddwn yn dal i fynd i'r traeth i wlychu fy nhraed. Roeddwn yn edrych allan i'r môr rhyw ddiwrnod pan welais dir oedd yn ofnadwy o agos i Borth Neigwl – petai hi'n gynhesach dwi'n siŵr y buaswn wedi gallu nofio yno. Nid oeddwn wedi sylwi arno o'r blaen. Roedd fel petai wedi ymddangos o nunlle ond nid oeddwn am gredu hynny. Penderfynais holi Dad am yr ynys ddirgel yma. Dechreuodd actio'n od, fel petai'n gwybod rhywbeth, ond newidiodd y testun. Roeddwn ar dân eisiau gwybod hanes yr ynys ond roedd Dad yn newid y testun bob tro roeddwn i'n holi am y tir.

Rydw i wedi bod yn breuddwydio yn ddi-stop ers i'r ynys ymddangos, yn breuddwydio am ferch brydferth gyda gwallt oren a'r llygaid glasaf welais i erioed – mae hi'n eithaf tebyg i mi a dweud y gwir. Mae hi'n canu yr union gân sy'n dod allan o'r bocs, ond rhywsut rydw i'n deall geiriau'r gân. Cân drist ydi hi – yn sôn bod pobl wedi cymryd drosodd y byd a'n bod ni'n lladd y Ddaear gyda'r holl sbwriel a mwg. Ar ddiwedd y freuddwyd mae hi'n nofio i'r ynys ond mae cynffon yn ymddangos yn lle ei choesau, cynffon debyg i un macrell. Yr union freuddwyd yma rydw i'n ei chael bob nos.

Neithiwr cefais freuddwyd wahanol – breuddwyd am fy nhad. Mae drws o dan ein grisiau ond mae Dad wedi ei gloi ac wedi dweud wrthyf na ddylwn BYTH ei agor. Yn y freuddwyd agorais y drws ac roedd yr ystafell wedi ei llenwi gyda llyfrau ... ar hynny cefais fy neffro gan ryw wylan. Mae'n rhaid i mi gael gwybod beth mae fy nhad yn ei guddio!

Mae'n cael nap bach ar ôl cinio bob dydd ac rydw i'n gwybod lle mae'r goriad yn cael ei guddio. Mae wedi ei hongian ar fachyn wrth ei wely. Crwydrais yno am 1:30 ond roedd yn rhaid i mi fod yn ddistaw. Roeddwn wedi cael y goriad ac ar fy ffordd allan o'r ystafell pan wichiodd y styllen bren oddi tanaf. Edrychais ar fy nhad. Symudodd ychydig yna mynd yn ôl i gysgu fel babi. Nid oeddwn yn siŵr a oeddwn am wneud hyn – nid oeddwn eisiau mynd yn erbyn fy nhad, wrth gwrs, ond roeddwn angen gwybod y gwir. Beth oedd fy nhad yn ei guddio?

Un cam arall ac roeddwn yn yr ystafell. Caeais y drws ar fy ôl.

Roedd yn union fel y freuddwyd! Llyfrau – llond y lle o lyfrau, ond yng nghanol yr ystafell roedd bwrdd pren ac yno'n gorwedd roedd cadwyn. Roedd yr addurniadau arni'n debyg i'r addurniadau ar fy mocs. Penderfynais gadw'r gadwyn yn fy mhoced ond cyn mynd, dechreuais ddarllen rhai o'r llyfrau. Roedd y llyfrau am forwynion, roeddent yn ofnadwy o ddiddorol ond yna tynnodd un llyfr fy sylw. Roedd llun o'r gadwyn arno. Roedd y llyfr yn llawn llythyrau – ych – ac oglau gwymon! Dechreuais ddarllen y cyntaf.

*I fy annwyl gariad Medwyn*
Oedd gan fy nhad gariad?!
*Dwi'n poeni amdanat yn y byd mawr. Tyrd yn ôl ataf i ddyfnder y môr. Rydw i yn dy garu llawer. Bydd Anni yn iawn ar y tir mawr …*
Fy enw i! Pwy ydi'r person yma?
*… a chofia, mae hi'n agosáu at ddiwedd y byd. Alli di ddim aros yno am byth. Rwyt ti'n gwybod hyn! Bydd y gadwyn yma yn dy helpu i ddarganfod y ffordd yn ôl ata i, dy gariad. Does dim y gallwn ni wneud bellach i achub y byd. Rydym ni wedi trio ers degawdau, os nad canrifoedd, drwy daflu'r holl sbwriel o'r môr a chreu problemau hinsawdd di-baid, stormydd, tanau a phrinder dŵr. Rydym ni wedi rhoi'r cyfle i fodau dynol drio newid eu ffordd ond nid oedd yn ddigon! Nos fory ydi dy unig gyfle. Nofia i'r ynys sydd gyferbyn â Phorth Neigwl gyda'r gadwyn amdanat a byddaf yno i dy gyfarfod. Am hanner nos bydd y sesiwn i foddi'r byd yn dechrau. Dyma'r unig gyfle i ni allu byw, ond yn anffodus mae'n rhaid i rywogaeth arall farw oherwydd nad ydynt yn addoli'r Ddaear fel y dylent. Paid â phoeni am Anni.*
*Cofia, dwi yn dy garu'n fwy na'n merch.*
*Moranedd XXX*
Be ar y ddaear?! Mae ein byd ar fin cael ei foddi gan fôr-forynion oherwydd ein bod ni ddim yn edrych ar ei ôl! Doeddwn i ddim yn gwybod sut i ymateb. Wrth gwrs, roedd yn rhaid i mi fynd â'r goriad yn ei ôl cyn meddwl am y peth, felly es i â fo'n ôl ond yn ddistawach y tro yma. Es i fy llofft i feddwl am y peth wedyn. Pwy oedd Moranedd? Pwy oedd "ein merch"? Roedd yr holl gwestiynau yn hofran yn fy mhen … maen nhw'n dal i wneud, a dweud y gwir.

Doedd gen i ddim syniad beth i'w wneud. Dyna pam y penderfynais fynd. Gwisgais y gadwyn a dechrau, dechrau ar fy nhaith i'r ynys. Dwi eisiau gwybod yr atebion – dyna pam fy mod yn mynd.

Dwi'n gwybod fod diwedd y byd ar dir ar fin dechrau ac roedd fy nhad yn fodlon fy ngadael yma i foddi er mwyn ei gariad. Felly penderfynais fynd. Does dim i mi yn y byd yma os ydyw ar fin boddi, felly dyma fi gyda chynffon macrell ac yn nofio i dwn i ddim ble, gan ganu rhyw hen gân y cofiais amdani sy'n sôn am y byd yn dod i ben, gyda gwallt oren llachar a llygaid cyn lased â gwaelod y môr ... ond cofiwch, ein cyfrinach ni ydi hon.

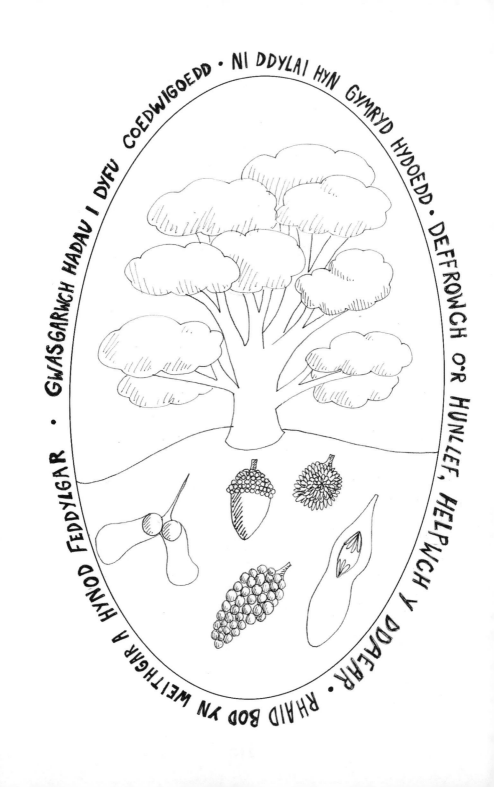

# 361
## Barddoniaeth Bl. 5 a 6

### 'Hunllef' gan 'Cleopatra'

Wrth ddiffodd y golau 'rôl gosod y larwm (CLIC)
Rwy'n chwilio am gwsg a fy meddwl sy'n fwrlwm.
Tywyllwch y nos fel bol buwch lydan,
Dim smic i'w glywed ond cri'r dylluan. (Twit-twhw... Twit-twhw...)

Mi af ymhell dros y byd a chrwydro'n ofalus,
Y teigrod drygionus yn crwydro yn hapus.
Y parot lliwgar yn paldareuo'n braf ...
Ond mae rhywbeth yn fy mhoeni i'r eithaf ... (AAaaaa!)

Coedwig yn wenfflam, mae coblyn o dân,
Mae hyn yn torri fy nghalon yn lân.
Mae'r fwyell mor finiog ar fin torri drwy'r coed,
Ni welais unrhyw beth mor ofnadwy erioed. (Crac... Crac...
Crac...)

Y peiriannau yn rhuo drwy'r goedwig hardd werthfawr,
Pren cadarn yn chwalu i greu tir glas dirfawr.
Rwy'n chwysu a gwingo yn fy ngwely,
Cartrefi'r anifeiliaid fydd ddim yno yfory. (Brwm... Brwm...
Brwm...)

Dagrau sy'n llenwi fy ngrudd,
Yr hunllef waethaf yn digwydd bob dydd.
Agorwch eich llygaid led y pen,
Mae ein byd ni bron iawn ar ben. (Drip... Drip... Dripian...)

Plannwch hadau i adfywio fforestydd enfawr,
I lonni'r anifeiliaid a chreu ocsigen gwerthfawr.
Tyfwn ysgyfaint newydd i'n planed,
Peidiwch â gwastraffu amser ac yfed eich paned. (Tic... Toc...
    Tic... Toc...)

Gwasgarwch hadau i dyfu coedwigoedd,
Ni ddylai hyn gymryd hydoedd.
Deffrowch o'r hunllef, helpwch y Ddaear,
Rhaid bod yn weithgar a hynod feddylgar. (Sh... Sh... Sh...)

# 398
Rhyddiaith Bl. 12 a dan 19 oed i ddysgwyr

### 'Breuddwyd' gan 'Rhosyn'

"Dyna ti, dy ginio di." Mae Dad yn mwytho fy mhen i. "Bydd rhaid i ti wneud dy ginio di pan wyt ti'n mynd i'r ysgol uwchradd, felly bydd yn ddiolchgar!"

"Diolch, Dad." Dw i'n gobeithio dydy e ddim wedi rhoi wyau yn y brechdanau.

Mae Dad yn gwenu. Ond yna mae e'n gwgu ar fy llewys i. "Beth wyt ti wedi gwneud i dy wisg ysgol di nawr?" Mae twll ar fy mhenelin i.

"Allen ni drwsio hynny?" dw i'n gofyn iddo fe.

"Na, rydyn ni'n gallu prynu siwmper newydd. Syml. Lluchia honna."

"Iawn." Dw i'n diosg fy siwmper a'i rhoi yn y bin sbwriel.

"Da." Mae Dad yn estyn fy nghot. "Dere 'mlaen, nawr!"

Dw i'n cymryd fy nghinio i a'i roi yn fy mag. Amser ysgol.

"Hwyl fawr!" Mae Dad yn codi llaw a chau drws y gegin y tu ôl fi.

"Hwyl!" Dw i'n cerdded at y drws.

Dw i wedi diosg fy siwmper ond dw i'n teimlo'n boeth. Dw i'n gallu gweld awyr las tu allan i'r ffenestr a'r haul sy'n disgleirio gyda phoethder.

"Mae'n boeth – boeth iawn, Dad," dw i'n dweud trwy'r tŷ. Dw i'n rhoi llaw ar y drws ac – aw! Mae'n eirias! Beth sy'n bod?!

Dw i'n gwthio a gwthio'r drws ond mae fy nwylo yn llosgi nes bod fy llygaid yn llifo gyda dagrau.

"Dad, dydy'r drws ddim yn agor! Mae mor boeth!"

"Beth wyt ti'n dweud?" Mae llais Dad yn atseinio trwy'r tŷ fel tonnau o sŵn, yn crasio o'm cwmpas i.

"Nag ydy, mae jyst yn boeth!" Ond pan dw i'n troi yn ôl at y drws, mae e ar dân. Mae fflachiadau o fflamau yn rhwygo'r pren nes ei fod wedi diflannu mewn lludw.

"Dad, mae'r drws wedi diflannu!"

"Paid â siarad nonsens, bach! Dydy drysau ddim yn diflannu. Cer i'r ysgol. Byddi di'n hwyr!"

Reit. Mynd i'r ysgol. Mae Dad wastad yn gywir. Doedd hyn ddim yn go iawn. Dw i'n cerdded trwy'r drws a throi i'r dde i lawr y stryd i'r ysgol. Aw! Mae rhywbeth wedi bwrw fi ar fy mhen, rhywbeth caled ac oer. Dw i'n rhwbio cefn fy mhen ac edrych o gwmpas. Does dim byd yn yr wybren, dim ond cymylau. Mae'r haul wedi diflannu hefyd. Roedd hynny'n gyflym. Dw i'n edrych i lawr ac mae'n od iawn. Mae tun gwag ar y palmant craciog wedi ei falu ac wedi cracio.

"O ble wyt ti wedi dod?" dw i'n chwerthin. Ond mae rhywbeth arall yn taro fi ar fy mraich. Beth nawr? Bagiau plastig gyda thyllau, bocs tecawê gyda bwyd ar ôl ynddo, yn sych ac wedi llwydo. Dillad fel jîns a chotiau. Mae crys-T glas yn syrthio o'm blaen i gyda thwll bach yn y coler. Maen nhw'n disgyn i'r llawr, bob yn un.

"Mae'n ffiaidd!" dywed fy nghymydog. Mae ei lawnt yn grimp, mae ei flodau mwyaf gwerthfawr wedi gwywo.

Mae'r cymylau yn bwrw sbwriel, tunelli a thunelli o sbwriel. Dw i'n chwerthin tra mae paced Haribos crychlyd yn arnofio i'r llawr. Ond yna mae'r tywydd yn tywyllu, mae'r cymylau yn ddu a gwenwynllyd. Yn sydyn dw i'n teimlo diferion ar fy nghroen i fel bwledi, yn ddolurus. Cesair? Ond maen nhw mor lliwgar ... Dw i'n estyn fy llaw a dw i'n dal un. Mae'n finiog yng nghanol fy llaw. Plastig. Llawer iawn, iawn o ddarnau plastig bach.

Beth? Dw i'n edrych i fyny ac yn cilio'n ôl oddi wrth y siâp du. Oes seren wib yna?! Dw i'n rhedeg at fy nhŷ ac yn sefyll yn y drws. Wrth i mi droi o gwmpas mae popty yn crasio ar y stryd, a'r gwydr yn adlamu dros y ddaear.

Mae'n anhrefn. Tra 'mod i'n rhedeg mae pobl eraill yn

sgrechian ac yn rhedeg hefyd. Dw i'n gweld dau berson yn ymladd dros gar, yn pwnio yn ymosodol. Mae darn plastig mwy o faint yn syrthio ar wyneb dyn ar y dde imi, gan dynnu gwaed. Dw i'n gorchuddio fy mhen ac mae'r plastig yn suddo i fy mreichiau, ond does neb yn sylwi tra mae'r plastig yn dal i'w hergydio nhw.

Mae'n rhaid i fi redeg i'r ysgol. Gallwn i gael fy anafu gan gwpwrdd sydd wedi torri neu rywbeth arall sy'n fawr a thrwm. Dw i'n troi'r gornel yn gyflym, hanner ffordd i'r ysgol, ond wrth i mi gerdded mae fy esgidiau i'n sblasio a dw i'n teimlo dŵr ar fy nhrowsus i. Dw i'n edrych i lawr.

Mae'r môr yma, ar y stryd!

Dw i'n camu yn ôl. Wel, sut allwn i fynd i'r ysgol nawr?

Mae pobl yn rhedeg nawr tu ôl fi, ar y briffordd. Mae rhai ohonyn nhw'n cario siacedi achub. "I'r cychod!"

"Hei!" dw i'n gweiddi. "Mae rhaid i fi fynd i'r ysgol, os gwelwch yn dda!"

Mae un ferch yn troi ei phen ataf i ac mae hi'n cydio yn fy mraich. "Nag oes, bach, ond mae rhaid i ti ddod gyda ni. Dydy hi ddim yn ddiogel yma."

Mae hi'n rhedeg gan fy nhynnu i. Mae pawb yn rhedeg, rhedeg oddi wrth y môr. Dw i'n troi o gwmpas ac mae e yma, y môr, yn tyfu gyda phob coeden, car ac adeilad mae e'n eu bwyta. Mae e'n eitha tawel a fflat, heb lawer o donnau mawr, ond mae e'n tyfu er hynny. Mae e'n aros am y foment berffaith.

Rydyn ni'n cyrraedd Bae Caerdydd ... ond dydy e ddim yn edrych fel Bae Caerdydd. Mae'r môr wedi dod at y Senedd ac yn golchi'r drysau. Mae cychod yn straenio yn erbyn y cadwynau tynion sy'n eu clymu nhw i'r doc, sy wedi diflannu dan y tonnau. Mae rhai ohonyn nhw yn suddo, heb ddigon o gadwyn i ganiatáu iddyn nhw aros uwchben y dŵr.

"Yn gyflym! I'r cychod sy'n gallu arnofio!" Mae oedolion yn rhedeg ac yn nofio i'r cychod mewn panig. Ond yn sydyn mae'r môr yn tyfu'n uwch eto, ac mae'r cychod yn crasio yn erbyn ei gilydd nes eu bod nhw'n suddo yn y môr yn llarpiau. Ac eto mae'r môr yn symud ymlaen.

Mae pobl yn sgrechian: "Ewch yn ôl. Rhedwch! Rhedwch, rhedwch!"

Mae'r tonnau yma, mae'r tonnau'n cydio yn fy nhraed i! Dw i ddim yn meddwl – dw i'n rhedeg, a tharo fy nhroed a dringo i fyny i'r lan mor gyflym fel 'mod i'n hedfan trwy'r wybren. Does dim dinas nawr – mae bryniau ac yna mae mynyddoedd. Ond mae'n rhy boeth ym mhobman. Ac mae'r tonnau yn aros yma, jyst tu ôl i mi.

Does dim clem gyda fi lle dw i o gwbl. Mae eira yn ysgeintio'r creigiau lle dw i'n rhedeg. Dw i'n meddwl fel arfer basai hi'n edrych yn serth ar bob ochr i'r llwybr, ond dw i ddim yn gallu gweld y cwymp o achos y môr, dim ond cysgodion du. Mae'r môr yn codi fwyfwy. Mae'n araf, ond dw i'n gallu'i weld e'n ymlithro ymlaen o dipyn i dipyn.

Mae'r llwybr yn gorffen. Does dim unman dw i'n gallu mynd. Mae'r byd yn llifo yn fywiog odanaf. Pa le bynnag dw i'n edrych, dim ond y môr a'r awyr dw i'n gweld, yn llwyd a gwag. A fi, yma, ar ben y graig lithrig. Ar ben y byd ond heb deimlo unrhyw wefr, dim ond arswyd.

Dim ond fi.

Mae fy nhraed i'n teimlo'n wlyb. Mae'r môr wedi cyrraedd fy esgidiau. Nawr dw i'n gallu'i weld e. Mae tywyllwch sinistr yn y dŵr.

Dw i'n edrych eto o gwmpas mewn braw. Mae siapiau'n dod i'r wyneb, yn agos ataf i ac ar y gorwel, yn rhy bell i'w gweld nhw'n dda iawn. Pysgod mawr a bach. Coed. Pobl.

Pobl!

Dw i'n chwifio fy mreichiau. "Deffrwch! Helpwch fi, plis!" Does neb yn ateb.

Mae dyn yn codi uwchben y tonnau, tua phum metr tu ôl i fi. Mae e'n symud ataf i.

"Helpwch!" dw i'n gweiddi nes mynd yn gryg. "Syr, dw i ddim yn gallu nofio! Helpwch fi os gwelwch yn dda!"

Mae'r dyn yn nofio ar wyneb y dŵr yn bwyllog. Dw i'n gallu gweld ei wyneb e nawr ac mae heb emosiwn. Heb unrhyw beth. O Dduw. Mae e wedi marw. Marw.

"Plis! Unrhyw un! DEFFRWCH! HELPWCH! DEFFRWCH!"

"Deffra, cariad!" Mae llais yn siarad. Dad. O.

Dw i'n agor fy llygaid. Mae fy nghorff i'n teimlo fel 'mod i wedi rhedeg miliwn o filltiroedd o dan fy ngharthen. Yn fy ngwely. Yn fy nhŷ, sy ddim wedi cael ei ddinistrio. Ac mae Dad yn fyw, diolch byth.

Dydy'r byd ddim wedi gorffen. Dw i'n cofio'r ddaear sych a'r drws ar dân, a'r cymylau sy'n bwrw sbwriel, a'r môr sy'n bwyta'r byd. Breuddwyd oedd hi, jyst breuddwyd. Dw i'n effro nawr.

Ond ydw i'n effro?

Achos rydyn ni'n breuddwydio hyd yn oed nawr, yn dydyn ni? Mae pobl yn breuddwydio am blant ac wyrion yn y dyfodol sy'n darganfod datblygiadau mawr ym myd meddygaeth a thechnoleg; maen nhw'n gweld y byd ac yn credu y bydd e'n aros yr un peth am byth. Ac eto mae'r môr yn codi ac mae'r byd yn llosgi. Mae'r byd fel rydyn ni'n ei adnabod yn diflannu bob yn dipyn, ddiferyn wrth ddiferyn, o flaen ein llygaid ni. Mae'r realiti yn glir gyda gormod o ffeithiau, ond dydyn ni ddim yn effro ... rydyn ni'n hapus i freuddwydio, ac anghofio'r gwirionedd: bod ein byd ni'n marw ac rydyn ni'n caniatáu hyn.

Efallai basai hi'n well i ni freuddwydio ac aros mewn trwmgwsg – felly rydyn ni'n gallu anwybyddu'n ddedwydd y dyfodol arswydus ry'n ni'n ei greu tra'n bod ni'n diflannu dan y tonnau.

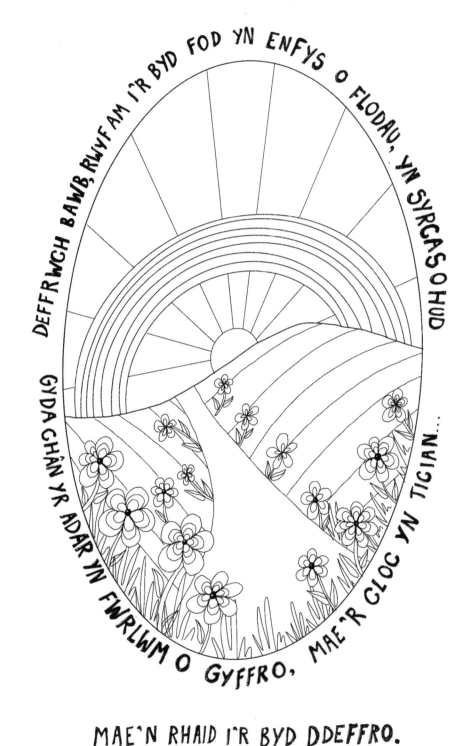

DEFFRWCH BAWB, RHYFAM I'R BYD FOD YN ENFYS O FLODAU, YN SYRCAS O HUD

GYDA CHÂN YR ADAR YN FWRLWM O GYFFRO, MAE'R CLOC YN TICIAN...

MAE'N RHAID I'R BYD DDEFFRO.

# 362

Barddoniaeth Bl. 7

## 'Deffro' gan 'Eryr Aur'

Deffrwch bawb, mae'r môr yn crio
Dagrau hallt o olew du,
Mynwent i'r meirw yw cwrel y cefnfor,
A'r mynyddoedd iâ yn atgof a fu.

Deffrwch bawb, mae'r dref yn tagu
Dan fwg a stêm y ceir di-ri,
Y ffatrïoedd llwyd yn chwydu llygredd,
A'r aer yn gwmwl myglyd, cryf.

Deffrwch bawb, mae'r tir wedi sychu,
Dim gwyrddni, dim bywyd, dim bwyd ar ôl.
Ble aeth y glaw, y ffos, a'r afon?
Sut bu i hyn ddigwydd, sut buom mor ffôl?

Deffrwch bawb, fydd ein plant ddim yn gwybod
Beth yw teigr, eliffant, eryr a dryw,
Cof ar y we yn unig fydd rheiny,
Yn degan plastig, nid creadur byw.

Deffrwch bawb, rwyf am i'r byd
Fod yn enfys o flodau, yn syrcas o hud,
Gyda chân yr adar yn fwrlwm o gyffro,
Mae'r cloc yn tician, mae'n rhaid i'r byd DDEFFRO!!

# Bywyd a Marwolaeth

# 367
## Barddoniaeth dan 19 oed
## (mydr ac odl neu rydd)

**'Gyrru'** gan 'Branwen'

(marwolaeth 225 o adar y ddrycin ar y lôn yn Sir Fôn, Rhagfyr 2019)

Gwelais hwy trwy'r sgrin flaen –
Cannoedd ohonynt yn chwyrlïo uwch y lôn,
Cwmwl yn tywyllu'r awyr, yn fy mesmereiddio;
Yn bygwth storm.

Adar y ddrycin yn symud fel un,
Dawns yr ysbrydion yn troi a throelli
Fel picseli sgrin yr awyr,
Byth yn llonydd.

Dychwelais at lyw'r car drachefn
I weld y rhithiau tywyll
Arallfydol, yn eu walts dragwyddol.

Gwasgais ar y brêc o flaen y gyflafan.
Sgrechiodd y teiars.

Dau gant o gyrff bychain yn gelain,
Yn drwch ar y lôn,
Fel cenllysg y stormydd garwaf
Neu hen ddillad wedi eu gwasgaru'n flêr
Yn y gwynt.

Diflannodd y cwmwl –
Wedi dymchwel ei lwyth yn drwm,
Yn ddidrugaredd ar y ffordd.

Eu dawns olaf a welais i,
Cyn i'm hysbrydion angylaidd
Ildio i'w gorffwylledd,
Gan adael dim ond eu cyrff ar ôl,
Eu cyrff symudliw llonydd
Oedd yn gwlychu'r llawr
Fel dafnau glaw.

# 385

Rhyddiaith dan 25 oed (stori fer)

## 'Gweld yn glir' gan 'Mai'

Waw – mae'r fflamau 'ma'n codi rŵan! Wel am dân ffantastig i gael gwared ar gloeon y gorffennol i gyd. Maen nhw'n llyfu holl olion fy nghaethiwed a'u gyrru'n angof am byth. Diolch am hynny! Edrychais yn hurt wrth dderbyn y llythyr o Gymru bythefnos yn ôl. 'Rhiannon Gwynne-Thomas'. Does 'na neb yn fy nabod i fel y person hwnnw ddim mwy. 'Ri' ydw i rŵan, ers dros ddeng mlynedd ar hugain bellach. Dim ond rhywun o'r ardal yma fyddai'n gwybod fy enw iawn. Dim ond person o'r ardal yma fyddai'n gyrru llythyr i mi erbyn hyn! Mi o'n i'n gwybod ma' llythyr gan y twrna ynghylch Dad oedd o, pwy arall fyddai'n trafferthu? Ond wrth gwrs, dim ond y gorau i'r Parchedig Oswald Gwynne-Thomas, hyd yn oed pan mae'n gorwedd yn ei blot anrhydeddus ym mynwent y plwy. Dwn i'm pam 'mod i 'di cymryd wythnos i ffwrdd o 'ngwaith – un diwrnod sydd ei angen arna i, ac mi fysai'r diwrnod hwnnw wedi bod yn fwy na gymerodd Dad i ffwrdd o'i waith o'm hachos i erioed.

Does 'na ddim byd wedi newid yn y lle 'ma chwaith. Yr un siopau yn y dre, yr un teuluoedd yn yr un tai a ffermydd, a Morgan Morris Humphreys, ŵyr David Morris Humphreys, sy'n rhedeg cwmni cyfreithwyr Morris Humphreys. Yr ardal yma wedi glynu'n y gorffennol, tra 'mod i, a gweddill y byd, wedi symud ymlaen.

Yr un hen gloeon oedd ar y drws pan ddos i yma 'fyd. Heb gael eu newid ers i mi fod yn byw yma. Disgwyl i mi lanio'n ôl yma ryw ddiwrnod, a gallu defnyddio'r un allwedd, ac ymddwyn fel taswn i erioed 'di bod i ffwrdd. Ma' raid ei fod o'n gwybod yn nwfn ei galon na fyddwn i'n dod 'nôl. Ma' raid ei fod o. Twyllo'i hun oedd o beryg, ddim isio cyfadda mai'i fai o oedd o 'mod i'n gadael. Ei fai o – a'r capel wrth gwrs. O ia, y capel. Trysor pennaf Dad. Hanfod fy modolaeth, rheolwr fy magwraeth, ond gelyn fy meddwl rhydd.

Cychwynnais y tân efo'r holl hen ddillad hynafol o'r tŷ. Dillad gwlâu wedi eu plygu'n drefnus, ffedogau Mam heb eu clirio, er bod pymtheg mlynedd ers ei marwolaeth, a minnau wedi gwrthod dod adref i'w chladdu oherwydd galwadau gwaith, er i Dad adael i mi wybod drwy lythyr ei bod wedi'n gadael. Doedd o ddim gwahaniaeth i Mam erbyn hynny, nag oedd. Y siwt ddu a wisgai'n gyson, byth yn ei thynnu, dim ond i farw'n amlwg, a'r goler wen barchus yn toddi'n llymaid cyn fflamio'n wyllt a diflannu am byth! Dim ôl ohoni. Neb yn cofio amdano. Mi fysa fo'n troi yn ei fedd tasa fo'n gwybod.

Llosgi'r llunia 'ma rŵan, a Mam wedi eu cadw yn nhop ei chwpwrdd dillad am yr holl flynyddoedd. Mi oeddan ni'n edrych mor hapus yn y llunia 'ma. Y teulu bach perffaith. 'Sgwn i be addawodd Mam i mi am wenu yn y llun? Llun ysgol fy mlwyddyn olaf yn yr uwchradd – rhyfedd fod Dad heb losgi hwn ei hun. Roedd o wedi gwaredu pan ddaeth y llun drwy'r post a minnau wedi gwgu yn lle gwenu'n ffals. I mewn i'r tân â nhw i gyd. Ma' 'nghalon i'n cyflymu wrth weld y papur yn troi'n swigod drosto, fel pla yn lledaenu yn afreolus, cyn torri allan yn fflamau llachar, a llosgi'n ulw. Yr holl atgofion hunllefus wedi'u difa, am byth.

Be arall sy yng nghanol y sbwriel 'ma tybed? Biliau ac ambell dderbynneb ... a fy llythyr derbyn i'r brifysgol. Fy nhocyn allan o uffern. Y peth gorau a ddigwyddodd i mi erioed oedd cael lle yn y brifysgol. Doedd 'na neb yn meddwl y byswn i'n aros yno, meddwl y byswn i isio dod yn ôl; 'cyw a fegir yn uffern, yn uffern y myn fod,' meddan nhw wrtha i, ond ar ôl byw yn uffern am bron i ugain mlynedd, y peth ola o'n i isio'i wneud oedd symud yn ôl yno ar ôl cael cyfle i hedfan yn rhydd.

Be rŵan? Y petha o fiwrô Dad. Llond yr hen beth o daflenni angladdau wedi dechrau melynu a gwywo yn eu henaint. Roedd o'n eu cadw nhw'n barchus, bob un o bob angladd iddo'i gynnal neu'i fynychu erioed. Yn sbio drwyddyn nhw weithiau, ac yn hel atgofion am y 'dyddiau da' a'r cymeriadau annwyl. Dyddiau gorau'i fywyd o, medda fo. Anodd meddwl amdano fo'n cael hwyl, efallai yn gwenu hyd yn oed, gwenu go iawn, dim gwenu ffals mewn llun teulu perffaith i'w roi ar silff ben tân. Mae'n od meddwl mai'r unig daflen angladd sydd ddim ganddo o'r capel gogoneddus ydi'i un o'i hun. Taflen dila, wedi'i chynllunio gan aelodau ffyddlon y cwlt, neu'r capel fel mae'n cael ei adnabod gan eraill. Ffling iddyn nhw i'r tân. Dyna ddiwadd ar hynna.

'Rargol fawr, ma'r dyn 'ma 'di cadw llanast. Copïau o'i bregethau wedi'u hysgrifennu'n daclus, ei lyfrau yn cofnodi pob manylyn am bob priodas, bedydd, angladd, derbyn. O ia, derbyn. Dyna'r gair mawr yn ein tŷ ni. Dyna sioc fwyaf ei fywyd o – fi'n gwrthod cael fy nerbyn i 'had yr ofalaeth'. Mam yn cadw'n dawel, yn eistedd ar y ffens mewn ffordd. Isio cadw'n ochr i ond ddim isio pechu chwaith. Isio i mi gael dewis fy llwybr fy hun, ond gormod o dan reolaeth a dylanwad Dad i ddweud dim byd.

Un waith erioed dwi'n cofio Mam yn trio sefyll fyny dros y ddwy ohonom ni, ac ar fy mhen-blwydd yn wyth oedd hynny. Dwi'n cofio'n iawn. Dydd Sadwrn oer yn ystod hanner tymor Chwefror. Finnau'n eistedd yn hogan dda wrth y bwrdd yn cael te pnawn arbennig gyda Mam a Dad. Jeli coch blasus oedd y traddodiad ar fy mhen-blwydd, a mi ro'n innau wrthi'n ei fwyta'n ddiolchgar pan gododd Mam a dweud ei bod am fynd i nôl fy anrheg. Roedd hi'n amlwg ar wyneb Dad nad oedd o'n gwybod dim am yr anrheg hwn, ond ddywedodd o ddim byd ar y cychwyn, dim ond gadael i Mam gerdded yn bwyllog i'r stafell orau i'w nôl.

Doeddwn i, a dydw i erioed wedi cael bod yn y stafell orau; dim ond y sawl oedd yn ei haeddu oedd yn cael mynd i fan'no, felly roeddwn i'n gwybod fod hwn am fod yn anrheg a hanner. Cerddodd Mam yn ôl yn araf, yn gafael mewn parsel sgwâr, wedi'i lapio mewn papur llwyd. Dim byd cyffrous i'r rhan fwyaf o blant fy oed i, ond a minnau'n ferch oedd wedi chwarae gyda theganau pren, ail-law ar hyd ei hoes fer, roeddwn i'n torri 'mol isio gwybod be oedd ynddo, ac nid fi oedd yr unig un. Roedd Dad yn lloerig wrth weld yr anrheg yma, anrheg oedd wedi ei brynu i mi heb ei ganiatâd o'n gyntaf. Trodd ei wyneb yn fflamgoch – dim ond cael a chael oedd hi i mi gael cyfle i agor yr anrheg cyn iddo ffrwydro.

Roedd Mam wedi prynu doli i mi. Doli 'Sweet April'. Yr anrheg gorau allai unrhyw ferch wyth oed gyffredin ofyn amdano. Doedd dim byd yn anghyffredin amdani, dim ond doli gyffredin i ferched bach cyffredin. Ond dyna'n union oedd problem Dad gyda'r ddoli. Nid merch fach gyffredin oeddwn i i fod, ond merch berffaith y Parchedig. Merch nad oedd yn cael ei themtio gan drachwant, merch oedd yn ddiolchgar am y pethau rhinweddol oedd ganddi. I Dad, dyna'n union oedd y ddoli yn ei gynrychioli – bariaeth, cenfigen ac anniolchgarwch. Rhwygodd y ddoli o'm llaw cyn i mi gael golwg iawn arni. Cyn i mi gael ei hagor hyd yn oed i anwesu'i gwallt melyn perffaith na rhoi siglad iddi yn ei sedd symudol. Ddywedodd o ddim byd wrtha i, ond aeth â'r ddoli o'm meddiant, a dyna'r olaf a glywais amdani. Dwi'n siŵr braidd mai i'r stafell orau aeth o â hi. Tybed ydi o wedi'i thaflu hi bellach, neu ydi o wedi ei chadw yn garcharor, i'w atgoffa'i hun o'i bŵer a'i awdurdod dros Mam ar hyd y blynyddoedd, hyd yn oed ar ôl ei marwolaeth? Wedi'i chadw i atgoffa'i hun o'i wychder yn ei ieuenctid, i gysuro'i hun yn ei henaint.

Mae'n siŵr 'i bod hi'n dal yma yn rhwla. Yn y stafell orau siŵr o fod. Y stafell waharddedig. Ro'n i'n arfer sbio ar ddrws y stafell, breuddwydio am beth oedd tu fewn, beth oedd mor arbennig nag o'n i'n cael mynd i mewn yno. 'Ar ôl cael dy dderbyn' oedd yr ateb bob tro byddwn i'n gofyn pryd y cawn fynediad. Doedd neb oedd ddim yn aelod o'r capel yn cael mynd i'r stafell orau, i gynefin y Beibl. Dwi'n gwybod yn iawn y byddai Dad yn casáu gwybod fy mod innau, yn bagan, wedi bod yn busnesu yn y stafell orau, yng nghwmni'r Beibl, a minnau wedi gwrthod cael fy nerbyn. Mwy o reswm fyth dros wneud!

Roeddwn wastad wedi meddwl y buasai'r foment yma'n teimlo'n fwy godidog. Y buasai fel rhoi'r ddraenen olaf yn ystlys Dad. Ond dydi hi ddim. Mae fel cerdded i mewn i unrhyw stafell arall. Does 'na ddim byd arbennig am y lle. Dim waliau o aur fel y gwelais mewn amryw o freuddwydion fy mhlentyndod, dim gorseddfainc sanctaidd i'r Beibl; dim ond cwpwrdd pren cyffredin i ddal trysor pennaf fy nhad. Stafell syml iawn, a dweud y gwir. Silffoedd llyfrau anferth yn dal yr esboniadau beiblaidd i gyd, wedi eu cadw'n daclus yn yr un lle ers cyn cof. Casgliad o 'lyfrau *hymns*' fel y gelwais nhw unwaith, a dim ond unwaith ar ôl cael y ffasiwn dafod am wneud. Ac ar y silff uchaf un, 'Sweet April' yn edrych i lawr arna i'n ymbilgar. Wedi ei chadw ers fy mhenblwydd yn wyth mlwydd oed. Choelia i ddim ei fod o wedi bod mor hunandybus a maleisus â chadw'r ddoli am gymaint o amser. Dwi 'di cael digon ar hyn 'wan. Dwi'n llosgi'r cwbl.

Dyna ni, y 'llyfrau *hymns*' a'r esboniadau i gyd yn fflamau llachar ar y goelcerth. Dwi 'di cyrraedd diwedd y llanast o'r diwedd, dim ond y Beibl gogoneddus a 'Sweet April' ar ôl. Dwi'n wan ar ôl cario'r holl lanast o'r cyn-garchar, ond wnaiff dim byd fy rhwystro rhag rhoi'r un ymdrech olaf, a thaflu'r Beibl praff ar dop y goelcerth. Mae'r fflamau o'i gwmpas yn ffyrnig, ond mae'r Beibl sanctaidd yn dal ei dir. Dwi'n cydio mewn ffon ac yn agor ei glawr am y tro olaf. Dwi'n caniatáu i'r fflamau ei lyfu ac i'r tân lyncu pob atgof o'r Parchedig a'i drysorau am y tro olaf.

Dawnsiaf ar fedd fy nhad.

Dim ond 'Sweet April' ar ôl rŵan. Yr unig anrheg a gefais i erioed, hyd yn oed os na chefais hi go iawn. Yr unig beth wnaeth Mam erioed drosti hi'i hun. Un o'r prif bethau oedd yn atgyfnerthu pŵer Dad. Yn dangos mai fo oedd y meistr, mai fo oedd yn rheoli'n bywydau ni, yn arglwyddiaethu. Dydi o ddim yn cael gwneud hynny ddim mwy. Dwi ddim am adael iddo fo a'i angen am bŵer gael dim eiliad mwy o 'mywyd i. Pwy fuasai 'di meddwl mai fi fyddai'r un i daflu fy hoff – ac unig – anrheg erioed ar y tân? Dwi'n edrych i fyw llygaid 'Sweet April' wrth i'r fflamau gydio ynddi, a dwi'n sefyll am eiliad, yn edmygu fy ngwaith. Dwi'n edrych ar y mwg yn codi am y nefoedd, ac yn meddwl am gynnwys y goelcerth. Y pethau oedd i fod i siapio fy mhersonoliaeth a fy mywyd. Dwi'n gwenu wrth feddwl fy mod i'n gwbl rydd o'r diwedd. Yn rhydd o grafangau Dad a'i gapel, yn rhydd o bob cysylltiad efo Rhiannon Gwynne-Thomas. Y goelcerth erbyn hyn wedi chwythu'i phlwc ac yn mudlosgi, ac eiddo sanctaidd Dad ymhell ar eu ffordd i uffern, a minnau ar eu holau, mae'n siŵr!

'A yw fy enw i lawr yn y dwyfol lyfr mawr?' Nac ydi, a dydi hynny'n poeni dim arna i.

# 373
## Y Gadair

### 'Ennill Tir' gan 'Denzil'

Er cof am Denzil Tucker (Dats) a fu farw o gancr y prostad yn Hydref 2006 yn 68 oed.

#### Prolog

'Wy'n eistedd yma'n astud
gyda thithau'n hau dy hud,
yn hau i mi straeon maith
y gwn i ti'u hau ganwaith.

Y mae'n dal yn fy nghalon i afael
yn hafau'r hanesion.
Awn i lawr ar hyd y lôn
a gafael mewn atgofion.

#### Y Pwll Glo

Clywed, yn nhwrw'r cloeon, – y rhewynt
ar foreau duon,
ac oerfel yr awelon
ar eu hynt drwy'r ddaear hon.

Lawr fesul cell o linellau – daw gwŷr
i fyd gwaith â'u harfau,
i fyd yr hen ogofâu,
i hirnos y llusernau.

Â'r un gŵr yn nwrn y gell, – haearnaidd
yw oerni'r ddaeargell
hyd chwip oer y düwch pell;
ofn yn cau o fewn cawell.

Awr ar ôl awr yn herio – y meini,
a'r min sy'n eu darnio,
a'i ddur sydd yna'n curo
a'i gur aur yn hollti'r gro.

Yn ei fwyell mae ei fywyd, – y llafn –
holl aur ei gelfyddyd.
Dewin yw yn dwyn ei hud
â bargen ymhob ergyd.

Ond ei nos sy'n dynesu – yn yr hwyr,
haul ei ymgodymu,
fel ennyd, sy'n diflannu
hyd erwau ei ddyddiau du.


## Y Cartref

Sylla ar stôr yr hen goridorau,
yr hyn a hoeliwyd ar yr hen waliau.
Ond mor llonydd ydyw mêr y lluniau,
yn dal i hisian yr hen adleisiau.
Oriel o holl drysorau'i – anwylyd
yn gafael o hyd fel hen gofleidiau.

Dyfnhau mae cofleidiau'r co'
yn alar nad yw'n cilio.
Daw swyn yr hen gusanau
yn fôr o wên, er mor frau...

Yr heulwen sy'n ei ddenu, – galwa draw
o gil drws gan wenu.
Y wên sydd yn tywynnu
i fyd hen ddyddiau a fu.

Ond ôl ei chusan sy'n ei drywanu,
a hud anwylyd sy'n ei hualu.
Yng ngharchar ei alaru – diawen,
mae gwên ei heulwen wrthi'n cymylu.

**Yr Ysbyty**

Diddiffodd yw dioddef
heriau ddoe ar ei wedd ef,
ei hiraeth sy'n gaeth i'w go',
hiraeth sy'n ei falurio.

Nos ar ôl nos mae'n gwanhau'n
eiddilwch ei feddyliau.
Eiddilwch lle'r oedd olion
o wellhad. Ei ddyddiau llon:
hen gof yn ei ddiffyg o,
y gwir sydd yn ei guro...

Nid hir oedd y frwydr hon:
yn ddedwydd ei freuddwydion,
dihangodd o'i ddioddef
dieiriau i'w angau ef.

### Y Fynwent

Awelon o dawelwch,
hyd yr aer, sy'n sgubo'n drwch
hen erwau o dynerwch.

Daw Hydref â'i hunllefau,
a hynt yr hen wynt, i wau
yng nghwynion y canghennau.

Mae'r dail prin wrthi'n crino.
O fewn arch mae'i hafan o,
a'i gur aur sy'n hedd y gro.

Teimlaf gryndod fy mlodau!
Wyf Niagra! Fy nagrau!
Ond rhaid! Pa raid ond parhau?!

O'r fynwent yr af innau
i ddilyn fy meddyliau,
soniarus yw'r synhwyrau...

### Epilog

Galaraf, ond gweithiaf gân.
Ga'i eisiau 'mond un gusan?
Ga'i ei weled heb gilio?
Neu ai byw ei wyneb o?

Mi wn nawr, mi wn o hyd,
na welaf ei ddychwelyd.

# 363
Barddoniaeth Bl. 8

## 'Cannwyll' gan 'Seren Wib'

Yn y tywyllwch llonydd, mud,
sy'n dwyn cwsg a chodi hiraeth,
cynheuaf gannwyll
i oleuo'r düwch gwag
a gadael i'r gwres fy nghysuro.

Dawnsia lliwiau'r fflam
gan lenwi'r nos.
Trwy olau'r gwres,
gwelaf gannwyll fy llygad,
Dad-cu.

Ei ben moel,
ei wên lydan,
a'i ddillad smart.
Mae yno o flaen fy llygaid
cyn diflannu yn naid y fflam.

Dacw fe eto,
yn eistedd yn ei gadair
wrth y ffenest,
cyn cerdded at y bwrdd
i fwynhau cinio Sul Mam-gu.

Mewn llun arall,
mae'n rhannu anrhegion
ar fore Dolig,
yn fodlon ei fyd
ynghanol ei deulu.

Mae'r gwêr yn toddi amser
yn awr.
Ac mae Dad-cu yn estyn ei freichiau
tuag ataf
am un cwtsh arall.

Yna mae'r golau'n pylu
a'r gannwyll yn diffodd,
y tywyllwch yn fy meddiannu,
yr hiraeth yn saethu trwy fy nghorff,
a'r cynhesrwydd yn diflannu.

Ond ryw noson arall
gallaf gynnau cannwyll eto
i gadw'r cof yn fyw.

Nos da, Dad-cu.

# 411
Y Fedal Ddrama

## 'Purdan' gan 'Magi'

*Mae Ruth yn eistedd ar soffa yng nghanol y llwyfan, yn siarad yn uniongyrchol â'r gynulleidfa.*

RUTH:     Ruth, o Beddhelen. 'Dach chi 'di clywed amdano fo?
*(saib)*

Na. Wrth gwrs 'dach chi blydi heb. 'Sa neb wedi. Dwi ddim hyd yn oed yn siŵr faswn i'n gallu pwyntio fo allan ar blydi map. Mae'r bobl sy'n ymweld â'r lle 'ma fel arfer ddim ond yma gan bo' nhw 'di mynd ar goll ar eu ffordd i rwla gwell. Go iawn ŵan. Mae 'na gymaint o bobl siomedig, grwpia o bobl siomedig, sydd 'di ffeindio eu hunain ar goll yn eu gwisgoedd gwylia gora ar ôl trio mynd am dro fyny'r blydi Wyddfa. Defnyddio Gwgl Maps a'n neud camgymeriad gwirion ac felly'n crwydro mewn i'r pentref bach 'ma – mynd mewn i'r dafarn fwyaf doji yng ngogledd Cymru – a'n debyg yn meddwl bod nhw 'di marw ar y ffordd fyny'r mynydd a 'di ffeindio'u hunain mewn rhyw burdan gach. Tydi o ddim yn uffern, ddim mor ddrwg â hynny. Ond fel purdan. Jest bach yn ddiflas trwy'r amser, ti'n gwbo'? A'n agos at lefydd nefolaidd – wedi ei amgylchynu gan lefydd nefolaidd i ddeud gwir – ond yn glawstroffobic a chras a jest, wedi ei anghofio.

Y lle does neb yn bwriadu ymweld ag o – dwi'm yn
meddwl fod rhan fwyaf o'r bobl leol sydd wedi bod
yn fflipin byw 'ma ers blincin blynyddoedd 'rioed 'di
bwriadu aros yma – a lle mae'r  bobl ifanc i gyd, ein
ffrindiau ni, un ai 'di gadael yn barod neu ddim yn
bwriadu aros.

(saib)

Fydd pawb yn gwybod amdano rŵan, dwi'n siŵr.
Rhyfedd, tydi? Chwyddwydr ar y pentre bach 'ma.
Ti'n gweld o'n digwydd yn aml yn y wlad 'ma, dwyt?
Llefydd sydd wedi'u hanghofio, llefydd doedd
Llundain erioed 'di clywed amdanynt, llefydd doedd
Caerdydd ddim yn poeni amdanynt. Llefydd sy
ddim ond wedi dod i ymwybyddiaeth pobl gyffredin,
ymwybyddiaeth Llundain a Chaerdydd, achos fod 'na
drychineb wedi digwydd yna. Aber-fan, Tryweryn,
Senghennydd. 'Dach chi'n meddwl byddai pobl
yn ymweld â'r llefydd 'na, yn sgwennu storïau,
barddoniaeth, erthyglau am y llefydd 'na, os na fyddai
rhywbeth afiach wedi digwydd 'na? Llefydd diddorol,
llefydd cymunedol, lliwgar, tlws – yn eu ffordd. Doedd
neb yn meddwl na'n poeni amdanyn nhw tan i beth
afiach ddigwydd 'na. Dwi'n ffeindio hynna mor od. Yr
obsesiwn morbid 'na. Yr euogrwydd cenedlaethol 'na.

(saib)

Eniwe, ia, dwi'n dod o fanna. Neud bach o waith yn
nerbynfa Cyngor Gwynedd. Iawn ia, pres yndi? A ma'
nhw'n neud oriau hyblyg a 'di bod yn dda iawn 'fo fi i
fod yn deg. Felly ia, mae o'n ocê. Byw mewn fflat 'fo fy
nghariad. 'Di bod hefo'n gilydd ers tua dwy flynedd.
Mae hi'n uffernol o flêr.

(saib)

'Dach chi angen gwybod hyn i gyd? 'Dach chi'n poeni am hyn i gyd? Mae'r rwtsh 'ma gyd yn ddibwys i chi, tydi? Ocê, gofynnwch gwestiwn ŵan achos alla i siarad am fy hun am blydi byth heb ddod fyny i ddal fy ngwynt. 'Dach chi isio fi ddeud beth ddigwyddodd? Dyna pam 'dan ni'n neud hyn, ia?

*Blacowt*

## GOLYGFA DAU

*Pan mae'r golau'n codi mae Ruth a Cadi'n gorwedd ar y soffa. Mae Cadi'n cysgu ac mae pen Ruth yn ei dwylo. Mae Cadi'n eistedd i fyny, yn dal y bin ac yn dechrau taflu i fyny.*

RUTH:       Ti'n afiach. Ma' hynna'n afiach. Ti'n acshyli chwydu. O Dduw, y blydi hogla 'na.

CADI:       Stopia, dwi methu helpu fo.

*Mae Cadi'n eistedd i fyny ac mae sos coch i'w weld dros ei chrys.*

RUTH:       (*yn chwerthin*) Drycha ar dy dop! Ti wirioneddol yn afiach bora 'ma, Miss Perffaith.

CADI:       O na, anrheg gan Gwen oedd y top 'ma.

RUTH:       (*yn chwerthin*) Mae'n rhaid dy fod ti 'di byta'r *kebab* 'na yn yr un ffordd â wnest ti fyta wyneb y boi ' na neithiwr – wirioneddol y peth mwyaf afiach dwi erioed 'di gweld.

CADI:       Be? Pryd oedd hynna? Neithiwr? Dwi ddim yn cofio.

RUTH:       Yn yr ail pyb – tua 7 o gloch – pan oedd yr holl deuluoedd yn ista yna'n bwyta'u swpar. Meddwl mai'r boi oedd Gwen yn arfer gweld, Daf Bach?

CADI:       Ma' hynna fatha *incest*!

RUTH:       'Dach chi ddim yn perthyn.

CADI:       Ia, ond ti'n gwbo' be dwi'n feddwl, fatha *blood sisters*, ia?

RUTH: Ti ddim yn hanner malu cachu, ia. Blydi hel, ma 'mhen i'n lladd. Meddwl 'mod i dal 'di meddwi 'chydig bach. Dwi mor *hungover* dwi methu hyd yn oed gweld yn iawn.

CADI: Dwi'n teimlo fatha bo' fi'n marw, fatha go iawn…

RUTH: Ti'n deud hynna pob dydd Sul.

CADI: Dwi'n feddwl o tro 'ma.

RUTH: Ia, ti'n deud hynna 'fyd.

*Mae Cadi'n gwgu ar Ruth, yna'n rhoi ei phen yn ei dwylo. Mae i thôn yn newid.*

CADI: (*yn boenus*) Wyt ti'n gallu cofio unrhyw beth o gwbl?

RUTH: Ydw. Tan tua hanner awr 'di wyth.

CADI: Lot mwy na fi! Sut naethon ni ddod 'nôl? Pryd ar y ddaear naethon ni ddod 'nôl?

RUTH: Lot hwyrach na hanner awr wedi wyth, gobeithio, neu ma' fy enw da i lawr toiled.

CADI: Blydi hel, Ruth, lle ma' ffôn fi? Ti'n meddwl 'nes i yrru neges i rywun? O God, ti'n meddwl 'nes i bostio ar Instagram? Ti'n cofio os 'nes i bostio unrhyw beth ar Instagram? Ruth?

RUTH: Drycha ar dy ffôn, bêb.

*Mae Cadi yn gafael yn ei bag, sydd wedi cael ei daflu tu ôl i'r soffa, ac yn dechrau chwilio am ei ffôn yn wyllt.*

CADI: Ma' sgrin fi 'di cracio. O na, ma' sgrin fi 'di cracio. Be dwi'n mynd i neud? A dio ddim yn troi 'mlaen. Pam fod o ddim yn troi 'mlaen?

RUTH: Batri?

*Mae Cadi'n rhedeg o'r ystafell i fynd i tsiarjo ei ffôn ac yna'n rhedeg yn ôl i mewn.*

CADI: Mae o'n tsiarjo. Ma' hyn yn ofnadwy, afiach. Y blydi tensiwn, Ruth. Be ti'n meddwl dwi 'di neud? Ti'n meddwl 'mod i wedi gyrru neges at rywun? Pam bo' fi wastad yn neud hynna? Pam bo' fi wastad yn meddwl fod hynna'n syniad da?

RUTH: Dwi'n siŵr fod o ddim mor ddrwg â'r tro dwytha, ti 'di dysgu dy wers.

CADI: Sbia ar dy un di.

RUTH: Be?

CADI: Drycha ar dy ffôn. Gweld be ydw i 'di neud, sbia os ma' 'na unrhyw luniau. Dyma ni'n gorffen yn Hoopers? Dwi'n betio fod y ffotograffydd 'na 'di rhoi lluniau blydi afiach ohona fi i fyny, dwi'n siŵr bod ganddi ryw *vendetta*'n erbyn fi. Mae hi wastad yn fy nal i o'r onglau gwaethaf, fel arfer hefo darn o fy nghorff allan a, weithia … dwi hyd yn oed driblo. Fatha, dribl, go iawn. Dwi wedi gorfod gofyn iddi dynnu nhw lawr fwy nag unwaith. A ma' hi wastad yn fy nhagio i. Fatha, c'mon, os ti hefo'r asgwrn cefn i roi llun afiach fel'na i fyny, un dwi'n amlwg yn mynd i blydi casáu, o leia gadael iddo fo gael ei anghofio mewn pentwr o luniau eraill, ti'n gwbo'? Paid tagio fi, paid tynnu sylw at y peth.

RUTH: Dwi wastad yn anghofio pa mor flin ti'n mynd pan gen ti ben mawr. Ti fatha Gremlin.

CADI: Be?

RUTH: Gremlin. Ti mor lyfli, mor ddiniwed rhan fwyaf o'r amser – rhoi 'chydig o alcohol yn dy system a ti'n troi mewn i fwystfil.

CADI: Ti'n gwbo' be, Ruth?

RUTH: Be, Cads?

CADI: Os bysan ni'n cyfarfod rŵan, dwi rili ddim yn meddwl bysan ni'n ffrindiau.

RUTH: Wel, ti'n sownd hefo fi rŵan, del.

CADI: Go iawn, 'dan ni angen stopio neud hyn. Meddwi fel hyn, difetha ein cyrff. Dwi'n 22 rŵan, mae genna i radd, ddylai fy mod i'n meddwl am y dyfodol, fy ngyrfa, cael morgais, addurno'r gegin, ffeindio gŵr, popio allan 'chydig o fabis. Dim deffro pob dydd Sul i chwd, cur yn ben gwaetha 'rioed a theimlad od o ofn afiach yn fy stumog.

RUTH: Blydi hel, diolch am rannu dy lawenydd heintus hefo fi bore 'ma.

CADI: Dwi'n feddwl o, doedd Mam ddim yn ymddwyn fel hyn yn ei hugeiniau. Wnaeth hi gael popeth allan o'i system yn brifysgol. Ac o'n i'n meddwl fy mod i wedi, felly pam fy mod i dal yn gwneud hyn i fi fy hun? Difetha fy nghorff ac i be? Noson blyri o gusanu dieithryn, deffro 'fo ceg uffernol o sych a bwced o chwd?

RUTH: Be arall sy 'na i neud?

CADI: Mae Gwen yn dallt be ydw i'n feddwl.

RUTH: Dwi'n casáu pan ti'n deud hynna. Dwi'n ddwy flynedd yn hŷn na chdi, 'nes i 'rioed fynd i brifysgol – dwi'n amlwg byth yn mynd i ffeindio gŵr – ti'n meddwl dwi'n poeni? Ddim ni am byth ydi hyn, a mi ddylan ni fwynhau ein hunain cyn bod ni'n hen a gwallgo, neu cyn bod newid hinsawdd neu'r rhyfel byd nesaf yn lladd ni i gyd.

CADI: A ti'n deud fy mod i'n *depressing*?

RUTH: 'Di hynna ddim yn *depressing*, gwirionedd, dyna dio – a gobeithiol, dwi'n meddwl – yn syml, stopia boeni gymaint am rŵan, ti ddim yn gwybod be sy nesa.

CADI: Ma' hyn yn llawer rhy ddwfn am ben mawr! Tisio ordro bwyd? Bella Pizza?

RUTH: 'Mond un ar ddeg ydi hi.

**245**

CADI:     Dwi'm yn poeni, mae fy nghorff i angen o. Dwi'n
          mynd i weld os mae'r ffôn yn barod, angen gweld
          faint o smonach dwi 'di neud.

*Mae Cadi'n rhedeg oddi ar y llwyfan.*

*Mae Ruth yn codi'i ffôn o'i bag ac yn deialu rhif – dim ateb; mae'n
deialu eto – dim ateb. Mae Cadi'n dychwelyd.*

RUTH:     Mae Gwen dal yn cysgu a ma' Bella Pizza 'di cau.

CADI:     Wel, o leia mae'r ffôn yn dod ymlaen. Dwi'n nerfus.
          Wir, wir yn nerfus.

*Mae ffôn Cadi yn dod ymlaen.*

CADI:     O fy Nuw.

RUTH:     Be?

CADI:     15 galwad wedi'i fethu, 15? Dyma ti'n trio ffonio fi
          tair gwaith, dyma Daf yn trio ffonio fi ddwywaith,
          dyma Gwen yn trio ffonio fi saith gwaith a Mam tair
          gwaith. Ma' 'na 'chydig o alwadau gan rifau dwi ddim
          yn nabod 'fyd. Ti'n siŵr 'nes i ddim mynd hefo unrhyw
          un arall?

RUTH:     Bêb, dwi ddim hyd yn oed yn cofio ffonio chdi.

CADI:     Dwi ddim yn cofio chdi'n ffonio. Dwi'n poeni, go iawn,
          am ba mor feddw oeddan ni. Does genna i ddim cof
          o ddod 'nôl i fan hyn, na cof o fwyta be uffar ydi o sy
          genna i ar fy nhop. Dwi jest yn falch fod Mam i ffwrdd
          achos dwi'n sicr oeddwn i'n flydi stad.

RUTH:     (*yn chwerthin*) Nath Daf Bach yrru neges i chdi?

CADI:     Do, gofyn oeddwn i'n ocê. Bechod. Siŵr 'mod i 'di bod
          mewn stad iddo fo boeni amdana i, mae o 'di meddwi'n
          gaib bron iawn pob noson o'r wythnos.

RUTH:     Be am Gwen? Sut ddoth hi adra?

CADI:     'Di heb gysylltu, dyma hi'n deud fod hi'n mynd i aros
          hefo Tom.

**246**

RUTH: 'Nôl hefo fo, ydi hi? Yli, ddwedodd hi ddim hynna wrtha i achos oedd hi'n gwybod baswn i'n wallgo. Oedd Tom allan neithiwr? 'Nes i ddim ei weld o.

CADI: Ma' rhaid. Dwi ddim yn cofio gweld unrhyw un, felly dwi ddim help.

*Mae ffôn Cadi'n canu. Mae'n edrych i lawr.*

CADI: Be ddiawl? Ffion yn ffonio fi.

RUTH: Ffion?

CADI: Ti'n gwbo', ffrind ioga Gwen? Yr un od 'na aeth hi ar y ritrît 'na hefo, yr un hefo'r *dreads*.

RUTH: O ia, hogan od. Siŵr fod hi isio ti draw am ryw 'sesiwn adferol' ar ôl gweld lluniau Hoopers.

*Mae'r ffôn yn canu eto.*

CADI: Mae hi'n ffonio eto.

*Mae Cadi'n ateb.*

Haia Ffion. Sori am fethu dy alwad. *Hangover from hell*, sti.

Hei, ymlacia. Bob dim yn ocê?

O Dduw, oeddan ni ddim yn hyd yn oed cofio bo' ti allan.

Be ddigwyddodd? Ti'n iawn?

Na, dwi ddim yn cofio nhw – gad i mi ofyn i Ruth.

Ffi'n gofyn os ti'n cofio criw o hogia yn y Black Bull?

RUTH: Ddim yn cofio mynd i Black Bull, Cads. Be sy'n digwydd?

CADI: Na, 'di hi ddim yn cofio nhw, Ffi.

Blydi hel? Go iawn? No we, y diawliaid – wyt ti'n ocê?

Hynna'n *awful*. Be ti am neud?

RUTH: Be? Be sy 'di digwydd?

CADI: (*yn dal ei llaw dros y speaker*) Mae Ffi yn meddwl fod

hi wedi cael ei sbeicio gan ryw hogia'n y Black Bull –
dyma'i chwaer yn ffeindio hi yna. Mae hi wedi bod yn
A&E trwy'r nos ar ôl iddi chwydu dros y byrddau yn y
Bull cyn pasio allan.

Jest deud wrth Ruth, Ffi.

Hynna'n nyts. Dwi'n teimlo'n afiach 'fyd.

Ruth, Ffi'n gofyn sut ti'n teimlo.

RUTH: Bron â marw, del.

CADI: Drwg hefyd, Ffi.

Ti'n meddwl falle bo' ni hefyd?

Ti'n gwbo' be? Dwi 'fyd. Dwi wirioneddol yn meddwl
bo' ni 'fyd. Oeddwn i heb yfed gymaint â hynna ond
dwi'n teimlo'n blydi afiach a methu cofio ddim byd. A
dwi heb stopio chwydu, yn diodda llwyth.

'Di nhw 'di neud profion, fel i gadarnhau?

Yr heddlu? Wel, ia. Ddylan ni siarad amdano fo, ond
ddown ni hefo chdi, os ti'n siŵr. 'Dan ni angen bod yn
siŵr.

Na, ma' Gwen hefo Tom.

Wel ddown ni wedyn. Mi nawn ni sortio'n hunain
allan, ac wedyn ddown ni draw – felly wela i di mewn
'chydig.

Blydi hel, lwcus bo' ni'n ocê, ma' hynna mor sgeri.

Ocê, ffonia ni wedyn, Ffi.

*Mae Cadi'n rhoi'r ffôn i lawr.*

Ta-ta.

Wnaethon nhw ffeindio cyffuriau yn system Ffion
a fysa Ffi byth yn cyffwrdd unrhyw beth ar bwrpas.
Mae Gwen yn deud fod hi'n hollol *obsessed* hefo iechyd
– figan, sti.

RUTH: Ma' hi isio mynd at yr heddlu? Ti ddim yn meddwl fod

o'n wast o amser? Fyddan nhw byth yn gallu ffeindio'r hogia 'na. Beth bynnag, o'n i ddim yn bwriadu newid allan o pyjamas heddiw – allwn ni ddim jest aros mewn a rhydu heddiw a siarad am hyn hefo Ffion fory?

CADI: Wel, dwi'n mynd. Alla i ddim ama fy mod i wedi cael fy sbeicio a neud ddim byd am y peth – gadael i Ffion fynd ar ei phen ei hun. Tyrd hefo fi? Cyn i fi farw o orchwydu, dwi angen chdi yna i achub fy mywyd.

RUTH: Ddim rili'r gwahoddiad gorau dwi 'rioed 'di gael.

CADI: Plis, Ruth, dwi ddim yn mynd hebddo ti.

RUTH: (*yn edrych yn ddwl ar Cadi*) Os 'dan ni'n cael pitsa gynta, ocê?

*Blacowt*

## GOLYGFA 3

*Pan mae'r golau'n codi, mae Cadi'n eistedd ar y soffa yn siarad yn uniongyrchol â'r gynulleidfa.*

CADI: Cadi dwi, *like Daddy but with a C*. Ddim Kady. Allwch chi gynnwys hynna? Dwi ddim eisiau cael fy ngalw'n Kady. Dwi'n byw hefo fy rhieni a dwi ddim hefo job eto. Ddim wir yn chwilio eto. *Funemployment* mae Ruth yn ei alw fo. Ond tydi o ddim wir yn hwyl, i fod yn onest.

Yn y dyfodol dwi isio byw mewn tŷ neis *detached* maestrefol, hefo gŵr deg allan o ddeg, dau o blant rili ciwt – un o bob un, swydd dda sy'n talu o leia 50k y flwyddyn a gardd lysh, un fawr hefo digon o le i sied, a swing, a phwll padlo yn yr haf. Ond os dwi'n aros yn Beddhelen 'sa ddim siawns o hynna. Dim o gwbl.

(*saib*)

**249**

Dyma be oeddech chi ar ôl? 'Dod i nabod fi.' Ddim wir yn siŵr be ydw i fod i ddeud? Be ddywedodd Ruth? Lot, dwi'm yn ama.

*(saib)*

Dwi'n caru Ruth ond mae hi'n gallu bod 'chydig bach yn ormod ar adegau, ti'n gwbo'? Dwi jest yn ffeindio hi bach yn anodd weithiau. Mae hi'n gallu dreifio fi fyny'r wal a dwi jest isio gweiddi arni – deud wrthi hi i adael llonydd i fi – ond wedyn ma' hi'n deud wbath neu neud wbath, hyd yn oed cyffwrdd fy mraich neu wbath a dwi'n cofio, ti'n gwbo', 'mod i ddim yn casáu hi. 'Mod i acshyli yn eitha licio hi.

Wnaethon ni gyfarfod trwy Gwenllian, 'dan ni'n rhannu hi fel ffrind gora. O'n i'n tua wyth. Yn y wers ddrama oedd Gwen yn mynd iddi – ac wrth gwrs, achos bod hi'n mynd 'nes i benderfynu ei bod hi'n hanfodol bwysig bo' fi'n mynd 'fyd. Mi oedd Ruth yna – yn tynnu stumiau tu ôl i'r athrawes i neud fi chwerthin achos oedd hi'n gwbo' bo' fi'n cachu'n hun. O'n i'n crap – dwi wastad 'di bod yn hollol cach yn ddrama – ond 'nes i gario 'mlaen mynd achos o Ruth a Gwen. 'Nes i aros yn y dosbarth ddrama 'na hefo'r ddwy ohonyn nhw tan o'n i'n 14, pan nath o ddechrau mynd yn embarysing 'mod i go iawn yn hollol cach ac wedi dechrau sbwylio'r sioeau. Nath Ruth byth ddeutha fi bo' fi'n crap, er bod pawb arall yn – ond oedd hi mor glên, mor gefnogol. Edrych yn ôl, ddylai hi wir heb fod – siŵr fod hynna 'di piso off yr athrawes, ond mi oedd hi. Ma' hi'n neis, ma' hi wirioneddol yn – ac mae hi'n licio fi lot fawr, dwi'n gallu deud.

'Dan ni 'di gwneud pethau gwych hefo'n gilydd 'fyd – rili hwyl – a 'dach chi angen rhywun fel hi mewn lle fel hyn. Os ydych chi'n poeni gormod yma, bysa fo'n gallu'ch mygu. A ma' agwedd hi, y ffordd 'di hi jest ddim yn poeni am ddim byd na unrhyw un, mae o'n heintus, mewn ffordd dda. A dyma hynna'n helpu fi a Gwen llwyth, yn enwedig fi. Ddaeth hi ddim i'r brifysgol hefo ni ond bysa hi wastad yn dod ar y trên i weld ni pan oedd hi'n gallu. A gan ystyried fod yna tua miliwn o orsafoedd trên ar y ffordd rhwng Bangor a Caerdydd, mae hynna'n lefel anhygoel o ffyddlondeb.

Ma' atgofion fi 'fo Ruth yn wahanol i be sy genna i 'fo Gwenllian, 'dach chi'n gwbo'? Gwbo' fod o'n swnio i gyd yn fetaffisegol ond ma' atgofion fi 'fo Gwen yn fwy pur, yn ddyfnach, a ddim jest achos fod y ddwy ohonom ni yng Nghaerdydd 'fo'n gilydd, ond ma' nhw wedi'u engrafio yn fy ymennydd a neith henaint, na hyd yn oed blydi amnesia, ddim cymryd hynna i ffwrdd ohonof i achos ma'n rhan o'na fi, ti'n gwbo'? Yn rhan o'n hunaniaeth. Hefo Ruth, maen nhw fel atgofion arwynebol, rhai ysgafn, bregus – fel dwi'n ofn os 'na i disian yn rhy galed mi nawn nhw ddiflannu. Jest cyfeillgarwch gwahanol, ti'n gwbo'. Dio ddim yn helpu fy mod i wedi bod off fy mhen bron iawn pob tro dwi 'di gweld Ruth ers oeddwn i'n tua 15 – achos dyna ti'n neud 'fo Ruth, siarad am secs a meddwi. A dyna pam ma' bob dim yn gymaint o lanast rŵan. A'i nodwedd orau, fod hi ddim yn poeni, mae o nawr jest yn teimlo'n ansensitif – yn wyneb pob dim 'di hi ddim yn gweld (*saib*) neu ddim yn poeni pa mor ddrwg 'di pob dim.

*Blacowt*

# ACT 2

## GOLYGFA 1

*Mae Ruth a Cadi yn eistedd ar y soffa gyda bocsys o bitsa wrth eu traed.*

CADI: O'n i'n meddwl byddai pitsa yn helpu. Dwi erioed 'di bod mor anghywir yn fy mywyd.

RUTH: Dwi'n teimlo fel fy mod i 'di cael fy mradychu gan Bella Pizza.

CADI: Dwi'n gwybod, dwi erioed 'di peidio teimlo'n ffab yn bwyta Hawaiian nhw. Rheswm arall pam dwi'n meddwl fod gan Ffion bwynt hefo'r sbeicio 'na.

RUTH: Oedd y pitsa mor cach â hynna?

CADI: Oedd. A na, jest yn gyffredinol hefo pa mor wael dwi'n teimlo, faint o weithiau dwi wedi chwydu bore 'ma a chyn lleiad dwi'n gallu blydi cofio. Erbyn hyn, mae'r cof 'di gwella fel arfer. Ti ddim yn meddwl fod o'n sgeri?

RUTH: Ti ddim yn meddwl fod Ffion yn bod yn ddramatig? Yr holl ioga hipi dipi 'na 'di mynd i'w phen. Neu ella tydi hi ddim isio cyfaddef bo' ni wedi neud hynna i ni'n hunain; dwi'n amau na fyddai'i dosbarth ioga hi'n caniatáu hynna. C'mon, 'dan ni allan yn Beddhelen – a weithia hyd yn oed blydi C'narfon – pob nos Sadwrn a 'dan ni heb gael ein sbeicio o'r blaen. 'Dan ni bron mor feddw â hynna pob penwythnos.

CADI: Wel sut ti'n gwybod fod o erioed 'di digwydd o'r blaen? Falle bod o wedi. Falle dyna pam bo' ni 'di bod mor ddrwg yn ddiweddar – fatha mor feddw a mor sâl…

RUTH: Na, mae hynna 'chos bo' ni wedi bod yn yfed llwyth – yn bwrpasol – cael *hangover* ydi'r canlyniad creulon,

252

anffodus – ond acshyli angenrheidiol – o hynny. Meddylia rŵan os bysan ni ddim yn cael cur pen ar ôl meddwi'n gach? Fysan ni'n hollol geiban trwy'r amser, trwy'r amser.

CADI: Fysan ni i gyd yn marw achos fo' ni'n yfed gormod.

RUTH: Ond yn cael amser blydi grêt yn y broses, e? Ma' gan fy ffrind Gethin theori diddorol fod y llywodraeth yn rhoi rhywbeth i mewn i alcohol yn fwriadol i achosi cur pen bore wedyn er mwyn neud pobl yn iachach a lleihau pwysau ar y Gwasanaeth Iechyd. Ti'n gwbo' fel ma' nhw'n neud hefo *fluoride* yn y cyflenwad dŵr? Meddylia amdan y peth, fysa ein cyrff ni yn gymaint o fflipin llanast os byddan ni'n gallu yfed ac yfed a ddim yn chwydu a'n teimlo fel cach ar ôl neud. Ond bysa bywyd yn blydi bendigedig.

CADI: Ai hwn yw'r un Gethin nath gachu yn y ffrij pan oedd o 'di meddwi?

RUTH: Ia, a nath o gachu ar ei fam tra oedd hi'n cysgu 'fyd. Ond mae o'n foi rili galluog. Dyma'i chwaer o'n mynd i Rydychen.

CADI: Wel da iawn i chwaer Gethin – siŵr mai hi yw'r cyntaf o Beddhelen i fynd i fod yn deg.

RUTH: Un o Gaernarfon 'di.

CADI: Neud mwy o synnwyr.

RUTH: Ti wir yn meddwl wnaeth rywun roi rhywbeth yn ein diod neithiwr?

CADI: Dwn i'm. 'Dan ni angen bod yn siŵr cyn bod ni'n mynd o gwmpas yn dweud wrth unrhyw un. 'Nes i ddeutha chdi am fy ffrind yn brifysgol oedd yn hollol sicr fod boi yn Gym Gym wedi sbeicio hi? Syth ar ôl iddi gyhuddo fo mi oedd pawb yn casáu hi – fel cymryd ei ochr o. Doedd neb yn coelio hi. Ac yna mi oedd pobl yn casáu ni am fod yn ffrindiau hefo hi. Mi oedd bod ar noson allan hefo hi ar ôl hynna fatha bod yn anifail mewn sw – pawb yn syllu. Ond anifail cach oedd pawb yn casáu – fel pry copyn blewog mewn sw. Dyna sut oedd o.

RUTH: Be ti'n mwydro am?

CADI: Jest trio meddwl am gymhariaeth addas 'de. Oedd pawb yn rhoi dyrtans i ni ar nosweithiau allan – yn aros i ffwrdd ohonan ni fel ein bod ni wedi'n heintio. Felly, dyma ni'n stopio bod yn ffrindiau hefo hi. Pawb yn stopio bod yn ffrindiau hefo hi. Dyma hi'n gadael y brifysgol cyn ddiwedd y flwyddyn gyntaf. Dileu Facebook a phob dim.

RUTH: Asu, bechod arni. Yli, 'dan ni, genod aeth ddim i brifysgol, yn cael enw drwg ond faswn i byth yn trin merch arall fel'na – wel, unrhyw un fel'na.

CADI: Ia, dwi dal yn teimlo'n ddrwg am y sefyllfa i fod yn deg. Ond eto, mi oedd y boi mor ddoniol – oedd pawb yn ei garu. Hollol nyts – hollol, hollol nyts – ond yn gymaint o hwyl 'de. Doedd neb eisiau coelio hi – felly naethon nhw ddewis peidio.

RUTH: Swnio fel twmffat. Eniwe, hefo ni 'dan ni'n mynd at yr heddlu yn syth bore wedyn – felly dwi'n siŵr mi nawn nhw neud profion ac wedyn os 'dan ni'n anghywir ac mai jest ni aeth 'chydig bach yn rhy bell – dwi hyd yn oed yn gallu cyfaddef aethon ni'n bellach na'r arfer – allwn ni jest edrych ar ôl ein hunain tro nesa.

CADI: Dwi ddim isio 'na fod tro nesa.

RUTH: Ia, ocê...

CADI: Na, dwi'n feddwl o – dwi'n casáu 'mod i'n neud hyn. Pam 'mod i'n neud hyn? Dwi'n casáu deffro'n teimlo fel hyn a dwi'n cofio ddim byd o'r noson allan, felly be ydi'r pwynt? Ocê, ella fod ni'n cael un noson wych bob 'chydig o fisoedd – ond 'na fo. A dwi'n flin bo' ti methu cyfadda fod neithiwr ddim yn ocê. 'Sa 'run ohonom ni'n gallu cofio unrhyw beth a ma' blydi 'early bird' Gwen dal 'di pasio allan yn gwely ei chyn-gariad. Fydd hi'n hollol embarysd pan ma' hi'n deffro.

RUTH: Dwi wedi cytuno i ddod hefo ti a Ffion, do?

CADI: Sori, dwi jest yn poeni, dwi'n casáu'r düwch 'na yn fy mhen – meddwl yn ôl a jest gweld düwch. Dwi'n poeni, Ruth. Be os es i fatha 'efo-efo' rhywun neithiwr? Ti'n gwbo'? Ti'n meddwl bo' 'na fideos ohonof i'n neud rwbath anweddus? (*saib*) O fy Nuw, ti'n meddwl fod y fideos wedi mynd yn *viral*?

RUTH: Stopia orfeddwl, blydi hel. Dwi'n meddwl bysat ti wedi neud ymweliad â'r heddlu llawer cynt os bysa chdi wedi bod yn neud pethau anaddas yn gyhoeddus neithiwr.

CADI: Wel, yr unig beth ti'n gallu cofio ydi fi'n pwlio Daf Bach am 7 – falle fod hynna wedi rhoi blas i mewn i fy ymddygiad am weddill y noson. Falle fy mod i wedi neud rhywbeth – fyswn i ddim yn gwbo'.

RUTH: Ti angen ymlacio – 'nes i gael hwyl, er dy fod ti'n meddwl fod y byd yn dod i ben.

CADI: Cael hwyl, nest ti? Be nest ti 'lly, os oedd o'n gymaint o hwyl a ti'n cofio pob dim mor dda?

RUTH: Yr arferol 'de, Cads. Yfed, falle dadla hefo Sophie a fyswn i'n feddwl dawnsio'n wael yn Hoopers. Drycha, dwi'n gwybod fod o'n afiach anghofio noson allan – ond erbyn heno fydd chdi, Gwen a fi wedi cofio darnau. Nawn ni siarad hefo pobl – cael syniad o be ddigwyddodd, edrych am luniau a chwerthin am hyn. Tyd, awn ni i gyfarfod Ffion ond dwi'n gaddo, does gen ti ddim byd i boeni amdano.

CADl: Ti erioed 'di darllen *Brave New World* gan Aldous Huxley?

RUTH:     Hwnna 'di'r un diflas a blydi trist 'na oeddan ni'n gorfod darllen yn TGAU Saesneg Llên? Be uffar sydd gen hwnna i neud hefo unrhyw beth, del? Ti'n gall heddiw, dŵad?

CADI:     Ia, dystopian – uffernol o drist a pesimistig. Mae pawb yn y nofel yn cymryd cyffur o'r enw soma sy'n gwneud i bawb deimlo'n hapus – sef ffordd y llywodraeth o gadw pawb yn ddistaw a cadw'r heddwch.  Ar ôl amser does neb yn gwybod sut i fyw a bod yn hapus heb y soma. A tydi cymdeithas ddim yn gweithio hebdda fo, methu goroesi. Dwi'n cofio darllen o a'i drafod o yn y dosbarth – am ba mor wallgo a hurt oedd o fod y bobl 'ma yn dibynnu ar y cyffur 'na i allu byw'n hapus a'n heddychlon. Ond dyna'n union 'dan ni i gyd yn neud – be mae pawb yn neud – dros y byd i gyd. Yfed ac yfed – smocio a chyffuriau – jest i allu delio hefo'n bywydau ni.

          Dwi'n meddwl ti'n anghywir yn dy ddamcaniaeth fod y llywodraeth yn trio neud ni'n iachach – maen nhw'n trio neud ni'n fwy o lanast. Achos dyna yw allanfa pobl, ein rhyddhad ni. Ti 'di cael diwrnod drwg, ti'n yfed. Ti'n dathlu, ti'n yfed. Ti'n *bored*, ti'n yfed. Ti ar ddêt, ti'n yfed. Mae hi'n ddydd Gwener, ti'n yfed. Mae hi'n ddydd Llun, ti'n yfed.

          Dyna sut 'dan ni'n delio hefo pethau. A dwi ddim isio rhoi mewn i hynny ddim mwy. Peidio yfed yw'r weithred fwyaf o wrthryfela ti'n gallu neud, yn enwedig mewn lle fel hyn – ffordd y bobl bwysig i gadw pobl bach mewn pentrefi coll yn eu lle. Eu twyllo nhw i gydymffurfio, i gadw ni'n ddistaw fel defaid. Drwy wrthod hynna, ti'n hawlio dy hunaniaeth dy hun. Bod yn berson dy hun. Ddim ffitio mewn i'r darlun mae'r llywodraeth wedi ei baratoi i ni – yn ei ddisgwyl ohonom ni.

RUTH: Tydyn nhw ddim yn disgwyl llawer.

CADI: Dyna 'di fy mhwynt.

RUTH: Mae peidio yfed yn swnio'n uffernol o ddiflas i fi. Methu deud clwydda, Cads, dwi'n hoffi alcohol. Caru fo, hyd yn oed. Dwi'n dallt be ti'n deud – ond pam stopio fy hun rhag cael rwbath dwi'n ei garu i brofi pwynt?

CADI: Ti jest ddim yn ei chael hi, nag wyt?

RUTH: Dwi'n deall dy bwynt, ond...

CADI: Wel, dwi'n sefyll yn erbyn hyn. Dwi byth eisiau teimlo fel hyn eto.

RUTH: (*yn ddifynedd*) Awn ni felly – i gyfarfod Ffion? Fydd hi 'di bod yn disgwyl amdanan ni ers oes.

*Blacowt*

## GOLYGFA 2

*Pan mae'r golau'n codi, mae Ruth yn eistedd ar ei phen ei hun yn siarad â'r gynulleidfa.*

RUTH: Mae Cadi'n meddwl 'mod i'n dwp. Fatha, hollol dwp a dwl. Achos es i ddim i brifysgol hefo hi a Gwenllian ac o'n i byth yn y setiau uwch, mae hi'n meddwl does gen i ddim byd yn fy mhen. Dim ond 'egwyddorion hedonistig'. Ac maen nhw yna – yr egwyddorion 'na – ond ma' 'na fwy o falans na mae hi'n feddwl. Dwi'n alluog, ia. Fatha 'run lefel â Einstein a Carol Vorderman. Ond mewn ffordd anghonfensiynol. Yn barn Cads, dwi'n ddiofal, difeddwl, a'n llanast llwyr i ddeud gwir. Llanast heb uchelgeisiau.

Ond, ma' hi hefyd mor genfigennus o hynna – dwi'n gallu'i weld o yn ei llygaid hi. Ers gadael prifysgol, mae hi fel petai hi 'di colli gobaith, ei bybl lyfli o ryddid dosbarth canol wedi byrstio a 'di hi ddim yn gwybod sut i oroesi yn ôl yn fan hyn. Mae hi'n gallu bod mor syth – fatha bod ganddi frigyn mawr fyny ei phen ôl rhan fwyaf o'r amser. Ac wrth gwrs, ma' hi lot gwaeth ers y noson yna.

Dwi yn ei charu hi, mae hi'n grêt lot o'r amser – ac mor blydi doniol. 'Dach chi ddim yn gweld o rŵan gan fod ganddi ei llais difrifol ymlaen ond, blydi hel – yn enwedig ar ôl iddi gael diod – mae hi mor ddoniol. Jest gallu bod yn *patronising* yn sobor. 'Dach chi'n meddwl fy mod i ddim yn gwbo' fod y swydd 'ma ddim yn mynd i arwain at ddim byd, fod aros yma ddim yn mynd i arwain at ddim byd? A ma' bod yn hoyw mewn lle mor ynysig â hyn yn anodd. Bysa Cads heb allu delio hefo fo. Dynion gwirion yn deud pethau gwirion wrtha fi a Soph ar nosweithiau allan. Fyddai Cadi heb ddelio hefo hynny. Wel, wnaeth hi adael, doedd hi methu delio hefo pethau.

Ella fod gennym ni ddim Nandos yma, a ti angen dreifio awr i gael at Topshop – ond mae'r bobl yn neud lle, ti'n gwbo'? Ac mae'r bobl yn fan hyn, er bod gan rai ohonyn nhw feddyliau cul – maen nhw'n grêt. Hyd yn oed y dynion gwirion sy'n deud pethau gwirion – syth ti'n siarad hefo nhw, dod i nabod nhw, ti'n gweld – anwybodus ydi lot ohonyn nhw, ddim gwirion. Fel arfer, ma' nhw'n ocê.

Dwi'n hapus yma, ac mae hynny'n hollol anghredadwy i Cads. Dwi'n hapus yn fy swydd, dwi'n hapus hefo fy nghariad, yn byw yn purdan. Pobl eraill sydd hefo'r broblem. Dwi'n flin hefo'r bobl tu allan – y bobl sy'n edrych lawr, yn anghofio amdanom ni. Y bobl sy wir ddim yn poeni am unrhyw berson sydd ddim yn byw mewn dinas, sydd ddim yn byw yn Lloegr – eu problem nhw ydi hynna, ddim un ni. 'Di

Cads ddim yn fy neall i. Ddim fel ma' Gwen a Soph yn deall.

Ond ma' Cads a fi yn agosach nag erioed o'r blaen. Dwi'n meddwl fod hi'n arfer ei gweld hi'n anodd bod hefo fi – o'n i'n meddwi a'n caru'r profiad ac oedd hi'n trio ei garu fo 'fyd ond doedd hi methu delio hefo'r ôl-effeithiau.

Ond rŵan ma' hi'n gweld fy mod i'n teimlo'n euog hefyd. Mi oedd y ddwy ohonom ni'n gwybod yn syth fod ni ddim yn iawn y noson yna. Ddim eisiau cyfadda.

Ond ti'n gwybod pan gen ti'r teimlad ofnadwy 'na'n dy stumog? Fatha ti 'di llyncu bric ac mae o'n pwyso chdi lawr – i gyd yn sownd tu mewn i chdi – a'r darnau llym yn neud dy geg di mor sych? Oedd fy ngheg i mor sych y diwrnod yna. A'n blasu fel metel. Oedd pob dim yn teimlo'n anghywir.

*Blacowt*

### GOLYGFA 3

*Mae Cadi a Ruth yn sefyll ar ddwy ochr y llwyfan, yn edrych yn uniongyrchol ar y gynulleidfa.*

RUTH:    So dyma ni'n mynd mewn.

CADI:    Dyma ni'n cerdded yn syth i mewn, oeddwn i mor nerfus – cymysgedd o nerfus a chur pen. Oedd fy stumog i'n troi.

RUTH:    Dyma ni'n ista tu allan i'r stafell fach 'ma.

CADI:    Dyma fi a Ruth yn ista lawr drws nesa i'n gilydd. Dyma fi bron iawn yn gafael ar y bin bach budr i chwydu ar y pwynt yma.

| | |
|---|---|
| RUTH: | Dyma 'na ddyn heddlu mawr 'paid â mesio 'fo fi' yn cerdded atom ni. |
| CADI: | Dyma 'na ddyn heddlu rili ffit yn dod i siarad 'fo ni. |
| RUTH: | Oedd o'n edrych yn ddifrifol. |
| CADI: | Oeddwn i'n hoffi fod o'n edrych yn sympathetig. |
| RUTH: | Dyma fo'n deud, "'Dan ni 'di siarad hefo Ffion ac wedi testio ei gwaed a'i pi-pi – a mae o'n edrych fel falle bod eich diodydd wedi cael eu sbeicio neithiwr." |
| CADI: | Oedd o'n edrych yn boenus a dyma fo'n dweud, "Yn anffodus, ferched, mae'n edrych fel bod rhywun wedi ymyrryd â diod eich ffrind neithiwr." |
| RUTH: | "Rydyn ni nawr yn mynd i neud profion ar eich gwaed a pi-pi." |
| CADI: | "Byddwn ni angen cymryd samplau gwaed ac wrin i weithio allan os mae'r un peth wedi digwydd i chi. Ond mae o'n edrych yn debygol." |
| RUTH: | Dyma fi'n deutha fo 'mod i heb neud unrhyw gyffuriau. |
| CADI: | Dyma fi'n deud fod ni heb gymryd unrhyw gyffuriau'n fwriadol. |
| RUTH: | Oeddwn i'n teimlo'n od – dyma fy ngheg yn mynd yn sych ac mi oedd siarad yn anodd. Mi oedd o'n sioc i fi fy hun, pa mor od oeddwn i'n teimlo. |
| CADI: | O'n i'n teimlo ofn – pam fysa rhywun isio rhoi rhywbeth yn ein diodydd ni? |
| RUTH: | Dyma fo'n deud ei fod o angen siarad hefo ni ar ôl y profion, i ffeindio allan be ddigwyddodd. |
| CADI: | Dyma fo'n deud, "Rydyn ni angen eich cymorth i ddod o hyd i'r person neu bobl a fyddai wedi ymyrryd â'ch diodydd, ac i ddarganfod os maent wedi gwneud hyn i unrhyw un arall." |

RUTH:     Felly dyma ni'n siarad hefo fo, ond doeddwn i ddim  yn
          cofio lot, felly methu helpu llawer.

CADI:     Dyma fi'n siarad hefo fo am oes – deud pob dim oeddwn
          i'n gallu cofio. Dyma fi'n deutha fo i siarad  hefo Daf
          Bach, hyd yn oed rhoi ei rif ffôn fo iddyn  nhw. Dyma fi'n
          rhestru'r tafarndai 'dan ni fel arfer yn mynd i – yn gofyn
          i'r dyn heddlu fynd i siarad hefo nhw. Dyma fi hefyd yn
          deud fod ni allan hefo Gwen a Tom – ella bo' nhw 'di cael
          eu heffeithio hefyd. Rhoi rhifau ffôn nhw iddo fo. 'Nes i
          wagio fy ymennydd gyda'r holl wybodaeth oeddwn i'n
          gallu cofio a gobeithio fod hynny'n ddigon.

RUTH:     O'n i'n teimlo'n sâl. Fi – yn teimlo fel chwydu. Dwi byth
          yn sâl. Stumog cryf, fi. Ond o'n i'n teimlo fel chwydu.
          O'n i'n casáu meddwl fod rhywun yn meddwl bod nhw'n
          gallu defnyddio fi, cymryd mantais – hyd yn oed os
          naethon nhw ddim – roedd meddwl am eu bwriad yn
          neud i fi deimlo'n sâl. O'n i'n casáu teimlo'n ddibŵer. Y
          diawliaid.

CADI:     Dyma Daf yn ateb y ffôn yn syth, bechod. Dyma'r dyn
          heddlu ffit yn deud fod Daf yn meddwl fod o 'di gweld
          fi hefo rhywun. Mi oedd o'n *hammered* ei hun, felly dwi
          ddim yn gwybod beth i goelio. 'Nes i chwydu wedyn.
          O flaen y dyn ffit 'na. Ella fod o'r holl rwtsh oedd yn
          trio neud ei ffordd drwy fy ngwaed neu ella mai'r
          wybodaeth oedd yn cael ei daflu ata i am y noson cynt
          oedd o, ond roedd popeth yn ormod i mi.

RUTH:     Dyma Daf yn ffeindio Cadi ar fainc yn y maes, yn ôl
          y dyn heddlu. 'Chydig wedyn 'nes i ddisgyn allan o
          Hoopers ac ymuno.

CADI:     Yn ôl yr heddlu, dyma Daf yn aros hefo fi tan i Ruth
          adael y clwb. Dyma fo hyd yn oed yn bwydo *kebab* i
          fi, blydi hel. Ond dwi ddim yn gwybod os alla i goelio
          hynna, dwi'n cofio dim.

RUTH: Dyma'r dynion ar y drws yn gwrthod mynediad i Cadi i Hoopers – a dyma nhw'n cicio fi allan 'chydig wedyn. Felly, drwy obaith, mae hynna'n golygu dyma ni'n mynd adra yn eitha buan. Dyma Daf yn deud fod y dynion ar y drws wedi stwffio fi a Cadi mewn tacsi yn ôl i dŷ Cadi. Un peth da am y lle 'ma, pawb yn nabod pawb, gwbo' lle i yrru chdi pan ti mewn stad.

Dwn i'm sut dyma ni'n talu a faint oedd o'n blydi costio. Ga i ddyn tacsi yn cnocio ar ddrws yn fuan, dwi'n siŵr – ochr ddrwg y ffaith fod pawb yn nabod pawb.

CADI: Roeddan ni'n hollol ddi-rym a bregus, bysa unrhyw beth wedi gallu digwydd. Pa mor sgeri ydi hynna?

RUTH: Mi oedd o'n neud fi deimlo mor anghyfforddus. Methu rhoi'r darnau at ei gilydd. Cael llun o'r noson. Mi oedd 'na dal gymaint doedd y ddwy ohonom ni ddim yn gwybod.

CADI: O'n i jest eisiau gwybod pob dim – yn casáu meddwl pa stad oeddwn i wedi bod mewn – ond eto oedd ffeindio allan yn llenwi fi hefo braw – braw oeddwn i'n gallu blasu, yn sychu fy ngheg a neud fy mol i deimlo hyd yn oed yn fwy sâl.

*Blacowt*

**GOLYGFA 4**

*Mae Cadi a Ruth yn eistedd ar y soffa mewn distawrwydd.*

RUTH: Ti'n ocê?

CADI: Ydw, jest yn ysu i Mam fod adra. Ond dwi ddim isio poeni hi drwy ofyn iddi ddod 'nôl.

RUTH: Byddan ni'n ocê. 'Dan ni hefo'n gilydd – a dyma nhw'n deud fod y cyffuriau yn mynd i adael ein system yn fuan.

CADI: Dwi'n ofn i glywed beth sy nesa. Mae clywed beth oedd Daf yn cofio 'di fy nychryn i.

RUTH: Ti'n cofio dim am y dyn welodd o hefo chdi?

CADI: Dwi ddim yn cofio unrhyw beth – dwi 'di deud hyn! Sut uffar ydw i fod i gofio am ddyn ar ddiwedd y noson? Mae'n wyrth bod fi a chdi 'di cyrraedd 'nôl hefo'n gilydd.

RUTH: Mae'n rhaid bod gennym ni ryw synnwyr awtomatig sy'n troi ar pan 'dan ni 'di meddwi – fatha *sat nav* mewnol i helpu chdi ffeindio ffrindiau pan ti'n geiban.

CADI: Ddim dyna dio. Fel arfer dwi hefo ffrindiau sydd llawer mwy cyfrifol na fi. Dyna 'di'r broblem hefo'r tair ohonom ni, 'dan ni rhy debyg – ma' un o'nan ni'n chwydu ac mae'r llall yna'n tynnu lluniau a chwerthin. Ti fel arfer ddim mor feddw â ni i fod yn deg. 'Dan ni fel arfer yn gallu dibynnu arnat ti i fynd â ni adra.

RUTH: Ha! Dwi 'rioed 'di cael fy ngalw'n ddibynadwy gen ti o'r blaen. Ga i recordio chdi?

CADI: Dibynadwy 'di'r gair anghywir. Ti jest wastad mwy sobor na fi.

RUTH: Yn amlwg, dwi 'di gael mwy o ymarfer. Ac fel arfer yn dda iawn am guddio fo – a hefo iau ofnadwy o gryf a chorff cadarn.

CADI: Dwi isio Gwen fod yma. Pam fod hi'n gorfod bod hefo Tom heddiw?

RUTH: Meddylia amdano fo – mae'n beth da fod hi hefo fo, o leia 'dan ni'n gwybod fod o 'di cadw hi'n saff. A 'dan ni'n saff. A ma' Ffion yn saff.

CADI:       Dwi isio sgrechian. Dwi isio mynd draw at pwy
            bynnag nath hyn a sgrechian. A taro nhw. Dwi isio
            blydi hitio nhw. Neu fo – neu nhw. Pwy? Dwi'n casáu
            hyn. A dwi'n casáu clywed beth fydd yr heddlu'n
            darganfod – beth oedd y dynion 'na'n cynllunio.

RUTH:       Mae'n ocê, fydd pob dim yn ocê.

CADI:       Nest ti glywed be ddywedon nhw? 'Mod i 'di cael fy
            ngwrthod i'r clwb. Dwi erioed wedi cael fy ngwrthod
            o'r blaen, am gywilydd. Ti'n meddwl gwelodd
            rhywun?

RUTH:       Dyna ti'n poeni am? Blydi hel, Cads, fase rhywbeth
            wedi gallu digwydd i ti.

CADI:       Ond dwi ddim eisiau cael fy atgoffa ohono fo byth
            eto. Dwi ddim isio gweld pobl yn deud, "Ha-ha, oedda
            chdi mor feddw penwythnos dwytha" – dwi ddim
            isio hynna. Dwi ddim isio pobl feddwl amdana i yn y
            ffordd yna.

RUTH:       Mae'n ocê, dwi'n dallt. Stopia boeni. Ti 'di sbio ar
            unrhyw *social media* eto?

CADI:       'Nes i sbio os oeddwn i wedi rhoi rhywbeth i fyny.
            Doeddwn i heb – hyd yn oed yn rhy feddw i neud
            hynny.

RUTH:       Wel mae hynna'n dda o leia, e?

*Mae Cadi'n gwgu ar Ruth.*

RUTH:       Hei, dwi'n ferch gwydr hanner llawn – methu helpu
            fo.

CADI:       Dwi'n gwybod dyle fi edrych ar Facebook, ond dwi'n
            ofn be 'na i weld yno.

RUTH:       Wel o leia gest ti dy wrthod i Hoopers, so fydd yr ast o
            ffotograffydd 'na heb dynnu lluniau ohonot ti hefo dy
            dit allan.

*Mae Cadi'n gwgu ar Ruth.*

|  | Ocê, hynny'n deg. Ti ddim yn barod i fod yn optimistig eto. |
|---|---|
| CADI: | Ruth, mae hyn yn ddifrifol. Dychmyga os fysa Daf heb ffeindio fi. Oeddet ti wedi mynd mewn i Hoopers – yn debyg ddim yn gwybod lle oeddwn i na lle oeddet ti. Fyswn i wedi gallu crwydro ffwrdd. Ti ddim yn gwylio'r newyddion? Ti ddim yn clywed am y petha erchyll sy'n gallu digwydd i genod fel ni? Neu merched sydd 'di meddwi? |
| RUTH: | Ddim yn gwylio fo, ddim diddordeb. Methu neud ddim byd amdano fo, nadw? Mae o jest yn mynd i neud fi'n drist am ddim rheswm o gwbl. |
| CADI: | Ddylet ti gymryd pethau mwy o ddifrif. |
| RUTH: | Ti'm yn nabod fi o gwbl? Dwi'n casáu bod yn ddifrifol. Be 'di'r pwynt bod yn ddifrifol? |
| CADI: | Bydda'n gyfrifol felly, yn aeddfed. |
| RUTH: | Cads, ddim y fi nath sbeicio chdi. Paid bod yn flin hefo fi. |
| CADI: | Ti isio edrych ar Facebook? Dylen ni. |

*Mae Ruth yn estyn ei ffôn hi. Yna mae Cadi'n estyn ei un hi.*

| CADI: | Barod? |
|---|---|
| RUTH: | Barod. |

*Mae'r ddwy yn edrych ar eu ffonau symudol.*

| CADI: | Methu gweld llawer. |
|---|---|
| RUTH: | Wel oedd hynna'n anticleimactig. |
| CADI: | O na, disgwyl, *notification*. Ac un arall. Ac un arall. Mae Tom yn ychwanegu lluniau. Mae o wedi deffro felly. |
| RUTH: | A ie, dwi'n cael nhw'n dod drwadd hefyd. |

| CADI: | 'Di Gwen heb fod ar-lein ers cwpwl o oriau – ma' hi'n mynd i gasáu fod Tom wedi rhoi lluniau i fyny o'r ddau ohonyn nhw'n barod. Wythnos dwetha oedd hi'n bitsio amdano fo hefo genod côr – yn taeru fod y ddau ohonyn nhw byth am fynd hefo'i gilydd eto. |
|---|---|
| RUTH: | Ydyn nhw'n ôl hefo'i gilydd 'lly? |
| CADI: | Ella, ar ôl neithiwr. |
| RUTH: | Oeddan nhw 'di bwriadu mynd 'nôl hefo'i gilydd? |
| CADI: | Oeddan, mwy neu lai. Ma' hi'n methu fo. |
| RUTH: | Mae o'n dwmffat. |
| CADI: | Na, dio ddim. Mae o'n poeni amdani, a'n caru hi. Dio jest ddim yn barod amdani. |
| RUTH: | Paid â deud ti ar ei ochr o hefyd. |
| CADI: | Ma' nhw wedi bod hefo'i gilydd ers oeddan nhw'n 16, mae'n rhaid fod 'na dal teimladau yna. Ti jest ddim yn licio fod o ddim yn ffeindio chdi'n ddoniol. |
| RUTH: | Tydi ei hiwmor o ddim digon aeddfed. |
| CADI: | Ie, wrth gwrs, dyna pam. |
| RUTH: | Ti'n dod ymlaen hefo fo'n dda. |
| CADI: | Ydw, mae o'n foi neis. Sut ma' pethau hefo chi a Soph? Ti 'di deutha hi am neithiwr? |
| RUTH: | Na, ddim pwynt. |
| CADI: | Be? Nest ti ddim sôn wrthi? |
| RUTH: | Pam ddyle fi? Bysa hi jest yn poeni bob tro dwi'n mynd allan, felly does dim pwynt. |
| CADI: | Wel, dwi ddim yn gwybod sut ti'n mynd i fynd allan yn y dyfodol os dwi'm yn dod – a ti'n cofio sut mae Gwen pan mae hi'n dechrau mynd 'nôl hefo Tom? *Hiberdater, recluse.* Neith hi ddim dod chwaith. |
| RUTH: | Wrth gwrs dwi ddim isio mynd allan wythnos nesa. Ond ddylen ni ddim gadael i'r dynion bach 'na nath |

sbeicio ni sboelio unrhyw gyfle sydd gennym ni o gael noson dda eto.

CADI: Dwi ddim isio siarad am hyn heddiw.

RUTH: Nawn ni edrych ar y lluniau 'na felly?

CADI: Dwi ddim isio.

RUTH: Oeddet ti'n ysu i sbio bore 'ma.

CADI: Dwi ddim isio meddwl am y noson 'na byth eto.

RUTH: Gad i fi edrych felly, adrodd yn ôl. Yli, os 'dan ni isio helpu'r heddlu ffeindio'r bobl 'ma, 'dan ni angen edrych ar y lluniau o leia. Ella byddan nhw yn y cefndir neu rywbeth.

*Mae Ruth yn agor ei ffôn ac yn dechrau edrych.*

CADI: Ydyn nhw'n ddrwg? Deud fod nhw ddim yn ddrwg, plis?

RUTH: Ddim yn hollol ofnadwy – ddim yn grêt ond ddim yn ofnadwy. Ddim llawer i fod yn onest. Oeddan ni'n amlwg ddim hefo fo am hir. Mae'n rhaid bod o 'di aros hefo'r hogiau a Gwen ar ôl hynna. Siŵr fod nhw 'di mynd 'nôl am ddiodydd i'w dŷ fo, ti'n gwybod, y diodydd 'na ma' nhw'n cael ar ddiwedd y nos? Dwi byth yn cael gwahoddiad.

CADI: Oes yna unrhyw ddarnau o fy nghorff yn cael eu harddangos sydd ddim i fod i gael eu harddangos?

RUTH: Na. Lot o luniau o'r ddau ohonoch chi hefo'ch gilydd. Fydd Gwen ddim yn licio'r rhain.

CADI: Taw, 'dan ni'n ffrindiau. A dwi'n berson sy'n madda, ddim fel ti.

RUTH: Ti'n edrych mor feddw. Mae'n rhaid bod rhain wedi cael eu tynnu ar ôl i ni gael ein sbeicio.

CADI: Ddylan ni ofyn iddo fo faint o'r gloch gafodd rhain eu tynnu.

| | |
|---|---|
| RUTH: | Gofynna di. |
| CADI: | Ofn o, wyt ti? |
| RUTH: | Ddim yn ofn neb, fi. Ddim mynadd, i ddeud gwir. |
| CADI: | Ocê, mae o ar-lein. 'Na i yrru neges. |
| RUTH: | O leia fydd o'n gallu bod yn ddefnyddiol am unwaith. |
| CADI: | Mae o'n teipio. 10pm, ma'n deud. Ma'n deud fod o ddim ond 'di gweld ni am gyfnod bach – oeddan ni'n geiban, felly dyma fo'n penderfynu gadael ni i fwynhau ein hunain. |
| RUTH: | Am dwmffat. |
| CADI: | Hei, oedd o ddim yn gwybod. Dwi'n siŵr oedd o'n meddwl basen ni'n sobri fyny. A sbia, mae o newydd ddeud nath o adael ni hefo dŵr. |
| RUTH: | O wel, am blydi neis, cymryd ei gariad a gadael ni off ein blydi pennau – fysa unrhyw beth wedi gallu digwydd. |
| CADI: | Oeddet ti ddim yn disgwyl iddo fo aros hefo ni ac edrych ar ôl fi, chdi a Ffi, oeddet ti? Oedd ganddo fo grŵp mawr o ffrindiau hefo fo hefyd. Wyt ti'n deud bysat ti'n rhoi gorau i dy noson allan i fynd i edrych ar ei ôl o? |
| RUTH: | Dwi'n drysor anhunanol. |
| CADI: | Wel, dwi ddim yn meddwl baswn i wedi. |
| RUTH: | Dio ddim yn mynd i fod yn unrhyw help 'lly. |
| CADI: | Dyle fi ffonio fo a Gwen? Gofyn be arall mae o'n wybod? |
| RUTH: | Ffonia os ti isio, ond dwi'n meddwl fysa fo'n wast o amsar. |
| CADI: | Ia, ti'n iawn. Ella 'na i ffonio fory pan mae ein pennau mawr 'di mynd. Ti ddim yn mynd 'nôl i gwaith fory, nag w't? |

| | |
|---|---|
| RUTH: | Allan o wyliau, fydd rhaid fi neud. |
| CADI: | Be? Dweud wrthyn nhw dy fod ti wedi cael dy sbeicio. Falle fydd y cyffuriau dal yn dy system fory – ti methu mynd i gwaith. |
| RUTH: | Pa ddarn o beidio gwneud ffỳs ti'm yn dallt? |
| CADI: | Ruth, 'di hyn ddim byd i neud hefo bod yn gryf. |
| RUTH: | Taw, Cads. Dwi ddim yn mynd trwy hyn eto. |
| CADI: | (*saib*) Pryd mae'r dyn heddlu ffit yn ffonio ni felly? |
| RUTH: | Ffit? Oeddet ti'n meddwl fod o'n ffit? Mr Muscle? Oedd o'n edrych fel bod o'n llawn steroids. |
| CADI: | Wel, ti ddim yn gwybod popeth amdana fi. Eniwe, mi oedd o'n glên. |
| RUTH: | Mae dy gariad newydd di'n ffonio cyn 5. Be 'di'r amser rŵan? |
| CADI: | Jest ar ôl tri. |
| RUTH: | God, mae heddiw'n teimlo fel blwyddyn. |
| CADI: | Ie, dwi'n teimlo'n aflonydd. Dwi'n teimlo fel dwi angen neud wbath. Dwi byth fel hyn yn *hungover*. |
| RUTH: | Dwi jest isio ffeindio'r dynion 'na nath sbeicio ni. |

*Mae ffôn yn canu.*

| | |
|---|---|
| CADI: | Dyn ffit? |
| RUTH: | Na, Ffion. |
| CADI: | Dyma hi'n ffonio chdi? Pam ddim fi? Dwi'n agosach ati hi. |
| RUTH: | Dwmbo, Cads. Ydw i'n cael ateb o 'lly? |

*Mae Cadi'n cytuno.*

| | |
|---|---|
| RUTH: | Iawn, Ffi? |
| | Ie, mae Cads yma. Pam? |
| | Cads, oes yna rywbeth yn bod hefo dy ffôn? Mae Ffion wedi bod yn trio ffonio ers oes. |

CADI:     Dwi'n meddwl 'mod i 'di neud wbath iddo fo neithiwr. 'Nes i fethu galwad gan Mam gynna hefyd. (*saib*)

Neud synnwyr 'lly.

RUTH:     Be?

CADI:     Pam wnaeth hi ffonio chdi, dim fi?

RUTH:     Cer o 'ma.

Ie, 'di malu, Ffi.

Do, 'dan ni 'di edrych ar Facebook.

Na, heb archwilio'n fanwl i fod yn deg.

Cads, mae Ffi isio gwbo' os ti 'di edrych yn fanwl ar Facebook?

CADI:     Methu dioddef sbio ar Facebook am fwy na 'chydig eiliadau.

RUTH:     Na, 'di hi ddim yn ffrindiau hefo *social media* heddiw.

O, go iawn? 'Dan ni'n edrych yn feddw?

CADI:     Be? Be ma' hi'n deud?

RUTH:     (*yn sibrwd*) 'Na i ddeutha ti'n funud.

Pwy oedd o?

Blydi hel, dwi ddim yn cofio hynna. Dwi ddim yn cofio ddim byd.

Na, dio heb gysylltu hefo ni chwaith.

Ocê, ie, nawn ni adael ti wybod.

Ta-ta, Ffi.

CADI:     Be? Be sy'n mynd 'mlaen?

RUTH:     Mae'r *Daily Post* 'di rhannu erthygl am ffeit tu allan i'r Bull neithiwr, a 'dan ni'n gefn y lluniau yn ôl Ffion, yn eistedd ar y beincia smocio. Jest cyn i chwaer Ffi ffeindio hi'n cysgu ar soffa yn y Bull.

CADI:     Asu, am lanast llwyr.

RUTH:     Ie, llanast go iawn. Gafodd hogyn wydr dros ei ben.

CADI: Blydi hel.

RUTH: Ti'm yn ffeindio fo'n od bod ni'n edrych i Facebook am atebion?

CADI: Mae fy mywyd i gyd ar Facebook. (*saib*)

Cofio 'mod i wedi dy enwebu di i fod yn gyfrifol am fy nghyfrif Facebook 'Mewn Teyrnged'?

RUTH: Be uffar?

CADI: 'Nes i ddim deutha ti? Os ti'n mynd i dy osodiadau, ti'n gallu dewis rhywun i fod yn gyfrifol am dy gyfrif di os ti'n marw.

*Dydi Ruth ddim yn edrych yn hapus.*

C'mon, fatha cychwyn tudalen Facebook neis i fy nghoffáu ac i bobl allu postio negeseuon neis am ba mor wych oeddwn i yn ystod fy mywyd.

RUTH: Stopia mwydro.

CADI: Na! Go iawn! Dwi angen i ti weithio trwy'r negeseuon i fi, darganfod y rhai cach a 'mond gadael y rhai neis, *genuine* i gael eu postio ar fy nhudalen. Paid gadael i'r genod hunanbwysig o ysgol bostio negeseuon ffals o gydymdeimlad ar fy nhudalen jest i gael *likes* – dwi ddim ond isio'r rhai go iawn. A bydda'n siŵr i ddewis lluniau neis ohona fi, o fy ochr chwith. A cael gwared o'r holl luniau Hoopers os mae'r blydi ffotograffydd 'na'n trio cael sylw allan o fi, casho mewn.

RUTH: Cer o 'ma, dwi ddim isio hynna. Rho enw Gwen lawr.

CADI: Na, fydd Gwen yn torri ei chalon gormod i neud joban dda. Mi fyddat ti'n berffaith achos fydd y balans yn berffaith – fysa chdi'n drist, yn amlwg, ond hefyd yn gryf. Bysat ti'n crio 'chydig ond wedyn yn troi at gadw fy enw da, fy etifeddiaeth ac isio dathlu fy mywyd gwych llawn campau trawiadol. A bysa chdi'n gwybod pwy sy'n deud celwydd. Bysat ti'n deutha nhw lle i fynd. Os ma' blydi Sioned o ysgol yn meiddio mynd yn agos at fy nhudalen, deuthi lle i fynd. Doedd hi ddim isio ista wrth ymyl fi yn gwersi Saesneg a ddim isio paru hefo fi yn ymarfer corff, felly dwi ddim isio ei negeseuon sympathetig i fod yn onest, diolch yn fawr. Fydda i'n nodio'n hapus o fyny fanna.

RUTH: Wel drwy obaith mi wnei di farw ar ôl i Facebook ddiflannu, neu fy mod i'n gadael y byd 'ma cyn chdi. Achos dwi wir ddim ffansi hynna i fod yn onest.

CADI: Mae o'n anrhydedd, Ruth, fyny 'na hefo bod yn forwyn yn fy mhriodas. A gan ystyried fy sefyllfa ar y funud, dwi'n meddwl fod yna debygolrwydd uchel mai ddim ond un o heina sy 'fo siawns o ddigwydd achos dwi byth am ffeindio rhywun sy'n ddigon dewr neu stiwpid i fy mhriodi i.

RUTH: Nei di plis jest cael gwared ar fy Facebook i os dwi'n mynd cyn chdi? Dwi ddim yn trystio chdi na Gwen i edrych ar ôl fy nhudalen i. Fydd fy enw da lawr y toilet. Alla i roi hwnna lawr yn fy ngosodiadau?

CADI: Dwi ddim yn meddwl ti'n gallu dewis hynna.

RUTH: Blydi hel, 'di'r byd 'ma ddim yn gall.

CADI: Ie, yn ôl y sôn, mewn ychydig o flynyddoedd fydd yna fwy o bobl wedi marw ar Facebook na phobl byw – mynwent ddigidol. Boncyrs, 'de? Dwi ddim yn gwybod beth neith ddigwydd i Instagram a Twitter ar ôl fi fynd. Fysa fy nghyfrif Twitter jest yn neud i bobl feddwl fy mod i wedi byw bywyd diflas dros ben, achos yr unig beth dwi'n neud ydi retweetio fideos o gathod.

RUTH: Dwi 'di dileu un fi. Es i mewn i ddadl ar-lein hefo rhyw foi gwirion oedd yn siarad rwtsh am jaffa cêcs.

CADI: Be?

RUTH: Oedd o ddim yn gwrando ar fy mhwynt i.

CADI:   Wel, drwy obaith fydd y galarwyr yn sticio at Facebook 'lly.

RUTH:   Ti 'di gweld yr erthygl yna eto?

*Mae Cadi'n edrych i lawr ar ei ffôn.*

CADI:   Do, ma' ganddo fo lwyth o *likes* – a sylwadau – mae pawb yn tagio Gethin i ddeud gwir. Falle fod o'n rhan o'r cwffio?

RUTH:   Gwallgo.

CADI:   Ti'n meddwl oedd y ddwy ohonan ni'n rhan o'r ffeit? O Dduw, ti'n meddwl fi ddechreuodd o? Ti'n meddwl oedd o gyd i lawr i fi? Be os mae Mr Dyn Heddlu Ffit yn ffeindio allan na fi ddechreuodd y cwffio a'n arestio fi?

RUTH:   Cads. Ti'n neud o eto. Gorfeddwl.

CADI:   Ie, ti'n iawn. Dwi'n mynd am awyr iach. Dwi'n teimlo'n afiach. Ti'n awydd dod?

RUTH:   Cads, paid cymryd hyn ffordd anghywir, ond … ti 'di edrych yn y drych?

CADI:   Be ti'n feddwl?

RUTH:   Ti'n edrych fel panda.

CADI:   Panda?

RUTH:   Ie, ti'n gwbo'? Llygaid panda. Masgara ym mhob man, ti'n edrych fel rhan o fand teyrnged Kiss.

CADI:   O na, oeddwn i'n edrych fel hyn o flaen y dyn heddlu?

RUTH:   Wel, oedd.

CADI:   Pam nest ti ddim deud?

RUTH:   A, oedd 'na lot yn digwydd. Gormod o gyffro i astudio dy wyneb, sori. Oeddwn i jest yn cymryd dy fod ti'n gwybod a jest, wel, yn mynd hefo fo.

CADI:   Mynd hefo fo? Ers pryd dwi erioed wedi jest 'mynd hefo fo'?

| | |
|---|---|
| RUTH: | Pwynt teg. Golcha dy wyneb. Ti'n edrych fel cach. |
| CADI: | Stwffia fo, awn ni i'r tafarndai i ofyn i bobl? |
| RUTH: | Go iawn? |
| CADI: | Ar ôl i mi olchi fy ngwyneb, wrth gwrs. |
| RUTH: | Na, dwi'n feddwl o, fatha go iawn? Ddim fel ti – eisiau mynd o gwmpas yn cyfaddef fod ti'n cofio ddim byd o'r noson cynt. |
| CADI: | Dwi 'di dod i dermau hefo fo – ges i fy sbeicio. Ddim fy mai i. Dwisio gwybod bai pwy oedd o. |
| RUTH: | Ocê 'ta. Dechrau hefo'r Bull? Mae pawb i weld yn cofio fanna. Wedyn falle Hoopers? |
| CADI: | Well bod y blydi ffotograffydd 'na ddim yna. |
| RUTH: | Dwi ddim yn meddwl bydd hi yna adeg yma. Dim ond alcoholics sydd yna i dynnu lluniau o rŵan. |
| CADI: | Ocê, wel tyd 'ta. |
| RUTH: | Ar ôl i'r ddwy ohonom ni gael cawod. |
| CADI: | Syniad da. |

*Blacowt*


### GOLYGFA 5


*Mae Cadi'n eistedd ar y soffa ar ei phen ei hun.*

| | |
|---|---|
| CADI: | Cyn i chi gyhoeddi hwn, plis gwnewch yn siŵr fy mod i'n cael ei ddarllen o gyntaf. Dwi'n deud pethau weithiau, pan dwi'n flin, neu'n ofn – pethau dwi ddim yn eu meddwl. Ddim dweud celwyddau, ond newid fy meddwl am bobl a sefyllfaoedd ydw i, yn dibynnu sut dwi'n teimlo'r diwrnod yna. Mae pawb yn neud hynna, yndi? |
| | Y gwir ydi, dwi'n caru'r ddwy o'r genod 'na ond, heb drio – dwi'n meddwl – maen nhw'n gallu neud fi |

deimlo'n ddwl, neu'n fethiant. Mae'r ddwy ohonyn nhw efo bywydau nhw'n *sorted*: Gwen – cael swydd dysgu yn syth ar ôl iddi raddio ac wedyn un diwrnod bydd hi yn priodi Tom ac etifeddu tŷ ei nain a chael llwyth o blant bach ciwt, clyfar fydd yn ennill pob cystadleuaeth eisteddfodol sy'n mynd; a Ruth hefo Soph – yn gweithio'i ffordd i fyny yn y Cyngor – neud digon o bres, ac un diwrnod yn anghofio'n gyfan gwbl am fynd allan – yn callio, yn meddwi mewn priodasau neu pan ma'i'n Ddolig, yn hytrach na dwy/tair gwaith yr wythnos. Dyna oeddwn i wastad yn meddwl beth bynnag. Yn rhagweld bywyd llawer mwy llewyrchus, llwyddiannus a blydi hapus i'r ddwy yna. Oeddwn i wastad yn meddwl fod nhw'n *sorted*, ti'n gwbo'?

Y peth mwyaf rhyfedd i fi ydi fod Ruth yn hapus yma. Does neb arall i weld yn sylwi, na'n poeni, fod bywyd mor llonydd yma. I fi, yn enwedig ar ôl bob dim ddigwyddodd, dwi'n sylwi pa mor ddwl a digyffro ydi bywyd yma. Mewn lle nad oes unrhyw beth yn digwydd, mae'r noson yna wedi gwreiddio ym meddyliau a sgyrsiau pobl y pentref a phobl yr ardal i gyd – gosip ydi o iddyn nhw. Bob man dwi'n mynd dwi'n clywed pobl yn sibrwd – neu bobl yn edrych arna i hefo'u wynebau trwm a gwên gydymdeimladol ffals.

Does genna i'm mynadd. O gwbl. Ond y peth gwaethaf ydi, lle arall sy 'na? Alla i symud o 'ma, ond i le? Does genna i ddim anti sy'n byw mewn tŷ neis yn Llundain lle alla i crasho tan dwi ar fy nhraed – fel maen nhw'n neud yn y ffilms. Dechra o sgratsh – dwi ddim yn gwybod os fyswn i'n gallu neud hynna. Ac os dwi'n mynd i ddechrau o sgratsh, pam ddim neud o mewn gwlad boeth, lle fydda i byth yn gweld gaeaf, glaw a wynebau llwyd? Ond rŵan oherwydd fod 52% o bobl y wlad 'ma wedi penderfynu rhoi croes mewn bocs, bysa hynny'n anodd hefyd, sy'n neud fi deimlo fy mod i wedi fy nghau mewn yma – methu gadael, methu dianc.

Ac ofn trio. Ofn methu. Ofn be fyddai pobl yn ddweud os dwi'n methu a'n gorfod dod 'nôl, ofn gweld gwên arall gydymdeimladol ffals. Felly yma fydda i, dwi'n siŵr. Yn byw hefo Mam, yn ista ar fy ngradd dosbarth cyntaf, dim swydd, dim cariad, ac yng nghanol sgandal fwyaf y pentref. A does genna i ddim mynadd hefo fo o gwbl, ddim mynadd hefo hyn. Dwi ddim hyd yn oed yn teimlo'n drist na'n flin na'n ofn ddim mwy, jest yn wag. Yn wag ac wedi fy nhrapio.

Sori, dwi'n mynd ar *tangent* eto, yndw? *Tangent* blydi *depressing* 'fyd.

Yn ôl i'r diwrnod yna, ar ôl y noson ddu 'na – noson ddu ble does genna i ddim atgof o be uffar ddigwyddodd. Mae lot o bobl wedi dod ata i ers y noson yna ac ers i bob dim ddod allan – meddwl fod nhw'n helpu, deud bo' nhw'n cofio gweld fi, yn cofio gweld Ruth a Gwen, Tom a Ffion, Daf Bach a chriw o ddynion anhysbys. Yn ôl Siân Dre dyma hi'n gweld boi rili tal hefo gwallt du, *spiky* oedd hi'n meddwl oedd yn euog; Gethin yn deud mai efeilliaid weddol fyr hefo mysls mawr oedd o 'di gweld wrth ymyl ni; chwaer Ffion yn taeru mai criw o bedwar o hogia oedd yn edrych 'chydig bach fel Take That heb Robbie oedd hi 'di gweld; Cheryl – ffrind Mam – 'di clywed mai criw o feicwyr moto-beic hefo *leather jackets* oedd allan a'n creu trwbl yn y Bull – a 'mond llond llaw o'r rwtsh dwi 'di glywed ydi hynna. Be uffar dwi fod i neud hefo'r holl wybodaeth wrthgyferbyniol 'na? Pwy uffar dwi fod i goelio?

*Blacowt*

*Mae Ruth a Cadi'n cerdded ar y llwyfan yn eu cotiau.*

RUTH:  Dwi methu coelio fod y dyn heddlu 'na dal heb gysylltu.

CADI:  Mae gennym ni lwyth o bethau i ddweud wrtho fo rŵan. Ddylan ni ffonio fo?

RUTH:  Ocê 'ta, dos amdani.

CADI:  Nei di neud?

RUTH:  Oeddwn i'n meddwl bysat ti isio siarad hefo fo!

CADI:  Wel, dwi isio, ond... ti'n well hefo pethau fel'ma na dwi.

RUTH:  Ocê 'ta.

CADI:  Ac mae fy ffôn i'n chwarae fyny, cofia?

RUTH:  Ocê 'ta.

*Mae Ruth yn estyn ei ffôn o'i phoced ac yn ffonio'r orsaf.*

RUTH:  Iawn? Ruth Owen sy 'ma. Gynna ddoth fi a dwy o'm ffrindiau i'r orsaf heddlu yn meddwl falle bod ni 'di cael ein sbeicio – dyma nhw'n ffeindio olion yn ein system a dyma chi'n deud bod rhywun yn cysylltu hefo ni'n hwyrach heddiw. PC Phil Spiller oedd yn edrych ar ôl ni a cymryd samplau.

O, ocê.

Na, wrth gwrs – dallt yn iawn.

Ydych chi'n gwybod pryd 'dan ni'n debygol o glywed yn ôl?

Ia, ocê.

Ia, wrth gwrs. Na, dwi'n dallt.

Ocê, diolch. Ta-ta.

CADI:  Be? Be ddywedon nhw?

RUTH: Mae o 'di gorffen ei shifft, Cads – nath o orffen yn gynharach yn y diwrnod.

CADI: Reit, wel – be ddudodd y person ar y ffôn? Ydyn nhw'n mynd i helpu? Pam nest ti ddim deud fod gennym ni wybodaeth ychwanegol, sydd falle'n werthfawr, gan bobl eraill yn y pentref?

RUTH: Cads...

CADI: Be? Be sy?

RUTH: Yli, dwi ddim yn meddwl nawn ni glywed unrhyw beth, ocê? Dwi ddim yn meddwl ein bod ni'n achos sy'n cael ei flaenoriaethu.

CADI: Be uffar ti'n feddwl?

RUTH: Os bysa rhywbeth wedi digwydd i ni, fysa fo'n wahanol. Dwi'n gwybod gafon ni'n sbeicio, ti'n gwybod, ond ni yn erbyn nhw fydd o – does dim tystiolaeth.

CADI: Be am y cyffuriau yn ein system?

RUTH: Tydi hynna ddim yn dystiolaeth bo' ni 'di cael ein sbeicio, dim ond gair ni. Dwi'n meddwl fod y dyn heddlu mawr 'na'n coelio ni – mi oedd o 'di gweld rhywbeth fel hyn o'r blaen, ddudodd o – ond does dim llawer allen nhw neud am y peth.

CADI: Mae o'n anghyfreithlon, yn drosedd. Wrth gwrs ma' 'na bethau ma' nhw'n gallu neud.

RUTH: Dwi'n gwybod, Cads, ond fyddan ni ddim yn cael ein blaenoriaethu, yn enwedig achos does gennym ni ddim syniad pwy fysa 'di gallu neud hyn i ni.

CADI: Wel ella fod yna lot o ferched eraill ddoith ymlaen hefo straeon tebyg, ac wedyn fyddan nhw'n sori bod nhw heb gymryd ni o ddifri.

RUTH: Ia, falle. Ond am rŵan dwi'n meddwl dylan ni jest anghofio amdano fo, ocê? A bod yn ddiolchgar fod ni'n ocê.

CADI:     Na!

RUTH:     Cads, ymlacia. Tria beidio gorfeddwl, dwi'n meddwl mai dyna'r unig opsiwn.

CADI:     Na, 'di hynna ddim yn deg. 'Di hynna ddim yn iawn. Dwi'n gwrthod. Dwi'n mynd i fynd a gofyn i bawb yr un cwestiynau eto – recordio nhw tro 'ma. 'Na i neud achos. 'Na i ymchwilio fy hun.

RUTH:     Blydi hel, Plismon Puw, pob lwc hefo hynna.

CADI:     Pam bo' ti'n bod fel hyn?

RUTH:     Dwi'n trio bod yn realistig. Mae hyn yn digwydd i lot o ferched, a hogia – lot o bobl. Tydi'r heddlu ddim hefo'r adnoddau i fod yn lansio ymchwiliadau graddfa uchel drwy'r amser i bobl sy'n meddwl falle bod nhw wedi cael eu sbeicio ond yn hollol ocê a'n ddianaf y diwrnod wedyn.

CADI:     Ond ddylie hynny ddim digwydd. Yn enwedig ddim yn Beddhelen. Yng Nghaerdydd, falle fyswn i'n gallu deall. Ond tydi pethau fel hyn ddim yn digwydd yn Beddhelen. Does ddim byd byth yn blydi digwydd yn Beddhelen, felly pam fod rhywbeth yn digwydd i ni?

RUTH:     Cadi, ti angen anghofio am hyn rŵan, ocê? Ti'n gweithio dy hun fyny.

CADI:     Dwi ddim yn poeni be dwi'n neud – ti'n bod yn wallgo!

RUTH:     Cads.

CADI:     (*yn torri ar ei thraws*) Dwi angen bod ben fy hun am 'chydig bach. Ti 'di bod yn sownd i fi drwy'r dydd.

RUTH:     Chdi ofynnodd i fi i blydi aros hefo ti! Fyswn i'n neud rwbath i fod yn fy mhyjamas hefo Soph a *kebab* rŵan.

CADI:     Wel, dos felly! Cer o 'ma.

RUTH:     (*yn chwerthin*) Cads, tyd rŵan, fy Gremlin bach.

CADI: Dwi'n feddwl o, Ruth, dwi isio ti fynd. Dwi'n gwbo' ti'n trio neud fi ymlacio, ond rŵan ti'n mynd ar fy nerfau i a dwi jest isio Gwen.

RUTH: Ocê. Cer i nôl Gwen. Wela i di fory ella.

*Mae Ruth yn gadael.*

CADI: Na, Ruth, disgwl, paid mynd.

*Mae Ruth wedi mynd.*

*Blacowt*

## GOLYGFA 7

*Mae Ruth yn eistedd ar y soffa.*

RUTH: Felly, ia, oedd y diwrnod yna yn un od. Ac ia, falle fy mod i'n difaru peidio cymryd pethau fwy o ddifrif ond o'n i wir ddim yn meddwl fod yna unrhyw beth oeddwn i'n gallu neud.

Dyma fi a Cadi'n cael bach o ffrae – dwi'n tybio fod hi wedi dweud wrthoch chi? Mi es i 'nôl at Soph, dyma ni'n ordro *kebab* a gwylio teledu am 'chydig – ac oeddwn i tua chwarter awr mewn i *35 Diwrnod* pan nath Cadi ffonio. Dyma hi'n ymddiheuro. Doedd ddim rhaid iddi, go iawn. Oedd hi'n ofn a'n flin – ac o'n i'n trio actio fel doeddwn i ddim. Ac oedd hi'n gallu gweld trwyddo fi – gweld mai arwynebol oeddwn i'n bod. Ac oedd hynny'n mynd ar ei nerfau hi – sy'n neud synnwyr.

Doeddwn i heb ddeud wrth Soph beth oedd wedi digwydd y noson cynt, ond oeddwn i eisiau Cadi o gwmpas. Mae Soph yn deall fod y ddwy yna'n meddwl y byd i fi a 'nes i ddeud fod Cadi'n cael amser caled ac angen ffrind. Felly aeth Soph at ei chwaer – mae hi'n byw lawr lôn, felly doedd o ddim fatha o'n i'n cicio hi allan ar y stryd.

*(saib)*

Baswn i'n deud mai'r oriau nesaf – felly ar ôl tua 8pm ar y nos Sul od, chwydlyd, sych yna – oedd rhai gwaethaf fy mywyd.

*(saib)*

Dwi'n gwybod fod o'n anodd coelio rŵan pan 'dach chi'n clywed fi'n siarad yn gyflym heb stopio, ond noson yna o'n i bron methu siarad o gwbl – mi oedd fy ngheg mor sych a fy mhen mor drwm a'n troi. Ac os byddai Cadi ddim yna – dyna fy ffrind sy'n gorfeddwl, drama cwîn fwyaf y degawd – fyswn i heb allu delio hefo'r sefyllfa o gwbl.

*Blacowt*

## GOLYGFA 8

*Pan mae'r golau'n dod ymlaen, rydyn ni yn nhŷ Ruth.*

RUTH:       Iawn?

*Mae Cadi'n cwtsio Ruth.*

CADI:       Ti'n gywir.

RUTH:       Ha-ha, dwi fel arfer yn gywir – ond atgoffa fi am be tro 'ma?

CADI:       Dwi union fel Gremlin bach.

RUTH:       Dim ond Gizmo – doedd o byth mor ddrwg â hynna.

CADI:       *(yn gwenu)* Taw.

RUTH:       Tisio panad?

CADI:       Plis, dwi angen un. Mae heddiw wedi bod yn uffernol, ti'm yn meddwl?

RUTH: Ma' hi 'di bod yn hir.

CADI: Diolch am aros hefo fi. A dwi wir yn sori am wylltio, dyle fi heb.

RUTH: Oeddwn i'n haeddu fo. Gwranda, 'na i gymryd fory ffwrdd o gwaith, os tisio? Awn ni 'nôl at PC Phil y Fitty hefo be ddywedodd pobl y Bull a Hoopers?

CADI: Fysa hynna'n dda. Ti isio siarad am hyn fory? Hefo Ffion a Gwen? Ar y funud dwi jest isio panad lyfli o de a 'chydig o'r *kebab* 'na nest ti sôn amdano.

RUTH: Ocê. Genna i 'chydig o *chicken shish* ar ôl.

CADI: Y gora.

RUTH: Ti 'di siarad hefo dy fam eto?

CADI: Na, mae'n ffôn i dal i chwarae fyny. Mae hi fod i ddod 'nôl heno. Alla i tecstio hi o dy ffôn di i ddeud lle dwi?

RUTH: Ia, iawn – tisio cysgu draw?

CADI: O, grêt, galla i? Neith Soph feindio?

RUTH: Na, 'nes i ddeud bod ti'm yn dda.

CADI: Allwn ni gael Gwen yma hefyd?

RUTH: Gallet ti drio ond ti'n gwybod 'sa'm siawns ddaw hi os ma'i dal hefo Tom.

CADI: Gwir. Ti'n gwybod ti'n mynd i orfod neud ymdrech go iawn rŵan os maen nhw'n ôl hefo'i gilydd.

RUTH: 'Na i feddwl am hynna wsos nesa. Hefyd...

CADI: Be?

RUTH: Mae'r ffotograffydd Hoopers 'na wedi rhoi llun o'na fi ar Facebook.

CADI: Ha-ha! Felly ti ar fy nhîm i rŵan? Yn cytuno fod hi'n ast?

RUTH: Yr ast fwyaf.

CADI: Ga i weld y llun?

*Mae Ruth yn estyn ei ffôn a dangos y llun. Mae Cadi'n chwerthin.*

CADI:      Drycha ar dy wyneb.

RUTH:      Drycha ar fy nhafod.

CADI:      Doeddwn i ddim yn gwybod fod dy dafod di mor hir â
           hynna. Ti fel madfall.

RUTH:      Pam uffar 'nes i dynnu fy nhafod allan?

CADI:      Ti'n edrych mor feddw.

RUTH:      O, sbia ar hwn.

CADI:      Be?

RUTH:      Blydi Tom 'di gadel sylwad ar y llun.

CADI:      Ydi o? Yn deud be?

RUTH:      Chwech emoji chwerthin.

*Mae Cadi'n chwerthin.*

RUTH:      Dio ddim yn nabod fi ddigon da am gymaint o hynna o
           emojis chwerthin.

*Mae Cadi yn mynd at Ruth ac edrych ar ei ffôn.*

CADI:      Drycha – mae o ar-lein.

RUTH:      O, grêt?

CADI:      Gofyn iddo fo os aeth o i Hoopers?

RUTH:      'Na i yrru neges breifat. Dwi ddim yn barod i faddau
           iddo fo'n gyhoeddus.

CADI:      Ti'n wirion ia.

*Mae Ruth yn dechrau cynllunio neges i Tom.*

RUTH:      (*yn adrodd wrth iddi deipio*) 'Haia Tom. Clywed dy fod
           ti hefyd allan neithiwr? Meddwl bo' ni 'di cael ein
           sbeicio. Nest ti weld ni yn Hoopers? Oedd Gwen yn
           Hoopers hefyd?'

CADI:      Swnio'n ocê i fi – bach yn blaen ond ocê. Ddim cusan
           ar diwedd?

RUTH:     Cer i ganu. 'Di gyrru.

CADI:     Siwtia dy hun.

RUTH:     Blydi hel. Does gen y hogyn 'na ddim bywyd. Mae o'n teipio'n barod. Siarada 'fo dy gariad yn lle edrych ar dy ffôn, y twmffat.

*Mae Ruth yn darllen y neges.*

CADI:     Be ddudodd o, Ruth?

RUTH:     Od.

CADI:     Be dio?

RUTH:     Nath o ddeud fod o 'di mynd i Hoopers ond heb weld fi.

CADI:     O, mae'n rhaid dy fod ti heb fod yna am hir.

RUTH:     Na Gwen.

CADI:     Be amdani?

RUTH:     Nath o ddim gweld Gwen yno.

CADI:     Be, nath o'i cholli hi? Sut wnaethon nhw orffen hefo'i gilydd 'lly?

RUTH:     Dwn i'm. 'Na i ofyn rŵan.


*Mae Ruth yn teipio.*

CADI:     Sgwn i os oedd Gwen mor feddw â ni? Ella wnaeth hi aros hefo ffrindia Tom yn Hoopers?

RUTH:     Ie, ella. Mae o'n teipio.

RUTH:     Be uffar?

CADI:     Be mae o'n deud? Tyd â fo ata fi.

RUTH:     Nath o ddim gweld hi. Ddim o gwbl ar ôl iddo fo adael ni yn y Bull.

CADI:     Nath hi'm aros draw? Ffonia fo. 'Na i ffonio fo.

*Mae Cadi'n estyn ei ffôn ac yna'n gweiddi wrth gofio ei fod o ddim yn gweithio.*

284

RUTH:       'Na i ffonio fo.

*Mae Ruth yn estyn ei ffôn i ffonio Tom.*

RUTH:       Iawn, Tom?

            Ie, dwi 'chydig gwell rŵan, diolch. 'Di Gwen hefo chdi?

            Be, 'di mynd adra, ydi hi?

*(saib)*    Be?

            Wyt ti 'di clywed rhywbeth ganddi hi?

            Na, wnaethon ni gymryd yn ganiataol fod hi hefo chdi. Wnaethon ni drio tecstio, ond 'di byth yn ateb pan ma'i hefo chdi, felly dyma ni'n cymryd mai fanno oedd hi.

            Wel, wnaethon ni ddim cwestiynu fel arall.

            Ia, ti'n iawn, mae'n rhaid bod hi 'di mynd adra. Nawn ni ffonio hi rŵan. Diolch, Tom.

            Ocê, nawn ni adael chdi wybod sut ma' hi.

            Iawn, ta-ra, mêt.

CADI:       Nest ti alw fo'n fêt!

RUTH:       Taw.

CADI:       Dwi'n prowd iawn.

RUTH:       Taw dy ben.

CADI:       Felly, 'di hi ddim yn ôl hefo Tom? Aeth hi ddim yn ôl hefo fo?

RUTH:       Na, wnaethon nhw gychwyn siarad 'chydig o ddyddiau yn ôl – ond ddim byd o ddifrif. A wnaethon nhw ddim gweld ei gilydd llawer neithiwr, a nath hi byth tecstio na ffonio fo ar ôl iddyn nhw weld ei gilydd yn Bull, felly dyma fo'n cymryd fod ganddi ddim diddordeb.

CADI:       Blydi hel.

RUTH:      Gobeithio fod hi'n ocê.

CADI:      Wnes i drio ffonio hi. Ond mae'n ffôn i'n chwarae fyny ac oeddwn i jest yn cymryd fod hi hefo Tom. Ddudod Ffion, do? Neu ddim? O'n i'n siŵr fod hi hefo Tom.

RUTH:      Ie, paid â phoeni. O'n i'n meddwl hynna hefyd.

CADI:      Siŵr bod hi'n meddwl fod ni'n ffrindiau cach. 'Dan ni heb drio cysylltu'n iawn trwy'r dydd.

RUTH:      Ie, dwi'n siŵr. Ddylan ni fynd draw rŵan i weld hi. Dwisio neud siŵr fod hi'n ocê.

CADI:      Rili? Ti'm yn meddwl dylan ni jest ffonio hi?

RUTH:      Na, dwi'n meddwl dylan ni fynd draw ati.

CADI:      Ti'n meddwl neith ei mam hi feindio? Ni'n cerdded mewn heb wahoddiad?

RUTH:      Na, dwi'n siŵr fydd hi'n iawn.

CADI:      Ocê. Geith hi ddod draw i fama wedyn? Helpu fi 'fo gweddill y shish 'na?

RUTH:      Ie, wrth gwrs. Tyd 'ta.

*Mae Ruth a Cadi'n gadael.*

*Blacowt*

*Cerddoriaeth ar y llwyfan. Mae'r llwyfan yn ddu am gyfnod. Daw'r golau yn ôl ymlaen ond mae'n olau mwy dwl, yn dywyllach.*

### GOLYGFA 9

*Mae Ruth yn eistedd wrth ei bwrdd bwyd, yn crynu.*

CADI:      Ruth, paid â phoeni. Mae hi'n mynd i fod yn ocê. 'Di heb fod yn 24 awr eto.

RUTH:      Y golwg 'na ar wyneb ei mam.

CADI: Dwi'n gwbo', jest achos oedd hi'n cymryd fod Gwen hefo ni. Blydi hel, dwi'n ffrind gwael – 'nes i ddim hyd yn oed meddwl mynd draw i'w thŷ hi, ddim cwestiynu byddai hi'n unrhyw le heblaw tŷ Tom.

RUTH: 'Nes i ddim chwaith.

CADI: Be dylen ni neud? Mae'n rhaid bod hi 'di mynd adra 'fo rhywun, ti'n meddwl? Ella fod hi mewn rhyw dŷ ym Mangor rŵan, be ti'n meddwl? Yn cael amser gwych hefo rhyw *hunk*, ie, Ruth?

RUTH: Dwn i'm, Cads. 'Di hynna ddim fatha hi.

CADI: Wel, be ti'n feddwl? Ella fod o fatha hi. Ella nath hi feddwl, 'stwffia Tom, dwi'n mynd i gael hwyl 'fo'r boi ffit 'ma o Fangor'. Ti'n cofio pan wnaethon ni ddim clywed unrhyw beth gennyt ti am ddau ddiwrnod unwaith a dyma fo'n troi allan fod ti 'di mynd i Lerpwl am benwythnos 'fo rhyw hogan off Tinder? Mi oedd fi a Gwen yn poeni gymaint, ond o' ti'n meddwl fod o'n ffyni. Cofio?

RUTH: Dwi methu dychmygu hynny ganddi hi, wyt ti?

CADI: Helpa fi fama, Ruth. Dwi angen i ti fod yn opitimistig yn fan hyn.

RUTH: Dwi'n realistig, 'nes i ddeud wrtha chdi. A dwi'n teimlo'n sâl, teimlo'n sâl am y sefyllfa 'ma i gyd.

*Mae Cadi'n ei chofleidio.*

CADI: Dwi'n siŵr fydd ei mam yn cysylltu unrhyw funud yn deud fod nhw 'di gallu cael gafael arni.

RUTH: Ti'n meddwl?

CADI: Ydw. Mae'n rhaid, ie?

RUTH: Ac os 'di hynny ddim yn digwydd? Be os cafodd hi ei sbeicio hefyd? A wnaethon ni ei cholli hi achos fod ni'n ffrindia crap a bod rhywbeth drwg 'di digwydd iddi. Be sy'n digwydd os mai dyna 'di'r sefyllfa, e, Cads?

*Mae Cadi'n ddistaw.*

Dylen ni fynd at yr heddlu?

CADI:     Tisio disgwyl i glywed beth mae ei mam hi'n deud?
'Na i neud statws Facebook?

RUTH:     Stwffia Facebook.

CADI:     Rhag ofn fod rhywun 'di gweld hi?

RUTH:     Ddim eto.

CADI:     Ocê, wel – be 'dan ni fod i neud?

RUTH:     Disgwyl, a gobeithio .

CADI:     Ocê. Tisio panad?

*Blacowt*


## GOLYGFA 10


*Mae Ruth a Cadi'n sefyll ar ddwy ochr y llwyfan, yn siarad â'r gynulleidfa.*

CADI:     Dyma ni'n aros i fyny drwy'r nos y noson yna.

RUTH:     Dyma ni'n aros fyny trwy'r nos, yn eistedd wrth y
bwrdd yn fy nghegin lle, dim ond 'chydig o ddyddiau
cynt, oedd Gwen yn eistedd yn mwydro a'n chwerthin
a'n bwyta fflapjacs Sophie.

CADI:     Dyma ni'n gyrru negeseuon at bobl, gofyn os oedden
nhw wedi gweld unrhyw beth.

RUTH:     Ar ôl trio cysylltu 'fo llwyth o bobl – hyd yn oed
ffrindiau Gwen 'dan ni ddim yn nabod yn dda. Wedyn,
dyma mam Gwen yn ffonio. Mi oedd hi'n poeni –
methu stopio poeni.

CADI:     Ac felly wedi penderfynu ffonio'r heddlu.

RUTH:     Yr heddlu. Dyma hi'n ffonio nhw'n ganol nos. Mi oedd
o mor swreal fod ni 'di cyrraedd y pwynt yna – oedd o

**288**

ddim yn teimlo'n go iawn. O'n i'n meddwl fy mod i'n mynd i ddeffro unrhyw eiliad.

CADI: Dyma ni'n mynd draw at ei thŷ hi ac aros hefo'i mam hi.

RUTH: Mi oedd gweld ei mam hi'n crio a phoeni yn afiach.

CADI: Mi oedd ei mam hi'n crio a chrio a chrio.

RUTH: Dyma ni'n trio'i chysuro. Ond be allwn i ddeud? Mi oeddan ni fod i edrych ar ôl hi, cadw llygad arni. Edrych ar ôl ein gilydd. Ac oeddwn i wedi methu.

CADI: O'n i'n siŵr fyddai hi'n cerdded yn ôl i mewn unrhyw funud, yn syllu ar y tair ohonan ni yn penglinio ar y llawr wrth ymyl y ffôn – a'i mam yn crio, a Ruth bron â chrio a finnau wedi synnu – a byddai hi jest yn chwerthin ar ba mor absŵrd oedd yr olygfa, pa mor allan o gymeriad – i weld y tair ohonan ni yn y fath siâp.

RUTH: Doedd yr heddlu methu neud llawer, ar y pwynt yma. "Put the feelers out," meddan nhw, a dod â ni mewn i'r orsaf yn y bore os oedden ni dal heb glywed unrhyw beth.

CADI: O'n i wedi anghofio'n llwyr am y sbeicio – mi oedd o weld yn ddibwys rŵan.

RUTH: Doeddan ni heb sylwi fod ein ffrind ni wedi mynd. O'n i'n teimlo fel y person mwyaf hunanol, mwyaf dwl ar wyneb y ddaear. Doeddwn i ddim yn haeddu Gwen. Mi oedd hi'n aur a doeddwn i ddim yn gallu cadw hi'n saff, neu hyd yn oed sylwi fod hi ddim yn saff – diwrnod cyfan a ddim hyd yn oed yn sylwi fod hi ddim yn saff.

CADI: Noson waethaf fy mywyd i.

RUTH: Noson waethaf fy mywyd i.

CADI: Doeddwn i ddim yn dallt.

| | |
|---|---|
| RUTH: | Mi oedd hi'n aur. |
| CADI: | Doedd o ddim yn neud synnwyr. |
| RUTH: | Aur pur. |
| CADI: | Oedd fy mhen i'n troi. |
| RUTH: | Wedi mynd. |
| CADI: | A fy ngheg i mor sych. |

*Blacowt*

## ACT 3

### GOLYGFA 1

*Mae Ruth yn eistedd ar gadair yn ei chegin, yn wynebu'r gynulleidfa.*

RUTH:     O'n i'n hoffi'r erthygl. Nest ti gael gwared â lot o'r cach 'nes i ddeud, ac mi oedd hynny'n dda. Bysach chi'n meddwl 'mod i'n siarad fel person arferol, jest trwy ddarllen hwnna.

Mi oedd o'n boblogaidd, doedd? Ar-lein. Miloedd o bobl wedi'i rannu fo ar Facebook a Twitter. Doeddwn i ddim yn hoffi hynna gymaint. Iawn wedi'i brintio yn y *Daily Post* – pobl yn dod ata i, pobl oeddwn i'n rhyw hanner nabod, neu oedd yn nabod Mam neu Soph, yn gofyn cwestiynau, yn cydymdeimlo – oedd hynny'n ocê, yn gysur hyd yn oed. Ond yr holl eiriau gwag ffals ar-lein, ma' nhw mor flinedig, yn fy mygu i'n llwyr. Pob diwrnod dwi'n deffro i neges newydd gan berson newydd sydd 'rioed 'di clywed amdana i, sy'n gwybod ddim byd amdana i, yn tagio fi mewn pethau, ychwanegu fi fel ffrind, hoffi fy lluniau – hyd yn oed hunlun hen ohonof i a Soph, sydd ddim hefo unrhyw beth i neud hefo hyn. Mae'r ffocws i fod ar Gwen. Dwi'm isio sylw, mae'n edrych fel 'mod i 'di gofyn am hyn i gyd. Dwi 'di clywed a gweld pobl yn deud o, tweetio fo, neud sylwad ar Facebook. A dwi 'di cael digon. (*saib*) Fasech chi'n gallu tynnu fo lawr?

Os oeddwn i'n meddwl fod o'n mynd i helpu ni ddod o hyd iddi, fyswn i'n derbyn o – yn rhoi fyny hefo'r holl rwtsh ar-lein. Ond mae o wedi bod fyny ers 'chydig o fisoedd rŵan. A 'dan ni dal ddim yn gwybod beth sy 'di digwydd. 'Dan ni 'di cyrraedd y pwynt yna rŵan – 'dach chi'n gwybod y pwynt 'na? Y pwynt 'na lle does ddim dod 'nôl. Pan mae stori fel hyn yn troi'n ffaith yn hytrach nag apêl am wybodaeth, dim ond digwyddiad trist, prin mewn rhyw bentref Cymraeg yng nghanol nunlle. Pentref does neb yn poeni amdano a digwyddiad does neb yn poeni amdano ddim mwy.

Dwi'n meddwl weithiau, be os fysa'r un peth wedi digwydd mewn lle arall? Dwi'n pendroni am hynna lot. Mae'r heddlu yma wedi bod yn wych hefo be sydd ganddyn nhw, ond mae'r momentwm tu ôl i'r apêl, y pres a'r adnoddau, y diddordeb hyd yn oed, wedi gwywo. 'Di gadael ni i gyd hefo rhyw deimlad od, anghyffyrddus, ddim yn gallu galaru na gorffwyso. Ac achos fod y bobl tu allan wedi stopio meddwl bydd pethau'n cael eu datrys, mae'r bobl yma, yn y pentref yma, wedi cychwyn anghofio. Yn cario 'mlaen hefo'u bywydau. Yn meddwi'n gaib yn y Bull ac yn Hoopers. Yn derbyn y diffyg diddordeb a gweithredu gan bwerau uwch a'r bobl bwysig yn Llundain a Chaerdydd. Yn yfed Duw a ŵyr be hefo Duw a ŵyr pwy. Be arall sy 'na i neud?

Mae lot o bobl yn meddwl mai disgyn wnaeth hi. Disgyn i mewn i'r afon pan oedd hi wedi meddwi. Wedi cael ei sbeicio hefyd, hefo ni. Pobl yn meddwl fod hi ddim yn gwybod beth oedd hi'n neud a 'di crwydro draw i'r afon a disgyn i mewn. Dwi ddim yn

meddwl hynna. Dwi'n meddwl fod rhyw berson yn
gyfrifol. Ac mae lot o bobl yn meddwl hynna hefyd.
Mae'r rhan fwyaf o'r bobl sy'n siarad hefo fi yn
cytuno. Dyma ni'n cael ein sbeicio, blydi hel – mae
hi'n ormod o gyd-ddigwyddiad. Mae'n rhaid bod pwy
bynnag wnaeth hynna wedi brifo Gwen hefyd? Dim
pobl leol, mi oedd pawb yn caru hi yma. Ac os fysan
nhw'n berson lleol, fysan ni wedi dyfalu pwy erbyn
rŵan. Ac os wnaeth hi ddisgyn mewn i'r afon, bysan
nhw 'di ffeindio hi nawr, bysa?

Wnaethon nhw byth ddarganfod pwy sbeiciodd
ni chwaith. 'Di tafarndai fan hyn ddim hyd yn oed
hefo CCTV. Ddim yn meddwl fod nhw angen o. Mae
ganddyn nhw rŵan. Doedd gan Beddhelen ddim yr
offer i ddelio hefo hyn, heb neud unrhyw baratoadau
am ddigwyddiad fel hyn. Oedd dynion ar y drws yn
Hoopers yn rhy brysur yn curo rhyw hogia diniwed 17
oed a'n gwrthod mynediad i bobl doedden nhw ddim
yn licio i dalu sylw i unrhyw beth arall oedd yn mynd
ymlaen. Mi oedd o bron yn anochel fod rhywbeth
drwg yn mynd i ddigwydd.

Ond ia, yn ôl i'r erthygl. Dwi wir isio fo 'di'i dynnu
lawr. Yn enwedig hefo swydd newydd Cads. Mae o'n
adlewyrchu'n ddrwg arnom ni, rhywsut.

Mae pobl yn deud mai bai ni oedd hyn i gyd. Cachu
rwtsh. Pobl yn deud fod ni'n gofyn amdano fo. Ond
ddim pobl o ffordd hyn. Pobl ar-lein, pobl sydd ddim
yn nabod ni – pobl sydd, dwi'n siŵr, yn neud yr un
blydi peth pob penwythnos. Fel pawb arall.

Dwi'n cario 'mlaen atgoffa fy hun fod genna i ddim
byd i deimlo'n euog amdano, achos dim fy mai i oedd
o. A fyswn i'n mynd allan eto. Hefo mwy o ofal, edrych
ar ôl fy niod a ballu. Ond fydda i byth yn cael fy ffrind
gorau yn ôl. Yr un oedd yn nabod fi orau yn y byd, hyd

yn oed yn fwy na Soph. A fydda i byth yr un person rŵan fod hi ddim yma. Fydda i byth yn stopio meddwl amdani. A byth yn stopio meddwl lle fysa hi'n gallu bod rŵan.

*Dim blacowt ond mae'r golau'n codi, sy'n cychwyn golygfa 2.*

## GOLGYFA 2

*Mae Ruth yn dal i eistedd yn yr un lle ag yr oedd hi yn yr olygfa ddiwethaf. Mae'r gloch yn canu ac mae Ruth yn codi i ateb y drws.*

RUTH:      A, Cads! Iawn? Tyd mewn, del.

*Mae Cadi'n cerdded i mewn gan ddal cês.*

CADI:      Iawn, Ruth?

RUTH:      Iawn ia. Heddiw 'di'r diwrnod felly, ia?

CADI:      Ia, heddiw.

RUTH:      Amser am banad?

CADI:      Dwi'n ocê am banad, ond ga i wydred o ddŵr? Mae genna i 'chydig o amser cyn i fi fynd. O'n i isio deud ta-ta yn iawn gyntaf.

*Mae Ruth yn nôl gwydraid o ddŵr i Cadi.*

RUTH:      Sut ti'n teimlo 'lly?

CADI:      Da, i ddeud gwir. Wrth gwrs, 'na i fethu chdi lot fawr ond dwi methu gohirio hyn ddim mwy. Dwn i'm be neith ddigwydd rŵan fod y wlad 'ma'n gadael, tydi o byth yn mynd i fod mor hawdd i fi symud â mae o ar y funud. Dwi'm isio gorfod mynd trwy'r holl stres hefo fisa.

RUTH:      Ia, ti 'di bod yn siarad amdano fo ers oes i fod yn deg. Meddwl bydd o'n dda i chdi.

CADI:      A digon o gyfleoedd i chdi cael gwylia yn yr haul.

RUTH: Digon o wyliau yn yr haul, union be dwi angen.

CADI: Ti'n gwybod gallet ti ddod hefo fi – mae'r cynnig dal yn sefyll.

RUTH: Falle 'mod i'n wallgo, Cads, ond dwi'n caru'r pentra bach 'ma. Dwi ddim ar frys i fynd i unrhyw le arall.

CADI: Hyd yn oed ar ôl pob dim ddigwyddodd yma?

RUTH: Bysa fo wedi gallu digwydd mewn unrhyw bentra, unrhyw le.

CADI: Ti'n meddwl?

RUTH: Wrth gwrs bysa fo. Mae o. Trwy'r amser. Dros y byd i gyd. Pethau llawer gwaeth ar raddfa uwch. 'Dan ni'n lwcus iawn fod ni 'di digwydd cael ein magu yma, dwi'n meddwl.

CADI: Dwi'n falch ti'n meddwl fel yna. Dwi jest ddim yn meddwl baswn i'n gallu dioddef yr holl bobl 'na'n syllu a'n gofyn am Gwen am lawer hirach.

RUTH: Os ti'n ateb yn onest a'n syml, heb ddrama, mae'r diddordeb yn mynd yn eithaf sydyn. Maen nhw 'di cychwyn anghofio'n barod.

CADI: Dwi ddim isio nhw anghofio, ond dwi hefyd ddim isio siarad. Dwi'n neud yr unig beth sy'n neud synnwyr i fi, dianc.

RUTH: Well genna i siarad hefo'r bobl rownd ffordd 'ma na'r bobl 'na ar-lein.

CADI: Dwi'n meddwl fod hi dal allan 'na, sti.

RUTH: Wyt?

CADI: Yn fy mhen, noson yna fe wnaeth hi redeg i ffwrdd hefo rhywun a disgyn mewn cariad a phriodi ac mae hi'n byw yn rhywle nefolaidd hefo gwên fawr ar ei wyneb, yn cynllunio faint o blant maen nhw'n mynd i gael hefo'i gilydd. Neu ella wnaeth hi ddim cael ei sbeicio ond dyma hi'n gweld ni'n mynd yn fwy a fwy meddw yn ein tafarn leol gach a meddwl, 'stwffia hyn, dwi'n mynd', a mynd yn syth ar drên ac wedyn awyren i ryw wlad dlws rhywle yn y byd. A heb edrych yn ôl ers hynny.

RUTH: Neis, ma' hynna'n neis.

CADI: A tan mae rhywun yn deud fel arall, dyna dwi'n ei goelio.

RUTH: Digon teg.

CADI: Dwi'n methu hi gymaint.

RUTH: A fi 'fyd.

CADI: Mae Tom yn llanast llwyr.

RUTH: Dwi 'di clywed.

CADI: Dos i weld o.

RUTH: Mi wna i, yn fuan.

CADI: Tydi o ddim yn fai arno fo fod o ddim yna i edrych ar ei hôl hi.

RUTH: Na, dwi'n gwybod.

CADI: Mi oedd y ddwy ohonom ni yna hefyd .

RUTH: Dwi'n gwybod, Cads, dwi'n gwybod.

CADI: Dio ddim yn teimlo'n iawn, nac 'di? Yn cyfarfod fel hyn trwy'r amser hebddi hi? O'n i erioed 'di sylwi o'r blaen fod absenoldeb rhywun yn gallu teimlo mor… mor bresennol.

RUTH: Dwi'n gwbo'.

CADI: Ma'n afiach. Dwi wastad yn disgwyl derbyn tecst ganddi.

RUTH: Neu un o'r *voicemails* gwirion o hir 'na oedd hi'n arfer gadael!

CADI: Dwi dal hefo un ar fy ffôn!

RUTH: A fi! Dwi'n gwrando arno fo weithiau.

CADI: Be mae dy un di'n deud?

RUTH: Un o pan oedd y ddwy ohonach chi'n brifysgol. Ddim yn gwybod pam fod o dal ar fy ffôn. Ond mae hi'n adrodd stori o sut mae pawb yn y fflat yn lloerig hefo hi gan fod hi 'di llosgi Super Noodles ar yr hob pan oedd hi 'di meddwi a 'di achosi i'r larwm dân fynd i ffwrdd am dri yn y bore!

CADI: O ia, dwi'n cofio hynna! Nwdls oedd pawb yn galw hi am tua blwyddyn. Yn mynd hefo'i gwallt cyrliog hefyd.

*Mae'r ddwy'n chwerthin, yna'n ddistaw.*

Dwi'n sori 'mod i'n dy adael di.

RUTH: Ie, fi 'fyd.

CADI: Ti'n mynd i fod yn ocê?

RUTH: Yndw. Wyt ti?

CADI: Na, dwi'm yn meddwl 'mod i'n mynd i fod yn ocê. Ond dwi methu aros yma.

RUTH: Be mae dy rieni'n meddwl?

CADI: Cachu'u hunain.

RUTH: Alla i ddeall hynna.

CADI: Ond maen nhw'n gweld pa mor anhapus ydw i. A ma' hi 'di bod yn fisoedd ers i Gwen fynd ar goll. A dwi dal i deimlo fel bod y noson yna newydd fod. A heb neud unrhyw beth ers hynna, ddim ond aros yn y tŷ a'n dod i dy weld di'n achlysurol. Felly, mae hyn yn gam enfawr i fi, a dwi'n meddwl fod nhw'n hapus 'mod i'n neud rwbath, unrhyw beth. Fydda i'n ofalus, ma'n debyg fydda i ddim yn yfed na ddim byd. 'Na i edrych ar ôl fy hun. A thrio dod i dermau hefo pob dim, yn ffordd fy hun. Mor bell i ffwrdd â phosib. Dwi'n meddwl dyna dwi angen, ti'n gwybod? Angen cychwyn newydd. Dyna oedd fi a Gwen yn arfer siarad amdano drwy'r amser yn brifysgol. Fysa hi'n mynd trwy gyfnod caled hefo Tom a fyswn i'n poeni am arholiadau a fysa'r ddwy ohonom ni yn breuddwydio am draeth hefo haul, lle fyddan ni'n gallu bod wrth ymyl y môr trwy'r amser. Ym mharadwys, nid purdan. Fydda i'n ôl os mae unrhyw un yn clywed gair am Gwen. Syth yn ôl.

RUTH: Mae hynny'n dda.

CADI: Be oeddet ti'n meddwl o'r erthygl?

RUTH: Iawn ia. Doeddwn i ddim yn hoffi'r holl ffỳs ar-lein.

CADI: Na finna.

RUTH: Cadwa mewn cysylltiad, nei di?

CADI: Wrth gwrs.

RUTH: A paid disgyn mewn cariad.

CADI: Dwi'n llawn bwriadu neud, i fod yn onest.

RUTH: Wel paid, dwi angen chdi'n ôl.

CADI: 'Na i drio.

RUTH: A paid ag atgenhedlu be bynnag ti'n neud achos wedyn ddoi di fyth adra.

CADI: (yn chwerthin) Felly'n syml, paid â bod yn hapus na setlo yna mewn unrhyw ffordd, ia?

RUTH: Ia, bydda'n hollol drist ac unig a tyd adra'n syth.

CADI: Diolch, Ruth, ti'n ast.

RUTH: 'Na i fethu chdi.

CADI: 'Na i fethu chdi hefyd, lot fawr. Yli, well i mi fynd. Mae Mam a Dad isio mynd am ginio cyn i fi ddal trên i'r maes awyr. 'Na i ffonio chdi pan dwi'n cyrraedd, ocê?

RUTH: Ac mor aml â ti'n gallu ar ôl hynna?

CADI: Mor aml â dwi'n gallu ar ôl hynna.

*Maen nhw'n cofleidio ac mae Cadi'n gadael.*

*Blacowt*

*Mae'r llwyfan wedi'i glirio. Mae Cadi'n sefyll yng nghanol y llwyfan gyda'i chês, yn edrych ymhell i ffwrdd. Mae'n amlwg y tro yma ei bod hi ddim yn siarad efo'r newyddiadurwyr.*

CADI: 'Nes i neud o. 'Nes i brynu tocyn a dwi yn y maes awyr. Wyt ti'n falch ohonof i? Dwi wastad wedi deud byswn i'n neud o, do? O'n i byth yn meddwl mai achos oeddwn i methu dioddef pethau adra fyswn i'n neud o ond, dwi wedi neud o. Dwi'n mynd i baradwys. Byth i ddychwelyd i purdan fyth eto.

Dwi'n gobeithio mai fanno wyt ti rŵan hefyd.

Mae yna ran od ohonof i sy'n meddwl mi fydda i'n gadael yr awyren, yn cyrraedd fy stafell ac mi fydda chdi yna'n disgwyl amdana i. Hefo dy wallt cyrliog, bowlen hiwj o Super Noodles a photel o Amaretto yn barod am barti. Ti ffansi hynna? Cyfarfod fi ar y traeth? Fel oeddan ni'n sôn pob amser? Plis? Plis tyd. 'Na i ddisgwyl amdana chdi, dim ots pa mor hir fydd o'n cymryd. 'Na i ddisgwyl.

Ti'n iawn am Ruth 'fyd, dwyt – ma' hi'n hogan iawn ia. I ddeud gwir, ma' hi 'di bod yn gefn i fi a dwi 'di bod yn gefn iddi hi. Ond ti'n gwbo' be, Gwen – 'dan ni ddim yn siwtio, fel deuawd. 'Dan ni angen chdi i doddi ni at ein gilydd. I chwerthin arna fi pan dwi'n cwyno a'n poeni ac i chwerthin ar Ruth pan mae hi'n cocsio fod hi ddim yn poeni o gwbl.

Tyd wan, ti 'di cal dy hwyl. Tyd 'nôl?

Dwi off wan, felly. Paid â bod yn ddieithr. Dwi'n dechrau'n ffresh, llechan newydd. Fel oeddan ni wastad 'di sôn? Ti roddodd y syniad yn fy mhen i'n lle cynta – y byswn i wir yn gallu neud hyn, yn gallu mynd. Ond nest ti guro fi i'r post, fel yr arfer 'de? Felly, wela i di ar y traeth 'na, ia?

*Blacowt*

**DIWEDD**

# 388
Y Goron

**'Mymryn Llygedyn o'r Haul'** gan 'Fesul 40 Eiliad'

*"Buasai'n dda gennyf fyw pob amser yn y goleuni, ond pan ddisgynno cysgod angau ar lwybr dyn yng nghanol ei ddyddiau a'i lafur, da iddo gofio os gwêl ambell belydryn trwy'r tywyllwch."*

T. GWYNN JONES

## PROLOG

**Liwsi**

Roedd parhad oesol y môr a'r mynydd yn chwerthin yn sbeitlyd arna i. Yn gwneud hwyl am fy mhen i. Yn edliw imi fod mor ffôl erioed â chredu fod rhywbeth a oedd yn gwneud imi deimlo mor gynnes y tu mewn yn mynd i bara mwy na mae lliw haul yn ei wneud ar groen. Dim ond pethau garw fel mynyddoedd a phethau dychrynllyd fel y môr oedd yn mynd ymlaen ac ymlaen am byth.

Roedd yr haul yn egwan fel hen daflunydd yn lluchio ffilm sepia ar yr awyr...

*Dyma hi, yn blentyn bach a bywyd yn un lan môr hir o'i blaen hi. Cofio dal hufen iâ yn dynn yn ei llaw fel darn o aur. Yn rhoi llyfiadau oen bach iddo i wneud iddo bara am byth. Fel tasa'r diwydiant hufen iâ ar ddod i ben 'fory nesaf. Dim ond un swae wyllt gan wylan ac fe aed â'i thrysor dros gribau'r Eifl am byth.*

Ac mae'n debyg na ddysgais i erioed fy ngwers. Dysgu erioed fod pethau da yn para dim. Fod hufen iâ a diwrnod lan môr a hafau poeth a chariad yn ddim ond llanast pinc o gandi fflos sy'n troi'n ddim unwaith iti gael y mymryn lleia o'i flas o.

## Pennod 1

*Shit*.

Dyma rywbeth dwi'n wirioneddol yn ei gasáu.

Mi fydda i'n licio meddwl fy mod i'n berson pragmatig. Yn gwrthod gadael i mi fy hun syrthio i'r fagl o wisgo'r sbectol-gweld-y-byd-yn-ddu-a-gwyn hwnnw y mae cynifer ohonom yn ei sodro ar ein trwynau peth cynta ben bora cyn tsiecio Twitter bellach. A finna wedyn yn meddwl am hanner awr dda cyn ateb dim byd. Wedi styried y du a'r gwyn cyn sylweddoli'n fwya sydyn fod yr ateb i'r cwestiwn, fel finnau, yn sownd am byth yn y llwyd. Yn medru gwerthfawrogi'r llwyd hyd yn oed. A'i groesawu fo.

Ond gall hyd yn oed y person-pragmatig-lwydaidd-digon-o-dân-yn-ei-fol-ond-yn-gyndyn-o-lunio-safbwynt-cadarn,-concrid-ar-lot-o-ddim-byd hwn ddod i'r casgliad, a hynny'n fodlon, fod hwn yn rhywbeth y mae'n wirioneddol yn ei gasáu. Tudalen wag.

~~Be wna'i, felly, ond dechrau o'r dechrau'n deg?~~

Wel dyna ffordd wirioneddol *shit* o ddechrau stori. Sgilgar o *shit*. Mae'n ddrwg gen i fy mod i hyd yn oed wedi ystyried am yr eiliad leiaf un roi fy narllenwyr trwy'r fath brofiad. Mae'n ddrwg gen i.

Ni wn yn iawn ydw i'n credu yn yr awen. Ysbrydoliaeth, yn bendant. Rhyw linell yn taro ar feddwl rhywun, dim ond iddi gael ei mewnbynnu i grombil ffôn a chael ei hanghofio am byth. Ond awen? Ni wn, ond ar ddyddiau fel hyn, pan fo'r gronfa greadigol yn gyfan gwbl hesb, ni allaf ond dod i'r casgliad fod rhyw fath o bŵer uwch na'r meidrol sy'n rheoli fy ngallu i lenwi'r dudalen enbyd o wag o fy mlaen.

Gwn, a hynny'n gysur imi, i genedlaethau o awudron fod yn yr un sefyllfa. Hyd yn oed y cewri a'r breninesau hynny yr wyf yn sefyll ar eu hysgwyddau. Gwn iddynt hwythau bendroni uwch y llinell gyntaf honno. Ei hailysgrifennu droeon. Ei thwtio a'i thocio. Ei hadrodd yn uchel yn nwfn nos iddyn nhw eu hunain. Cyn bodloni, o'r diwedd, a'i geni i'r byd.

Nid y fi yw'r cyntaf, ac ofnaf nad y fi fydd yr olaf i gymharu sgwennwr â chrefftwyr eraill. Dydw i ddim yn bwriadu atgynhyrchu'r hen gymariaethau felly am y tŵls fel adnoddau creadigol a'r llafur cariad chwys-a-gwaed sy'n sylfaen i waith y ddau. Dydw i ddim, chwaith, am dynnu sylw at y ffaith gyfleus, giwt, mai crefftwr yn gwobrwyo crefftwr arall yw defod y Cadeirio. Ond rydw i'n awyddus i dynnu un llinell gyswllt arall. Y dylai'r bardd, fel y crefftwr, gael blas ar weld ei waith gorffenedig yn eiddo i rywun arall. Pa grefftwr gwerth ei halen a fynnai i fwrdd y bu iddo dreulio misoedd yn ei lunio mor gelfydd fod yn segur mewn oriel gelf neu arddangosfa siop? A beth am y seiri hynny a fu wrthi ddydd a nos mewn gweithdy llychlyd yn gweld dyluniadau gofalus yn troi'n realiti derw solat, yn gadair hardd i fardd lwcus? Sut y maent hwythau'n teimlo o glywed mai ofer fu'r gwaith am nad oedd bardd, fel y gwnaeth ef, wedi rhoi o'i amser i lunio crefftwaith teilwng?

Ac felly dyma ddod i'r casgliad mai dyna sut y dylai'r sgwennwr deimlo. Y dylai deimlo balchder pan fo rhywun arall yn defnyddio ei linell ac yn rhoi iddi fywyd newydd a'i gwneud yn llinell iddo ef ei hun. Fel staen bolonês ar fwrdd y crefftwr neu wely cath ar gadair y saer.

(Sticiwch efo fi'n fan hyn, dwi braidd yn desbret...)

Dyma gyflwyno fi fy hun ichi'n fras, felly (gyda chymorth y rhai a ŵyr lawer mwy na fi am y busnas sgwennu 'ma).

*Mab llwyn a pherth oedd, ond nid yn Sir Fôn y ganwyd ef.*

Wnaiff honno ddim y tro. Mae'n wir na chefais i mo 'ngeni yn Sir Fôn, er mai tafliad carreg yn unig yw Ysbyty Gwynedd o Ynys Môn. Ond camarweiniol fyddai honni mai plentyn llwyn a pherth oeddwn i. Mistêc, efallai (y pumed plentyn i'r teulu a Mam, ar y pryd, yn yr oedran hwnnw nad yw'n oedran delfrydol i gael plentyn). Ond yng ngeiriau enwog Mam, tasai hi wir ddim o fy isio i, mi fyddai hi wedi 'gweithio'n gletach i beidio â 'nghael i'. Dehonglwch fel y mynnoch.

O.N. Peidiwch â meddwl fod gen i broblem â phlant llwyn a pherth. Mae ffrind gorau imi'n blentyn llwyn a pherth (a'r llall, digwydd bod, yn dod o Sir Fôn).

*Mae'n debyg na ellid fy ngalw'n blentyn cwbl nodweddiadol.*

Mae hynny cyn wired â'r ffaith nad ydw i'n blentyn llwyn a pherth ac na'm ganed yn Ynys Môn. Ni fûm i erioed yn gwbl normal. Mae'n beryg fod a wnelo hynny â pham fy mod i yma heddiw, yn sgwennu am ddipreshyn er mwyn trio cael 'madael ag o. Mae'n wir nad oes prinder ymdriniaethau llenyddol â'r hen fadwch honno, ac efallai mai dyna pam fy mod i'n ei chael hi mor anodd i lenwi'r dudalen wag?

*Dwin biw miwn twł.*

Mae honno'n sylwebaeth deg ar y profiad, tybiaf. Ac ymhellach, mae'n siŵr y byddai isdestun chwalfa'r system iaith yn ei fenthyg ei hun i ryw fath o naratif am feddwl drylliedig y depresif, hefyd?

*Rydych chi'n fy neall, on'd ydych?*

Sylwebaeth deg arall. Cyfleir dryswch y depresif, a'r teimlad hwnnw ei fod yn byw led braich oddi wrth weddill y byd. Y mae'r depresif, yn aml iawn, yn teimlo'n estron. Yn teimlo ei fod yn bodoli ar donfedd ar wahân i bawb arall. Rydych chi'n fy neall, on'd ydych?

Rŵan dyma roi sgwd i'r pentwr cyfrolau wrth fy ymyl. Mae'n bryd imi edrych ar erchylltra noeth y byd fy hunan.

A dyna'r dudalen wedi ei llenwi, a'r cyflwyniad anochel o'r ffordd. Rydych yn gwybod bellach fy mod yn hogyn ifanc o Wynedd a genhedlwyd ac a anwyd rhwng ffiniau pendant priodas (boed hynny'n fistêc neu beidio). Gwyddoch fy mod yn byw mewn twll (trosiadol, meddyliol); yn dipresd, a'm bod yn sgwennu am fod yn dipresd yn y gobaith na fyddaf, o sgwennu am y peth, yn dipresd rhagor.

## Liwsi

'O le wyt ti'n dod 'ta, Liwsi?' A dyna pryd y dechreuodd o. Y mabolgampau yn fy stumog i. 'Pen Llŷn…' atebais innau, a chlymau swildod yn datod yn ara bach. Chwerthin wedyn am fod rhaid imi estyn dy fraich di allan yn hir a phwyntio er mwyn egluro lle'n union oeddwn i'n byw am nad oedd yr enw'n golygu dim iti. Chdithau'n mynnu fy ngalw i'n Y-Ferch-O-Ger-Y-Freckle wedyn. Cyrraedd adra a gosod fy mhen ar obennydd er mwyn gwneud i'r byd fod yn llonydd eto. Heb wybod os mai chwil o feddw oeddwn i neu os mai'r peth arall oedd o. Y peth arall nad ymffurfiodd yn eiriau concrid am chwe mis arall. Y gair arall sy'n dechrau efo 'C', sydd bron mor ddychrynllyd ddinistriol â chansar.

A pham, felly, fy mod i wedi dod i'r fan hon? Am fy mod i'n ysu i flasu hiraeth yn hufen iâ mefus ar fy nhafod i eto? I hawlio yn ôl gan wylan dalog yr hyn oedd yn hawl imi? Ynteu i dwrio drwy'r tywod am ateb? Rhwydo'r pyllau dŵr a chodi pob carreg i chwilio. Dal cragen i 'nghlust i weld os oedd y môr yn siarad Cymraeg ac y basa hwnnw'n gallu dweud wrtha i pam na sylwais ynghynt ar y llanw'n dod i mewn?

Mae'r haul yn wincian eto, a'r ril yn sepia trist ar yr awyr.

*Dro pen-blwydd, y tro hwn. Ei phen-blwydd hi, neu ei ben-blwydd o. Doedd o ddim yn siŵr iawn. Cofio'r tro diwethaf iddo gerdded lawr o faes parcio Clwb Golff Nefyn am draeth*

Porthdinllaen, a meddwl fod yr olygfa 'run fath â tasa nhw'u
dau wedi agor cyrtans ar y byd. 'Run fath â tasa Duw wedi
plannu cyllell ym mrest yr awyr a rhwygo'r cymylau'n griau
a'r gorwel yn llifo'n las llachar drwy'r rhwyg. Roedd yr awel yn
brathu ein crwyn ni'n filoedd o binnau bawd y tro hwnnw, ond
mi oedd o'n wefr hyfryd. Am fod teimlo poen ac oerfel yn well
na theimlo dim byd. Yn well nag anghofio be ydi teimlo.

Mi wyt ti'n gofyn imi pryd ydw i ar fy hapusaf. A finna jest
â marw isio ateb drwy ddeud wrthat ti, 'Wel, Liws, dwi ar fy
hapusaf pan dwi'n crio... Pan mae bywyd yn gafael am dy
wddw di fel mae'r niwl yn crogi'r Eifl, ty'd o hyd i gornel dawel
a chria lond trol. Mae o am ddim. Fel anadlu. Ac mae crio'n fwy
o anadlu na fydd anadlu fyth. Mi deimli di'n fyw. Yn fwy byw
na tasa chdi'n anadlu hyd yn oed. Mi deimli di, am y tro cyntaf,
fedra i fentro dweud, yn gwbl normal. Yn gyntefig. Yn fyw.
Ac ar ei ôl o, mi fyddi di'n hapus. Am y byddi di'n llawn anadl
unwaith eto. Yn llawn bywyd unwaith eto. Dos, wir Dduw, a
chria. Mi rown i fy anadl fy hun i allu gwneud.

Ceisiais ddod o hyd i ateb amgenach yn y tywod a'r pyllau dŵr
a'r cregyn môr.

# Pennod 2

Peth cysurus yw pellter. Lapiais fy hun ynddo erioed, a'i fwynhau. Onid dyna y mae'r bardd yn ei wneud, beunydd? Codi wal â'i eiriau a gadael iddynt hwythau wneud y siarad?

### Y Lôn (hir iawn) i Lanrug

I Lanrug mae'n lôn hir iawn
o Fangor, ac mae'n edliw
penderfyniad annoeth
stiwdant i beidio
â newid syrjeri.

Ar y filltir hir, gofynnodd hi
(a oedd yn ei gyrchu i gasglu canlyniadau 'profion gwaed')
gwestiwn.

A'r ateb un ai'n Gaergybi
neu Langefni
(ond doeddwn i ddim yn poeni
am ddim, dim ond trio casglu'r geiriau
a oedd yn llanast ar lawr. Eu tacluso
a'u sythu'n synhwyrol cyn eu
gosod ar geubrennau
a'u rhoi i hongian
yn rhes dwt).

Ond, am y gyddwn y byddai'r
geiriau'n syrthio'n glewt eto,
a waliau gwyn
syrjeri trwy ddagrau'n
dallu synnwyr,
diolchais mai
lôn hir iawn sydd i Lanrug.

Doctor Gwilym. Doctor Esyllt cyn hynny. Hynny yw, Doctor Esyllt pan mai dolur gwddw neu haint y glust neu *molluscum contagiosum* oedd y broblem (a hyd yn oed y tro hwnnw pan mai hithau oedd y ddynes gyntaf, oni bai am Mam, i weld fy mhidlan i). Ond nid heddiw. Doctor Gwilym oedd hi heddiw.

A dyna'r geiriau'n baglu'n chwil o 'ngheg. Yn flêr fel tecst meddwol. Dyna orfod stopio rhwng anadlu sydyn i dwtio'r geiriau a thrwsio'r brawddegau i wneud sens. Ailadrodd. Sychu dagrau (dagrau oeddwn i wedi ysu i'w teimlo'n powlio i lawr fy mochau ers misoedd, ond dagrau a oedd yn fy amddifadu o'r hawl i deimlo). Ac yna'r distawrwydd, yn ei dynnu ei hun yn hir fel cyflath.

Yna'i llais yn meddalu'n dosturiol fel lwmp o fenyn mewn cawl. Llais meddal nad ydi rhywun yn ei bresgreibio i ddolur gwddw neu *folluscum contagiosum*. Dim ond pan fo rhywun newydd ddweud wrthoch chi nad ydyn nhw'n teimlo fod bywyd yn werth ei fyw mwyach.

## Menyn

### ACT 1
### BACHGEN:

Menyn menyn menyn. Melyn melyn melyn. Yn dalpiog, gludiog a glwyb. Yn hallt fel wyneb sy'n llinellau map coch o hoel dagrau. O blannu llafn i'w ganol o 'chewch chi ddim byd, dim ond ei fod o'n mynd ymlaen ac ymlaen ac ymlaen ac ymlaen am byth. 'Yn felynllwyd fel hunllef.' Taena'r menyn dros dy ddwylo i gyd. Y menyn sy 'mor oer â'r marw ei hun'. A gwna dy hun yn alltud i bawb.

*(Bachgen yn gorwedd yn ôl ar y gwely.)*

**SFX: Sŵn cloc larwm sy'n cynyddu ac yn pylu bob yn ail.**

*(Bachgen yn codi ar ei eistedd eto.)*

**BACHGEN** (*yn ddiemosiwn*):
Yr un hen ddefod. Codi.

Rhywun wedi ei arghyhoeddi ei hun cyn mynd i gysgu neithiwr y byddai pethau'n wahanol bore 'fory. Ac y byddai'r holl lol y mhen dim yn ddim ond atgof pell. Atgof i gywilyddio amdano, i'w ddal hyd braich fel yr un bwyty hwnnw a roddodd unwaith ichi'r *shits*.

Mae o'n ffurf ar hunanartaith, w'chi. Ffeirio holl wersi'r gorffennol am rai munuda prin-fel-aur o obaith. Am y gwyddwn yn iawn, go iawn, o dan gynfasau celwyddau'r co', mai fel hyn y byddai. Mai deffro'n fenyn drostaf y gwnawn unwaith yn rhagor. Yr holl beth yn stici a finnau'n teimlo fel pe na bai'n bosib imi sliwennu o'i afael llysnafeddog.

Menyn. A rhydio drwy'r cyfan yn araf fel tor calon a phawb yn edliw dy syrthni. Ond wrth gwrs, ni fynni di dwtsiad yn neb, rhag ofn i'r menyn eu twtsiad hwythau a'u halogi'n hallt.

Bydd un â'r menyn am heno.

# Llen

### Liwsi

Y-Ferch-O-Ger-Y-Freckle fues i wedyn. A mwya sydyn (cyn i rywun allu gneud jôc wael fod 'B.A.' yn sefyll am 'Byth Adra' hyd yn oed), mi oedd o i gyd ar ben. Bywyd coleg wedi mynd fesul potel win, a finnau heb gyfri'r poteli gwin. Heb eu casglu nhw a'u gosod nhw'n rhes gyn hired â'r Eifl. Heb weld y rhybudd yn yr hylif coch oedd wedi ei dywallt ei hun ar shîts y gwely.

O'n i wastad yn drysu'n lân pan fyddai Mam yn arfer deud y byddai'n awr dda arall cyn y byddai'n gallu dod i fy nôl i. A finnau'n meddwl mai awr oedd awr. Nad oedd mathau gwahanol o awr. Nad oedd hydoedd gwahanol i awr. A deall, mwya sydyn, wrth

i'r un eiliad fer honno chwalu fy mywyd i'n dipiau mân a throi fy
stumog i tu chwith allan fel mae rhywun yn ei wneud â bag cachu
ci. Mi oeddat ti wedi gwneud beth oedd, cyn hynny, wedi bod yn
ffilm ar lŵp yn dy ben di, heb wybod yn y diwedd os mai hunllef
neu freuddwyd oedd hi.

*Roedd ganddo'i ddiolchiadau i'w gwneud, wrth gwrs. Ond mi
roedd hynny'n teimlo'n wirion rhywsut. Fel pe bai o'n diolch ar
ddiwedd cyngerdd i'r rheini fu'n gweithio mor ddiwyd i sicrhau
llwyddiant ysgubol o noson. A chyn dod â'r noson i ben, hoffwn
ddiolch o waelod calon i'r canlynol. I Mam am weini'r te... i
Dad am y gefnogaeth ymarferol, wrywaidd, ariannol... am
y cyfeillion fu'n cymryd rhan, a gwneud hynny heb ddisgwyl
tâl...*

# Pennod 3

A dyna gael derbyn parsel y gwella mawr yn dwt mewn bag papur
(wedi ei guddio'n dwt fel bod modd imi smalio mai gwaed tenau
neu ddiffyg haearn oedd y broblem). A dyna ei ddal yn dynn, dynn
at fy mynwes. Yn breuddwydio am gael cyrraedd adra a thynnu'r
trysorau bach o wain y blwch a rhedeg fy mys yn dyner dros bob
twmpath. Yn set, fel cynghanedd sain.

Peth rhyfedd yw bod gwaredigaeth yn bowdwr gwyn wedi ei
gywasgu'n dwt i bilsen lefn, hirgron, a'i fod i'w gael nid ar allor
aberth ond un y dydd, i'w cymryd â dŵr.

Dwi'n sibrwd ar y parsel i wneud ei orau. Yn hanner-sibrwd-
hanner-erfyn yn dawel ond ffrantig.

```
Sertraline 100mg
28 film coated tablets.

Mae'n dabled lefn sy'n edliw
fod dy fyd i gyd ar sgiw,
ond tabled, o'i chael wedyn,
sydd yn addo deffro dyn.

To be taken once a day with water.
```

Dyma restru fy symptomau wrthi fel Llafur Cof:

- Nad oeddwn i'n cysgu (neu'n cysgu o hyd).
- Nad oeddwn i'n bwyta (doedd bwyta o hyd ddim yn broblem yn fy achos i).
- Anghofrwydd (anghofiwn dalpiau cyfan o'r diwrnod – neu ddiwrnodau cyfan, ar brydiau).
- Diffyg gweledigaeth o'r dyfodol. (Anobaith, efallai?)
- Colli fy nhymer (efo'r un person o hyd, hefyd. Sori.).
- Fy mod i'n yfed llawer yn fwy nag y dylwn i fod yn ei wneud.
- Teimlo'n drist (pe bawn i'n lwcus), ac fel arall, teimlo'n gyfan gwbl wag.
- Y breuddwydion-fwriadau hynny a ddeuai i'm styrbio ar ganol paned neu wrth gerdded o'r brifysgol yr hoffwn, ryw ddydd, ddod â therfyn i'r cwbl lot drwy gysylltu peipen nwy i egsôst y car a... (af yn fy mlaen i egluro nad oes gen i gar).
- Ac yn olaf, fy mod i'n colli diddordeb yn y pethau hynny a fu unwaith yn bleser pur imi, pethau a fu'n rhoi mymryn o liw i'r llun, fel petai. Bûm i ddigon ffôl i ddweud wrthi fy mod i'n sgrifennu, felly fedrwch chi ddyfalu i le dwi'n mynd nesaf...

Eglurwyd imi fod triniaeth glinigol, ar brydiau, yn gallu bod yn fwy effeithiol na therapi. Awgrymwyd nad cwnsela oedd y trywydd gorau imi o bosibl, ac ynghyd â'r tabledi a rhyw fymryn o feddylgarwch, y byddai'n llesol imi ddechrau ysgrifennu eto. Dyna bresgripsiwn anghyfrifol, meddyliaf wrthyf fi fy hun. Tydw i ddim yn trystio pobl sydd yn iwsio sgwennu fel ffurf ar therapi. Yr unig ffordd y medra i esbonio'r weithred honno ydi ei bod fel agor cwpwrdd nas agorwyd ers y diwrnod hwnnw rai misoedd yn ôl y penderfynwyd, yn llawn hyfdra bore Sul, gael *spring clean*. Wrth gwrs, fe gollwyd pob owns o fynadd erbyn tri o'r gloch ac fe benderfynwyd llwytho ceiriach ein bywydau i gwpwrdd cefn. Bydd, o'i agor, yn chwydu ei gynnwys yn dirlithriad dros y rheini sy'n ddigon ffôl i'w agor. Oni fyddai'n well o lawer cadw'r drws wedi'i gau'n glep a bodloni ar daclusrwydd arwynebol fy meddwl?

## Y Llenor

Un diwrnod

gobeithiaf
y rhamanteiddiaf
hyn.

Consurio iselder
yn orchest lenyddol
a sgeintio geiriau'n
siwgwr candi
cwtshi-cŵs
dros y briwiau.

Ac efallai,
rhyw ddydd,
y byddaf yn methu â gweld drwy'r
'cymeriadau crwn...',
y 'sgwennu cyhyrog...'
a'r 'stori afaelgar...'

ac efallai y byddaf i'n anghofio
i hyn ddigwydd fyth.

Efallai.

Neu efallai y rhwygaf
fy nghreadigaeth
yn blu mân a sgeintio poer
ar eiriau sy'n methu.

Efallai.


Chwarae jenga efo bara brith oeddan ni am fod galar yn dew
fel menyn drwy'r tŷ a neb yn siŵr iawn beth i'w ddweud. Am
fod yna sgript wedi ei sgwennu ym mhob iaith ar gyfer y pethau
eraill. Efo cansar, er enghraifft, mi fasa'n braf iti gael mynd am dy
fod di mewn poen ac am nad oedd bywyd yn werth ei fyw erbyn
diwedd. A dementia wedyn. Yr hen gyfaill! (Be fyddai stori dda
heb ddementia, deudwch?) Ni fyddai ots petasat ti wedi marw o
ddementia am ein bod ni wedi dy golli di flynyddoedd yn ôl be
bynnag. Ond cha i ddim dweud y pethau hynny, na chaf? Cha i
ddim dweud dy fod di mewn poen ac nad oedd dy fywyd di'n werth
ei fyw. Cha i ddim dweud fy mod innau wedi dy golli di ymhell cyn
iti ddringo i ben yr Eifl a phlastro dy gnawd yn fwsog ar ei hwyneb
crychlyd hi.
      A dyna pam y dois i yma heddiw. Dyma pam y ces i fy llenwi â'r
ysfa ryfeddaf i godi o wely galar a dod yn ôl i rywle y gwyddwn i y
byddai'n troi fy stumog i tu chwith allan fel ti'n ei wneud hefo bag
cachu ci. Imi gael gweld y byddai'n rheitiach imi fod wedi symud
yr Eifl. Casglu pob gronyn o dywod Porthdinllaen yn un rhes hir
rownd y byd. Neu, y byddai'n haws imi fod wedi cadw hufen iâ
rhag toddi yn haul poeth Awst na dy fendio di.
      A dwi'n cau'r cyrtans, ac yn mynd.

# Pennod 4

Chwydaf neithiwr yn fustl chwerw i fìn. Mae'r hangofer, i'r depresif, yn rhyw fath o ffurf ar fasocistiaeth. Yn gêm o osod y cloc yn ôl i'r dechrau un. Unnos yw effaith barlysol y ffisig melyn. Y ffisig melyn nad ydi o'n asiffeta ac sy'n blasu llawer yn well. Nid af i raffu ystrydebau am berthynas yr hogyn dipresd ag alcohol. Digon yw nodi ar hyn o bryd i'r berthynas ddigwydd. Fel pob perthynas arall a gefais erioed, diolchaf iddi fod.

## Cilfachau

Onid oes dim weithiau
yn nim byd yr eiliadau
hirion yn well na rhwygo
clwy
heb boeni am rywbeth
mor wâr ag edau
cymylau?

Ac i gilfachau fy meddwl
daethost â golau.

A gadewaist i'r haul
ddod i mewn.

Popeth yn arafu
a bywyd yn ludiog braf.

Chwelais wydr yn deilchion
a phlannu llafn i fynwes y cymylau...

Ac fe'u rhwygais!
Yn gudynnau cotwm gwlân
â hyfdra meddwyn!

Ond rhaid oedd deffro
a'r teilchion gwydr yn ddim ond
carped o siwgwr mân ar lawr.

Ac fe bupurodd y cymylau eu dirmyg arnaf heddiw.

# Pennod 5

**Liwsi**

'Be wyt ti'n ei neud ar y laptop, Liws?'
   'Dim ond...'
Fûm i ddim yn teipio ers yn agos i chwarter awr. Dim ond
pipian dros barapet fy laptop arnat ti.
   '... darllen rhyw adroddiad.'
   Rwtsh.doc. has been saved.
   Dyna ddiwedd arni. Fe gaf ei harbed a'i rhoi i gysgu yng
nghrombil y laptop am byth. Mae gwybod ei bod hi yno'n ddigon
imi. Fy stori i. Y geiriau a sgriblwyd yn flêr yn fy llyfr-tri-y-bore
ger y gwely na feiddiwn i mo'u dangos i neb. Y tudalennau yr
ysgrifennwyd arnynt fy hunllefau. Yr ofnau hynny a ddeuai i'm
plagio yn oriau mân y bore wrth dy deimlo wrth fy ymyl yn esgus
cysgu.
   Dim ond drwy sgwennu'r stori hon y medraf fy atgoffa fy hun
yn ddyddiol nad dyma oedd dy stori di. Nad hon fydd dy stori di.
Stori drasig y llarpio. Stori drist y peidio mendio. Ac o'i darllen a'i
hailddarllen eto, a'm rhoi fy hun drwy'r artaith, y caf flasu rhyddid
heddiw. O ddychmygu'r annirnadwy y caf ddiolch i bob duw a bod

uwch dy fod yma. Yn gnawd a chalon a chreithiau a gwên i gyd. Ac er ei fod o yno i aros, nad oes mo'i waredu fo am byth, y byddi di'n ei deimlo fo'n brifo. Ac y bydd y teimlo'n drech na pheidio bod o gwbl.

## Pennod 6

Mi wyddoch chi bopeth sy'n werth ei wybod amdana i, erbyn hyn. Gwyddoch fy mod yn hogyn ifanc o Wynedd a genhedlwyd ac a anwyd rhwng ffiniau pendant priodas. Gwyddoch fy mod yn berson llengar (sy'n casáu, â chas perffaith, y gair 'llengar'). Gwyddoch y gallaf fod yn fastad sarci. Gwyddoch imi anghofio newid syrjeri wedi imi ddod i'r brifysgol. Gwyddoch imi gael *molluscum contagiosum* unwaith, a bod o leiaf dwy ddynes wedi gweld fy mhidlan. Gwyddoch fy mod yn dipresd.

Ond mae un peth yr esgeulusais ei rannu â chi. Fy mod yn dioddef o gyflwr arall, cyflwr y tadogir arno'r enw Syndrom Stockholm. Gadewch imi egluro.

Mae meddwl depresif (neu feddwl y depresif hwn, o leiaf) yn feddwl sydd, un diwrnod, wedi chwalu'n filiynau o ddarnau jig-so. Gall ddigwydd yn rhywle. Gall ddigwydd rhywbryd. Gall ddigwydd dros baned. Gall ddigwydd mewn clwb nos. Gall ddigwydd yn y gawod (dyna ddigwyddodd i'r depresif hwn, sydd, yn anffodus, yn ystrydeb braidd erbyn hyn).

A phroses hir, ara bach, ydi rhoi'r darnau bach jig-so i gyd yn ôl at ei gilydd. Bydd rhai darnau'n styfnig ac angen mymryn o lud, neu angen llaw gadarnach, lonyddach i'w gosod yn dwt yn eu hôl. Ond bydd, yn anochel, rai darnau na fyddant yn ufuddhau. Yn gwrthod ffitio am nad oeddan nhw, mewn gwirionedd, erioed yn ffitio. Peth fel hynny ydi iselder. Tydi o ddim yn broses daclus lle mae pob dim, wedi i'r storm ostegu, yn mynd yn ôl i'w le. Er cymaint ydw i'n casáu'r bastad, gwn yn iawn fod, o drwsio'r depresif, weithiau, drwsio enaid nad oedd o erioed yn iawn. Enaid sydd wedi bod yn sgrechian o'r dechrau un i gael ei drwsio. Am ei fod yntau wedi trio ei drwsio ei hun trwy ei fywyd. Ond bydd y sylweddoliad yn dod, un diwrnod (yn y gawod, efallai), ei fod wedi methu a'i fod yn mynd i fethu am byth. Ac yna'r chwalfa jig-so.

Ydw i'n diolch iddo fo? Pwy a ŵyr.

# 378
Rhyddiaith Bl. 8

## 'Ar y sgrin' gan 'Seren Wib Hywel'

Eisteddodd Huw yn ôl yn ei sedd. Er ei bod hi'n ras i gyrraedd yr orsaf, roedd yn falch ei fod wedi penderfynu mynd ar y trên 8:10 yn gynt nag y bwriadodd, gan y byddai'n cael gweithio am dair awr ar y ffordd i Birmingham heb newid yn yr Amwythig, a chael cyfle i gael cinio cyn y cyfarfod am 1 o'r gloch. Roedd e wedi ffonio ei fam yn hwyr y noson cynt i ofyn iddi ddod draw i fynd â'r merched i'r ysgol. Agorodd ei liniadur a dechrau meddwl am y cyfarfod. Ond cofiodd fod angen iddo ddweud wrth ei wraig am y newid i'r trefniadau. Estynnodd ei ffôn o'i boced a ffoniodd ei wraig.

****

Edrychodd Mari ar hen gloc mawr y cartref gofal – 7.58. Gwenodd ac aeth i nôl ei chôt. Roedd ei shifft yn gorffen mewn dwy funud. Pe bai hi'n brysio, gallai hi fynd â'r plant i'r ysgol, a chael coffi efo'i gŵr cyn iddo adael. Ffarweliodd â'i chyd-weithwyr ac aeth allan i'r car. Gyrrodd fel mellten i lawr y rhiw. Nid oedd llawer o draffig yr adeg yma o'r bore. Wrth iddi gyrraedd y gylchfan, clywodd ei ffôn yn canu. Chwiliodd amdano yn ei bag a oedd ar y llawr. Gwelodd enw Huw ei gŵr ar y sgrin ond cyn cael cyfle i'w ateb, clywodd sŵn larwm. Trwy ffenestr flaen y car, gwelodd olau coch yn fflachio a barrau croesfan y rheilffordd yn cau. Sgrechiodd Mari a cheisio gwasgu'r brêc mor gyflym â phosibl, ond yn ei dryswch taniodd y sbardun. Welodd hi ddim byd ond tywyllwch wedyn.

****

Roedd hi'n dawelach nag arfer o gwmpas yr ysgol pan aeth Eurgain â'i dwy wyres i'r ysgol. Mae'n rhaid fod damwain ar y ffordd neu rywbeth, meddyliodd wrthi'i hun. Ar ôl cyrraedd 'nôl i dŷ ei mab, dechreuodd Eurgain dacluso'r gegin. Pan edrychodd ar y cloc, roedd hi bron yn 9 o'r gloch. Ble mae Mari? meddyliodd. Mae awr ers i'w shifft orffen. Ceisiodd ffonio Mari, ond doedd dim ateb. Penderfynodd Eurgain ddechrau smwddio i aros amdani, a rhoddodd y teledu ymlaen i weld penawdau'r newyddion.

"Mae newyddion newydd ein cyrraedd," meddai'r cyflwynydd, "fod car wedi taro mewn i drên 8:10 o Aberystwyth. Mae llawer o ddifrod i'r car ac mae'r gwasanaethau brys ar y safle. Does dim manylion pellach ar hyn o bryd."

Rhewodd Eurgain. "Dyna drên Huw! Beth os yw Huw wedi'i frifo?" Chwiliodd mewn panig am enw Huw ar ei ffôn a'i ffonio. Dim ateb. Be ddylai hi wneud nawr? Chwiliodd am rif yr ysbyty a ffonio'r dderbynfa. Holodd am y ddamwain ac a oedd Huw Jones wedi cael ei gludo yno. Clywodd y ferch ar ochr arall y ffôn yn teipio a chwilio ar y cyfrifiadur. Na, dim sôn am unrhyw Huw Jones. Ochneidiodd Eurgain mewn rhyddhad.

****

Wrth eistedd yn adran ddamweiniau yr ysbyty, edrychodd Huw ar ei oriawr. Roedd yno ers 9.30. Meddyliodd am y ddamwain a theimlodd mor lwcus ei fod yn y cerbyd arall. Er nad oedd wedi ei frifo, roedd dal angen iddo weld doctor, yn ôl y parafeddygon. Ceisiodd ffonio ei wraig eto, ond nid oedd ganddi signal. Roedd angen iddo ffonio ei wraig a'i fam i roi gwybod iddynt ei fod yn iawn, ond nid oedd eisiau amharu ar y ferch tu ôl i'r ddesg gan ei bod hi'n brysur iawn. Edrychodd o'i gwmpas am ffyrdd eraill posibl. Ond roedd pawb â'u meddwl yn rhywle arall. Clywodd lais ar yr uchelseinydd yn galw, "Lowri Thomas i ystafell G17 os gwelwch yn dda." Edrychodd Huw ar y sgrin ar y wal, a gwelodd taw ef oedd nesaf.

****

Roedd hi'n 10 o'r gloch erbyn hyn a dal ddim ateb gan ei mab, na'i merch yng nghyfraith. Dechreuodd Eurgain boeni unwaith eto. Roedd hi'n meddwl am bob math o bethau.

Ffoniodd y cartref gofal i wneud yn siŵr fod Mari wedi gadael. "Do," oedd yr ateb. "Tua 8, ar dipyn o frys, a gweud y gwir." Ni helpodd hyn Eurgain. Penderfynodd, er ei lles ei hun, fynd i'r ysbyty. Cyrhaeddodd y dderbynfa a'i gwynt yn ei dwrn. Rhoddodd enw ei mab a'i merch yng nghyfraith. "Huw a Mari Jones. Ydyn nhw yma?!" Edrychodd Eurgain ar y dderbynwraig yn llawn gobaith. Edrychodd y ferch ar y cyfrifiadur am ychydig nes iddi stopio, a syllu am gwpwl o eiliadau. "Mari Jones ddywedoch chi? Arhoswch funud ..."

"Mam?" Clywodd Eurgain lais crynedig y tu ôl iddi. Trodd i edrych a gwelodd ei mab. Teimlodd fwled o ryddhad yn saethu drwy ei chorff. Ond roedd ei mab yn crio. "Beth sy'n bod?" gofynnodd. Cydiodd Huw yn llaw ei fam a'i harwain i lawr y coridor. Aeth â hi i mewn i ystafell breifat, a chafodd Eurgain sioc fwyaf ei bywyd. Gwelodd ei merch yng nghyfraith yn gorwedd ar wely, mor welw ag ysbryd. Roedd yr ystafell yn llawn peiriannau ond roedd pob un sgrin yn llonydd.

****

Tua 2 o'r gloch, roedd Huw yn eistedd yn swyddfa ysgol ei ferched. Roedd yr ysgrifenyddes wedi mynd i nôl y merched o'u dosbarthiadau. Trwy ei ddagrau, gwelodd y ddwy fach yn cerdded tuag ato ar y sgrin CCTV yn y swyddfa. Cymerodd anadl ddofn, gan wybod ei fod ar fin chwalu eu bywydau yn deilchion ...

# 364

Barddoniaeth Bl. 9

## 'Be nesa?' gan 'Llewpart Glas'

Dafnau tew yn procio'r ffenest,
Cymylau du, blin yn bygwth.
Cot law fel ysbryd yn chwifio wrth y drws,
Yn barod i wynebu'r bwystfil tu allan.

"MAIR!"

Llusgo corff blinedig i gyfarch gwaedd y gwynt
A'r glaw yn pannu 'nghot
Cyn llithro yn nentydd i'r palmant.

Dim ysgol wythnos nesa,
Cyffro wrth feddwl am antur y gwyliau!

"Ta-ra, Mam!"

8:45
Glaw di-baid yn pwnio'r palmant,
Minnau'n neidio fel pry hir gosgeiddig
Dros y llynnoedd,
A'm gwynt yn fy nwrn
I hafan drws yr ysgol.

Lleisiau cyffrous
Yn gwau drwy'r coridorau uchel.

9:00
"Bore da, Mr Jones. Bore da, ffrindiau!"
Yr un peth bob dydd,
Fel tôn gron.

9:15
Rhewodd y plant yn y rhuo isel,
Sŵn creulon aflafar yn llenwi'r ystafell,
Bob eiliad yn teimlo fel munud.

"Mr Jones?"

Dim ateb.
Llygaid gwag brawychus yn syllu'n syn.
Curiad calon fel drwm yn fy nghlustiau.

Sgrechiadau mud ym mhobman,
Anadlu'n ddwfn.

Y rhuo'n nesáu
Fel awyrennau du'r rhyfel,
Pawb yn sgrialu i bobman
I chwilio am loches rhag yr anghenfil.

Düwch tamp
Anobaith yn yr aer.

Tranc yn gwmwl
Dros waedd fyddarol plant.

Dydd yn nos.

Wedi parlysu, gweld dim,
Corff llipa, tawel yn fy nghofleidio.
Llygaid yn llosgi wrth i byllau hallt eu llenwi,
Dagrau yn boddi gobeithion.

Be nawr? Be nesa?

Gweiddi, ond dim ymateb,
Fy anadl yn cyflymu.

9:30
Aros am arwydd,
Am rywun –
Unrhyw un
I'm cofleidio.

Y corff oedd yn gysur bellach yn oer.

Lleisiau pell,
Goleuni.
Crafanc yn torri trwy'r düwch,
Llais cyfeillgar yn galw.

"HELP!"

Dwylo cryf yn tynnu.
Goleuni!

Diflannodd fy mhlentyndod.
Roedd yr anghenfil wedi sugno fy enaid,
Wedi distewi cân angylion.

Breichiau Mam yn fy nghofleidio,
Dim gorfoledd.
Euogrwydd yn fy llenwi,
Dim ffrindiau yn unman.

Be nesa i'n pentref ni?

Cerrig gwyn yn rhesi syth tawel uwchlaw
Ein pentref du.

# 392
## Rhyddiaith i ddysgwyr Bl. 4 ac iau

### 'Mwynhau!' gan 'Exmoor'

Dw i'n mwynhau gwneud llawer o bethau fel ymarfer corff, darllen, gymnasteg a lliwio. Dw i'n mwynhau dawnsio a gwneud gymnasteg gyda fy ffrindiau achos mae'n hwyl ac mae'n helpu i gadw yn heini. Dw i'n mynd i wersi gymnasteg bob dydd Mercher yn y Ganolfan Hamdden yn Aberteifi am bump o'r gloch. Miss Wendy sy'n dysgu gymnasteg ac mae hi'n neis iawn. Dw i wrth fy modd yn gwneud gymnasteg. Dw i'n mwynhau darllen llyfrau am dylwyth teg ac uncyrn. Fy hoff lyfr yw *Cloud Castle* achos mae e'n gyffrous. Dwi i'n mwynhau nofio hefyd achos dw i'n hoffi gwneud sgiliau o dan y dŵr fel môr-forwyn. Dw i'n mynd i nofio gyda Mam a fy mrawd Ethan yn Cenarth.

Dw i'n byw ar ffarm gyda fy nheulu yn Abercych. Ar y ffarm dw i'n mwynhau gwneud llawer o bethau fel godro da, rhoi bwyd i'r lloi a gyrru'r beic cwad. Dw i'n mwynhau helpu Dad i odro'r da achos mae'n hwyl a dw i'n mwynhau helpu. Dw i'n mwynhau rhoi bwyd i'r lloi achos maen nhw yn ciwt ac yn hapus i fy ngweld i. Fy hoff lo i yw Coco Pop achos mae hi mor ciwt. Llo Friesian yw hi ac mae hi'n ddu a gwyn fel morlo. Mae ganddi hi beth lliw brown hefyd fel siocled poeth ac mae llygaid mawr gyda hi fel teganau TY.

Y peth dw i'n mwynhau mwyaf yw marchogaeth ceffylau ac edrych ar ôl ceffylau achos dw i'n dwlu ar geffylau. Fy hoff frid o geffyl i yw 'Exmoor' achos maen nhw yn bert iawn. Does dim ceffyl gyda fi fy hun ond dw i yn dwlu arnyn nhw. Roedd fy mam wedi cael ceffyl rasio oedd wedi ymddeol o'r enw Gingah. Roeddwn i'n mwynhau marchogaeth a gofalu ar ôl e gyda Mam ond yn anffodus roedd e wedi marw dwy flynedd yn ôl. Mae Mam a fi wedi torri ein calon. Hoffwn i gael ceffyl arall.

Dw i'n mwynhau llawer o bethau ond y peth mwyaf pwysig i fi yw mwynhau gyda'r teulu.

# 383
Rhyddiaith dan 19 oed (ymson)

## 'Yfory' gan 'Y Golomen'

Dyna fo eto. Sŵn y cloc yn tician yn fyddarol hyd syrffed. Digon i
'ngyrru i'n benwan. Dw i ar bigau'r drain yn barod. Dydy'r gadair
oer 'ma ddim yn cynnig unrhyw gysur chwaith, na'r wynebau
sydd o fy nghwmpas. Rydan ni i gyd fel petaen ni mewn syrjyri
doctor yn disgwyl. Pawb â'i stori ei hun. Pawb â'i reswm. Ambell
wyneb gwelw, llawn pryder; ambell wyneb hyderus, llawn cyffro.
Ai difaru fydda i? Mae'n rhy hwyr nawr.

    Roedd hi'n haf perffaith. Diwrnodau braf, llawn direidi a
nosweithiau hir o swatio'n glyd o flaen y tân agored yn canu hyd
oriau mân y bore. Arogli heli'r môr yn fy ngwallt a physgod ffres
i swper. Gweld dolffiniaid direidus yn dawnsio yng nglesni'r môr
a morfilod swil yn pipian dros ewyn y tonnau. Clywed y gwynt yn
siffrwd ei gyfrinachau. Dyna wyliau delfrydol, llawn profiadau
newydd. Byw'r presennol ac yfory heb ei gyffwrdd.

    Mae fy stumog i'n corddi a churiad fy nghalon yn gyson fel
drwm ym mêr fy esgyrn. Teimlaf ryw don o anesmwythdra'n
dod drosof. Be dw i'n ei ofni? Y boen heddiw neu'r ymateb yfory?
Rhyfeddaf ar y wal o 'mlaen. Môr o luniau a llythrennau lliwgar yn
gorchuddio pob modfedd ohoni. Wal yn adrodd cyfrolau, a phob
logo bychan gyda phwrpas ac ystyr. Colomen dw i am ei dewis.
Alla i gofio'r prynhawn tesog hwnnw yn sgwâr y ddinas, ninnau'n
blasu'r danteithion estron a cholomen wen yn chwarae mig uwch
ein pennau. Rhyfeddu at ei sioncrwydd cyn hedfan fyny fry yn
rhydd. Rhyddid. Fe fydd colomen fechan yn ddewis perffaith.
Perffaith.

    Mor ffôl fues i. Mor ddiniwed fues i. Pa mor llachar bynnag
roedd yr haul yn disgleirio arnom dros yr haf hwnnw roedd yna
gysgodion yn llechu'n llechwraidd. Dreifio adre berfeddion nos

oedden ni. Chwerthiniad iach un funud a sgrech enbyd y nesa'. Breuddwydion cynnes wedi eu chwalu'n deilchion mewn eiliadau. Alla i gofio'r darnau gwydr yn flanced arian ar y llawr, y goleuadau wedi eu crogi, y bonet yn ddi-siâp a'r seddi'n sibrwd atgofion y teithwyr olaf. Cofio'r tawelwch a'r galar wedi'r chwalfa. Cofio'r tristwch yn hongian fel cwmwl a bywyd wedi rhewi yn y fan a'r lle. Dw i'n dal i gofio. Parhau mae'r hunllef. Dydi'r negeseuon testun ddim wedi peidio, dydi'r boen ddim wedi lleddfu a dydi'r ysfa am freichiau cynnes i'm hamddiffyn ddim wedi pylu.

O, mae amser mor llonydd! Sŵn cadeiriau'n gwichian yn uchel gan grafu'r llawr wrth i bobl anesmwytho, anadl ddofn gan y dyn moel, cyhyrog drws nesa imi a rhyw ochenaid yma ac acw, dyna'r oll sydd yn fy nghadw'n ddiddig. Trof dudalennau'r cylchgrawn yn frysiog, tudalennau llychlyd, tudalennau wedi eu rhwygo. "Darren Harrison." Caiff yr enw ei alw gydag arddeliad, fel petai'n cael ei alw dros uchelseinydd. Rhyw giledrych wna pawb, dim ond i weld pwy sy'n codi, pwy sy'n ufuddhau i'r alwad fel oen yn mynd i'r lladdfa. A dweud y gwir, mae'n syndod fod ganddo ddarn o groen glân yn weddill. Ond mae gan bawb yma ei stori, pawb â phwrpas. Ambell un yn hen law, ambell un yn ddibrofiad. Rhai yn byw'r presennol, eraill yn byw am yfory. Pawb â'i gyfrinach, pawb â'i gilfachau cudd.

Tra bod un drws yn cau mae drws arall yn agor a chwa sydyn o gemegion yn tryledu drwy'r stafell. Drwyddo daw'r cwsmeriaid; rhai yn griddfan mewn poen yn ddagreuol, eraill â'u llygaid llawen yn gwenu gyda balchder. Yn ddisymwth daw'r gân 'Little do you know' i dorri ar y tawelwch annifyr a'r geiriau, 'Little do you know how I'm breaking while you fall asleep', yn f'atgoffa o fy angel gwarcheidiol. Caf ryw fodlonrwydd tawel. Perffaith.

Clywaf fy enw. Codaf. Cerddaf yn dalog i'r anwybod. Caf fy nghroesawu gan lanc ifanc a'i lygaid yn fflachio tu ôl i sbectol dywyll, drwchus. Eisteddaf. Mae'r lledr rhad yn crafu fy nghoesau. Daw arogl chwys i lenwi fy ffroenau, yn ddigon i wneud imi gyfogi. Gyda chryndod estynnaf fy mraich chwith i'r llanc tra bo'r llaw dde yn gafael fel crafanc am fraich y gadair. Mae'r croen wedi ei ddiheintio a'r nerfau yn cynyddu. Gwelaf y nodwydd finiog yn nesáu. Clywaf sŵn cras y gwn. Caeaf fy llygaid.

Daw atgofion ac ysbrydion y gorffennol i hedfan yn rhydd o'm cwmpas. *Pwy oedd hwnnw â'i lygaid yn chwerthin? Wyneb ifanc yn fy anwylo a gwên ddireidus ar ei wefusau cochion. Cofio'r prynhawn tesog hwnnw yn sgwâr y ddinas, ninnau'n blasu'r danteithion estron a cholomen wen yn chwarae mig uwch ein pennau. Y dŵr o'r ffynnon yn tasgu, harddwch yr adeiladau yn ein rhyfeddu, a'r wên ysgafn honno yn chwarae ar ein gwefusau. Byw'r presennol ac yfory heb ei gyffwrdd.*

Mewn llonyddwch anghyfforddus treiddia'r nodwydd i'm cnawd gan losgi a chrafu'r croen yn batrwm gwyn, perffaith.

Agoraf y drws ac anadlaf chwa o awyr iach wrth gerdded drwy ddrysau dwbl gwydr y stiwdio i realiti bywyd. Edrychaf ar fy ngarddwrn gyda balchder. Gollyngdod. Tatŵ er cof, tatŵ i dalu teyrnged, tatŵ chwerwfelys i gofio'r diwrnodau braf llawn direidi a'r nosweithiau hir, tatŵ i selio'r gorffennol er mwyn yfory.

Mae'r orchwyl wedi ei chyflawni. Craith oesol i leddfu creithiau'r gorffennol. Yn frysiog trof fy mhen i syllu'n fodlon ar y stiwdio. Fel colomen, rhodiaf yn rhydd, yn heddychlon fy myd, i wynebu heriau yfory.

# 373
## Y Gadair

### 'Ennill Tir: Carnifal yr Anifeiliaid' gan 'Alun'

Clawr y CD *Le Carnaval des Animaux*, Camille Saint-Saëns (Hawlfraint Google)

Pan edrychaf ar y nefoedd, gwaith dy fysedd, y lloer a'r sêr, a roddaist yn eu lle, beth yw meidrolyn, iti ei gofio, a'r teulu dynol, iti ofalu amdano? Eto gwnaethost ef ychydig islaw duw a'i goroni â gogoniant ac anrhydedd. Rhoist iddo awdurdod ar waith dy ddwylo, a gosod popeth dan ei draed: defaid ac ychen i gyd, yr anifeiliaid gwylltion hefyd, adar y nefoedd, a physgod y môr, a phopeth sy'n tramwyo llwybrau'r dyfroedd.

*Salm 8*

§

*Le Carnaval des Animaux: Kangourous, Camille Saint-Saëns,*
*Pittsburgh Symphony Orchestra & André Previn*

### Cangarŵ

Mor dawel â si'r awelon ar fore o Awst
mae hi'n hastu i ymlusgo drwy ddodrefn y gegin –

yr un hen drefn o arllwys y te a gwagio gweddillion y gwin,
taenu eli o dan ei llygaid blin
a chadw'r llestri bob yn un
ynghyd â'i blinder bore Llun –

mae hi'n hastu i ymlusgo o'r slipars Sul at ei sodla' Sadwrn
a'n gwthio'i hofna' drwy flwch y post wrth gloi'r drws

a'n slempian gwên wrth ffoi drwy'r glaw at ei defod
o osod un gusan ar enau'r un a wnaiff am heno –
mae'i hyder yn darian iddi a'i chywilydd yn drwch ar ei thafod
ac yna, mae'n gadael –

yn gamau sionc defodau boncyrs

nes y daw at y drws a'i hofnau'n un â'r amlenni 'rhyd y llawr
yn ei disgwyl fel hen gath ddieithr mae'n ceisio'i hosgoi
ond wrth iddi hastu i ymlusgo'r sodlau'n slipars Sul,

mae'r gath yn gwrlid drosti
a hithau'n ei mwytho
ac ni choda'i chefn gan anesmwytho
wrth glywed am ei defodau Sadwrn hi.

**329**

*Le Carnaval des Animaux: Personnages à longues oreilles, Camille Saint-Saëns, Pittsburgh Symphony Orchestra & André Previn*

### Cymeriadau'r Clustiau Hirion

Dyna 'di denu –

y syrthio llithrig braf
rhwng dwy sws
a'r llygaid yn dweud
fel dartia'
a'r geiria'n troi lludw'n fflama'
gan chwalu'r ama'

ond yna'n ddim ond gronyn hanes dau
wedi disgyn o boced gefn
yn lludw, unwaith eto, 'rhyd y llawr.

*Le Carnaval des Animaux: Fossiles, Camille Saint-Saëns, Pittsburgh*
*Symphony Orchestra & André Previn*

### Ffosil

Mae'n gosod yr un cyllyll a ffyrc ar y bwrdd
gan ddawnsio, heb betruso,
fel deilen yn chwyrlïo'n y gwynt –

prin y cofia mai i'r llawr y syrth pob deilen
pan ddaw'r hydref.

Mae'n gosod llysiau ar y tân
a'r un hen depot ar y pentan
a thra bo'r cig yn magu'i flas,
mae'n mynd i'r sbensh i estyn ei slipars hi
a'u gosod nhw'n daclus wrth y drws,
ac wrth weld ei hesgidia' gwaith wedi'u
gosod yno am bump o'r gloch,

ers amser maith –

mae'n cofio bod pump o'r gloch
wedi cyrraedd un tro
ac na ddaeth hi adra i osod ei chôt wrth ymyl ei gôt o
a bod defod y swper a'r oria' cysurus o ddiflas yn ddim ond craith
ar y co'.

*Le Carnaval des Animaux: Le coucou au fond des bois*, Camille Saint-Saëns, Pittsburgh Symphony Orchestra & André Previn

### Y Gog yng Ngwaelod yr Ardd

Derbyn sy'n melysu'r llefrith sur a throi tarth y bore'n haul –

wedi defod y dyfrio mae'n ymlusgo at y fan lle tasgwyd y lludw'n ddim ond cysgod o fodolaeth yr un a grudai i guriad y cloc mawr –

mor araf â'r machlud,

daw cân y gog o'r myrtwydd a gaddo iddo –

os daw i rannu'i boen ar y fainc binwydd
y flwyddyn nesa',
y daw hitha' i ganu mai

derbyn sy'n melysu'r llefrith sur
a throi tarth y bore'n haul.

*Le Carnaval des Animaux: Le cygne, Camille Saint-Saëns, Pittsburgh Symphony Orchestra & André Previn*

### Yr Alarch

Ger y llyn, mae hi'n llonydd
a'r hen gyfaill o fynydd wedi plannu'i draed
yn ei slipas oddi tano
ac yn fanno'r eistedda ynta' a'i fag Co-op
yn murmur rhyw eiria' rhwng pob dropyn o'i wisgi gan esgus
nad yw cysgod y cusana' wedi oeri
a bod pob atgof ohoni'n llithro'n bellach i'r nos
wrth i'r lloer boeri'i melltith a thasgu'i golau gwan –

gwêl y tanwydd yn lleuad heno
a'i chusan hi'n eco fel hen record
a'r ias i'w flasu yn alaw'r awel a gwêl y gobaith ar y gwynt,

ond pan ddaw'r haul ar hyd y chwareli
a'r arian oer i'w troi'n biws a gwyrdd –
mae'r byd yn cynhesu;
â ynta' i'w wely gan
ddod yn ôl i'r union fan
pan fo'r llyn yn llonydd
a bod ias i'w flasu yn alaw'r awel
a gobaith ffôl ar y gwynt.

Le Carnaval des Animaux: Poules et coqs, Camille Saint-Saëns, Danse Macabre, Op. 40, Philharmonia Orchestra & Charles Dutoit

### Dawns Angau

Safai'n swrth â chrwb ar ei gefn yn hanner awgrym yr arferai
sibrwd cusanau digroeso ar yddfau'r rhai sy'n ysu am rywbeth na
wyddant eu bod yn ysu amdano...

Byddai'n llechu yng nghanol y ffrogiau cochion
a deimla gysgodion wrth eu gwelyau am dri y bore,
yn stelcian mewn mannau
lle mae plant yn amau'u llygaid –

wrth i'r ddawns dawelu ac i'r llegach
ddianc i'w gwelyau cyn amau sibrydion tri y bore
mae yntau'n dawnsio'n eu plith gan beidio'u hofni,
ac wrth i ddagrau'r ddawns gronni
mae'n tynnu llen goch drosti
a'n gosod ei 'sgidiau'n daclus wrth y drws
gan adael ei gôt ymysg cotiau'r rhai na wyddent –

ei fod O
yn cysgu'n eu gwelyau a'n bwyta wrth eu bwrdd;

ac wrth i'r gwin lifo'n felysach bob tro,
y mae O'n goglais cipio gwên
a suro'r gwin.

# 411

## Y Fedal Ddrama

### 'Anghymesur' gan 'Hedyn'

*Clywir synau yn neidio o un rhan o'r ystafell i'r llall: chwerthin a sgrechian merched, sŵn tonnau garw'n clecian yn erbyn creigiau, chwibaniad y gwynt a sŵn traed yn taro tywod gwlyb. Coda'r sain yn raddol nes ei bod bron yn fyddarol. Ni welir unrhyw olau nes i sgrin oleuo yng nghefn y llwyfan a gwelir traeth ar ddiwrnod eithaf llwm. Yna, distawa synau'r traeth fymryn a chlywir lleisiau Gwawr a Heledd oddi ar y llwyfan.*

Gwawr:      Ty'd laen, Heledd! Ti rêl malwan weithia 'de.

Heledd:     Ti'n mynd yn rhy gyflym, Gwawr!

Gwawr:      Rhed, wir dduw!

*Caiff y llwyfan ei oleuo gan olau glas llachar a rhed Gwawr yn hyderus ar y llwyfan mewn gwisg nofio liwgar. Yna, daw Heledd tu ôl iddi, tipyn arafach a gyda'i gwynt yn ei dwrn, hefyd mewn gwisg nofio liwgar.*

Heledd:     Ma' llithro a suddo fewn i'r blincin tywod 'ma'n dreifio fi'n boncyrs.

Gwawr:      Ty'd, 'dan ni bron â chyrraedd y môr.

Heledd:     Ma' 'y nghoesa i'n teimlo'n drwm fel tasa 'na sach o datws wedi'i chlymu iddyn nhw.

*Estynna Gwawr am fol Heledd.*

Gwawr:      Ti 'di'r datan. Fyddi di'n siŵr o ddiolch i mi wedyn.

Heledd:     Dwi'n amau'r peth yn fawr iawn. Ma'r wisg nofio 'ma'n reidio fyny mewn llefydd anffodus 'fyd. Ma'n cychwyn crafu o gwmpas –

Gwawr:      Reit, ty'd, rhaid ni redag syth fewn!

Heledd:    Yn od iawn, 'di'r awyr lwyd a'r tonnau mawr 'ma ddim yn fy nhemptio ryw lawar.

*Edrycha Heledd tuag at y gynulleidfa.*

A be 'di'r stwff 'ma gyd sy'n edrych 'tha cachu'n arnofio'n y dŵr?

Gwawr:    'Mond gwymon ydy o. Ma' pobl yn talu cannoedd i gael nofio'n y stwff mewn dinasoedd. Ma'n rhad ac am ddim yma!

Heledd:    Tydan ni'n lwcus.

Gwawr:    Paid â meddwl gormod am y peth. Ty'd, neidia fewn neu cachgi fyddi di am byth!

*Dechreua'r ddwy wneud symudiadau nofio, fel petai'r tonnau'n eu cario am i fyny ac yn ôl i lawr. Ceir chwerthin mawr gan y ddwy. Gwnânt symudiadau i ddangos eu bod yn mynd o dan ddŵr, ac ar yr un pryd clywir synau tanforol a gwelir fideo tanforol ar y sgrin. Gwnânt symudiadau a siapiau amrywiol gan ddawnsio'n osgeiddig a chopïo ac adlewyrchu ei gilydd. Mae'r ddwy'n gwbl gymesur. Yna, cynydda sŵn y môr a gwelir môr cythryblus ar y sgrin ac yn sydyn, caiff y ddwy eu gwthio o un ochr i'r llwyfan i'r llall fel petaent wedi colli rheolaeth. Newidia'r golau o las i goch tywyll. Edrycha fel petai'r ddwy'n dechrau tagu fel pe na baent yn gallu anadlu. Clywir llais Gwyn oddi ar y llwyfan.*

Gwyn:    Gwawr! Heledd! *Girls!*

*Ymddengys llaw ar y sgrin yn plymio i mewn i'r dŵr. Coda Gwawr ei llaw am i fyny, tuag at y llaw ar y sgrin, a rowlia i gefn y llwyfan nes ei bod allan o olwg y gynulleidfa. Cynydda sŵn y môr, a chyda sŵn ergyd ton yn taro yn erbyn craig disgynna Heledd yn swp ar y llwyfan ac aiff i'w chwman. Ceir sbotolau glas golau arni wrth iddi aros yn ei hunfan, yna clywir ei llais oddi ar y llwyfan yn adrodd cerdd.*

Heledd:    Anochel yw'r tywyllwch oeraidd hwn,

gyda'i ddirgelwch cyfarwydd

yn dilyn pob curiad a phob cam.

Clywn bob atgof yn rhuo

wrth ddianc o'n gafael llac

ac yna'n ddiog, yn braf, yn fodlon,

teimlwn y tawelwch llawn yn estyn amdanom.

*Diffodda'r golau a cheir tywyllwch a thawelwch llwyr am ennyd. Yna, caiff y llwyfan ei oleuo'n raddol gan olau gwan canhwyllau. Mae dwy gannwyll wedi eu gosod ar fwrdd pren yng nghanol y llwyfan a phedair yng nghefn y llwyfan, dwy bob ochr i'r sgrin. Ceir potel o wisgi a dau wydr ar y bwrdd. Gwelir Heledd mewn dillad tywyll yn eistedd wrth y bwrdd yn ysgrifennu wrth siarad â hi ei hun, ac mae cadair arall gyferbyn â hi wedi ei rhoi â'i phen i lawr ar y bwrdd.*

Heledd:    Ma'n braf eich gweld chi i gyd yma heddiw. Na, na, cychwyn rhy bositif. Well i bobl beidio â meddwl 'y mod i'n rhy llawen. Diolch i chi i gyd am ddod heddiw. Gwell. Ond pwy ddiawl sydd am ddod mewn gwirionadd? Rydym ni yma i gofio a... a dathlu bywyd Gwyn. Dathlu? Be ddiawl sy 'na i ddathlu i ddeud y gwir? O'dd o'n ddyn cymwynasgar/hunanol, cryf/ gormesol, ffyddlon/balch, unigryw/twat.

*Eistedda'n ôl, tania sigarét, darllena'r papur am eiliad ac yna mae'n cynnau'r papur gyda'i sigarét. Gwelir fflamau mawr ar y sgrin tu ôl iddi. Gwena am eiliad ac yna sylweddola fod y tân yn mynd allan o reolaeth.*

    *Shit.*

*Tafla'r papur ar y llawr a diffodd y fflamau drwy eu stompio â'i throed. Ochneidia'n drwm ac eistedda ym mlaen y llwyfan a thanio ail sigarét.*

    Wel dyna fi 'di cael hen ddigon o hwyl am un diwrnod.

*Daw Gwawr ar y llwyfan ac oeda yn y gornel dde bellaf. Coda Heledd yn gyflym ar ei thraed. Sylla'r ddwy ar ei gilydd.*

Gwawr:    Neu ydy'r hwyl ar fin dechra?

Heledd:     Sut ddost ti fewn?

Gwawr:      Mae ganna i goriad y –

Heledd:     Y tŷ. Wrth gwrs.

*Ceir saib lletchwith rhyngddynt.*

Be ti'n neud yma, Gwawr?

*Dechreua Gwawr estyn am y gadair wrth y bwrdd ac yna oeda.*

Gwawr:      Ga i eistedd?

Heledd:     Dim fy nghartra i ydy o. Gei di neud fel y mynni di.

*Eistedda Gwawr wrth y bwrdd.*

Gwawr:      Ma' hi'n blydi oer yma. 'Di'r trydan ffwrdd?

Heledd:     Dydy'r golau cau dod ymlaen ac mae'r gwresogydd
            wirioneddol yn *kaput*. Wnaeth o neud ryw sŵn od, fel
            ryw rech fecanyddol wrth i mi drio'i danio gynna ac
            wedyn diffodd gyda chlec. Does 'na fawr o ddim byd
            yn gweithio yma i ddweud y gwir. Gobeithio nad wyt
            ti angen mynd i'r lle chwech, dyna'r oll dduda i. Diolch
            byth ddos i o hyd i fotel wisgi yng ngwaelod y gist.
            Ma'n gwneud job tsiampion o fy nghadw i'n gynnas.

*Coda Heledd ei gwydr cyn cymryd llowciad arall.*

            Diolch, Gwyn.

Gwawr:      'Rhosa funud, gad i mi drio ei drwsio.

*Coda Gwawr ac aiff i gornel bellaf y llwyfan lle na allwn ei gweld
mwyach.*

Heledd:     Paid â gwastraffu dy amser – wsti, dreulies i awr
            gynna yn trio cicio'r peth yn fyw.

Gwawr:      Mater o ffeindio'r botwm cywir ydy o a gwbo' sut i droi
            o'n ara... bingo.

*Caiff y llwyfan i gyd ei oleuo gan olau gwyn. Yn ogystal â'r bwrdd a
dwy gadair, gwelir cist wrth y bwrdd a dau ddrych mawr ym mhob
ochr i'r llwyfan.*

| | |
|---|---|
| Heledd: | Wel, dyna'r naws atmosfferig wedi ei ddifetha'n llwyr. |
| Gwawr: | Ma'n braf dy weld di, Heledd. |
| Heledd: | Ti 'di synnu? |
| Gwawr: | O'n i ddim yn siŵr sut beth fasai dy weld di eto – gyda chyn gymaint o amser 'di mynd heibio 'lly – ac yna do'dd rhan ohona i ddim yn credu dy fod di'n ôl go iawn. O'n i'n hannar disgwyl cael fy nghroesawu gan dŷ gwag. |
| Heledd: | Hannar gobeithio? |
| Gwawr: | Ella. |

*Aileistedda Gwawr wrth y bwrdd.*

| | |
|---|---|
| Heledd: | Wel dyma fi. Cnawd, gwythiennau, gwaed, tri deg dau dant, ugain bys, pen llawn mwg a bol llawn diod. Ond waeth i ti wbo' rŵan nad ydw i'n aros yn hir. Dwi'n meddwl hedfan yn ôl – |
| Gwawr: | Yn ôl fory? |
| Heledd: | Yndw. |
| Gwawr: | Yn syth ar ôl y cynhebrwng? |
| Heledd: | Wel, fydda i'n aros digon o amser i ddweud Amen a chael llowciad o win wrth gwrs, ond gyda lwc fydda i'n gallu gadael cyn i'r cloc daro hannar dydd a chyn gorfod siarad hefo unrhyw un. Os y daw unrhyw un wrth gwrs, sy'n eithaf annhebygol. |
| Gwawr: | Ti'n gwbo', o'dd ganddo dal ffrindiau a phobl oedd yn ei edmygu yn y pentra. Wedi'r cwbl, o'dd o'n rhan bwysig o'r gymunad. |
| Heledd: | Rhaid deud mai nid dyna'r ddelwedd gyntaf sy'n dod i'r brig yn fy meddwl i pan dwi'n meddwl amdano. |

*Ymddengys y geiriau TWAT, CACHWR a COC OEN un ar ôl y llall yn fawr ar y sgrin am eiliad.*

| | |
|---|---|
| Gwawr: | Dyna'n union pam dwi yma, Heledd. O'n i isio cyfla i |

|          | siarad. Ganna i stwff i egluro ynglŷn â ni, ynglŷn â dy dad – |
|----------|--------------------------------------------------------------|
| Heledd: | I fod yn hollol onast, Gwawr, does ganna i ddim y briwsionyn lleiaf o ddiddordeb yn yr hyn sydd gennyt ti i ddeud. Felly os mai dyna pam ti 'di dod heno, dwi'n ofni mai taith ofer ydy hi. Gyda phob parch... cer i grafu. |
| Gwawr: | Hy, o'dd 'na ran ohona i'n dal i feddwl y basa 'na ryw fath o groeso i mi yma. |
| Heledd: | A pham fasat ti'n credu hynny? |
| Gwawr: | Dwn i'm, oddan ni'n ffrindiau, yn doddan? |
| Heledd: | Wel am atab cadach gwlyb. Ti'n gwbo'n iawn bo' ni heb fod yn ffrindiau ers blynyddoedd. Pwy a ŵyr os oddan ni erioed wironeddol yn ffrindiau. |
| Gwawr: | Ti am wadu'r holl beth, wyt? |
| Heledd: | Cyfleus oedd ein cyfeillgarwch, yn de? Dim llawer o ddewis mewn pentra bach gyda 'mond mil o ddinasyddion a 95% ohonynt 'mond yn gallu symud o gwmpas ar bedair olwyn a phi-pi mewn bag plastig. |
| Gwawr: | Rhaid fi ddeud, ma' gennyt ti ffordd wych o ddelio gyda dy emosiyna. Ma'n rhaid fod o gymaint haws torri cysylltiad gyda phawb os wyt ti'n llwyddo i gofio'r hyn a fynni di ac osgoi'r manylion sy'n aflonyddu. O'n i'n gwbo' fod o'n hawdd dileu pob llun ohonan ni ar Instagram, doedd ganna i ddim clem fod o mor hawdd dileu'r atgofion 'fyd. |
| Heledd: | Na, dwi heb anghofio ond dwi 'di hen symud 'mlaen. Ma'n ddrwg ganna i frifo dy ego mawr, ond o'dd gadael yn bell o fod yn her. Heb os, y peth gora a wnes i erioed. |
| Gwawr: | Dyna pam o'dd rhaid i ti adael ganol nos heb rybuddio neb, ia? Dim negas, dim cyfeiriad, dim cysylltiad am |

dair blynadd.

Heledd: Ma'n troi allan bod darganfod a mwynhau dy ryddid yn dy gadw di reit brysur, wsti.

Gwawr: O'dd o'n ergyd anferthol i dy dad. Doedd o erioed yr un fath wedi hynny i ddeud y gwir.

Heledd: Sydd ddim o reidrwydd yn beth drwg yn ei achos o.

*Cymer Gwawr y botel wisgi, tywallta wydryn iddi hi ei hun a chymer lowciad mawr.*

Heledd: Helpa dy hun.

Gwawr: Rhaid i mi wneud rhywbeth am yr oerfel 'ma, bydd, ma'r gwresogydd yn uffernol o araf yn cynhesu'r stafall. Ti am ddeud lle est ti'r noson honno 'lly? Lle ti 'di bod ers tair blynadd? Datgelu'r holl ddirgelwch diangen 'ma? Dydw i ddim yn meddwl gadael, felly waeth i ti fy nifyrru am sbel.

*Diffodda'r prif olau, a chaiff Heledd ei goleuo gan sbotolau glas sy'n ei dilyn wrth iddi adrodd y stori. Saif o flaen y drych ar ochr chwith y llwyfan gyda'i chefn at y gynulleidfa wrth iddi edrych arni hi ei hun. Gall y gynulleidfa weld ei hadlewyrchiad. Wrth i Heledd siarad gwelir fideo ar y sgrin, gyda'r golygfeydd amrywiol yn cyd-fynd â'r hyn a ddywed ac yn eu gwrth-ddweud: gwelir wyneb Heledd yn crio wrth edrych i lawr ar Gwyn, Heledd yn clepian drws ei thŷ ar gau a chodi dau fys, yna'n edrych ar goll yng ngorsaf drenau Birmingham gyda dagrau'n llifo i lawr ei hwyneb, ac wedyn ar goll mewn strydoedd yn cario ei bag cefn mawr. Ni ellir gweld Gwawr yn glir ond gellir ei chlywed.*

Heledd: Ma'r noson honno dal yn glir yn 'y meddwl i. Dwi dal i gofio gadael y tŷ a chymryd y bws rhif 19 olaf i'r dref. O'dd Gwyn yn chwyrnu'n drwm ar y soffa gyda botal o win mewn un llaw a'i law arall wedi ei stwffio lawr ei drowsus. Dwi'n cofio sbio lawr arno a gweld ei wyneb yn gegagored, gyda phoer yn rhedag lawr ei ên yn sgleinio fatha ôl malwan a chofio teimlo

atgasedd llwyr tuag ato. Wnaeth clec y drws ddim
ei ddeffro, wel, wnaeth o 'rioed redag ar fy ôl i beth
bynnag. Cymrais y trên yn syth i Birmingham – dwi'n
dal i gofio cyffro'r daith honno a chyrraedd bwrlwm
Birmingham New Street a theimlo fatha 'y mod i
'nghanol rhywbeth pwysig o'r diwadd. O'dd o fel tasa'r
byd yn agor o fy mlaen i. Ond o'n i'n gwbo' fy mod i
angen mynd hyd yn oed pellach. Gweithiais mewn
caffi am gyfnod cyn prynu tocyn awyren i Madrid. A
dwi 'di bod yn symud o gwmpas Sbaen ers hynny.

Gwawr:     Lle ti'n byw rŵan?

Heledd:     Sevilla.

Gwawr:     Sevilla? A be ti'n neud yno?

*Goleua'r sgrin a gwelir Heledd yn golchi toilet, ac yna diffodda'r sgrin.*

Heledd:     Hyn a'r llall.

Gwawr:     A ti'n hapus yno?

Heledd:     Ma'n le anhygoel. Ti 'di bod?

Gwawr:     Naddo, erioed.

*Clywir cerddoriaeth fflamenco wrth i Heledd siarad a symud.*
*Ar y sgrin gwelir merch yn dawnsio bulería'n angerddol gyda'i*
*symudiadau'n mynd yn gyflymach ac yn gyflymach. Symuda Heledd*
*tuag at ganol y llwyfan wrth iddi ddawnsio a siarad. Ceisia ddal i fyny*
*â chyflymder y ddawns ond metha. Mae ei symudiadau'n troi'n fwy a*
*mwy gwyllt ac ansicr nes iddi ddisgyn yn swp ar y llawr, ac yna arhosa*
*yno am ennyd.*

Heledd:     Ma' ganddyn nhw ffordd o fyw hollol unigryw. Ma'
            nhw'n mwynhau bywyd i'r eithaf. Ma' nhw allan dan
            chwech o gloch bora ac yna'n bwyta *churros* i frecwast
            tra'n dal 'di meddwi. Ma' nhw'n cychwyn canu a
            dawnsio fflamenco'n ganol stryd. Ma' gan bawb
            gymaint o egni, brwdfrydedd a chreadigrwydd. Ma'
            'na ŵyl fflamenco'n Seville bob mis Ebrill lle ma' pobl

yn yfed sieri a bwyta tapas a reidio ceffylau'n wyllt a
dawnsio tan oriau mân y bora.

*Ar ôl saib, coda Heledd ar ei thraed yn araf.*

Gwawr:     Fatha Maes B 'lly ond gyda sieri?

*Mae Heledd yn chwerthin.*

Heledd:    Erm, na, ddim cweit.

Gwawr:     Dwyt ti ddim yn hiraethu am adra o gwbl?

*Gwelir tirwedd gogledd Cymru a de Sbaen ar y sgrin un ar ôl y llall
nes iddynt blethu i mewn i'w gilydd. Yna diffodda'r sgrin a chaiff y
llwyfan ei ailoleuo gan olau gwyn.*

Heledd:    'Rargol fawr, nadw. Pam faswn i?

*Estynna Heledd am y gadair sydd â'i phen i lawr ar y bwrdd. Eistedda
arni a thania sigarét.*

Gwawr:     Ddim hyd yn oed sglods siop stryd fawr?

Heledd:    Dim hyd yn oed sglods siop stryd fawr. Beth bynnag,
           ma' *patatas bravas* bell ar y blaen.

Gwawr:     Beth am y traethau?

Heledd:    Dwi'n byw reit wrth ymyl y Costa de la Luz.

Gwawr:     Cacennau Caffi Mared?

Heledd:    *Dulce de leche* am byth.

Gwawr:     Panad iawn o de?

Heledd:    ... Ella.

Gwawr:     Y cwmni?

Heledd:    Nadw, dwi'n sicr o hynny. Wrth i mi ddreifio'n ôl
           neithiwr dyma fi'n gweld pobl yn sefyllian tu allan i
           dafarn y Ship, un ohonynt yn chwydu fewn i'r draen,
           a dyma fo'n f'atgoffa o'r holl nosweithia allan dwi 'di
           gael yma gyda'r un bobl, yn yr un llefydd, gyda'r un
           hen straeon. Nath o f'atgoffa gymaint o'n i'n mygu 'ma.
           Pa mor ddiflas o'dd y cwbl. 'Di Anest a'r criw'n dal i

fyw 'ma?

Gwawr:     Pa Anest? Anest caws neu Anest ceir?

Heledd:    Ha! Dyna'n union dwi'n feddwl. Ma' enwau a straeon yn
           glynu atoch chi yn y lle 'ma. Ond ia, Anest caws o'n i'n
           feddwl.

Gwawr:     Ganddi ddau o blant rŵan. Gweithio'n Spar dre... Ddim
           ar y cowntar caws yn amlwg.

Heledd:    Yn amlwg.

Gwawr:     Rhaid deud, deg mlynadd yn ôl faswn i erioed 'di
           meddwl mai ti fasai'r un i fentro byw dramor.

Heledd:    Rhaid deud na faswn i erioed 'di meddwl mai ti fasai'r
           un i aros yn lleol. Est ti i brifysgol?

*Coda Gwawr a dechrau cerdded o gwmpas y llwyfan.*

Gwawr:     Erm, naddo. Do'n i ddim yn gweld y pwynt.

Heledd:    Ro'n i'n sicr y basat ti'n mynd. Does bosib nad wyt
           ti heb gael llond bol ar yr holl gario cleps, y diffyg
           preifatrwydd, y diffyg amrywiaeth o bobl, o lefydd, o
           ddiwylliant.

*Caiff Gwawr ei goleuo gan sbotolau glas a saif o flaen y drych ar ochr
dde y llwyfan lle gellir gweld ei hadlewyrchiad. Ni ellir gweld Heledd yn
glir ond gellir ei chlywed.*

Gwawr:     Adra fydd fama am byth, boed i mi symud i rwla arall
           neu ddim. Dwi 'di cysidro gadael ar brydiau, alla i ddim
           gwadu hynny, ond yn y pen draw dwi'n teimlo fy mod i
           wedi 'y nghlymu i'r lle 'ma a hyd yn oed ar ôl crwydro,
           dychwelyd faswn i'n y pen draw.

Heledd:    Mêt, ti'n swnio fatha tasat ti'n naw deg ac ar dy wely
           angau. Lle ma' dy chwilfrydedd a dy egni?

Gwawr:     Does ganna i ddim awydd darganfod bwrlwm Seville.
           Dwn i'm, ella bo' ganna i ofn. Ydy hynny'n fy ngwneud
           i'n od? Fy nghornal bach i o'r byd ydy hwn a ma' cael y

teimlad 'na o berthyn yn rhywbeth gwerthfawr. I mi beth bynnag.

Heledd: Ti'n swnio'n styc.

Gwawr: Na, dwi reit fodlon, wsti. Beth bynnag, doedd gadael erioed yn teimlo fatha fasa fo'n datrys unrhyw beth. Ond chwara teg, ti o bawb wedi symud dramor. Heledd bach. Pwy fasa 'di meddwl? Dwi dal i gofio'r adag pan oeddat ti methu cerddad adra yn y tywyllwch heb gachu dy hun.

*Diffodda'r sbotolau glas, disgynna llen fawr wen o'r nenfwd a cherdda'r ddwy tu ôl iddi. Daw golau o gefn y llwyfan sy'n galluogi'r gynulleidfa i weld silwét y ddwy ar y llen.*

Heledd: Dylsan ni 'di gadael cyn iddi nosi. Ma' rhaid ni gerddad ar hyd y traeth yn y tywyllwch rŵan.

Gwawr: A gadael y parti ar ei hannar? Paid â phoeni, fyddan ni'n iawn.

Heledd: O leia ma' gennym ni'r sêr a'r lleuad yn goleuo'r llwybr ond pwy a ŵyr pwy sydd allan adag yma o'r nos? Nest ti glywad hynna? Be os oes 'na rywun yn 'yn dilyn ni?

Gwawr: Do's 'na neb yn 'yn dilyn ni. Ath yr hogia i gyd 'nôl adra y ffordd arall.

Heledd: A be ddigwyddodd rhwng ti a Siôn heno?

Gwawr: T'wbo, jest hyn a'r llall.

Heledd: Hyn a'r llall? Be ti'n feddwl?

Gwawr: Paid â bod yn naïf, Heledd. Dydan ni ddim yn blant dim mwy.

*Caiff y llwyfan i gyd ei oleuo gan olau gwyn. Coda'r llen yn gyflym ac aileistedda'r ddwy wrth y bwrdd.*

Heledd: Dwi'n meddwl dy fod di'n anghofio manylyn pwysig o'r noson honno.

Gwawr: Be ti'n feddwl?

*Disgynna'r llen unwaith eto. Aiff y ddwy tu ôl iddi a gwelir silwét y ddwy unwaith eto, ond y tro hwn bagla Gwawr o gwmpas y lle a cheisia Heledd ei dal. Siarada Gwawr ychydig yn aneglur.*

Gwawr:     Rhaid ti stopio bod mor ffwcin naïf, Heledd. 'Dan ni'n bymthag rŵan. Hen ddigon hen i neud be 'dan ni isio.

Heledd:     Be ti'n feddwl, nathoch chi...?

Gwawr:     Ffwcio? Do siŵr!

*Disgynna Gwawr ar y llawr a helpa Heledd hi i godi ar ei thraed.*

Hen bryd i ti neud 'fyd. Ti dal i gochi bob tro dwi'n deud y gair pidyn. PIDYN.

Heledd:     Stopia, Gwawr. 'Nei di ddeffro'r pentra.

Gwawr:     Does 'na neb yma i ddeffro. Ma' pawb yma 'di marw.

Heledd:     Isht.

Gwawr:     Paid di â meiddio deud wrtha fi i isht.

Heledd:     Plis, Gwawr.

Gwawr:     Wel paid â blydi cychwyn crio.

Heledd:     Cau dy geg, Gwawr.

Gwawr:     Wel y bitsh fach ddigywilydd. Wel well ti wbo' dim dyna'r tro cynta dwi 'di –

Heledd:     Na, Gwawr. Dwi'n meddwl bo' 'na rywun wirioneddol yn ein dilyn.

Gwawr:     God, ma' gennyt ti ofn bob dim, oes? Tyfa fyny –

*Gwelir silwét dyn yn dod tu ôl i'r ddwy a chlywir Heledd yn sgrechian. Caiff y llwyfan ei ailoleuo, coda'r llen, aileistedda'r ddwy wrth y bwrdd a thania Heledd sigarét.*

Gwawr:     Dydw i ddim yn cofio bod 'di meddwi gymaint â hynny chwaith.

Heledd:     Wel, fasat ti ddim yn cofio, na 'sat?

*Cerdda Gwawr tuag at ei drych fel petai wedi ei gwrthdynnu er mwyn cael cipolwg ohoni'i hun.*

Gwawr:     Jôc o'dd o 'fyd. Jyst isio rhoi braw bach i ti oddan ni.

Heledd:    Dwi'n cofio ti'n sgrechian 'fyd er dy fod di'n gwbo' ei
           fod o'n dod i'n cwrdd. O'dd gan y ddau ohonoch ryw
           awydd sadistaidd i fy ngweld yn y fath sefyllfaoedd.
           Annaturiol o sadistaidd i ddeud y gwir, hyd yn oed ar
           gyfer wancar a phlentyn.

*Cerdda Gwawr at y gist a chymer hŵps mawr allan ohoni. Anoga
Heledd i neidio trwyddynt dro ar ôl tro nes i Heledd faglu a syrthio.
Clywir lleisiau Gwawr a Gwyn oddi ar y llwyfan wrth i Heledd neidio.*

Gwawr:     Rhed, Heledd! Yn gynt!

Gwyn:      C'mon, Heledd, *are you even trying?* Rhed!

*Coda Heledd a saif yng nghornel flaen y llwyfan gyda'i chefn tuag at
Gwawr a'r drych.*

Heledd:    Dwn i'm os dylwn i ddathlu neu grio wrth gofio'n ôl
           a sylwi cyn gymaint tu allan i'ch criw bach chi o'n i.
           Do'dd 'na ddim lle i mi o gwbl.

Gwawr:     Am be ti'n sôn? O'dd Gwyn yn meddwl y byd ohonan
           ni'n dwy.

Heledd:    Ohonat ti. Wedi'r cwbl, pwy fasa ddim yn hoffi ci bach
           ffyddlon? Poen bythol o'n i.

Gwawr:     Ci bach...? O'n i'n ei edmygu o, wrth gwrs 'y mod i. Ond
           o'dd ein perthynas yn un gwbl hafal.

Heledd:    M-hm, dwi'n siŵr.

Gwawr:     A beth bynnag, dydw i ddim yn cofio dy wthio di
           ffwrdd o gwbl. Oddan ni'n dîm, y ddwy ohonan ni.

Heledd:    Tîm? Oddat ti wastad yn ysu i gael ennill a fy llusgo i i
           lawr.

*Diffodda'r golau a chlywir llais Heledd oddi ar y llwyfan.*

Heledd:    Gad i mi arnofio'n braf wrth d'ymyl,
           Byddaf innau'n heli pan fo angen.
           Gad i ni brofi rhialtwch syml,

Cyn i'n hieuenctid brau hollti fel gwydr.

Ond caf fy hepgor a fy anghofio,

Fy ngollwng yn nyfnder atgofion pell.

Disgyn fyddaf rŵan, nid arnofio,

Tra wyt ti'n llawenhau ar drothwy dy gell.

*Caiff y llwyfan ei ailoleuo gan olau gwyn. Brysia Gwawr tuag at Heledd a dechreua dynnu ar rannau o'i gwallt.*

Gwawr:      O mam bach, be ti 'di neud i dy wallt?

Heledd:      O, dim. Jest 'di deffro ac o'dd o'n edrych fel'ma.

Gwawr:      Ti 'di trio ei gyrlio? Ma'n edrych yn wirion. A God, faint o *hairspray* ti 'di chwistrellu arno? Ma'n crensian fatha pacad o Kettles.

Heledd:      O na, ydy o wirioneddol mor ddrwg â hynny?

Gwawr:      Ma'r ffôn yn canu, ma' Lionel Richie'n gofyn am ei wallt yn ôl.

Heledd:      O'n i jest isio trio rhywbeth newydd.

Gwawr:      Wel paid. Neu gofynna i fi neud tro nesa.

*Saib. Cerdda Gwawr yn ôl i ben arall y llwyfan.*

     Wnes i ffeindio het i ti am y diwrnod, yn do?

Heledd:      *Beanie* drewllyd o focs *lost and found* yr ysgol.

Gwawr:      Dydw i ddim yn cofio gwneud hwyl am dy ben fel'na.

Heledd:      O'dd o'n ergyd a hannar. Oddat ti'n iawn wrth gwrs, ond blydi hel, doedd dim rhaid ei ddeud o.

Gwawr:      Dwi'n meddwl dy fod di'n gor-ddeud pethau braidd.

Heledd:      Gor-ddeud? Be am yr adag 'na pan wnest ti ddeud wrth pawb bo' ganna i flew yn tyfu ar fy *nipples*?

Gwawr:      O'dd hynny'n gamgymeriad, dwi'n cyfadda, ond 'mond wrth Lois wnes i ddeud.

Heledd:      Un person yn ormod. Heledd Nipsamzee o'dd fy enw i am weddill 'y nghyfnod yn yr ysgol. Ma' siŵr mai dyna

|  |  |
|---|---|
|  | be ma' pobl yn dal i 'ngalw yma heddiw. |
| Gwawr: | Wnes i roi cweir i bawb oedd yn dy alw di'n hynny, yn do? |
| Heledd: | Neu beth am dy agwedd gystadleuol yn yr ysgol 'ta? |

*Eistedda Gwawr a Heledd wrth y bwrdd yn wynebu'r gynulleidfa. Wrth iddynt siarad gwelir atebion Heledd ar y sgrin yn cael eu disodli gan atebion Gwawr. Clywir llais yr athro/athrawes oddi ar y llwyfan.*

|  |  |
|---|---|
| Heledd: | Erm, y lleuad? |
| Athro: | O Heledd. |
| Gwawr: | Yr atab cywir ydy Sadwrn. |
| Athro: | Cywir, Gwawr! |
| Heledd: | Tri chant chwe deg wyth? |
| Athro: | Rhaid i ti adolygu fwy, Heledd. Gwawr, oes gennyt ti'r ateb? |
| Gwawr: | Pedwar cant chwe deg saith. |
| Athro: | Ti'n llygad dy le, Gwawr! Présente-toi, Heledd. |
| Heledd: | O plis, syr, na. |
| Athro: | Vas-y, Heledd. |
| Heledd: | Bonjour, je m'appelle Heledd... je suis... quarante, na, erm, quatorze ans. J'aime... cochons d'Inde et – et framboises. J'aime pas, erm, oiseaux et citrons. |
| Athro: | Ddim cweit, Heledd. Gwawr? |
| Gwawr: | Bonjour, je m'appelle Gwawr. J'ai quatorze ans et demi. J'ai plusieurs passions dans ma vie, par exemple j'adore jouer de la guitare, en particulier la guitare classique, et j'aime beaucoup nager car à mon avis le sport est une partie indispensable de la vie quotidienne. Par contre, je déteste faire les magasins parce que c'est ennuyeux. |
| Athro: | Fantastique, Gwawr! |

*Coda'r ddwy ac ânt i ddau ben pellaf y llwyfan.*

| | |
|---|---|
| Gwawr: | Dim dyna sut oedd ein cyfeillgarwch. Dim dyna ydw i'n ei gofio. |
| Heledd: | Dwi'n meddwl nad oddat ti'n gallu helpu dy hun. O'dd rhaid i ti wastad fy nghuro, yn doedd? |
| Gwawr: | Do'dd ganna i ddim syniad be o'dd y cwbl yn ei feddwl chwaith. Dysgu poli parot o'n i. A beth bynnag, oddat ti 'rioed yn malio ryw lawer am ysgol. Oddat ti wastad yn meddwl am bethau lot mwy na fi ac yn cwestiynu pethau lot mwy na fi, ond yn ystod y gwersi o'dd dy ben di wastad wedi'i gladdu mewn ryw lyfr hanas neu farddoniaeth. |
| Heledd: | Ffordd ora o ddianc ar y pryd. |
| Gwawr: | Ti dal i sgwennu cerddi? |
| Heledd: | Nadw, dwi 'di stopio'r hen arferiad hwnnw. |
| Gwawr: | Dwi'n cofio petha'n wahanol iawn – do'dd petha ddim wastad yn gystadleuaeth rhyngom. |

*Estynnant ddwy gitâr o'r gist ac eistedda'r ddwy yn wynebu ei gilydd ym mlaen y llwyfan. Ceir sbotolau melyn yn eu goleuo.*

| | |
|---|---|
| Gwawr: | Ma' nhw'n ddel, yn tydyn nhw? |
| Heledd: | Ma'n sgleinio gymaint alla i weld 'y ngwynab i. |
| Gwawr: | Mae o mor llyfn, a ma'r lliw coch 'ma'n lyfli. |

*Plycia Gwawr bob llinyn un ar ôl y llall.*

| | |
|---|---|
| Heledd: | Ma'r llinynnau mor dynn. |
| Gwawr: | Waw, ma'r sŵn mor glir. Ydy un ti mewn tiwn? |
| Heledd: | O-ym, yndy! Dwi'n meddwl. |
| Gwawr: | Reit, wel tisio chwara rhywbeth hefo'n gilydd? |
| Heledd: | Ia, syniad da. |
| Gwawr: | Be wnawn ni? |
| Heledd: | Rhywbeth syml i gychwyn ella? |
| Gwawr: | Ia, dwi'n cytuno. |

*Edrycha'r ddwy ar ei gilydd fel petaent ar fin dechrau chwarae ac yna dechreuant chwerthin.*

Heledd:     Does ganna i ddim syniad sut i chwara.

Gwawr:      Na finnau!

*Dechreuant chwarae'n wyllt, gan dynnu ar y llinynnau a chanu heb deimlo'n hunanymwybodol. Yna, ceir tawelwch yn sydyn, caiff y llwyfan ei ailoleuo gan olau gwyn ac aileistedda'r ddwy wrth y bwrdd.*

Heledd:     Ti o ddifri?

Gwawr:      Be? Ti'n cofio pan nathon ni'n dwy chwara'n wirion gyda gitâr dy dad a torri pob llinyn, yn dwyt? Dwi'n meddwl mai ond deuddeg oddan ni ar y pryd.

Heledd:     Dwi'n cofio hynny. A dwi'n cofio be ddigwyddodd fis yn ddiweddarach.

*Aileistedda'r ddwy ym mlaen y llwyfan a cheir sbotolau gwyn arnynt y tro hwn.*

Heledd:     Dio mewn tiwn? Does ganna i dal ddim clem.

Gwawr:      Do-do-re-mi... Yndy, perffaith.

*Chwaraea Gwawr dri chord ar ei gitâr.*

Heledd:     Sut nest ti hynny?

Gwawr:      Dwi 'di dysgu ambell i gord.

Heledd:     O ia, a phryd nest ti hynny?

Gwawr:      O t'wbo, yr wsos ddwetha 'ma.

Heledd:     Wel dwi'n siŵr fydda i'n nabod lot o... lot o cords ar ôl cychwyn gwersi. Ma' Dad 'di deud ga i gychwyn gwersi'n yr ysgol mis Medi.

Gwawr:      O ia? Ma' dy dad 'di bod yn rhoi gwersi i mi bob noson y bythefnos ddwetha 'ma.

*Mae Heledd yn taro llinynnau'r gitâr mewn syndod. Caiff y llwyfan ei ailoleuo gan olau gwyn. Coda'r ddwy, rhônt y ddwy gitâr yn ôl yn y gist a cherdda Heledd tuag at ei drych i edrych arni ei hun wrth siarad, tra eistedda Gwawr wrth y bwrdd.*

Heledd: Dwi'n cofio dod adra wsos yn ddiweddarach ac oddat ti'n yr ystafell fyw'n chwara Bob Dylan gyda Gwyn. O'dd y ddau ohonoch yn chwerthin gymaint ac yn chwara cystal es i'n syth i fy llofft heb ddeud dim. Dwi heb gyffwrdd gitâr ers hynny.

*Coda Gwawr a cherdda i flaen y llwyfan ac aileistedda Heledd wrth y bwrdd.*

Gwawr: Ond oedd gennyt ti ddiddordeb mewn dysgu sut i chwara?

Heledd: Dim dyna o'dd y pwynt.

Gwawr: Na, ella ddim i ti. Ond o'dd ganna i wirioneddol ryw angen, ryw awch i ddysgu chwara.

Heledd: Hefo Gwyn. Yn fwy na dim o'dd rhaid i ti ennill ei sylw.

Gwawr: Doedd hynny ddim o fwriad.

Heledd: Ond ti methu gwadu'r peth.

Gwawr: O'n i wastad yn edrych 'mlaen at gael dod acw. O'dd yna dawelwch yma a threfn. Tra adra...

*Ceir tywyllwch llwyr ar y llwyfan am ennyd ac yna clywir llais mam Gwawr oddi ar y llwyfan.*

Mam Gwawr: Ti'n ddiwerth! Paid â thrafferth dod 'nôl.

Gwawr: Mam, plis gwranda!

Mam Gwawr: Dwi 'di cael digon arnat ti. Jest dos o 'ma!

*Caiff y llwyfan ei ailoleuo gan olau gwyn, a gwelir Gwawr yn sefyll ar flaen y llwyfan tra bod Heledd yn dal wrth y bwrdd.*

Gwawr: O'dd dy dŷ di'n llawn llyfrau a gwybodaeth a diwylliant. O'dd Gwyn 'di casglu bob matha o ddodrefn ac arteffacta yn ystod ei fywyd, ac o'dd ganddo wastad amsar i drafod petha ac egluro'r byd gyda'i safbwynt unigryw a diddorol. Dwi'n gwbo' nad wyt ti isio clywad hyn ond o'dd o wastad yn glên gyda fi ac yn wenog a llawen. O'dd o wastad yn barod i rannu.

Heledd:     O'dd o'n gwbo' sut i neud ti deimlo'n arbennig.

Gwawr:     Oedd.

Heledd:     O'n i'n gwbo' ers blynyddoedd ei fod o'n sbio arnat ti'n wahanol. Fasa ei lygaid gleision yn rhewi ac yn sbio tu hwnt i mi wrth i mi drio siarad gyda fo. O'dd ei feddwl yn hedfan yn bell i ffwrdd tra hefo ti o'dd ei feddyliau'n fodlon aros yn stond yn y stafall.

Gwawr:     Nid dy ddisodli di o'dd fy mwriad.

Heledd:     Dwi'n meddwl oddat ti'n gwbo'n iawn be oddat ti'n neud ac o'dd yntau 'fyd.

*Cerdda Gwawr at ei drych a saif o'i flaen yn edrych ar ei hadlewyrchiad.*

Gwawr:     Doedd yna erioed unrhyw gynllwyn mawr yn dy erbyn di. Ma' petha weithiau'n gallu digwydd heb i ti hyd yn oed fod yn ymwybodol ohonynt a heb i ti ddeall gant y cant be sy'n digwydd. Ma' fatha llithro ar rew – ti'n meddwl dy fod di am syrthio ond ti rhywsut yn llwyddo i aros ar dy draed.

Heledd:     Ma'r llithro 'ma'n swnio 'tha lot o hwyl. Rhyddid diffyg cyfrifoldeb.

Gwawr:     Ond rŵan dwi'n cychwyn deall yn iawn –

Heledd:     Deall ei ddylanwad? Oherwydd Gwyn nest ti aros yma, yn de?

Gwawr:     Sylweddolais rywbeth ar ôl ti adael.

*Clywir llais Gwyn oddi ar y llwyfan yn plethu gyda llais Gwawr.*

Gwawr a Gwyn:

    Os ti'n teimlo bo' rhaid i ti fynd yn bell i ddeall dy hun, dyna'n union yr adag dylsat ti aros yn dy unfan. Ma' 'na harddwch a gwerth mewn bywyd di-stŵr a gostyngedig.

Heledd: Swnio'n union 'tha'r math o gachu fyddai'n llifo o'i geg o.

Gwawr: Dwi'n gwbo' bo' ti'n dychmygu bo' fy mywyd yma'n llawn diflastod a dioddefaint, ond ti'n bell ohoni.

Heledd: Dwi'n dychmygu merch yn teimlo ei bod hi wedi'i chlymu i hen ddyn. Pa mor aml fyddet ti'n dod yma 'lly ar ôl i mi adael? Neu wnest ti jest symud fewn?

Gwawr: Ma'n wir faswn i'n dod draw o dro i dro i'w weld. I gael sgwrs, i wrando arno, i neud iddo deimlo'n well.

Heledd: Hwyl diniwed.

Gwawr: O'dd o'n unig yma. A finnau hefyd. Ti wnaeth fy ngadael i hefo fo.

*Clywir clec drws ac aiff Heledd i sefyll o flaen ei drych.*

Heledd: Unig? Do'dd Gwyn ddim angan pobl. O'dd o'n greadur hunanol, craff, oeraidd ers erioed. O'dd o'n gwrthod gweld pobl fel creaduriaid byw gyda theimladau. Pwy a ŵyr, ella bod o jest methu.

Gwawr: Ti mor barod i anghofio ei ochr chwilfrydig ac agored – ma hynny'n mynd ar fy nerfa i. Ella mai sgileffaith ei ddeallusrwydd oedd ei ochr braidd yn... lletchwith?

Heledd: Sgileffaith bod yn dwat.

*Trônt at ei gilydd a dechrau cerdded o gwmpas y llwyfan.*

Gwawr: Gei di dy synnu fory, wsti. Dwi'n siŵr y daw pobl sy'n cytuno gyda mi.

Heledd: Wel dyna ydy cynhebrwng yn y pen draw, yn de? Palu celwyddau canmoliaethus am y person er mwyn gallu bachu brechdan caws a ham ar y ffordd allan. O'dd pobl yr ardal 'ma'n ei gasáu o. Ei wawdio a'i fychanu tu ôl i'w gefn ond yn ddigon bodlon neud busnas hefo fo pan o'dd angan, wrth gwrs.

Gwawr: Ma' wastad mor hawdd bod yn sinigaidd, yn tydy?

Heledd:   Does 'na ddim dwywaith fod o'n gallu chwara rôl o flaen pobl eraill o dro i dro. O'dd o'n gallu bod yn lot o hwyl yn y dafarn, adrodd straeon digri ac yn y blaen a denu pawb ato.

*Clywir synau tafarn a chwerthin mawr ar ôl jôc Gwyn. Adrodda Heledd y jôc ar y llwyfan tra clywir llais Gwyn oddi ar y llwyfan.*

Heledd a Gwyn:

Peint arall, pawb? Ia, ia, 'na i gael hwn. Hei, gann i jôc ar eich cyfer chi. Be 'dach chi'n galw Eidales gyda crabs? Maria Craficonti!

Heledd:   Ond yn y pen draw do'dd o ddim yn malio am unrhyw un. Ddim hyd yn oed ti. Ddim go iawn.

Gwawr:   Os mai dyna ti angen ei gredu i neud i ti deimlo'n well, does 'na fawr o ddim byd alla i ei ddeud i newid dy feddwl. Ond mi o'dd o'n malio amdanat ti. Ti'n sôn am dy hun fel ryw blentyn amddifad anffodus ond dwi'n ei chael hi'n anodd cydymdeimlo. Wnest ti 'rioed lwgu, o'dd gennyt ti wastad bob dim oddat ti angen o fewn dy afael.

*Goleua'r sgrin yng nghefn y llwyfan. Gwelir Gwawr yn cicio'r drws yn galed ac yna diffodda'r sgrin.*

Heledd:   A beth am ddiwrnod y storm?

*Clywir synau tonnau'n taro creigiau.*

Gwawr:   Hen bryd i ni sôn am y diwrnod hwnnw.

Heledd:   *Top up?*

*Cerddant yn ôl at y bwrdd a thollta Heledd wisgi i mewn i'r ddau wydr. Clecia'r ddwy y wisgi'n syth.*

Gad i mi ddisgrifio yr hyn dwi'n ei gofio. Ar ôl i ti 'ngorfodi i redag fewn – dylswn 'di ama dy fod di'n gwbo' bod Gwyn ar ei gwch yn 'sgota – dwi'n cofio'r tonnau garw ac yna dyma fi'n syrthio'n is ac yn is fewn i ddyfnder y môr. Dwi'n cofio gwbo' 'y mod i ar fin marw. Ma'n deimlad reit od i ddweud y gwir. Panic llwyr sydd yna'n troi'n dderbyniad. Dwi'n cofio dy weld di'n cael dy godi allan o'r tonnau a gweld gwaelod y cwch yn arnofio fel ryw arch wen uwch 'y mhen.

Gwawr:     Dw innau'n cofio'r teimlad erchyll 'na o fod yn y cwch a sbio lawr yn aros i ti ymddangos.

*Clywir sŵn cythryblus storm a gwelir môr cythryblus ar y sgrin.*

Heledd:     Ti'n siŵr mai dyna oedd ar dy feddwl di?

*Yn ddisymwth, newidia'r golau o wyn i goch a thafla Gwawr y cadeiriau a'r bwrdd drosodd wrth siarad. Cynydda sŵn y môr.*

Gwawr:     O'dd y tonnau'n taro'n erbyn y cwch ac o'n i'n baglu dros y lle i gyd. Ac o'dd Gwyn yn panicio gymaint. Dwi erioed 'di gweld unrhyw un yn y fath stad.

Gwawr a Gwyn:
           Heledd! Heledd! Lle ma' hi? *Where is she? What the hell are we going to do?*

Gwawr:     Heledd! Heledd!

*Ceir saib hir a newidia'r golau yn ôl yn wyn.*

           Ond nest ti ddim boddi.

Heledd:     Naddo. Pan wnes i syrthio i'r gwaelod a derbyn y ffaith bod y diwedd yn cau amdana i dyma fi'n cychwyn dy ddychmygu di'n fyw ac yn iach. Wnath annhegwch y peth fy nghythruddo gymaint dwi'n cofio meddwl: na, dim y tro hwn. Dydy hi ddim yn cael fy nghuro y tro hwn. Diolch i ddicter wnes i oroesi. Dyma fi'n gwthio'n galad yn erbyn y llawr a nofio'n wyllt am i fyny. Dwi'n cofio'r llowciad cyntaf 'na o aer yn saethu fewn i f'ysgyfaint fel bwlad. Dyma fi'n baglu fyny'r ystol a syrthio mewn i'r cwch yn un swp gwlyb a blinedig.

Gwawr:     Dwi'n cofio hynny'n iawn. Dwi'n cofio gweld dy

wynab gwelw'n ebychu a phoeri mewn panig llwyr.
Dyma Gwyn yn dy gofleidio'n dynn. Nath o ddim
gadael i ti fynd nes ein bod ni 'di cyrraedd yr ysbyty. A
hyd yn oed wedyn dyma fo'n aros wrth dy wely di bob
noson. Ti'n cofio hynny?

*Try Heledd at ei drych, diffodda'r golau gwyn a'r sgrin a cheir sbotolau*
*glas yn ei goleuo.*

Heledd:     Dydw i ddim yn cofio'r ysbyty i ddeud y gwir. Ma' 'na
            rai atgofion digon dwys i dywyllu'r lleill. Ei ddwylo'n
            dy wallt gwlyb er enghraifft, dy freichiau di yn dal ei
            ysgwyddau'n dynn. Cofleidiad angerddol, cyfrinachol,
            afiach lwyddodd i rwygo fy myd i'n ddarnau bychain.

*Try Gwawr at ei drych a chaiff hithau hefyd ei goleuo gan sbotolau*
*glas.*

Gwawr:      Ti wirioneddol wedi gadael i dy atgofion ffwndrus gael
            gafael arnat ti, yn do?

Heledd:     Yn amlwg, o'dd 'y marwolaeth i'n eitha cyfleus i'r ddau
            ohonoch. Oddach chi'n rhydd o'r diwadd i fynegi eich
            teimlada.

Gwawr:      Dwi'n cofio cofleidio Gwyn, ond rhyddhad welest ti,
            dim cusan angerddol dau gariad.

*Dechreua'r ddwy symud tuag at ganol y llwyfan gan dynnu'r drychau*
*gyda hwy. Mae'r drychau'n amlwg yn drwm a chaiff y ddwy drafferth*
*i'w tynnu.*

Heledd:     Jest stopia hefo'r celwyddau, 'nei di? Dwi 'di cael
            digon ar hynny. O'n i mor chwerthinllyd o naïf. O'n i
            mor ddall am gyn hired. Ond tybed sut ma' dyn yn ei
            bedwardegau'n mynd ati i ddenu merch ifanc?

Gwawr:      Fy nghysuro nath o y diwrnod hwnnw. Ac ar ôl hynny,
            ar ôl i ti adael o'n inna yno i'w gysuro. Y gwir ydy o'dd
            o'n ddyn oedd angan rhywun i leddfu'i boen.

Heledd:     Oedd ei wddf yn brifo yn cario ei ben mawr o gwmpas?

Gwawr:     Ti'n gwbo'n iawn o'dd o'n diodda. Lot mwy nag wyt
           ti'n fodlon ei gydnabod.

*Saif y ddwy ochr yn ochr yng nghanol y llwyfan yn dal i edrych ar y drychau.*

Heledd:    A phwy oddat ti?

Gwawr:     Rhywun oedd yn fodlon gwrando.

Heledd:    A derbyn yn gwbl ddiamod?

Gwawr:     Dyna o'dd o ei angen.

Heledd:    Ti'n fy neud i'n sâl.

Gwawr:     Pam wyt ti 'di dod 'nôl, Heledd? Ti'n gwneud hi'n glir
           nad wyt ti'n malio am y lle 'ma nac am unrhyw un
           yma, ond eto ti yma'n eistedd yn hen stafell fyw dy
           dad yn trio sgrifennu ei foliant. Do'dd 'na neb yn dy
           orfodi di i ddod yn ôl. Nath 'na neb ofyn i ti ddod 'nôl.

Heledd:    Be tisio fi ddeud? Fy mod yn ddistaw bach yn hiraethu
           am y lle ac amdanoch chi i gyd?

Gwawr:     Dwi jest yn trio dy ddeall di.

*Yn sydyn, gwthiant y drychau i ffwrdd a thrônt at ei gilydd. Caiff y llwyfan ei oleuo unwaith eto gan olau gwyn.*

Heledd:    O'n i isio gweld ei gorff marw.

Gwawr:     Reit, wel ma' hynny'n morbid.

*Saif Heledd ar ben cadair.*

Heledd:    O'n i isio gwbo' pa emosiwn faswn i'n ei deimlo'n
           sefyll drosto a sbio ar ei gorff llwyd, pydredig.

Gwawr:     Ac?

*Disgynna Heledd o'r gadair ac eistedda arni.*

Heledd:    Oeddwn i methu mynd fewn. Wnes i barcio tu allan i'r
           marwdy pnawn 'ma ac oeddwn i methu mynd fewn.

Gwawr:     Pam?

Heledd:    O'dd ganna i ofn.

| | |
|---|---|
| Gwawr: | Ofn be? |
| Heledd: | Teimlo... Teimlo... |
| Gwawr: | Be? |
| Heledd: | Dwn i'm. |

*Gwelir y geiriau DIM BYD, EUOGRWYDD, GORMOD yn ymddangos ar y sgrin.*

| | |
|---|---|
| Gwawr: | Felly ti am fynd 'nôl i Sbaen fory a cheisio anghofio'r cwbl, wyt? Dal ati i osgoi ac ailffurfio d'atgofion. |
| Heledd: | Dwi am fynd 'nôl i Sbaen fory, yndw, ond dwi am gario'r ddau ohonoch chi gyda fi'r holl ffordd. Yn union fel y gwnes i tair blynadd yn ôl. Dy wyneb di dwi'n ei weld ym mhob stryd. Ei lais o dwi'n ei glywad rownd bob cornal. Fawr o ddihangfa i ddeud y gwir. Tair blynadd i ffwrdd a dwi dal yr un plentyn ag o'r blaen, yn cael fy nilyn gan ddau ysbryd. Neu ella mai fi sy'n eich dilyn chi. O'n i wastad bach yn rhy ara, yn doeddwn? |
| Gwawr: | Dwi'n meddwl o'dd 'na ran ohonat ti o'dd yn mwynhau bod ar ben dy hun a theimlo'n bell ohonan ni. Ein gwthio ni i ffwrdd oddat ti. |
| Heledd: | Ella dy fod di'n iawn. Ella mai dyna'r unig ffordd i amddiffyn fy hun. Ond ti'n gwbo' be dwi methu â dallt? Dwi methu â dallt y teyrngarwch a'r edmygedd sydd gennyt ti tuag ato, hyd yn oed ar ôl y niwad i gyd ma' 'di achosi. Dwi methu â dallt dy fod di dal i'w amddiffyn. |

*Estynna Gwawr am y gadair arall ac eistedda wrth ymyl Heledd.*

| | |
|---|---|
| Gwawr: | Achos os na faswn i'n gwneud hynny, os na faswn i gyda'r atgofion hynny, fasa fy angen, fy nibyniaeth arno'n troi'n wendid ac yn gywilydd. Faswn i 'di colli'r ddau ohonoch chi ac wedyn faswn i wirioneddol yn unig a heb ddim byd. |

| | |
|---|---|
| Heledd: | Ond ti'n byw celwydd. |
| Gwawr: | Dwi'n byw fy fersiwn i o realiti yr un fath â phawb arall. Yn union fatha ti. |
| Heledd: | A dwyt ti ddim yn flin hefo fo neu'n teimlo'n chwerw tuag ato? |
| Gwawr: | Yndw. |
| Heledd: | Am fanteisio arnat ti? |
| Gwawr: | Na, nath o erioed fanteisio arna i na fy ngorfodi, ddim go iawn. O'n i wastad yn barod i fynd ato, o'dd o fel petai yna rywbeth yn fy nhynnu ato bob tro. O'dd clywed ei lais yn ddigon i fy nghysuro a fy nhawelu. Na, dwi'n flin am rywbeth arall. I ddeud y gwir, doeddwn i ddim yn meddwl sôn am y peth hefo ti. |
| Heledd: | Yn flin am be? |
| Gwawr: | Y tro diwethaf y gwelais i o. Es i'w weld ryw fis a hanner yn ôl, ychydig o ddiwrnoda ar ôl iddo fynd i'r ysbyty. |
| Heledd: | Swnio 'tha lot o hwyl. |

*Coda Gwawr a saif ar flaen y llwyfan.*

| | |
|---|---|
| Gwawr: | O'dd o'n gorwadd yn ei wely, ei gorff gwan yn cael ei lyncu gan y flancad. O'dd ei groen o'n llwyd a thryleu fel papur sigarét ac o'dd ei lygaid wedi eu cau'n dynn fel petai'n canolbwyntio ar rywbeth oedd tu hwnt i'w afael. |
| Heledd: | Angen torri gwynt efallai? |
| Gwawr: | Isht. Nath o agor ei lygaid ond unwaith, syllodd arna i am funud a ti'n gwbo' be ddwedodd wrtha i? Heledd. Dyna'r cwbl ddwedodd o. O'dd o'n galw amdanat ti, nid amdana i. Ac yn y foment honno mi faswn i wedi gallu ei dagu. Ti o'dd wedi gadael, wedi dianc heb ddeud gair. O'n i'n gandryll hefo'r ddau ohonoch, gydag annhegwch y peth. |

| | |
|---|---|
| Heledd: | 'Di hynny'n wir? |
| Gwawr: | Yndy, a dwi'n ofni na fydda i byth yn gallu madda iddo am hynny. |

*Coda Heledd a cherdda tuag at Gwawr.*

| | |
|---|---|
| Heledd: | Dwi'n casáu'r ffaith fy mod i dal i falio. Hyd yn oed ar ôl treulio blynyddoedd yn perswadio fy hun nad oeddwn i ei angen o a fod y cwbl o'dd o'n ei ddeud yn wenwyn llwyr. |
| Gwawr: | Ond eto malio ydan ni. Sbia arnan ni. Dyma ni'n gadael i Gwyn ddod rhyngom trwy gydol ein plentyndod a dyna'n union be 'dan ni'n dal yn ei neud reit rŵan. 'Dan ni wrthi'n ailadrodd yr un camgymeriad. 'Dan ni yma'n ei dŷ oer, tywyll, tamp yn ei drafod o. Fydd o wastad yma hefo ni. Fydd o wastad yn dod rhyngom ni. |
| Heledd: | Ond oes 'na ffasiwn beth â ni hebddo fo? |
| Gwawr: | Ella fod 'na ormod o genfigen. |
| Heledd: | O chwerwder. |
| Gwawr: | O ddicter. Ella os faswn i 'di dy ddilyn di... |
| Heledd: | Ella os faswn i 'di dod i dy nôl di... |
| Y ddwy: | Fasai pethau'n wahanol. |
| Gwawr: | Ti'n meddwl fod o'n bosib i ni'n dwy symud 'mlaen o hyn? |
| Heledd: | Ddim gyda'n gilydd law yn llaw ond – |
| Gwawr: | – ond ella y gallwn ni drio gadael yr atgofion tu ôl i ni. |
| Heledd: | Na, allwn ni ddim gadael i'r cwbl gael ei gario gan wynt y môr. Ma' 'di'n siapio ni ormod. Ond dwi'n meddwl fod o'n bosib dod o hyd i lwybr newydd heb Gwyn. |
| Gwawr: | I fod yn onast, dwi'n teimlo fy mod i 'di blino gormod i neud hynny. Dwi'n teimlo braidd yn wan. |

Heledd:    Dwi'n meddwl ei bod hi'n amsar i ti gredu ynot ti dy
           hun. Dwi'n teimlo braidd ar goll hefyd.

Gwawr:     Ond ti'n gwbo' fydd gennyt ti gartra 'ma rŵan. Pan
           fyddi di angan.

Heledd:    Wela i di fory 'lly?

Gwawr:     Gwnei, gyda brechdan gaws ym mhob llaw.

*Trônt i wynebu ei gilydd ac adroddant y gerdd olaf gyda'i gilydd.*

Heledd a Gwawr:

           Teimlaf fy adlewyrchiad yn rhythu arnaf,
           Disgleiria, pefria, gwawdia.
           Pyla, todda, diflanna ei ffiniau
           A gwingaf o flaen cyfarchiad dieithryn.

           Pwy osododd y drych o fy mlaen?
           Ai fi yw'r un i wyrdroi fy ffurf
           Neu ai estron sy'n fy llunio a fy rhwystro
           Rhag canfod fy hun a'n gilydd?

           Holltwn y gwydr
           A syllwn tu hwnt i dwyll ei afael.
           Rhown ddiwedd ar ein gofid
           A chael cipolwg swynol o'n rhyddid.

*Diffodda'r golau a cheir tywyllwch llwyr.*

# 366

Barddoniaeth Bl. 12 a 13

## 'Tri chwsg arall' gan 'Fflam'

Drwy sbectol haul lliw gwin,
edrychaf heibio'r cwm ffyrnicaf
wrth i'r haul araf lithro.
Fe ddaw 'na ddydd.

Dim ond tri chwsg arall
a daw fy mreuddwyd yn fyw.
Tri chwsg arall yn nes atat ti.

Tri chwsg arall nes gallaf neidio ...
ar hyd lonydd sydd heb eu trin,
drwy'r gweirgloddiau a'r blodau gwyllt
a'r cerrig onglog,
drwy'r glaswellt wedi ei dorri
ond heb ei hel.

Dim ond dau gwsg arall
a daw fy mreuddwyd yn fyw.
Dau gwsg arall yn nes atat ti.

Dau gwsg arall a falle ...
wrth gerdded ymhell o brysurdeb dyn,
cawn staenio ôl traed oren ar lawr
ar hyd tywod y traeth,
a chawn wylio'r haul
yn llenwi'r pyllau creigiog â'i oleuni.

Dim ond un cwsg arall
a daw fy mreuddwyd yn fyw.
Un cwsg arall yn nes atat ti.

Un cwsg arall cyn ...
i ras yfory droi'n ddoe ac echdoe,
dychwelaf adre
hyd lonydd cefn,
dychwelaf adre
i dy gyrraedd di.

# 386

Rhyddiaith dan 25 oed: ymateb creadigol i un darn o waith celf gweledol gan artist o Gymru

'Ymateb i *On the back road* (2016) gan Eleri Mills.

## 'Ar y Ffordd Gefn' gan 'Y Cawr Mawr'

Ymlusgodd Lora yn araf o'i hystafell wely. Roedd yr oerfel yn gafael, ond a hithau wedi hen arfer, tynnodd ei *dressing gown* yn dynnach amdani a pharhau tuag at y gegin. Sleifiodd yn araf i lawr y grisiau pren gan gymryd gofal i beidio â gwneud iddyn nhw wichian. Doedd hi ddim am ddeffro Alun ac yntau'n dal i gysgu; yn wahanol iddi hi roedd e'n mwynhau cysgu ychydig yn hwyrach yn y boreau ers iddo stopio godro. Gwelai Lora hi'n anoddach torri arfer oes.

***

Brysiodd Euros 'nôl am y tŷ; roedd wedi gorffen y godro am fore arall ac yn barod am ei frecwast. Trodd i edrych ar yr olygfa o'i flaen ac am unwaith sylwodd ar brydferthwch ei fro; doedd dim syndod fod y lle mor boblogaidd gyda'r fisitors yma, meddyliodd. Aeth yn ei flaen at y tŷ. Roedd hi wedi dechrau glawio'n araf ac roedd oerfel dechrau gaeaf yn llethol. Wrth gamu i'w gartref cafodd ei groesawu gan gynhesrwydd braf y tân, arogl bacwn a sŵn cysurus ei deulu. Biti, meddyliodd, fod dim llawer fel nhw ar ôl.

***

Parciodd David y Range Rover yn ofalus o flaen y bwthyn gan wneud ei orau i osgoi'r pyllau dŵr oedd wedi dechrau cronni ar y buarth tyllog. Gwnaeth nodyn i'w atgoffa ei hun fod angen trefnu i aildarmacio'r holl le cyn yr haf nesa'. Brysiodd tuag at y tŷ gan geisio osgoi cael ei socian gan y glaw oedd erbyn hyn yn disgyn yn dalpiau trwm o'r nen. Wnaeth y brysio ddim llawer o wahaniaeth ac wrth frwydro gyda chlo'r drws hynafol, treiddiodd y glaw drwy ei grys ysgafn a dechreuodd ddifaru iddo beidio â gwisgo côt. Yn wir, erbyn iddo lwyddo i fynd i mewn i'r tŷ, oedd bron mor rhewllyd â'r buarth, roedd David yn difaru iddo erioed gael y syniad o gael tŷ haf yng Nghymru, o bob man. Be oedd o'i le ar Sbaen?

***

Diawliodd Elin ei holl fodolaeth wrth gamu oddi ar y bws ysgol ar ben draw dreif ei chartref. Roedd y glaw'n disgyn yn ddidrugaredd a'r gwynt wedi hen ddechrau chwyrlïo'n gorwynt blin. Pam, meddyliodd, fod yn rhaid iddi fyw mewn man mor anghysbell yng nghanol hen bobl a Saeson – sori, roedd y Saeson yn hen hefyd!

Roedd hi'n casáu gorfod dibynnu ar gael lifft i bob diawl o bob man, yn casáu'r signal gwe trychinebus, ac yn casáu'r ffaith ei bod yn hollol allan ohoni o hyd. Breuddwydiodd ei breuddwyd ddyddiol o gael dianc oddi yma i ddinas fawr, neu o leiaf i dref, ac wrth i'w phen-blwydd yn ddeunaw oed agosáu ar garlam, a'r arholiadau Lefel A hollbwysig, roedd y freuddwyd honno'n dod yn nes ac yn nes. Eto, wrth droi at y buarth a gweld ei chartref, ei thad yn codi llaw arni wrth gerdded tuag at y cae 'gosa', ac wrth gael cip ar ei mam yn brysur yn y gegin a Mot y ci'n rhuthro tuag ati mor hapus ag erioed i'w gweld, gwyddai yn nyfnder ei bod na fyddai hi byth wir yn gadael – ddim go iawn.